冬雪晚晴 著

古玉迷踪 ②

作家出版社

图书在版编目（CIP）数据

古玉迷踪2/冬雪晚晴著.--北京：作家出版社，2016.9
ISBN 978-7-5063-8825-2

Ⅰ.①古… Ⅱ.①冬… Ⅲ.①长篇小说－中国－当代
Ⅳ.①I247.5

中国版本图书馆CIP数据核字（2016）第062198号

古玉迷踪2

作　　者：冬雪晚晴
责任编辑：如　舟
装帧设计：姚姚设计工作室
出版发行：作家出版社
社　　址：北京农展馆南里10号　　邮　　编：100125
电话传真：86 –10–65930756（出版发行部）
　　　　　86 –10–65004079（总编室）
　　　　　86 –10–65015116（邮购部）
E–mail:zuojia@zuojia.net.cn
http://www.haozuojia.com　（作家在线）
印　　刷：北京凯达印务有限公司
成品尺寸：170 × 240
字　　数：314千
印　　张：20
版　　次：2017年2月第1版
印　　次：2017年2月第1次印刷
ISBN　978-7-5063-8825-2
定　　价：39.80元

contents

目录

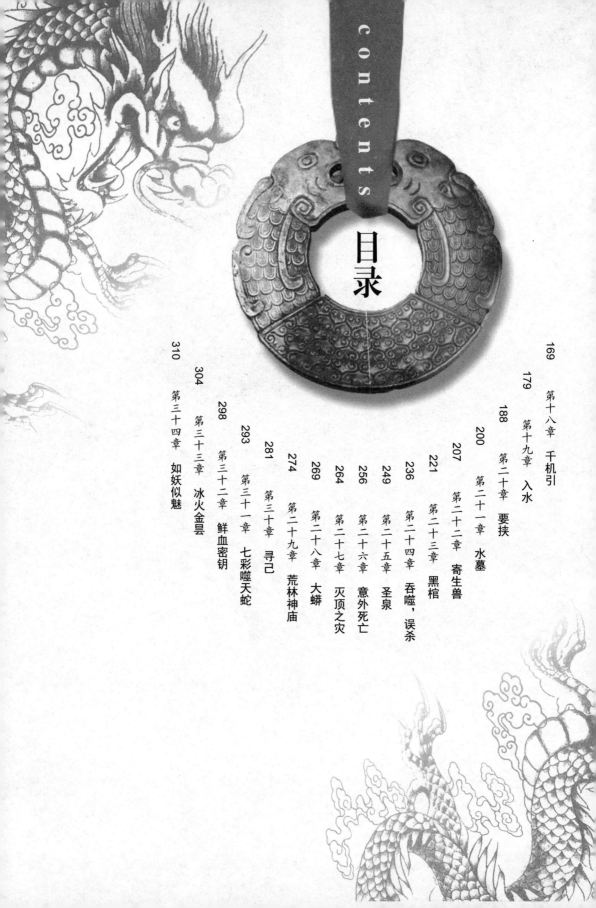

contents

目录

第一章

尸体

我的四周都是河沙、青铜……周围的空气中，散发着陈腐的气息。

空气？恍惚中，我隐约想起来，我不是死了吗？如果没有淹死在地下河水中，也应该喂了老蛇，成了蛇大便……

我张大嘴喘气，空气吸入肺腑中，感觉隐隐作痛。

我还活着——我努力地睁开眼睛，随即就看到破旧的黄泥墙，芦苇编制的屋脊上面遍布着蜘蛛网。

初春的太阳，温和地从窗口照射进来。感觉有些刺眼，我努力地抬头，发现我就这么躺在地上，像是一具尸体。

沈念儿穿着大红色的羽绒服，坐在一边的木凳上，鲜艳的衣服，如花的容颜，和周围破旧的环境格格不入。

"小江哥哥，你醒了？"沈念儿见我醒过来，匆忙走了过来，语气中充满了惊喜。

我的嘴角扯起一抹笑意："念儿……"

我的声音有些沙哑，说话时隐隐作痛。

"我居然还活着！"我挣扎着坐起来，只感觉背部也痛得慌。我这才想起来，我在水下的时候，被那条老蛇拍了一下子后背，也受了不轻的伤。

"二愣子呢？"我想起在水下的情况，急急问道。

"大人，你找我？"二愣子还是像以前一样，笑得一脸憨厚地走过来。

"多亏了二愣子水性好，从水下把你背了上来。"沈念儿说道。

从沈念儿的口中，我才知道，原来我们被地下水旋涡卷了出来，我差点就死了，幸好二愣子把我救了出来……

我问了一下子沈念儿，得知今天已经是阴历十四号下午了。

二愣子给我煮了碗粥，我吃了一点，顿时就感觉舒服了很多。小龙趴在我身上，见到我醒来之后，就开始不断地打滚卖萌，嘎嘎地叫着很是开心。

我把小龙抱过来，亲了一口。这小家伙立刻得寸进尺，爬到我头上，用小爪子扒拉我的头发。

我再次把它抓过来，放在手心慢慢地抚摸着。

小龙也亲昵地蹭着我的手，温顺得不得了。

我把小龙放在一边，起身整理衣服。既然已经醒了，我不能就这么赖在床上，他们还等着我看"风水"，没有我，他们想要找到龙穴，根本就是不可能完成的任务。

这地方风眼太多了，弄不好，还有假穴。

"小江哥哥，到底是怎么回事？"沈念儿见我起身，走过来抱起小龙，说道，"那个二愣子，就是一个愣头青，说得不清不楚的。他说，他在水下发现了宝藏，但是打不开，还有一条很大的蛇？"

"是的！下面有个青铜铸造的古墓，里面有一具老大的棺椁。如果能起出来，那绝对是震撼世界的大发现、大宝藏，但是里面有条变态的老蛇，全身皮粗肉糙，刀枪不入，小龙都差点被它吃了。"

提到这个，小龙立刻就垂头丧气，趴在沈念儿的手中，惹得沈念儿不断地安慰着它。

"二愣子水性很好，力大无穷。这次是幸好有他，否则，我就回不来了，绝对成了蛇大便了。"

我一边说着，一边整理自己的东西。我收集的月娃娃基因和那具水下老尸的基因都还在，唯独二愣子那个青铜盒子不见了。

"念儿，谁给我换的衣服？"

"就是那个二愣子。"

"哦？"难道说，二愣子把东西带走了？

沈念儿似乎是知道我的心思："小江哥哥，你是不是在找那个青铜盒子？"

"是的！那个青铜盒子的确有些古怪。"

沈念儿皱着好看的眉头，嘟嘟嘴，说道："你们回来的时候，你的模样太糟糕了，全身都湿透了。二愣子倒是好，顾不上自己，先给你换衣服，然后又给你烧热水什么的——当时换了衣服，青铜盒子就放在一边。结果，王教授他们进来看到了，就拿过去研究，二愣子和他们还为这个吵了起来。"

"那东西是二愣子拼着老命弄来的，他们没有权利拿去。"

"他们就在隔壁！"沈念儿抿嘴笑道，"那个老头儿还没有把盒子打开呢。"

"哈——"我忍不住笑了，抱着小龙，径直向着外面走去。

我走到隔壁房间，果然，王教授、秦聂，还有陆羽都在。另外，还有何强和小于、苏倩，这些人不知道从什么地方找来一张桌面，弄了几块土堆着就当作桌子，都围在一起。让我有些出乎意料的是，二愣子居然也在。

我进去时，他们都没有察觉。

我刚一脚迈进去，就听苏倩说道："王教授，我建议还是直接打开吧！"

"教授，我也建议直接打开。"何强说道。

我放轻脚步，心中明白，那个青铜盒子，我没能打开，他们自然也没能轻易打开。事实上，这种古老的青铜盒子，想要寻正常途径打开是不太可能的。

"可是——一旦暴力打开，就会破坏这个青铜盒子。"王教授有些舍不得，说道，"这样的东西，放在博物馆都是稀有珍品。"

"但总要打开看看啊！"苏倩说道，"教授，你都研究一天了，就没法子打开！"

"老秦，你说句话！"王教授说道。

"哦……"秦聂虽然和王教授不和，这个时候就蹲在一边抽烟，也不知道在想什么。

"我只是答应把盒子借给你们研究，没有答应让你们破坏。"二愣子突然说道，"这个盒子是我的。"

"这是国家……"王教授张口就要说话。

"下面有老大的青铜宫殿，还有青铜棺材，比这个好看、精美、珍贵，教授如果喜欢，可以下去看看。"

我发现，这个时候二愣子说话，竟然一点都不结巴，流畅得很。

二愣子冷笑着，又道："国家宝藏，你得有命把它弄出来。"

我发现，苏倩的脸色很不好看，冷哼了一声说道："二愣子，这里有你说话的份儿吗？"

"我弄来的东西，为什么没有我说话的份儿？"二愣子说道，"大妹子，你如果想要，自己去水下捞啊，水下多着呢。"

眼看着他们再次把话说僵了，我正欲搭话，不料何强突然说道："反正都知道地点了，要不，我们下去看看？"

我在心中轻轻地叹气，由于我和二愣子弄上来这么一个青铜盒子，二愣子还信誓旦旦地说下面有着庞大的青铜宫殿，这些对于考古发掘者来说，就是致命的诱惑。

何强不是考古学者，他是一个警察，他是冲着上古文明遗迹而来，既然有庞大的青铜宫殿，他岂能错过？

"下面很是危险。"我终于忍不住，说道。

众人这时才抬头，看到我——我发现，苏倩和何强的神色都有些尴尬。

王教授等人倒是无所谓。

"江公子醒了？"王教授首先招呼道，"来来来，过来——"

我走了过去，心中却是狐疑，为什么他们都凑在这里，北门和沈蔺风去了哪里？但随即想，沈念儿就在隔壁，她既然没有说什么，我也就没多问。

二愣子忙站起来，把屁股底下那张小凳子挪了给我，结结巴巴地说道："大人……您……请坐。"

"谢谢！"我礼貌地对二愣子道谢，然后坐下来，叹气道，"水塘下面，应该是一处风眼，不，很有可能就是假穴。"

"什么叫假穴？"何强皱眉问道，"江公子，你能不能说点我们大家都懂的？"

"假穴，就是不是真正的龙穴，介于风眼和龙穴之间的玩意儿。我这么说，你也一样不懂。反正，对于普通人来说，算是风水宝地，但是，距离真正的龙穴还是差了点，你懂了吗？"我苦笑道。

"不懂！"何强老老实实地摇头道．

"好吧，这么说——下面有古墓，这一点毋庸置疑。我和二愣子都见过，而且，规模宏大，应该不是普通人的墓葬。"

王教授听得我这么说，顿时就两眼发亮，说道："江公子，知道是什么人的古墓吗？"

"不知道！那个古墓有些古怪，整个古墓都是青铜铸造而成。更离谱的是，那个古墓中，用青铜铸造了一只老龟，驮着一具青铜古棺，模样非常像我们在黄河上见到的那只真老龟驮着的兽皮古棺。"

"居然有这种事情？"秦聂也插嘴说道。

"是的！"我点头道，"二愣子想要开棺看看，无奈，那具青铜棺材盖用铜汁浇灌，我们没准备，也没工具，只能放弃。另外，在青铜老龟背上，有九个文字，我认识两个。"

"哇！"何强用力地拍了拍我的肩膀，说道，"江公子，我突然有些崇拜你了，你居然认得那种古文字？"

"学过一点。"我推开何强的手，说道，"你别拍我，我差点就让那条老蛇一尾巴拍死了，现在碰着就痛。"

"两个什么字？"王教授一把抓过我的手，急急问道。

"天月。"我也没卖关子，直截了当地说道。

"这两个字的范围太广了。"王教授摇头道，"根本就没法子推测，可惜，可惜……"

王教授一边说着，一边还不断地摇头叹气，满脸的惋惜。

"可惜什么？"苏倩问道。

"江公子没有准备，否则，可以带着照相机下去，把照片拍出来，让我老头子看看。"王教授说道。

"喊，就你那样，看了只怕也认不得。"秦聂冷笑道。

"秦疯子，你认识？"王教授大怒，当场就站起来，和秦聂掐架了。

陆羽和何强把两人拉开了。

"有本事，你把这盒子上面的四个字翻译出来？"王教授气呼呼地说道。

在水下的时候，青铜殿门被关上，然后二愣子屠龙，逼着我吃那腥臭苦涩的蛇胆。当他拿下这青铜盒子之后，我就没有详细看，只知道上面有一些烦琐的花纹。如今听王教授他们这么说，我当即仔细地看了看，盒子表面就是普通的云雷纹和鳞甲纹，反面却是一些奇异的花枝缠绕在一起，中间有四个古朴的字。

我又仔细地看了看，竟然眼花缭乱，一个字都不认识。

而且，这四个字和青铜龟壳上的字有些不同，但具体有什么不同，我又说不上来。

"江公子可认识这种文字？"突然，陆羽问道。

我摇头，说道："陆先生，你问错人了，如今有两位考古教授在呢。"

"我们研究一天了，还是一个字都不认识。"秦聂呵呵笑道，"江公子要是认识，就直接说。"

"你们把我当什么人啊？"我叹气道，"我可是一点也不认识，不过……"

"不过什么？"王教授顿时就激动了，一把抓住我，问道，"你认识？"

"我真的不认识！教授，你别这么激动，我就是感觉，这些字似乎和那只青铜老龟背上刻的文字有些不太相同——理论上来说，同一个古墓的东西，文字应该一样。"

"那是理论！"王教授叹气道，"有时候，一些出土的文物，总让我们费解。"

我听了，也不知道说什么才好。一直看他不顺眼的秦聂，竟然点头道："历史总是让我们费解。"

"你们刚才在吵什么？"我故意问道。

"大人……"二愣子白了苏倩一眼，就要说话。

"我们要把这个盒子打开。"王教授说道，"他们主张撬开，我不同意。"

"二愣子，你什么意思？"我抬头看着二愣子。

我总感觉，这个二愣子似乎有些不凡之处，而且，不管怎么说，青铜盒子都是他的东西。

"我同意把盒子借给他们研究研究，我也同意把盒子撬开，但是，有一个前提条件。"二愣子说道。

我发现，二愣子似乎只有和我说话的时候才会结巴，也不知道是不是故意装的。

这个时候，他说话比我还流畅。

"什么前提条件？"王教授问道。

"这个盒子，包括盒子里面的东西，都是我的！不管里面是什么东西，都是我的。否则，你们也别打开研究了，我自己难道不会撬开啊？"

我差点就笑了出来，在水下的时候，二愣子可是连那具青铜古棺都想要撬开看看的，就是没有称手的工具，才让他不得不放弃。

我看到王教授张张口，似乎是想要说话。

但是，二愣子直接说道："教授，我把盒子借给你研究，已经很大度了。"

这一次，我看到王教授一张老脸涨得通红，想要说什么，但终究憋着没有说。

"二愣子，你知不知道，你现在的行为是犯法的。"苏倩突然冷冷地说道，"所有出土文物，都归国家所有，你打捞到了，也应该上缴国家。"

"下面有青铜宫殿，你自己去打捞好了。"二愣子说着，直接就抢过那个青铜盒子，然后大步向外面走去。

"苏警官，你就不能够好好地说句话？"我皱眉说道。

"你看看他是什么态度？"苏倩一肚子的怒气，见我说话，直接说道，"还有你，一个守财奴。"

"呵呵，苏警官，我记得你曾经说过，你来此地，也是私事，没有公家批文吧？"我冷笑道，"出土文物，你有什么资格过问？"

王教授一把拉住我，说道："江公子，你和二愣子比较谈得来，他也听你的，你和他商议商议，别让他乱来。"

我想了想，说道："教授，二愣子这次九死一生，才从水下弄上来这么一个青铜盒子。你要研究也可以，或者说，回去以后，你找一家博物馆商议商议，花钱把这东西买过去，让他弄点钱，可以在城里安家落户，你看可好？"

"成！"王教授点头道，"我也是这么想的。毕竟，是人都要吃口饭，哪里有让人白白把宝物奉献出来的——总要给点好处。"

我听到王教授答应，松了一口气，笑道："那我去找他商议商议？"

二愣子曾经跟我说过，他想跟着我去城里。他以前也去过城里，但人家都嫌弃他愣头愣脑的，说话结巴，不愿意雇用他。

"你快去吧，我们已经吵了一天了。"何强说道，"那愣小子一直盯着那个盒子。"

"好！"我点头答应，抱着小龙，起身向外面走去。

刚刚出门，就看到北门蹲在门口抽烟。

"北门大叔，你怎么在这里？"我忙问道，"看到二愣子去哪里了？"

"水塘边。"北门大叔干脆利落地说道。

"哦？"我答应着，就向水塘边走去。

"你等等！"北门站起来，一把抓住我的手臂，压低声音说道，"你跟我来。"

"北门大叔，我有事要找二愣子，等下再说好不好？"

"那个盒子，他们吵一天了。"北门说道，"你随他们去，你跟我来。"

我听北门大叔这么说，点点头。北门拉着我，向后面走去，一直走到蚕村最北面的地方。这地方，我还没有来过——越往北面，那些房子就越破旧，有些已经倒塌了，杂草和一些小灌木长了出来。

"蚕村原本应该也有四五十户人家，后来陆陆续续地搬走了一些。"北门一边走，一边解释道，"二十年前我感觉它破旧不堪，二十年后，就更加破了。"

"嗯……"我不置可否地答应了一声，心中不明白，北门把我带来这里做什么。

很快，北门就把我带到一座已经倒塌了半边的黄土堆砌成的房子里，夕阳映衬着破烂的黄泥墙，说不出的苍凉。

"江公子，小心点。"北门小声地说道。

说话的同时，北门带着我，转过一座岌岌可危的黄泥墙，向里面走去——

我跟着走了进去，里面，李二和李三、金刚竟然都在，只是不见黑眼镜和农民。

地上放着一张破旧的竹席，上面躺着一个人。

我一愣，急急走了上去，一看，顿时跟跄着后退了好几步。

躺在破席上的不是别人，正是刚才还和王教授他们吵嚷的二愣子。但是，这个二愣子已经死了，口中和鼻子里面都有一些黑色的、干枯的血迹，脸上和脖子上已经有了尸斑，有了轻微的腐烂迹象。

北门扶了我一把，低声说道："尸体是前天晚上农民无意中发现的。"

"前天晚上，我和二愣子下水之后？"我讷讷道。

刚才沈念儿和我说过，今天是十四，我和二愣子是在十二晚上下水的……

第二章

密码文

北门点点头，说道："是的！"

"如果这是二愣子，那么，先我一步下水的人，又是谁？"我低声问道。

这世上没有鬼魂这玩意儿，鬼魂也不可能出现在光天化日之下。我瞬间就想到了，真正的二愣子，那个憨厚耿直的青年已经被人残酷地杀害，尸体就在这里。现在跟着我们的二愣子，却是另外一个人。

当然，杀二愣子的人，自然就是现在的二愣子。

"沈先生在调查。"北门低声说道，"你有没有觉得现在的那个二愣子有什么不对劲？"

"他很是聪明，力大无穷，懂得各种格斗技巧。"我想起二愣子在水下的威猛，那个一剑三分，剑气森然，绝对不是一个憨厚的农村青年能够做到的。

想了想，我又补充道："他能在水下换气，这次要不是他，我就回不来了。"

北门摸出香烟来，冲着我晃了晃。我摇摇头，我被那条老蛇砸了一下，肺部有些受伤，这个时候是不会再去抽烟了，我就是一个胆小怕死的人。

"这是一个狠角色，盯上我们，也不知道想要做什么。"北门说道。

"自然是为龙之门来的。"李三冷冷地说道，"沈先生也是，照我说，我们这么多人，直接把他拿下，讯问一番就是了。"

我忍不住看了李三一眼，李二和李三平时都是不说话的货色，平时表面也都是嘻嘻哈哈的，看起来很和蔼，没想到竟然是这么一个狠角色——照着他的意思是直接拿下二愣子，问个究竟，不用说，他们不在乎使用特殊手段以私刑逼供。

反正，在这个地方死个人也很普通。

"李三，不要乱来！"北门说道，"听沈先生的安排。"

李三点点头，就没有说话。

"江公子，这事情就是让你知道一下，有个防备。"北门说道，"他跟你走得比较近，你注意点儿。"

"嗯！"我说着，忍不住又看了看二愣子的尸体。如果说，二愣子早就死了，那么现在跟着我们的人，到底又是谁？还有，他……是什么时候替代了二愣子，混到我们身边的？

我一边想着，一边向外面走去。

现在我的心情很是矛盾，我心中感激二愣子，毕竟，在青铜古墓中的时候，要不是他，我就没有活着回来的可能了。

可现在，这人竟然身份不明，不知什么时候潜伏在了我们身边，善恶难辨。

我一边盘算着，一边信步走着，竟走到大水塘口，迎面就看到了二愣子，似乎正在和王教授说着什么。

"大人——"二愣子扯着嗓子冲着我吼道，"大人，你过来。"

"啊？"我答应了一声，忙走了过去，我现在对二愣子的这个称呼，很不舒服，但也是很无奈。

"二愣子，你能不能不要叫我大人？"我皱眉说道。

"哦？"二愣子摸摸脑袋，咧嘴憨笑，"要不，我跟他们一样，叫你江公子？"

"嗯！"我点点头，说道，"怎么了？教授？"

"我们在商议，怎么把那个青铜盒子撬开看看。"

"哦？"我笑道，"你们不是商议一整天了吗？"

"这不是没有议出个名堂来吗！"王教授叹气道，"二愣子现在也同意撬开看看了。"

"教授，我一早就同意撬开看看。但是，这个盒子是我的，里面的东西也是我的，我不能给你们。"

王教授摇头苦笑道："成！成！成！我不抢你的。"

"你原本不是这么说的。"二愣子一本正经地说道。

看着二愣子那认真的模样，如果不是看到那具躺在地上的尸体，我真的没法子怀疑——他根本不是原本那个二愣子。

"我现在答应你了，还不成吗？"王教授说道。

"那好吧，我们现在就去，我要看着。"

"走！"王教授说着，当即就捧着那个青铜盒子，转身往前走去。

我也跟了上去。出于怀疑，我忍不住低声说道："二愣子，你要那个盒子做什么？"

"我要去城里投奔你，总需要一点钱。"二愣子低声说道，"三公可是说过，现在城里什么都贵，没钱，怎么办啊？难道我从此以后都吃你的？"

听得二愣子这么说，我有些尴尬，心中又有些狐疑。这些话，都是二愣子私下里和我说的，他怎么也知道？难道说，他一直都跟着二愣子？

王教授走在前面，忍不住笑道："江公子，原来是你在搞鬼？"

"什么？"我有些不明所以，说道，"教授，你什么意思？"

"你想要这个青铜盒子，你直接说。"王教授说道，"别让这个傻子和我们胡搅蛮缠——你早说，岂不是省事了？"

"我……"我顿时就明白王教授误会了，"教授，我不是这个意思。"

王教授笑道："我不管你们是什么意思，反正，这个盒子借给我研究研究，至于归属权，就照着你刚才说的，归二愣子就好。"

"嗯！"对于王教授的这句话，我就没有说什么。

很快，我们就再次回到原本的房间，苏倩和何强，还有秦聂、陆羽都在等着，就连沈念儿都在。

"小江哥哥！"见到我，沈念儿站起来，说道，"你刚才跑什么地方去了？害得我四处找你。"

"没有。"我赶忙说道,"北门大叔找我商议点儿事情。"

"是吗?"苏倩冷笑道,"江公子,我可是付了钱的。"

"苏警官放心,我明天一准带你们进入龙之门。"我见到苏倩就不痛快,直截了当地说道,"你付的钱,只够让我带你去龙之门,别的事情,就和你没有一点关系了。"

"对!"我还没有来得及说话,二愣子竟然抢先说道,"大人……江公子,你过来坐。"

我就在凳子上坐下来,王教授拿着一堆零零碎碎的东西,开始撬那个青铜盒子。

但是,王教授折腾了好一会儿,也没打开。

"教授,你行不行?"何强皱眉问道。

"我……"王教授擦了一把头上的汗水,说道,"我不成,你来?"

小于说道:"给我看看。"

但是,小于也没打开。

"江公子,你会开锁吗?"二愣子低声问我道。

"我不会这么高大上的玩意儿。"我直接说道,"你会?"

"打开不成,撬开绝对没有问题。"二愣子说这句话的时候,还挺了挺胸脯。

"不能破坏青铜盒子。"王教授说道,"你个傻子,如果砸开,你以为我老头子不会?"

二愣子看了王教授一眼,面露鄙夷之色。

然后,他拿过那个青铜盒子,把王教授桌子上一堆零零碎碎的东西拉到面前,然后他在那一堆的工具里面挑出来一根像是铁丝一样的东西,对准那个青铜盒子的锁孔伸了进去。

随即,他又拿起一把小刀小心地撬,没一会儿,就听到"啪"的一声轻响……

所有人都这么目瞪口呆地看着二愣子,一下子都说不出话来了。

二愣子根本就没有留意众人诧异的目光,又拿起一把匕首,顺着盒盖子周围小心地刮了一圈,有些铜锈掉落下来,然后他把青铜盒子放在桌子上,推给王教授。

王教授呆呆地看着他问道:"二愣子,你……你怎么做到的?"

"不就是撬个锁吗?"二愣子不以为然地说着。

"二愣子，你要去城里？"王教授说道。

二愣子连连点头："是的，我要去城里打工，将来好娶一个城里的娘儿们。"他一边说着，一边还瞄了一眼苏倩，目光肆无忌惮地从苏倩丰满挺秀的胸前掠过。

"这个傻子。"苏倩忍不住低声咒骂道。

"得，你去城里，将来给我做助手，我老头子保证你吃香的、喝辣的。"王教授拍拍二愣子的肩膀，一副好哥们儿的样子。

"你老头儿就算了。就你这样，还带着我吃香的、喝辣的？"

"二愣子，教授在城里很有身份、地位。"我忙说道。

"教授，打开看看吧！"苏倩说着，忍不住又白了一眼二愣子。

刚才二愣子目光中的猥亵，是男人都是心知肚明，苏倩也不傻，自然也是明白他的意思。

就在王教授想要伸手打开那个盒子的时候，秦聂却是抢先一步，把那只盒子拿了过去，小心地打开了——

让我们都出乎意料的是，那个盒子里面，除了腐烂的泥沙外，还有一些像是油脂塑料之类的东西包裹着的物件。我猜测，应该是什么动物的内脏或者是皮，经过处理然后用来包裹保存物件的，但由于一直都泡在水中，如今看起来已经严重腐烂，黏乎乎的，散发着腐烂的青铜和泥沙的臭味。

王教授和秦聂取出工具，小心地把上面那些黏乎乎的东西刮掉。

我出于好奇心，忍不住问道："教授，这是什么东西？"

"看着像是什么动物的皮，经过特殊处理之后用来包裹保存物品。"回答我这个问题的人是秦聂，他们俩说话的同时，已经把外面那黏乎乎的东西刮掉。王教授手中的东西，像是以前的油布纸。

油布纸是以前用来做雨伞的，防水，但粗糙发硬。

王教授手中的这东西，却是截然不同。看着像是油布纸，我用手捏了一下，感觉质地柔软，有丝绸一样的质感，就那么一小卷。

王教授小心地把那卷黄布纸展开，我猜测得没错，那东西上面有密密麻麻的红色字迹，那个文字，我是一个也不认识。

而秦聂手中的东西，却是一块玉佩，正圆形，有小半个巴掌那么大，表面呈现一种暗红色，如同凝固的鲜血，中间有一个小小的方孔，像是铜钱，外面雕刻着龙纹，或者说，应该算是蛇纹，抑或是龙不像龙、蛇不像蛇一样的图案扭曲缠绕在一起。

里面一圈，是四个字，我仔细看了看，这四个字和青铜盒子底部的四个字是一样的，至于是什么字，我就不知道了。

秦聂摸出放大镜，一点点地仔细看着。

由于有那一层黏乎乎的皮脂保护，这个玉佩还算是干净，没有被泥沙污蚀。

"秦教授，你认识这个字吗？"我问道。

秦聂摇头道："这个字似乎和盒子上的字一样，但我却不认识。"

"秦疯子，你过来看看。"王教授突然说道。

"哦？"秦聂这时也顾不上和王教授斗气，凑了过去。我从秦聂手中接过那块玉佩，对着光看了看，玉佩呈现半透明色泽，和我家那个血玉宝镯的玉质有些相似，但又不太相同。

这到底属于什么玉，我就分辨不出来了。

看到王教授和秦聂凑在一起讨论那个黄布纸，苏倩和何强、小于都凑过来看那块玉佩。我直接递给他们，但都不认识上面的字，看了也是白搭。

最后，那块玉佩才传到了二愣子手中，他看了看，然后用衣服包裹着玉佩，摩擦了几下，这才说道："看着倒是蛮好看，可以挂在身上。"

"呵呵！"我忍不住笑了，现在很多人都喜欢寻觅一块古玉挂在身上。这个玉成色不错，而且确实是古物，如果能够挂在身上，走出去装派头那是妥妥的。

更让我想不到的是——二愣子看了一会儿，竟然就直接把那块玉佩放在自己口袋中，完全没有再拿出来的打算。

"二愣子，拿出来给我看看。"王教授这个时候抬起头来，看了二愣子一眼，说道。

"哦？"二愣子有些迟疑。

"我保证马上就还给你。"

"好吧！"二愣子听得王教授这么说，从口袋里掏出那块玉佩递给王教授。

王教授接在手中，摸索了一会儿，说道："典型的阴刻手法——就雕刻工艺和水沁应该是大夏或者是殷商年间的。"

"夏？"我愕然，这得多久远的历史啊？

"那个年代的文物能够保存下来的东西，大都暗淡无光。"秦聂皱眉道，"哪怕去博物馆看看，那个年代似乎就没有色泽。"

众人听了，竟然都是点头。确实，那个年代太久远了，生产力低下，也不具备妥善的保存制度，所有的出土文物，经过腐蚀和风化，看起来都是灰蒙蒙的，就没有过丝毫色彩。

但是，这个青铜盒子里面的东西却迥然不同，无论是那个黄布纸，还是上面的字迹，红黄相间，色泽鲜艳明媚，渲染着那个年代鲜见的浓重色彩。

那块玉佩也是艳红色的，色泽鲜亮，尘封了数千年之久，也抹不掉它的光泽。

"确实是密码文。"王教授苦涩地说道，"谁以后再说我大夏无文字，我一巴掌拍死他。"

"教授威武。"何强笑呵呵地说道，"你的意思是说，这破玩意儿竟然是密码文？"

王教授点点头。我就站在王教授身边，看得分明，那块龙纹玉佩的方孔，不大不小，正好是一个字。

"教授，你如何能够确定，这就是密码文？"我说道，"说不准这个方孔大小只是一个巧合。"

"这世上哪里有这么巧合的事情？"王教授摇头道，"如果是在不同的古墓中，或者就是在同一个古墓中，不同的地方找到这两样东西，我都承认它是巧合。可是，一个盒子里面，这肯定就不是巧合了。"

"也就是说，这东西类似于现代的密码盒？"小于插嘴说道。

"算是！"王教授点头说，"但是，我们不知道对应的数据。"

"就算知道又有什么用？"我感慨地说道，"教授，这文字你认识？"

王教授听我这么说，当即摇头道："这应该算是上古神文。"

"神文？"沈念儿皱眉问道，"真有神？"

王教授看了沈念儿一眼说道："这个真不好说，天知道罢了。但是，那个时代——我们都知道，大夏和殷商的生产力都是极其低下的，人们也是愚昧未经开化，对吧？"

"一方面是极其低下的生产力，一方面却是频频出土一些高科技都没法子解释的遗迹，所以，就我猜测来说，那个时期，应该有另外的文明。"王教授接着说道，"但是，具体如何，我却是不知道——我曾经在一片甲骨文上看到过记载，那个年代神权高于王权，所以，这个密码文，很有可能就是当年掌握在极少数神权者手中的文字。"

根据历史记载，那个年代王族想要做什么，都会占卜问神明。对于现在的人来说，这是十分可笑的行为，在那个年代，人类对此却是没有一点点的怀疑，对于鬼神都相当敬畏。

我仔细想，那个时候，四大文明古国似乎都有一些现代科技解释不通的遗迹，神秘莫测。

最离奇的就是胡夫大金字塔。

"那个年代，世界文明像是开了挂一样，突飞猛进地发展，而且，中西方文化还有着诸多的共同点。"王教授说道，"那时候，没有汽车、火车，没有飞机，千里迢迢的，人们是怎么交流的，怎么就会如此类似？"

"教授，中西方文化有什么类似的？"何强突然问道。

"比如说——墓葬！"王教授说道，"对于鬼神的敬畏。不管是古中国，还是古埃及，墓葬和祭祀制度，何其相似！"

这个话题，我们都没有什么发言权，所以我直接不说话了。

"你们聊，我出去走走。"我说着就站起来，走到外面，顺着水塘向着高处走去。

外面的天色已经渐渐地黑下来，今天十四了，一轮老大的月亮，静静地照在不远处的黄河上。浑浊的河水，在月光下反着光，如同一条闪烁着鄰光的黄龙。

"小江！"就在这时，背后有人轻轻地叫我。我转身，就看到沈蔺风不知道什么时候站在我的身后。

"沈叔叔。"我招呼了一声。

"嗯！"沈蔺风点点头，说道，"二愣子不在？"

"不在，他盯着王教授他们呢。"我说道。

"他的事情，你知道了？"沈蔺风说道。

"知道了，北门对我说过。"

沈蔺风轻轻地叹气，说道："龙之门本来就是危险重重，如今，还出了这么一个变故，可如何是好？"

"兵来将挡，水来土掩！"我冷笑道，"既然来了，就随便他了。"

"你说——二愣子是什么时候被杀的？"沈蔺风突然问道。

这个问题，我仔细地想了想，看那具尸体，应该是死了好几天了，当即说道："应该是前几天的事情吧。"

沈蔺风想了想，这才说道："我问过北门他们，这些日子，二愣子都和他们在一起，尸体又是在岸上，所以，我怀疑——是你们遇到老龟的时候，当时你们都被老龟和小龙震撼住，谁也没有留意他。他应该就是在那个时候杀掉了二愣子，取而代之，然后攀上了你们。"

我仔细地想了想，点头道："你的意思就是，当时他也在船上？"

"是！"沈蔺风说道，"他也在船上。而且，我怀疑，他不但杀了二愣子，还杀掉了黄三公。那个老头儿常年在黄河上讨生活，见过一些离奇古怪的事情，就算惧怕老龟，也不至于被活生生吓死。应该是他动了手脚，然后怕你们看出端倪，就直接把黄三公的尸体推入黄河，一了百了。"

"对，如果他不杀掉黄三公，那么，等船靠岸，三公就会让他回去，他没有机会和借口留下来。"我说道，当初老村主任可是和我们说过，只送我们过河，事后再来接我们，他们不会留下来。

想想，这鸟不拉屎、乌龟不靠岸的地方，他们确实没有必要留下来。

黄沙村够穷，但也比蚕村要好得多。

"他缠上你，大概是因为小龙。"沈蔺风看了我一眼，说道，"他对别人都很疏远，大概是怕露出马脚，但对你却很亲近。"

"我知道，在水下他救了我的命。"我说道，如果不是二愣子，我早就葬身水下，根本不可能活着回来，所以，对于二愣子，我还是很是感激。

第三章

荒林

沈蔺风看着我，说道："所以呀，小江，你不如趁机试探试探他的底细？"

我点头说道："事实上知道他是冒牌货就好，大家都戒备一点，问也问不出什么名堂来。反正，他就是想要去龙之门而已。我们已经这么多人了，不在乎再多一个人。"

沈蔺风点点头，说道："话是这么说，但终究还是防范一点比较好。"

"嗯！"我听他这么说，就不再说什么了。

看着天色不早，我说道："那群研究人员，不吃饭啊？"

"你去找他们，我去找北门他们。"沈蔺风笑道，"我和他们气场不和，弄不好，惹得我兴起——"

下面的话，沈蔺风没有说，但我知道意思，惹得他兴起，说不准就把这些人全部灭了。

"他们一个个身手了得，还带着武器，沈叔叔，你一个人可不是他们对手。"我笑道。

"小江，作为一个出色的大夫，想要杀个人，哪里需要动用武器？"沈蔺风笑着摇头道，"你可真傻。"

我呆呆地站在当地，竟然不知道说什么才好，而沈蔺风已经向另一边走去。我不知道这些年沈蔺风都做了什么，但感觉，他身上的杀气很重。

我虽然不懂得面相之说，但我毕竟懂得风水之术，了解一些人本身的磁场反应：普通人的气息，大都温润平和，但是沈蔺风是不同的。

"大……人……江公子……"就在这时，二愣子不知从哪儿冒了出来，站得远远地冲我挥手，叫道，"过来吃饭了。"

"哦？"我答应了一声，向二愣子走去，走到面前，我问道，"他们研究好了？"

"哪里研究好了？"二愣子摇头道，"江公子，那两个老头儿，真是考古研究学家？我怎么看着像两个老流氓？"

"呃……"

记得王教授在金陵的时候，我们第一次见面，他端着架子，笑得一脸的矜持，可是，转身，这老头儿就原形毕露。

我只能说，考古学家——大概是古尸看多了，想法也有些变态，骨子里面有着一股煞气。

"谁做的晚饭啊？"我问道。

"苏美女那边的人。"二愣子说道，"我懒得给他们做。"

"我刚才吃了点东西，倒也不怎么饿。"

"我饿，我要吃。"二愣子舔了舔嘴，叹气道，"我都要饿成鬼了。"

"鬼还怕饿？"我忍不住笑着打趣。

"不知道，我现在还是人，不是鬼！"二愣子很认真地说道。

"在青铜宫殿中的时候，你似乎很怕鬼？"

"有些。"二愣子点头道，"小时候，三公一直吓唬我。"

"那现在不怕了？"我问道。

"还是有点怕的！"二愣子一边说着，一边挠挠脑袋，说道，"在青铜宫殿中的时候，我认为我要死了，我很快也会变成鬼，所以，我就不怕了，现在又有些怕了。"

听二愣子这么说，我也不知道说什么才好。

晚饭过后，王教授和秦聂都戴着眼镜，拿着放大镜，对着那个青铜盒子，还有黄油纸上面的字迹，一点点地临摹。

青铜盒子上面的花纹，他们采用了拓印，我只是看看，感觉有些困倦，当即就抱着小龙离开。

"大……江公子，你要喝点茶吗？"刚刚走到这边，就看到二愣子正在门口烧水，见了我，大声问道。

"好！"

很快，二愣子就端了一杯水给我。我见里面还泡了茶叶，当即问道："谁还带了茶叶？"

"这不是茶叶。"二愣子摇头道，"这是桑叶。"

"桑叶？"

"是的，这是桑树叶子。"二愣子说道，"大人……不对，江公子，现在已经是二月中旬的天气了，桑树都发芽了，我采了一些嫩芽泡的茶，还不错，你尝尝。"

我点点头，我知道，桑叶和柳叶都可以食用，还有榆钱、香椿，都是江南春天餐桌上的常见菜肴，不算什么稀奇事情。

我小时候调皮，常常和顾老师跑去桑树田里采桑葚，还差点被蛇咬了。

我喝了一口，水里带着桑叶的清新香味，但是，却遮掩不住腐蚀的青铜味道，我喝了两口，就放下了。

坐下来之后，就感觉我的小腿和脚掌都酸痛不堪。

二愣子烧了开水，不知道从哪里找来一个破木盆子，问我要不要泡脚。

用热水泡泡脚，真是舒服极了——我拿着毛巾擦脚的时候，二愣子突然一把抓住我的脚踝。

"二愣子，你做什么？"我坐在木凳上，被他一抓，顿时就重心不稳，差点直接仰面倒过去。

"江公子，你的脚……"二愣子结结巴巴地说道。

"我的脚怎么了？"我低头看自己的脚，没有发现什么异样，当即就狐疑地看着二愣子。

"这里！"二愣子说话的声音带着几分颤抖，然后，他急忙走到门口，把门关上，还把背靠在门上。

我低头看二愣子手指的方向，就在我脚踝外侧，出现了一块指甲盖大小、墨绿色的鳞片。

"这是……"我呆呆地看着那块鳞片，立刻想到，在青铜宫殿中的时候，那具水下的老尸被二愣子拉上来，不知道什么缘故，它开始复活，身上遍布这种墨绿色的鳞片。

而后，我想要下水的时候，它一把抓住了我的脚踝。

二愣子用青铜古剑砍了它的手腕一下子，有一些墨绿色的液体溅到我的脚上。我当时也没有在意，毕竟不痛不痒，可是，现在我的脚踝上竟然长出了和老尸身上一模一样的鳞片。

我用手指剥了一下，痛楚立刻从脚踝传到中枢神经系统，我忍不住咧咧嘴。

"大人，江公子，怎么办？"二愣子结结巴巴地问道，"这……这是不是尸毒？"

"估计是！"我咬牙说道，"你找一把刀给我。"

"好！"二愣子说着，忙走到一边，拿过来一把小小的匕首。

"要我帮忙吗？"二愣子蹲下来，低声问道。

"来吧！"我咬牙说道。

"好！"二愣子点点头，拿着小刀，对着鳞片刮了下去，随即，我痛得差点就叫出来。

幸好只有一小块，二愣子干脆利落地把鳞片刮掉，低声说道："江公子，这个估计还不成，你忍着点。"

我也知道这个还不成，哪怕是挑个痣，如果不根除，过些日子都会复发，何况是这未知的尸毒？

所以，我咬牙说道："你动手，我还真下不了那个手。"

"好！"二愣子点点头，再次动手，把鳞片附近的皮肤全部割掉，然后他把匕首放在火上烧得通红，趁我还没有回过神来的时候，对着伤口烙下去，痛得我直接就大叫出声。

二愣子一把捂住我的嘴巴，低声说道："大人……江公子，别叫……别让他们知道了。"

我使劲地点头，眼泪都流出来了。

"好了！"二愣子这才松开手。

"我行李箱里面有消炎药，你给我拿过来。"我说道。

"好！"二愣子从我行李箱里取出消炎药，还有纱布，给我包裹伤口。

就在这个时候，门口传来"砰砰砰"的敲门声，沈念儿大声问道："小江哥哥，你怎么了？"

"啊？"我强作镇定地说道，"念儿啊，我没事。"

二愣子匆忙把地上那块鳞片捡起来，用一块破布包裹住，这才去开门。

沈念儿的身后，还跟着何强和小于，见到我们，何强首先说道："你们两个大男人，关着门做什么？江公子，你不会真是那种'哥们儿'吧？"

"滚！"我闻言，忍不住骂道，"你自己是那种'哥们儿'，还说别人？"

"我可是一直惦记着美貌的苏警官。"何强哈哈笑道，"那种'哥们儿'和我没有一点关系。倒是你，你说，你和一个身强体壮的大男人，关着门做什么，还叫那么大声？"

"江公子的脚上受伤了，如今有些发炎，我刚刚用酒精洗了。"二愣子解释着。

"我说呢。"何强笑道，"以后遇到这种事情说一声，免得让我误会了。"

何强一边说，一边冲我使了一个眼色。我会意，点点头，然后，他就带着小于一起走了出去。

二愣子给我包扎好伤口，沈念儿皱眉道："小江哥哥，怎样？"

"没事，不要紧，已经敷了消炎药，几天就好了。"我说道。

"你们两个聊，我出去一下。"二愣子说着，就拿着那包裹着的鳞片，向外面走去。

房间里面，就剩下了我和沈念儿。沈念儿靠近我，低声说道："我爸爸说，这个二愣子是个冒牌货。小江哥哥，你要小心。"

"我知道。"我说道，"沈叔叔刚才已经和我说过了。"

"真的只是伤口发炎？"沈念儿皱着很好看的眉头，低声说道，"小江哥哥，你身上的伤口都是我包扎处理的，敷了最好的消炎药，不会发炎，你别骗我。"

"真的就是伤口发炎，没什么大碍。"我说道。

"哦？"沈念儿听我这么说，不再说什么了。

"没事的，你放心。"我站起来，像小时候一样，抱了一下子沈念儿，拍拍她的后背，示意让她安心。

但是，我发现，沈念儿似乎一点也不放心。

我在心中无奈地叹气，沈蔺风就不该让女儿来这种地方。

一个晚上就这么过去了，第二天早上，我还是有些不放心，趁着众人都出去吃早饭的时候，我偷偷地解开缠绕在脚上的纱布看了看伤口。还好已经结痂了，没有那可怕的鳞片长出来，我顿时也长长地松了口气。

正好这个时候，北门走了进来，看着我脚上的纱布，诧异地问道："江公子，你这脚上是怎么了？"

"没什么。"我说道，"下水的时候蹭破了，开始还不知道，有些发炎，昨天敷了药，今天已经结痂，没事。"

"你可还要小心，今天还要下水。"北门关切地对我说道。

"嗯，没事！"我点头答应着。

这一天的时间，我都在外面勘察地形，我现在越发感到这里的地势出奇的诡异。根据黄河水的涨潮和落潮，甚至日照就星相变化，都有很大的差距，这大概是我一生见过最复杂的地势了。

难怪北门他们都说，要找到龙之门，估计只有我们家的人才有可能办到。

王教授和秦聂今天又商议了一天，研究那个黄油纸，只可惜，他们看了一天，正着反着，斜着背着，还是一无所获。

二愣子跟了我一天，到了傍晚时候，跑去一问，然后就一脸鄙视，认为那两个教授就是徒负盛名。

今天天气不错，早早地，一轮明月挂在空中，我站在山坡高处，拿着望远镜看着。

小龙出来了一天，又恢复了原本的活跃，神气活现，竟然凑在望远镜前面，不断地看着，然后还用小爪子向我比画着，口中嘎嘎叫。

小龙平时表达的意思，我连猜带蒙，就能明白，但是，今天小龙想要问什么，我还真不知道，所以，只能摇着头，表示不知道。

就在我准备走下山坡时，突然，我在望远镜里看到一个诡异的影子，在远处的桑林里一闪而过。

"站住。"我几乎是不假思索立刻就向山坡下追了过去。

外面的天还没有完全黑，但是，桑树林里面却是阴森森的，春冷带着一股瑟瑟寒气。

走到黑影消失的地方，我大声叫道："出来——出来——"

但是，周围却是死一般的沉寂，没有人回答我。

我从口袋里摸出手电筒，对着地上照着，很快就发现了一排脚印——脚印不大，纤细得很，应该是女的。我一手打着手电，一手抱着小龙，有小龙壮胆，我向桑树林里走去。

如果刚才我没有看错，那个人……就是在我梦中出现的神秘垂钓老婆婆。

梦中的人，竟然出现在了现实中，这种感觉，真是让我匪夷所思。

自从当初上了顾老师的面包车，吃了他的鸡蛋饼，我的生活就脱离了原本的轨迹，总是有一股阴沉压抑的恐怖感，在我心中慢慢地滋生、蔓延。

桑树林里面很是阴暗，开始还可以行走，但是，古老的桑树枝叶缠绕，盘根错节，遮天蔽日，几乎没有道路可以走了。

我又仔细地看着，发现桑树枝有明显被人折断的痕迹，绝对有人来过，所以，我顺着痕迹向里面走去。

没多久，我的面前出现了一处倒塌的房舍，一块块破碎的青砖散落在地上。从残存的建筑风格来看，这地方竟是一座庙宇？哦，不对，也有可能就是祠堂……

我又向前面走了几步路，发现不远处还有一处算是保留完好的房舍，嗯……应该不算是留完好，而是后来又修建过。

我满心狐疑——难道说，这地方还有人住？

我心中一边想着，一边小心翼翼地向前面走去。

我刚刚绕过一堵快要倒塌的墙壁时，意外地发现墙壁里面放着两具黑漆棺木，似乎有些年代了，表面的黑漆剥落得相当严重，上面还有一些花纹，已经看不清楚了。

这个意外的发现，我感觉，我一颗心有些不争气地跳着——怦！怦！怦！

小龙趴在我怀里，突然轻轻地颤抖了一下，然后，它就发出一种低低的嘶吼……

我猛然一激灵，迅速后退，猛然抬头的时候，就看到一根树枝上挂着一条手臂粗细、身上带芝麻斑点花纹的毒蛇，正冲着我吐着猩红的蛇信子。

如果不是刚才小龙低吼，让我心生警觉，那么我向前走上一步，很有可能就和毒蛇来了一次亲密接触。

"吼——"小龙的咽喉中，再次发出低低的声音，随即，那条毒蛇从树上掉下来，"啪"的一声，落在地上，抽搐了几下子，就寂然不动了……

我吓得手一颤抖，差点就把小龙摔落在地上，当即忙小心地抱着它。

由于曾经亲眼看见小龙驯服老龟和大蟒蛇，所以，我知道它很不平常，但是，我怎么都想不到，它一声低吼，就要了那芝麻蛇的老命。

小龙突然挣脱我的怀抱，箭一般地向芝麻蛇飞过去。就在这时，那条我以为死了的芝麻蛇，竟然"嗖"的一下子，对着小龙脖子上咬了过去。

"小心。"我看得惊心动魄，怎么都没有想到，那条该死的芝麻蛇狡猾至极，竟然会装死！

下一秒，那条芝麻蛇已经重重地摔在地上。小龙锋利的爪子直接抓它的七寸之处，它那蛇脑袋，斜斜地挂在身上。

随即，小龙把蛇的青绿色蛇胆抓了出来，送到我面前，还一脸的讨好模样。

我连连摇头，在青铜古殿中的时候，我迫不得已吞下了那条老蛇的胆，我现在想想都反胃，说什么也不会再这么生吃蛇胆了。

小龙的一双小眼睛就这么执着地看着我，然后还低声嘎嘎地叫了两声，似乎是在询问我，是不是嫌弃它，为什么不吃它给我的蛇胆，却吃二愣子挖出来的蛇胆。随后它还飞到那条芝麻蛇身边，用小爪子比画着，大概意思是说，是不是嫌这个蛇小了。

我哭笑不得，原本绷紧的心弦也为之一松。

我摸出随身携带的药囊，把那颗蛇胆小心地装进去，然后比画了半天，告诉小龙，我带回去吃。它还老大不高兴，认为我忽悠了它。

第四章

世外桃源

不对，我突然一个激灵，这可是初春季节，蛇类冬眠还没有醒，哪里来的蛇？除非就是人工饲养，冬天给它保暖，不让它冬眠？

这些年生活条件好了，人们都喜欢养个宠物，自然是猫狗最受欢迎，前者会卖萌撒娇，后者忠诚可靠。

但是，也有人喜欢养一些普通人不爱的东西，比如说——蛇、蝎子、蜘蛛等。

我一向认为，只要不危害到别人，你喜欢养什么宠物，那是你的爱好，但是，我还是反对那些养毒蛇做宠物的，毕竟，这玩意儿一旦跑出去，咬了人，弄不好就是要出人命的。

所以，我小心地退后了一点点，准备走过去看看。

偏生，就在这个时候，我耳畔居然传来"砰砰砰"的声音，不大，似乎是有什么东西扣在门板上。

我站住脚步，凝神去听，声音就在不远处。

"小龙，你可有听到什么声音？"我低声问怀里抱着的小龙。

小龙偏着脑袋，一脸的萌样，然后，它竟然摇头了。

这个时候，那"砰砰砰"的声音竟然消失了，荒林陷入死一般的沉寂中。

我微微皱眉，再次向着小房子走去——走到近前的时候，我听到房子里面似乎有人在说话——

"外面好像有动静？"而这个说话的声音，我竟然非常耳熟。

小龙趴在我怀里，竖起一只小爪子比画着。

我这一次轻易就明白了小龙的意思，当即点点头，抱着小龙靠近。

"有人又怎么了？"另外一个苍老的声音响了起来。

"你就不怕你的藏身之处被人发现？"刚才说话的那人，再次说道。

"哼！"那个苍老的声音冷哼了一声。

"姥姥，你就把东西给我吧。"那个声音再次说道。

这一次，我可以肯定，这个说话的人就是苏倩，至于她口中的"姥姥"到底是谁，我却是不知道。

"不成！"我听得姥姥果断拒绝道。

"姥姥，我妈妈可是你亲闺女。"苏倩再次说道。

我站在外面，总感觉有些不对劲。苏倩的母亲，听说是江南名门闺秀，知书达理，人也漂亮——我就算非常不喜欢苏倩，我也不能否认她长得漂亮。

能够生出这么漂亮的闺女，想来母亲也是容貌美丽之人——可是苏倩的姥姥，怎么会待在这种诡异的地方？

"呵呵！"我听得姥姥传来的冷笑声。

"怎么了？"我听到姥姥冷笑道，"你母亲也后悔了？"

"是的，我妈妈后悔了！"苏倩说道，"妈妈想要回去。"

"阿倩，别做梦了。当年我和你母亲，还有姨姥姥跑了出来，就别指望回去了。"

"可是……"苏倩低声说道，"姥姥，你知不知道……"

"知道什么？"姥姥问道。

"我妈妈患了血癌，命不久矣。"苏倩低声说道，"姥姥，我求你了！"

我站在墙角的窗户口，听着两人说话，心中却是百思不得其解。苏倩的母亲患了血癌——癌症就是绝症，目前为止，还没有真正根治的法子。

所以，一旦患上某种癌症，几乎就是被判了死刑。

在这种时候，苏倩不是应该尽孝于母亲跟前，而不是跑来这种地方吗？

"呵呵……呵呵……"里面，我清楚地听到姥姥诡异冰冷的笑声。如果不是苏倩刚才说，她的母亲是姥姥的亲闺女，我真的没法子相信。

哪怕是一个外人，我也能够听得出来，这笑声中充满讽刺。

"人间绝症？"姥姥说道。

"是！"苏倩低声说道，"还望姥姥成全，我要带着我妈妈回去。"

"阿倩，我说过很多次，回不去了。当年我们叛离家族，跑了出来，就算回去，也会被处死。"姥姥说道，"既然贪慕人间繁华，就应该知道最后都是这种后果。"

"姥姥，求你把地图给我！"苏倩再次说道。

"没有地图。"姥姥说道。

"那您为什么一直待在这里？"苏倩的声音似乎已经不如刚才那么客气，连着声音都提高很多，变得有些尖锐起来。

"那是我的事情。"姥姥再次说道。

"我知道，你还念着江枫那个老乌龟。"苏倩突然尖锐讽刺地说道。

我顿时呆住，江枫？我爷爷？不……不对，我爷爷那么正经的人，怎么会和这个荒林里面的老太婆有什么不清不白，一准就是同名同姓。

"我是想要告诉你，那个老乌龟已经死了，而他孙子也在这里。"苏倩冷笑道。

"我见过那个孩子了，很俊。"姥姥低声说道，"好了，阿倩，你可以走了。"

"江凌，你听够了没有，听够了，可以进来了。"苏倩突然提高声音说道。

我站在墙角处，顿时呆若木鸡，苏倩竟然知道我站在门口偷听？

随即，那扇破烂的门打开了，苏倩冷着脸，站在门口，看着我道："我就知道，你一定会跟过来。"

荒林里面已经黑了下来，苏倩距离我不足五步之远，可我看着她，却似乎遥不可及。

我现在不光是讨厌这个女人，还觉得她有些神秘莫测。

既然已经被她们发现了，我也不能再装下去。不管那个"姥姥"是谁，她似乎和爷爷有些渊源，所以，我向房间里面走去。

房间里也是黑漆漆一片，我拿出手电，拧亮——一道苍白的灯柱在房间里亮起来。

但是，出乎我的意料，狭隘的房间里空荡荡的，什么人都没有。

"苏倩，你在搞什么鬼？"我转身，看着苏倩道。

"姥姥？"苏倩这时也转过身来，看着空空的房间，似乎呆了一下。

"姥姥——"苏倩再次提高声音喊着。

她在小小的房间里面寻找，这个房间，根本就没有藏身的地方，也没有后门，那个"姥姥"——就这么不见了。

"跑得可真快！"苏倩冷笑道，"姥姥，我还会再来的。"

说着，苏倩竟然理也不理我，转身就向外面走去。

我仔细地想了想，这地方是有暗道？"姥姥"不想见我，就跑了？

算了，既然她不想见我，我也不该去打扰她，所以，我尾随苏倩走了出来。

我快走了几步，追上苏倩，问道："嗨……苏警官？"

"做什么？"苏倩见到我，就没有个好态度。

"我们聊聊？"我说道。

"聊什么啊？"苏倩冷笑道，"本警官的咨询费很高。"

我知道她是恼恨上次的事情，因此我也不在意，笑道："你姥姥好？"

"我姥姥关你屁事？"苏倩冷笑道。

"你姥姥自然不关我屁事，顶多就关我爷爷屁事而已。"我也不在意，笑道，"我说苏倩，我们不会是兄妹吧？来，叫哥哥……"

"我要是有你这个哥哥，我一早把你摁马桶里面溺死。"苏倩恼恨地说道。

"哈哈，理论上来说，要摁马桶里面，都是哥哥把妹妹摁在里面。"我笑道，"你这么恨我，不会我小时候真的把你摁马桶里面过吧？哦哦哦，如果真有，你别在意啊！小时候，不懂事，我道歉。"

苏倩本来气鼓鼓地走在前面，听了这话，顿时就站住脚步，说道："你敢再说一遍试试看！"

我看着她那个模样，大概我再说，她真找我拼命。

所以，我赶紧闭上了嘴巴，问道："苏警官，你姥姥到底是怎么回事？她……

一直住在这里吗？"

我以为苏倩不会说的，没想到她站住脚步，呆呆地看着远处滚滚而去的黄河水，低声说道："是的，我姥姥……这些年都住在这里。"

"那你姥爷呢？"我诧异地问道。

"龙之门！"苏倩说着，指着远处说，"来了龙之门，就再也没有出来，姥姥就一直待在这里，没有离开过。"

"你找姥姥要什么？"我问道，"龙之门的入口？"

"不是，你今晚就会带我去龙之门，我不会问龙之门的入口。"苏倩低声说道，"我是想要问问她，如何重回世外桃源。"

"世外桃源？"我愣然说道。

"是的。我妈妈说，我姥姥，还有姨姥姥，当年都是从世外桃源逃出来的，唉……对了——"

"什么？"我不解地问道。

"你爷爷没有说过？"

"爷爷什么都不说。"我摇摇头，除了教给我风水术，爷爷确实是什么都没有说过。

"我姨姥姥，当年就是嫁给了你爷爷。"苏倩说道，"你和我身上都流淌着世外桃源的血。"

"世外桃源是什么地方？"我诧异地问道，"武陵春？"

"不是。"苏倩摇头道，"具体我也不知道。但是，听我妈妈说，姥姥当年说起过，世外桃源有诸多神秘之处和龙之门也有些瓜葛。龙之门所葬的，似乎是世外桃源当年的某个先祖。"

"有根据吗？"我问道。

"天知道！我妈妈病了，命不久矣，所以，得尽快……"

"我虽然医术不错，但也没有良方可以根治癌症，尤其是血癌。"我低声说道。

苏倩竟然笑了起来，说道："你要是掌握了治疗癌症的秘方，你老早就发财了，哪里还需要敲诈我一千万？"

"你就念念不忘你那个一千万？"我忍不住说道。

这要是别人，我也许就心一软，把钱退给她了。但是，想想沈蔺风说过——苏家早年曾经出卖过他，这里面似乎还有一些别的事情，所以，这钱我是不会退的。

我准备回金陵后，就把这钱捐献给慈善基金会，算是做点善事。

苏家反正有钱，不差这么一星半点。

"沈叔叔说，在龙之门中，有一种怪异的小昆虫，能治疗血癌。"苏倩笑道，"我过来碰碰运气，要是实在不成，我也没有法子。"

我听后一惊，龙之门中还有这种生物，不成，我要去问问沈蔺风！

想到这里，我再没说什么。而苏倩已经加快脚步，向外面走去。

闯过桑树林，我们刚刚走到水塘边，那边，北门等人正在四处找我们两个，见到我们，顿时都舒了一口气。

"我说江公子，你跑什么地方去了？"北门一把拉过我，说道。

"嘎嘎嘎——"我还没有来得及说话，小龙就飞起来，一边叫着，一边还用小爪子比画着。

"啊……原来是和苏警官约会啊？"北门虽然不太明白小龙表达的意思，但是，无奈小龙就不是好东西，一边比画，一边还用小爪子指着我们俩，弄得我尴尬不已。

"江公子，你这样就不好了。"何强一脸悲苦地看着我。

我对何强这句话也不知道该如何回答才好，笑道："什么这样那样的？你还是警察叔叔吗？"

"我本来是警察，不知道什么时候，就成了你叔叔了。"何强哈哈大笑，拉着我就走，却没有招呼苏倩。

走了几步路，感觉离苏倩远了一点，何强才低声问道："怎么回事？你怎么和她……在一起？"

"事情有些怪异，我也不知道怎么说。等下跟你解释，你可不要误会。"

"我误会个什么啊？"何强笑道，"你不会真的以为我要追她吧？我偷偷跟你说，那丫头身手了得，弄不好，谁娶了她，口角几句，她就操菜刀砍人了。"

我瑟缩了一下子，问道："有没有看到沈叔叔？"

"哦，他和沈姑娘在一起呢。"何强笑道，"今晚就要动手呢。"

"嗯！"我一边说着，一边向沈念儿那边走去。

果然，房间里只有沈念儿和沈蔺风两人。见我进来，两人都很意外，沈蔺风笑着说："小江，你来得正好，这丫头就是死脑筋，我还正劝着呢。"

　　"怎么了？"我忙问道。

　　"我……我爸爸不准我跟你们下水。"沈念儿一脸的委屈，嘟着小嘴说，"他这就是欺负我是女孩子。"

　　"你本来就是女孩子。"我笑道。

　　"小江哥哥，你也不帮我？"沈念儿走过来，揉着我手臂，向猫儿一样蹭了一下子，然后说道，"不成，你们不能抛下我。"

　　"念儿。"沈蔺风叹气道，"你必须留在上面接应我们。你要知道，下水能不能活着出来，都是未知数，你……你这丫头怎么这么不懂事？"

　　沈蔺风一边说着，一边向我使了个眼色，他的意思我明白，就是让我劝劝沈念儿。

　　"哦？"我冲着沈蔺风点点头，说道，"念儿，你不知道，这次探险确实很危险，下水很危险，你担心你爸爸，我理解，但是——"

　　"能不能不要但是？"沈念儿可怜兮兮地看着我，说道。

　　"念儿，我也很不想但是，可接应的人，总不能都是苏倩的人吧？"我说道，"你就这么放心把我和你爸爸的生死，交给一个还对我们有敌视态度的人？"

　　沈念儿听我这么说，低头想了想，这才说道："好吧，但是，你们都要小心。"

　　"你放心！"我点头道，"我会照顾好沈叔叔的。"

　　这一次，沈念儿竟然轻轻地笑了，然后她伸手抱住我，也不顾沈蔺风在，低声在我耳畔说道："小江哥哥，你也要保重，平平安安地回来……"

　　"这丫头哪里是担心我啊？"沈蔺风取笑道，"小江，她是担心你。"

　　"爸……"一瞬间，我就看到沈念儿霞飞双颊。

　　我有些诧异，这丫头真的是担心我吗？这没理由啊！我们两个小时候感情确实不错，但是，分开这么多年了，她又在国外读书，见过世面，难道就没有个男朋友？

　　"女大不中留。"沈蔺风再次说道。

　　"爸，你再胡说，我不理你。"沈念儿跺脚说道。

"我不说！"沈蔺风哈哈一笑，当即说道，"念儿，你先出去，我和你小江哥哥还要商议点儿事情。"

"好！"沈念儿听了，就转身出去。

"沈叔叔，我也正有事问你。"我忙了说道。

"哦？小江，问什么？"

"世外桃源是什么地方？"我直截了当地问道。

"啊？"沈蔺风似乎是呆了一下，半晌，这才说道，"你听谁说的，你爷爷？"

"不是！我爷爷从来没有对我说过这些。"

"苏倩？"沈蔺风皱眉道。

"是的，我今天在山坡上看地势，无意中看到她……"我把荒林里的事低声地说了一遍。

"她……竟然没有死？"沈蔺风听得我说完，当即说道。

"谁？"我不解地问道。

"秋忆！小江，你不知道，苏倩的母亲就是秋忆的闺女——龙之门的确切地点，当年也是她告诉我们的，然后才是你父亲江城，利用点穴术找出确定的地点，于是，有了我们上一次龙之门的探险活动。"

"那苏倩的姥爷又是谁？"我问道，"那个老婆婆，为什么一个人待在这鬼地方？"

沈蔺风皱眉半晌才说："本来这事情我是不应该说，但是，既然你问了，我感觉，你应该有知情权。"

"哦？"我愣了一下，从沈蔺风的口中，我感觉，似乎……这事情和我有些关系啊！

"你可知道你奶奶叫什么？"沈蔺风问道。

"秋华。"

"你奶奶和秋忆，本身是亲姐妹，据说，一早从世外桃源逃出来的。"沈蔺风说道。

"啊？"我虽然从苏倩的口中，知道我奶奶和那个神秘的老婆子似乎有些瓜葛，但没想到，竟然是这种关系。

"具体是亲姐妹，还是好闺密，我就不知道了，总而言之一句话，你奶奶也是来自世外桃源。"沈蔺风说道。

"哦？"我满腹狐疑，问道，"世外桃源到底是在什么地方？"

"我希望……今晚就能知道，世外桃源到底是什么地方。"沈蔺风说道。

"你是说……"我问道，"这地方的古墓，和世外桃源有关？"

"嗯。"沈蔺风说道，"当年到底发生了什么事情，导致秋忆和你奶奶离开世外桃源，我不知道。但是，早在二十年前，秋忆找到了我们，跟我们说了龙之门的种种，然后，就由你父亲带着人前来龙之门。"

这一次，我看着沈蔺风，没有说话。

沈蔺风似乎是在回忆，半晌，这才说道："秋忆也进去了，你父亲没有能够出来，我在一个保镖的护持下跑了出来，她却是生死不知。我以为，她也死了，但没想到，她竟然还活着，她为什么不去找我们？"

"苏倩想要去世外桃源。"我说道。

"哦？"沈蔺风点头道，"我还想要去呢。"

"为什么？"我不解地问道。

"因为……"沈蔺风说了一个"因为"，突然就打住，竟然住口不语。

"沈叔叔，我们现在可是一伙的。"我说道。

"小江，我不打算瞒你什么，只是这个实在有些骇人听闻。"沈蔺风低声说道。

"还有什么更加骇人听闻的？"我说道，"沈叔叔，你不妨说出来听听。"

"据说，世外桃源中存在的，未必都是人类，还有……"沈蔺风说道。

"还有什么？"不都是人类，还有鬼不成？

"妖！"沈蔺风说道，"或者，用现在医学的观念来说，就是别的智慧种族。"

沈蔺风这么说，我忍不住反驳道："外星人？"

"如果是外星人，倒也罢了。"沈蔺风靠近我，附在我耳畔低声说道，"世外桃源只是名称好听，事实上就是守墓人，而他们看守的，不是普通人的坟墓，而是……"

"沈叔叔，而是什么？"我忙问道。

"谁？"突然，沈蔺风低声喝道。

说话的同时，他已经一把推开我，大步向门口走去。

接着，我就看到二愣子在门口站得笔直，脸上带着憨厚朴实的笑——

"老板，您好！"二愣子忙说道，"他们让我过来看看，找你们商议事情呢。"

沈蔺风冷哼了一声，大步向另外一边的房间走去，我也跟了上去。

"江公子。"突然，二愣子低声说道。

"啊？"我站住脚步，看着二愣子，问道，"怎么了？"

这时，走在前面的沈蔺风已经走进隔壁的房子。我心中一再地抱怨二愣子，要不是他正好过来，我就知道那个世外桃源到底是什么地方了——只要知道到底是哪个历史名人的古墓，我回去翻翻资料，不愁不能够把它找出来。

好吧，就算我学识浅薄，不是还有王教授和秦聂在吗？

第五章

山腹藏尸

二愣子凑在我耳畔，低声说道："江公子，你今晚就不要下去了，你看看，你脚上的伤还没有好。"

我没好气地说道："我不去，难道你去啊？"

"对，我去！"二愣子点头道，"反正，你是看地方的，只要找到地方就成了，到时候里面有什么宝贝，总不会少了你那份儿。"

我心中一动，低声说道："你的意思就是我不要下去，你下去？"

"对，我给你下去看看，有什么宝贝，直接给你偷偷带回来，不就好了？"二愣子一边说着，一边把某样东西递给我，说道，"比如说，这个玉佩，我看着就很好，你先收着。那个破青铜盒子，等到了金陵，你偷偷帮我卖掉？"

我心中明白，那个青铜盒子，虽然王教授同意给我们，但是，我们想要卖掉，也不是这么简单的事情。

更何况，王教授和秦聂都说过，那东西就算放在博物馆都是稀世之宝，哪里是我们能够说卖就卖的？

古玉就算了，青铜器，可是国家明令禁止，不许私人买卖的。

我把那块古玉抚摸了一下子，在夜色下，古玉入手温润柔和，带着淡淡的寒气，色泽鲜亮，宛如凝血。

二愣子说得没错，这东西确实是稀罕宝贝，价值不菲。

"二愣子，你到底是谁？"我突然低声说道。

"什么？"二愣子似乎呆了一下子，说道，"江公子，你说什么啊？"

"没什么！"我摇头道。

"江公子，我是为你考虑啊！"二愣子说道。

"我知道你是为我考虑。"想那天下水的时候，二愣子也说，不如让他去，他水性好，后来他迟迟不上来，我才下去的。

"但是，我必须要下去看看。"我说道。若是在以前，我真的不想下去，我怀念金陵的繁华和热闹，我期盼能够早日回去。

我也知道，弄不好，我今天下去了，就再也没有机会回到金陵了。可现在，我不知道为什么，我总感觉我的身边似乎有一张无形的网，已经把我死死地网住，不是我想要逃就能逃走的。

如果已经无路可逃，我唯一的出路，就是鱼死网破，我在等待。

想到这里，我自嘲地笑笑。事实上二愣子是谁也不重要了，他们的目的就是龙之门，或者是那个世外桃源。

而今天，我才从苏倩和沈蔺风口中得知，我的奶奶，那个名字叫作秋华的女子，是曾经的世外桃源之人。

世外桃源不是避乱之处，而是守墓人聚居之地。至于守的是谁的坟墓，我不知道……

所以，我向对面的门走了过去——里面，苏倩和沈蔺风、北门等人都在。

"江公子来了？"北门站起来，招呼我道。

"你们商议得怎样了？天色不早，月亮升起来，我就可以定穴——大家进去之后，如果不小心分散了，那么，不管如何，请切记天亮之前，必须要出来。"

"不出来会如何？"何强问道。

"入口封死。"我直截了当地说道，"会在水下被封一个月，所以切记，金银财宝需要有命来享受，而上古文明之谜，也一样需要有命才能够发掘。"

我说完这么一句话之后，就发现众人都是面面相觑，似乎都很意外。只有沈蔺风没有说话，苏倩似乎也没怎么在意。

"下水的人都确定好了吗？"我问道。

"我这边，李三留下来做接应。"北门说道，"江公子，我可是说过我们的人几乎要全部去。"

对于北门的决定，我表示没有异议。他们本来就是盗墓团伙，经验丰富，就算是李三，也是水性极好的人。

我担心的是何强和苏倩他们。

"我家念儿留下来做接应。"沈蔺风说道，"我们家就只有我们爷儿俩。"

"沈姑娘留下来，真是再好不过。"何强忙说道，"我们这边，小于受伤，留下来，正好可以相互照顾。"

我的目光落在王教授身上，没想到，这个老头儿立刻高举双手道："我要去！我老了，我要去开开眼界——朝闻夕死。如果我老头给各位拖了后腿，你们只管走，不用管我，能够埋骨在这等地方，对于一个考古学者来说，死得其所此生无憾了。"

我本来还想要劝劝王教授，但听他这么说，我也不好说什么了。

"苏倩，你这边呢？"我问道。

"我、秦教授、小二。"苏倩干脆利落地说道。

我点点头。秦聂和王教授是一样的人，虽然这两个老头儿相互看不顺眼，但是，他们确实都是资深的考古教授，知道有这种传说中的神墓，就算明知道是死，他们也会进去搏一把。

"江公子，你和沈先生不是一起？"突然，苏倩问道。

"啊？"我突然想起来，刚才沈蔺风无意中说了一句——我们家只有我们爷儿俩。

那么，自然我就不算在内，想想，我和他只能算是师兄弟，关系也不是特别好的那种，确实不能够算一起。

"我和江公子一起。"就在这个时候，二愣子从外面走进来，大声说道，"所以，我也要去。"

北门等人都知道二愣子是冒牌货，因此谁也没有反对。

一直没有说话的陆羽突然说道："二愣子还是留下来吧！"

"为什么？"沈蔺风反问道。

"他一个老实人……"陆羽轻轻地叹气。

"二愣子水性极好。"我说道，"能够在水下换气。就冲这一点，他下去比我们都更有胜算。如果没有异议，那就这样。留守的人，麻烦相互照应一下子。"

小于笑嘻嘻地说道："江公子放心，我会照顾好沈姑娘。"

"小子不要油嘴滑舌，占我闺女便宜。"沈蔺风说道。

"沈先生,您放心。"听沈蔺风这么说，小于忍不住瑟缩了一下脖子，这才想起来，沈念儿很是漂亮，脾气还好，虽然偶然也会刁钻古怪一下子，但是，整体给人的感觉就是又漂亮又可爱，萌萌的。

年少慕艾，那是自然而然的事。

可是，这要忽略掉沈念儿有个神秘莫测、脾气还不怎么好的父亲。

有这么一个岳丈老泰山，绝对不是好玩儿的。

我曾经想过，我将来真的要娶沈念儿，那么，如果哪天沈蔺风看我不顺眼，会不会就弄点稀罕的毒药，直接就让我死得不知不觉？

我可不是杞人忧天，这人从来都是视人命如草芥。

沈蔺风倒是大方，拿出瑰莲精华液，给他们每人注射了一点，又一再嘱咐，瑰莲精华液的药效有限，如果进去之后，不能够天亮出来，那么，就算入口不会封死，他们也出不来了，所以，一切都要小心。

我什么也没有说，走到外面的高地上。这个时候，月亮已经升了起来，我看着那一轮明月，呆呆地出神。

这地方如此复杂，风眼和假穴纵横，而真正的龙穴，居然结成在水底下，可叹大自然造物之神奇。

远处黄河水奔腾而下，在桑村处辗转逗留，然后又蜿蜒而去。

"小江，可有把握？"这个时候，沈蔺风走到我的身边。

"通知众人，换衣服，走。"我说道。

大概是我语气坚决，众人都没有迟疑，当即带着潜水服和氧气管等物，跟着我走到黄河边。

我从口袋里取出一面铜镜，正面对着天空的明月。月光照在铜镜上，然后落在江面上，原本看着普通的江面上，这个时候在月华光柱之下，竟然出现一个直径足足有一米来大的旋涡。

我大声叫道："旋涡就是入口，快！"

第一个"扑通"一声跳入水中，直接没入旋涡中的竟然是苏倩。这个丫头虽然脾气很不好，让人生厌，但是，骨子里面却是有着一股血性。

紧跟着，何强也跟了下去。何强虽然口口声声说他不喜欢苏倩，但是，就算是瞎子，都知道他喜欢苏倩。

众人都是接踵而下，最后剩下我和二愣子。

这家伙张张口，似乎又想要劝说我不用下去。我一直都弄不明白，二愣子到底有什么企图？

如果他的目标只是龙之门，那么，入口就在面前……这跟我去不去，有什么关系？

我没有理会他，忙换好衣服，小龙依然趴在我胸口，然后我就直接跳了下去。旋涡巨大的吸力直接把我卷入水底下，我的眼前一片黑暗。

迷糊中也不知道过了多久，我恍惚感觉有人在推我，还有人在低声叫我名字——

"江公子，江公子……"

"嘎……嘎嘎……"恍惚中，我的耳畔似乎还有小龙的叫声。

当我睁开眼睛，就看到小龙正趴在一边，二愣子蹲在我身边，我的身下就是陈腐的泥沙，另外一边就是地下河水，连接黄河水……

我判断得没错，当月圆之夜，受到月亮引力的作用，地下河水和黄河水相连，这是唯一能够进入地下河水找到龙之门的方法。

我揉揉还有些昏沉沉的脑袋，从地上爬起来，然后把矿工帽捡起来，把头上的灯打开，然后戴在头上，看了看四周的环境。我的前面不远处就是底下河水，黑漆漆的一片。我的身边不远处是石壁，看着像是天然形成，不像是人工开凿出来的。

"其他人呢？"我问二愣子道。

"嘎嘎！"小龙拍着翅膀飞起来，冲我叫了两声。

我有些明白小龙的意思，它是说，我们进来就没有看到别的人。

"那个旋涡下面有好多支流。"二愣子解释道，"大……不对，江公子，想要进入这里并非容易的事情。"

"怎么说？"我站起来，四处看着，诧异地问道。

"支流不知道会把人卷到什么地方，是进入这个地方，还是卷入河底，再也回不来，都难说。"二愣子说道。

我看了一眼二愣子，若有所思地笑道："二愣子，你很懂得这些啊？"

"大人……不对，江公子，你说笑了，我自幼就在黄河边长大，熟悉黄河水性。"二愣子摸着脑袋，笑得一脸憨厚。

我苦涩地笑笑，小龙飞过来，落在我肩膀上，冲着我嘎嘎叫了两声。

我居然听懂了这小家伙的意思，它竟然问我，这地方有没有什么好吃的？噗，这地方能有什么好吃的？

"那现在怎么办？"我看着眼前的河水，皱眉问道。

"不知道，我们四处看看？"二愣子提议道。

"好！"我点头，从口袋里摸出来罗盘，然后确定了方位，向着南面走去。

二愣子跟在我身边，小龙就用小爪子抓着我肩膀上的衣服，站在上面，看起来像是一只大蝙蝠。

"大人，我们如何出去？"突然，二愣子问道。

"呃？"我一愣，这地方进来是靠着旋涡，出去应该也有相反的旋涡，或者要找到出去的水流。我进来之前，还嘱咐过众人，必须要在天亮之前出来，否则，很有可能被困在里面。

"二愣子，现在几点了？"我忙着问道。

"啊？"二愣子听我这么说，表情明显就呆了一下子，说道，"江公子，我没有表啊，你看看。"

我听二愣子这么说，暗骂了一声自己"糊涂"，忙着低头看了一下时间，这一看之下，我心跳都漏了一拍……

我手表上面的时间显示，已经是凌晨三点多了，距离天亮还有一个多小时，我必须立刻就找到出去的水流。

想到这里，我再次摆布罗盘，确定方位，观看水流——可是，这四周都是黑漆漆的一片，哪里能看出什么名堂来？二愣子拿着强光手电给我照着，我能看到的也就是附近五米左右的地势。

我有些颓废地抓抓脑袋，问道："二愣子，你看这个水流是向哪一边流？"

"江公子，这水目前看起来像是静止不动的。"二愣子低声说，"不过，既然是地下河，肯定有一定的水流动向。"

我看到二愣子一边说着，一边就站在河岸边四处看着，半晌，他才说道："江公子，应该是这边。"

说着，二愣子指了一下前方。

我点点头："走。"

但是我们走了大概十来分钟，前面的河流似乎被一块山壁一刀切断，而且高耸在我们面前。

"这算是怎么回事啊？"

二愣子站在我旁边，拿着强光手电筒照着，然后，他低声对我说："江公子，你看上面？"

"呃？"我顺着二愣子照的光柱看了过去，在山壁上，竟然有一个个山洞，像是被人刻意凿出来的。

"真奇怪，这上面怎么会有山洞？"我诧异地说着。

"要不，上去看看？"

"这么陡？"我微微皱眉，这山壁陡峭得很，要爬上去可不是那么容易的事儿。

"不是带了装备？"二愣子说，"没事的，我先上去看看，然后我把绳子扔下来，拉你上去。"

我正欲答应，突然看到趴在我身上打瞌睡的小龙，一把把它抓来，指着上面的山洞："小龙，你先飞上去看看。"

小龙很是不乐意，冲着我嘎嘎叫了两声，但还是振翅向上面飞去。

我拿手电照着，看到小龙飞入其中一个山洞中，顿时就没来由地紧张起来。

但是，不过是两三分钟的时间，小龙再次飞了出来，直接从上面俯冲下来，飞到我面前，冲着我"嘎嘎嘎嘎"地叫了几声，还用小爪子比画着。

"江公子，小龙似乎是叫我们上去？"

"是！"我点点头，小龙确实是让我们上去。

"江公子，一时半刻也找不到出路，又和沈先生他们分散了，不如上去看看。"

"好！"我一边说着，一边从背上取下背包，把绳索等物取下来，拿过气枪和三爪飞梭，递给二愣子。

让我不明白的是，这个二愣子看到那些东西，竟然很纯熟地直接用气枪把飞梭射入墙壁，然后他使劲地拉扯了一下，确认牢固可靠之后，就顺着绳索向上爬去。

二愣子身材魁梧，但动作却是敏捷得不得了，像一只大马猴，很快就爬上去七八米高，靠近最下面的一个山洞。

我见状，立刻也顺着绳索向上爬去。可怜我小时候调皮捣蛋，还学了一点拳脚功夫，平时爬树还可以，爬山攀岩还真不是我的强项。我发现，二愣子只花了两三分钟的样子就爬了上去，而我足足花费了一刻钟才爬到山洞口，二愣子伸手把我拉了上去。

我大口大口地喘着粗气，摇头道："我就不是做这个的料。"

"还好！"二愣子笑道，"能够爬上来就好。"

可恶的是小龙，它明就能飞，可它就这么懒懒地挂在我肩膀上，搭了顺风车。

那个山洞入口不大，只能够容纳一个人弯着腰才能钻进去。里面却大得很，像是一个葫芦入口。我们向里面走了几步，就看到一条岔道。

"江公子，我们走哪一边？"二愣子原本走在我前面，这个时候站住脚步，低声问道。

"我不知道！"我摇头道，"要不，我们抛硬币决定？"

"好！"二愣子在身上摸出来一枚硬币，问道，"正面走左边，反面就是右边，好不？"

"好！"我点点头，反正就是碰运气了，还能说什么？

二愣子干脆利落地把硬币抛上去，然后，我们看着硬币落了下来，正好就是反面。

二愣子把硬币捡起来，我直接就向右面那条岔道走了过去。我们的运气还算不错，没走几步路，一座比较宽敞的石室就出现在面前，石室中还有一些石头雕刻的桌子、板凳。

我在里面看了一圈，这地方明显就有人生活过，石头桌子粗糙不堪，我用手摸摸，上面有厚厚的积尘，这还不算，石头有些风化的现象，不知道是什么年代的？

我满腹狐疑，这地方在暗无天日的地下河水下面，似乎怎么也不会有人生活在这样的地方啊！

我一边四处看着，一边想要和二愣子讨论，在我转身的瞬间，却发现二愣子不在我身边了。

"二愣子？"

空荡荡的石室中，没有人回答我。

"二愣子？"我再次叫道。

依然没有人回答我，我忙问小龙："小龙，你看见二愣子了吗？"

小龙一脸糊涂地摇摇头，然后继续在我肩膀上睡觉。

我站在空荡荡的石室中，头上的冷汗都流了出来。刚才进来的时候，二愣子一直都在我身边，怎么一个转身，他就不见了？

这要是在金陵，我是一点都不担忧的，反正，走丢了，迷路了，都不是什么大事，可是……现在在这种……

"江公子，我在这里！"就在我六神无主的时候，在附近的石壁中传来二愣子的声音。

"啊？"我一听之下，顿时大喜，"二愣子，你在哪里？"

"这里！"随着二愣子说话，他从我身边的一块石头后面转了出来。

"江公子，这里面有些古怪，你过来看看。"二愣子低声说道。

"哦？"我听得二愣子这么说，当即绕了过去。走到那边我才发现，那个石壁非常诡异，乍一看去是一个整体，但实际上，在侧面有一条很细的缝隙，勉强一个人侧身挤过去。

我看着二愣子，低声问道："这里面是什么？"

"说不上来，江公子，你过来看看，可能找到你们要找的地方了。"

"哦？"我听得二愣子这么说，当即走过去，贴着石壁，好不容易挤进去，里面渐渐地宽旷起来，黑压压的不见边际。

二愣子走在前面，冲着我招招手，示意我过去。

我忙走到一块石壁前，那石壁上有一些壁画，不是雕刻的，而是不知道用的什么颜料画的，如今剩下一些模糊的影子，看不出画的是什么。

"这都是什么东西？"

"不知道，看着老大老大的画，可惜——"二愣子低声说道。

"可惜什么？"我取出照相机，开始一点点拍摄，虽然不清楚，但总胜于无。

二愣子给我打着手电筒，低声说道："江公子，我这两天和那两个老头儿厮混在一起，听他们说，这种古墓中的画儿也是很值钱的。这要是好看的，能够拿出去，多好！"

"好个什么啊！人家画在石头上，你能把这石头搬出去？"

我看到这些壁画的时候，突然就心情大好，看样子我的判断没有错，这地方确实有古墓，应该说，这地方就是龙之门了。

我拍拍脑袋，想着那块耸立的大山壁，如果黄河水上涨，那么，会不会漫过山壁？鲤鱼从山壁上跳过去，就算是越过龙门？而我们，进入此地？算是进入了龙门？

"你怎么发现那道缝隙的？"我问道。

"我晚上不知道吃了什么，肚子有些不舒服，想找个地方蹲一下，没想到就发现了那条石缝。"二愣子低声说道。

"哦？"我一边仔细地拍摄着，一边答应着。

"江公子，你看，这边有脚印。"

"啊？"我一听，顾不上拍摄壁画，顺着二愣子手电筒的光柱看去，果然，地面上有几个杂乱的脚印。

我仔细地看了看，脚印应该有两拨人，但分辨不出来，到底是谁？其中有一个脚印比较纤细，应该是女子，估计是苏倩，因为我们这一行人中，就她是女的。

"江公子，我们顺着脚印找过去，能和他们会合。"二愣子低声说道。

"对！"我点头道，"没想到，他们也来了这里，也发现了这处石缝。"

"嗯！"二愣子顺着脚印向前面走去。我们刚走一会儿，就发现石壁上，竟然有着一个个洞穴，但这些洞穴都用石头堵死了，可是还有几个洞穴被暴力撬开，石头散落在地上。

二愣子拿着手电筒对着其中一个洞穴照了过去。

我正欲阻止，让他不要鲁莽，接着二愣子就惊呼一声，连连后退。

二愣子的神勇我是亲眼见识过的，这货平时天不怕地不怕，杀了真正的二愣子厮混在我们中，算是最神秘莫测的一个人，又有什么东西能够吓唬得了他？

"江公子……"二愣子结结巴巴地说道，"鬼……鬼啊……"

"鬼？"我被他这一吓唬，心里直发毛，忙问道。

"哪里？"

"石洞……石洞里面……"二愣子结结巴巴地说道。

"哦？"我拿着手电对着石洞照了过去。

手电筒的光柱落在一张干枯的脸上，一双黑洞的眼窝子看着我，透着寒气。

我后退了几步，只感觉自己一颗心怦怦乱跳……

但随即我就冷静下来，再次举着手电筒照了过去。我心中多少已经有了答案，但还是需要证实一下。这次我已经有了心理准备，所以，再看到里面那张脸时，已经镇定不少。

石洞里面，盘膝坐着一具尸体，骨肉并没有完全腐烂，不知道什么缘故，像是一点点地干枯了。

"没事，就是一具干尸而已。"我转身对二愣子低声说道。

这时，二愣子再次凑了过来。

"江公子，我刚才看到……看到……"

"看到什么了？"我问道，如果不是二愣子一惊一乍的，我刚才也不至于就被吓到。我好歹也是学医的，虽然是学中医的，但我在大学的时候，也去解剖室长过胆气，哪里会怕一具尸体了？

"它……它……在对我笑。"二愣子说道。

"哪里？你看花眼了。"我接着又说，"你看他们一定也来过这里，这些石头撬开的痕迹很新，应该是他们做的。"我低声说道，"我们赶紧走，希望能赶上他们。"

"嗯！"二愣子听我这么说，忙点头有些哆哆嗦嗦地走在我身后。

我带着二愣子走了几步，突然，一个黢黑的影子出现在我头上矿工灯的光束下。

"谁？"我低声喝道。

那人静静地站着，一动都不动。

"北门大叔？"我再次低声说道，"我是江凌。"

那人还是站着，一动不动。

"江公子，那不像是北门……"二愣子低声说道。

"嗯……"我说着，当即摸出匕首向前面走去。走了四五步远，我已经能清楚地看到，那竟然是一具干尸，靠在一边的山石上，黑暗中，老远一看，自然是分辨不出是活人还是尸体。

我这个时候已经明白过来，这个山洞应该是一个尸洞，不知道是什么年代的某个部落处理身后事的地方。

第六章

暧昧

我忍不住低声咒骂了一句："这谁把尸体弄出来了？"

"天知道。"二愣子说道，"江公子，你们那一群人中，有好些变态。"

"呃……"我哭笑不得，说道，"我们都是变态，你呢？"

"我是二愣子，不是变态。"二愣子一本正经的模样，差点就把我逗笑了。

说话之间，我已经走到那具尸体近前。我也不知道是出于什么心态，竟然拿着手电筒照了一下。随即，我就有些呆滞。

"江公子，你怎么了？"

"二愣子，这人……这人不是自然死亡。"

"啊？"二愣子一愣，说道，"江公子，你也糊涂了，这人就算不是自然死亡，也死了好些年了，难道你还要追查凶手不成？"

这一次，我没有答话，而是从随身携带的背包里取出针管，对着那具尸体的胸口刺了进去。

这尸体全身肌肉风干，放置了这么久，不但没有腐烂，反而更是显得生硬，甚至有石化的可能性。我费了一点力气，才算把针尖插了进去。

"江公子，你要做什么？"二愣子给我打着手电筒，在我耳畔低声问道，"你怎么还对干尸有兴趣？"

"你个二愣子，你知道什么啊？这具干尸是在活着的时候，被人灌了大量的药剂，做成了干尸——也就是说，他是眼睁睁地看着自己的肌肉一点点干枯、萎缩，然后死亡，懂不？"

"呃？"二愣子激灵地打了一个寒战，低声说道，"这么残忍？"

"嗯！"我点点头，我现在也就是想看看这到底是什么药而已。

我想从干尸身上提取一些样本，但就在这时，我耳畔突然传来"嗡嗡嗡"的声音……

这声音似乎就在极近的地方，又似乎很是遥远。

"二愣子，什么声音？"

"声音？"二愣子似乎愣了一下子，说道，"江公子，我没有听到什么声音啊？"

"什么？"他没有听到声音，这怎么可能？就在这时，我感觉有些刺痛，低头一看，一个猩红色的小虫子叮在我的手背上，那虫子很小，像是江南菜田里的七星瓢虫，模样却非常像虱子。

像这么大的虱子，我还从来没见过。所以，我急忙把那只血虱拍到地上，然后用力踩了一脚。我竟然没踩死它。

它"嗖"的一下就跳到了一边。

"二愣子，踩死它，快快快！"我急急叫道。

可怜二愣子这货对付老蛇的时候那是各种生猛霸气，如今对这么一点的小虫子似乎有些力不从心，使劲地踩了三脚，才总算把那只血虱踩死了。

地上，还留着猩红色的血迹。

"大……大人……好多虱子……"

"什么？"我顺着二愣子手电的光柱看去，只见在石壁上，还有一些石头的缝隙里面，密密麻麻都是这种通体鲜红的血虱……

我结结巴巴地骂了一声。

这么多血虱？靠着吸食人血而生存，在非洲就有蚂蚁咬死大象的事情，我是一点也不怀疑。这么多血虱，能够分分钟把我吸食成一具干尸。

"跑啊，二愣子。"我说着，丢下手中的针筒，顾不上研究那具古尸了，拔腿就跑——没什么比逃命更加重要的了。

我跑着，却发现二愣子没有跟上来，忙停住脚步，一转身我看到二愣子傻傻地站着，似乎已经吓傻了。

那些红色的血虱，像是红色是潮水，顺着二愣子的脚踝开始向他身上爬去。

我顾不上多想，转身跑到二愣子身边，拉着他就跑——身后，嗅到血腥味的血虱疯狂地向着我们涌过来……

我这时已经明白，那具干尸是怎么造成的，根本就不是药物也不是什么病毒，就是这些血虱——而且，这些血虱还携带着某种病毒，导致尸体数千年没有腐烂。

一条向下的甬道，黑漆一片，一路上不断地有凸出的碎石头，还有一些坑洞，坑洞中应该都有尸体——我还看到一些图案文字，如果没遇到血虱，我还会考虑研究拍下照片来，回去给王教授或者是秦聂，他们都会非常感兴趣的。

可现在，我还是逃命要紧，什么学术研究，都没有自己的小命重要。

"大人……这里……"突然，二愣子似乎回过神来，叫道。

"啊？"我还没反应过来，二愣子拉着我走向一条岔道。没走几步，就出现了一道石门。二愣子直接把我拉进去，然后他也不知道摁了一下什么机关，石门就发出"轧轧轧"的声音，缓缓地关闭起来。就在石门即将关闭的时候，已经有一些血虱涌了进来。

二愣子使劲地用脚去踩，不断地踩着脚，一被他踩烂的血虱散发出一股腐烂的腥臭味。

我顾不上多想，和二愣子一齐消灭那些血虱。

在我和二愣子的努力下，几乎已经全部剿杀，剩下的也构不成威胁了。

我和二愣子身上都被血虱咬得不轻，尤其是二愣子，脸上都是红肿的大疙瘩。

"这些该死的虱子……"二愣子一屁股跌坐在地上。

我身上也被咬得不轻，感觉又痒又痛，当即从背包里翻出药剂，拿着一次性针管冲着二愣子晃晃。

"我不用！"二愣子拒绝我的好意，说道，"没什么大事，就是有些痒，过几天就好了。"

我用针管给自己注射了一支清毒止痒的药,笑道:"二愣子,你还是注射一支吧,可以止痒,否则,你会痛痒难当——这血虱比普通的虱子不知道要歹毒多少倍。"

二愣子看了我一眼,问道:"你这药不多吧?"

"还有几支。"

"那就算了,虽然有些痒,但没什么大碍。"二愣子说道,"天知道这里面还会有什么变态东西,你先省着点。"

"哦?"我听二愣子这么说,觉得他说得在理,倒也释然了,想到这里,我把药剂收拾好,小心地放在背包里,然后我突然心中一动——

我看了一眼二愣子,然后就站起来,向石门关闭的地方走去。

"大……人,江公子,你做什么?"二愣子突然有些神色不自然了。

"不做什么。"我一边说着,一边站在石门口。石门很是严密,在关闭的地方,有一个石头雕刻的龙头,看着虽然简洁,但却非常生动。

我心中明白,这个龙头就是石门开启和关闭的机关。

但问题是为什么二愣子知道这条岔道,还知道打开石门的机关?

"江公子,你怎么了?"二愣子摸脑袋,笑得一脸憨厚。

"二愣子,你老实跟我说,你以前来过这里?"

二愣子看了我一眼,说道:"怎么可能啊?我这不是跟着你们一起来的吗?如果以前来过,我早就把这里的珍宝全部搬空了,我还来做什么啊?"

"这里面的珍宝,根本拿不出去。"我靠在石壁上,淡淡地说道。

说话的同时,我忍不住四处看了看。这虽然是一个石室,但对面还有门,不知道通向什么地方。

"二愣子,这个石室通向什么地方?"我再次问道。

"江公子,我哪里知道?"二愣子看着我,然后就把背包丢在地上,在我身边坐下来,叹气道,"我都说了,让你别来。"

我忍不住冷笑了一下子。

"二愣子,这里只有我们两个人。"

"嗯。"二愣子点头道,"是啊,这里只有我们两个活人,但天知道外面有多少死人。"

我气得想一巴掌把二愣子拍死，我知道这里是古墓，只有我们两个活人，至于死人——墓主人是谁，殉葬者多少，我当然不知道。

"这里是古墓，死个人很是稀松平常。"我冷笑道，"我的父母据说都是死在这里。"

"呃？"二愣子似乎有些迷糊，甚至，他看向我的目光也有些怪异。

"江公子，我也是没有父母的，我们都是孤儿，不过，不要紧——你看看，我们还不是长这么大了？"二愣子说道。

"呵呵！"听了二愣子的这句话，我只是讽刺地笑着，他有没有父母，我不知道，也不想知道。

"二愣子，北门他们已经找到了真正二愣子的尸体了。你一直躲在黄三公他们的船上，想来蚕村，对吧？"

我一边说着，一边注意看着二愣子。在路上的时候，小于曾经说过，任何一个罪犯，在面对别人询问他犯罪经过的时候，他的目光都是闪烁不定——因为他心虚。

但是，我看着二愣子的时候，却发现他就这么看着我，目光沉稳淡定，似乎我说的是一个和他毫不相关的事情。

"你是谁？"我直接问道。

"江公子，我就是二愣子。"

我有些烦躁，冷笑道："你别装了。"

"我没有必要装。你们发现了二愣子的尸体，那又怎么了？"

"那就证明你是假冒的。"我冷冷地说道，"我很想知道，你这么跟着我们，到底目的何在？"

二愣子看着我，突然笑道："江公子，那你跑来这里做什么？三公跟我说，这年头撑死胆大的，饿死胆小的，我这人不学无术，连话都说不好，跑去城里打工，人家说我是浪费粮食的——我这不是想跟着你们发点财嘛？"

二愣子这么一说，我竟然不知道说什么才好。

"好好好！"我站起，说道，"二愣子，你的意思就是，你想要跟着我们发点财？"

"是啊！"二愣子点头道，"你是仙人，指了路，我却没有供奉，所以我只能杀掉一个无关紧要的人，取而代之。"

"那是人命！"一瞬间，我的声音分贝陡然就提高了上去。

我是真的恼火，不管这个人是谁，想要进入龙之门，我都认了，用沈蔺风的说法——多带几个人进去，也就是这么回事。

进来了，就是各凭本事，生死各安天命，谁也保证不了自己能活着出去。

这个假冒的二愣子要来，他就偷偷跟着来好了，何必非要杀人？

"这世上最廉价的，就是人命！"二愣子看了我一眼，也是站了起来，说道，"人命，短短七八十年的光阴，能够有什么用？还要没病没痛，否则，天灾人祸，随时都会夺走脆弱不堪的肉体，剩下孤独的灵魂无所栖息。"

我看到二愣子站起来的时候，我也准备站起来，但是听二愣子这么一说，我的身子突然僵住，竟然动弹不得。

是的，作为一个农村孩子，没有读过书，脑袋还有些毛病的人，是不会说出这么深奥且富有哲学的话——他不是二愣子，既然已经被我揭穿，看样子他也不想隐瞒了。

"这世上最珍贵的，也是人命。"我看着二愣子，说道，"因为那是多少金钱也买不到的。"

"文明的神话，就在你面前。"

"什么意思？"我站起来，一把抓住二愣子，"你以前来过这里？"

二愣子被我抓住手臂，也没有挣扎，半晌，这才说道："我没有来过这里，但我比你们都了解这里，因为这地方的主人，非常有可能就是我们家的老祖宗。"

我听着只感觉匪夷所思，忍不住呵呵笑道："你家老祖宗？你跑来挖你家老祖宗的墓？"

"那是很多很多年前的事情了。"二愣子说道，"你听过鲤鱼跳龙门的故事吗？"

"听过，很多地方都有不同版本的传说。"我说道，"跳过龙门，鲤鱼就可以成龙了。"

"是的，跳过去，就是龙，而龙已经潜入深渊，也可以驾云翱翔九天之上——龙尊贵无比，高高在上。而鲤鱼嘛，不是作为普通人的盘中餐，就是作为祭祀之物。再不，如果鳞片长得好看，有人会养着玩，沦为宠物或者吉祥物。"二愣子一边说着，一边看了我一眼。

但是，我感觉，二愣子应该是看向小龙。

"如同把鱼换成人，你自己想。"二愣子说道。

我呆了一下，我本来是想追问一下他的来历，但是，话题似乎偏移了。

如果把鲤鱼跳龙门的故事主角，把鱼换成人，人要是跳了龙门，那会如何？

"一般来说，鱼跃龙门也就是平步青云而已。"我说道。

"鲤鱼跳龙门，那是质的改变，而不是量的累积。"二愣子说道，"就像青菜虫变成蝴蝶，那是蜕变，彻底改头换面——江公子，这地方叫作龙之门，而我们都是人。"

我一头靠在石壁上，呆呆出神，这地方叫作龙之门，我们——都是人？

人越过这道龙之门，会成为什么？

"老人相传，龙之门埋葬的，乃是河神伯夷。"二愣子接着说，"一个掌控黄河水族，能够呼风唤雨、叱咤风云的人物。但是，我族的古老传说，他只是一个放逐者，被放逐到这个地方，看守龙之门，不许凡人涉足。"

"我族？"我立刻抓住了二愣子话语中的重点，问道，"你是什么族？"

"江公子，那个不重要，重要的是，我有资料。"二愣子说道，"我早就说过，如果你是求财的，那么，你根本不用进来，我会给你带出去。"

"对！"我讽刺地笑道，"你不是来求财的，你是来求仙的，你希望鱼跃龙门，呵呵。"

我口中说着话，手中却捏着一板细细的针，这根针上，带着极强的麻醉剂。

为来龙之门，我也做过一些准备工作，我是学医的，药——能够救人，也一样能够杀人。

"你和河神伯夷是一族？"我一边说着，一边靠近二愣子。

我不知道二愣子说的是真是假，毕竟，这人开始的时候，一直都在欺骗我们。

"算是！"二愣子点点头，说道。

我趁着二愣子不注意，手中的针对着二愣子手臂上刺了过去——我谈不上有什么恶意，但如果不摸清楚他的底细，我真的好害怕。

真正的二愣子已经死了，谁知道在有必要的时候他会不会把我也除掉。毕竟，这地方死个人，实在是稀松平常，是死于血虱或者各种机关陷阱，还是死于阴谋下的他杀，只有天知道。

我手中的针刺入二愣子的肌肤中，但是随即二愣子就以极快的速度退后了三四步远。石室不大，我站在石室的这一边，他已经退到了石室的那一边。

接着，我就看到二愣子低头看着自己手臂上的那根银针。

他的速度太快了，快得我都没有来得及收回那根针。

"大人……"二愣子说话的声音再次有些结巴，而且不知道为什么，他老是喜欢这么"大人——大人——"地叫我。

"只是有些麻醉剂，不会有事。"我看着二愣子惊诧的眼神，心中有些过意不去，毕竟上次在青铜古殿是他救了我，如今我怎么都有些像是一个以德报怨的小人。

"为什么？"二愣子靠在墙壁上，呆呆地问道。

"我想知道你的来历、你的目的，还有，你还杀了二愣子。"我直接说，"你为什么对这地方这么熟？你知道这条岔道，你还知道开启机关。"

"所以，这算是审问？"二愣子问道，"如果我不说，是不是你还准备动用一点私刑？"

"可能会。"不知道为什么，我说这句话的时候有些心虚。

"我不会告诉你什么！"二愣子一边说着，一边从手臂上拔下那根针。

"你——"我目瞪口呆，银针上染了麻醉剂，理论上来说，二愣子在短时间内根本就动不得。

可是他似乎根本就没有受到丝毫影响，速度依然那么快捷。

"麻醉剂？"二愣子举着那根银针，冲着我晃动了一下子。

"是！"我老老实实地说道。

"江公子，我刚才忘了说——一般的毒药，对于我来说没有大作用，比如说，那些血虱虽然讨厌，但我却不怎么怕它们。"二愣子说道。

这时，我才发现二愣子脸上原本被血虱叮咬过的痕迹竟然全部消散下去，只剩下一些淡淡的红色痕迹。

"江公子，要不，你自己体会一下子这个麻醉剂的滋味？"二愣子一边说着，一边就这么向着我走过来。

看着他手中那根银针，想想他勇斗老蛇的凶悍，我吞了一口口水——三十六计，走为上。

所以，我就这么转身就跑，向着石室的另外一个出口跑去。

但是，我刚刚跑到石室的出口，陡然腥风大作，一个人冲着我扑了过来。

"小心！"我的耳畔，传来二愣子的声音，随即，一只老大的拳头硬生生地把那个人给轰了出去。

"那是什么东西？"我惊魂未定，急急问道。

"魁拔，有了年代的魁拔！"二愣子低声说道。

魁拔就是僵尸。现代医学研究，所谓的僵尸，事实上就是人或者动物的尸体在特定的环境中，被病毒侵蚀导致的异变，形成了另外一种生命体。

僵尸和原本的人，已经没有一点关系。

我听爷爷说起过，年深日久，僵尸也会有一些灵智，但大都智力低下，只能靠着本能攻击人或者牲畜，寻求血食为生。

这里是古墓，还是一个不同寻常的古墓，出现僵尸当然也不足为奇。

但是，这个二愣子也太生猛了吧，居然就这么一拳头把魁拔打了出去。

"二——"我正欲说话，突然头上哐当一声响，有重物对着我的脑袋狠狠地砸了下来，再然后……我的眼前一片黑暗。

我也不知道昏睡了多久。恍惚中，我似乎做了一个梦。我梦到我回到了小时候，夏天，学校放了暑假，我和小伙伴在江边嬉戏，天很热很热，我们就这么躺在地上。

不对啊，这衣服为什么裹在身上这么难受？

迷迷糊糊中，我挣扎着想要解开衣服，可我的手脚却是不听使唤，怎么都解不开，我使劲地拉扯着，拉扯着……

我的鼻子闻到一股淡淡的香味，似乎就是玫瑰花，像是沈念儿。

"念儿……"我迷迷糊糊地说道，"你说过，长大了你要做我新娘子？"

我喃喃念叨着。

我一边说着，一边伸手去抱，随即，我竟然抱到了念儿——念儿……念儿……

我轻轻地说着，心中不断地念叨着："长大了，念儿你要做我新娘子。"

那具身体就这么贴近我，和我来了一个零距离的接触，我本能地抱紧她——男人的俗念，就在这个时候，一发不可收⋯⋯

也不知道过了多久，我突然感觉全身冰冷。一惊之下，我陡然清醒过来。我抬头看到石壁，旁边，有一个手电筒，光柱照在另外一边的墙角处，角落里面，躺着一具干枯的尸体。

我吓得大叫一声，一骨碌就从地上爬起来。

我手忙脚乱地开始整理衣服，我的裤子不知道被谁解开了，连内裤都扒了。我的周围散发着一种颓废的味道，就在刚才，我一准和什么人有过一些不正当的接触。

啊？

念儿？难道真是念儿？

我的身边传来窸窸窣窣的声音，似乎有人在整理衣服。可是，我却没有转身看一眼的勇气。真的，我怎么会做下这么糊涂的事情？

不对，我要把思路理一理：我们进入了龙之门，大家分散了。我和二愣子一起，遇到了血虱。二愣子对古墓中的机关出奇熟悉，我偷袭二愣子不成，反而被他偷袭了⋯⋯

接着我就失去了知觉，怎么醒来之后，就⋯⋯做了这么荒唐的事情？

"喂，你死了没有？"就在这时，身边传来冷冰冰的声音。

我吓了一跳，转身的瞬间，就看到苏倩一脸寒霜地站在我面前。

苏倩的脸上，带着一抹不正常的春色⋯⋯

"天⋯⋯"我呻吟出生，我在昏迷中，都做了什么事啊！跟随我们进入龙之门的，只有苏倩，念儿根本就没有来啊！而我，居然和她在这种情况下，有了一些不正当的⋯⋯暧昧？

第七章

夔牛

我从地上捡起手电筒，然后往四处照了照。这是一个石室，四周有一些缩小了规模的楼台宫殿，看着说不出的诡异。而在另外一边的入口，竟然躺着一具血肉干枯的尸体，嘴巴大张，露出满口白森森的牙齿，眼眶深深地陷进去，黑洞洞的，说不出的丑陋。

曾经鲜活丰满的肉体，如今丑陋得让人不忍直视。

我把手电筒放在边上的一个小阁楼里，整理了一下思路。我是被二愣子那家伙打晕的，然后，不知道出于什么心态，他把我丢在这里……

然后，苏倩来了，然后，这个死女人竟然……把我"强"了。

我转身看着苏倩，愤然道："你这辈子没有见过男人啊？"

苏倩的表情明显愣了一下，然后指着我的鼻子骂道："老娘就是'强'了你了，怎么了，怎么了？有本事你去告我啊！哈……"

我呆呆地看着苏倩，竟然不知道说什么才好。

"你要是有命活着出去了，你倒是写个诉状去法院告我啊！"苏倩冷笑道，"老娘往法院门口一站，你看看有没有人相信我'强'了你？"

我想了又想，这才说道："只怕就算我去告了你，法院也不会收我的状子。"

我想想就郁闷。

事实上，苏倩很漂亮，如果不是她凶巴巴地针对我，而且还善于玩弄阴谋诡计，作为一个年轻的男人，我还是很喜欢和这样一个美女"交往"。

可是……让我这么被动，我怎么都不甘心。

所以，我拿着手电筒，在石室里面四处看着，不再理会苏倩。

苏倩居然跟了上来，走到我身边，问道："喂，你真的生气了？你这个大男人，别这么小气好不好？你是男人，不吃亏的。"

"这里是什么地方？"我问道。

"我哪里知道？"苏倩摇头道，"我进来以后就和他们走散了，然后不知道怎么就莫名其妙地走到了这里。"

"那你也不能就这么霸王硬上弓……"我很无语，提到这个，感觉我心都在痛。

我的第一次，居然就交代给了苏倩。好吧，据说，我父亲在世的时候，还曾经戏言订过娃娃亲；她也说了，我是男人，我不吃亏。

可是，这里是古墓啊，旁边还躺着一具干尸，她怎么就会对我有"兴趣"？

"你……你还敢说？"提到这个，苏倩陡然一把抓起我胸前的衣服，叫道，"姓江的，你……你……"

"我怎么了？"我恼恨地说道。

"你身上有什么东西？"苏倩似乎一下子就冷静了下来，问道。

"我身上有什么东西？"我的背包还丢在一边，除了一些医药用品，就是防身的匕首，除此以外，我身上还有什么东西了？哦，压缩饼干和清水……

在石室里面走了一圈之后，苏倩在地上坐下来，打开我的水壶，喝了一口水，叹气道："我的东西都丢了，和他们还失散了，一个人瞎打瞎摸，发现了这么一处石室，看到里面有光，然后我就摸了进来。"

我在苏倩的身边坐下来，整理了一下背包里的东西，居然多出一把黑色的五四手枪——看着像是军用的家伙。

我没有当过兵，对于这些东西不了解，我也没有摸过枪。

当我看到那把手枪，本能地以为是苏倩的，问道："你的枪？"

苏倩摇摇头，从我手中接过那把手枪，看了看，里面还有三颗子弹，当即还给我道："不是……呃？这难道不是你的？"

"我不会用枪。"我摇头道。

"我遇到一些怪物，子弹都用完了，枪也丢了。"苏倩低声说道。

我忍不住打量苏倩，这个平时冷若冰霜的美人儿，这个时候显得狼狈不堪，身上沾染着泥污，还有一些血痕，脸上也有些污垢。

"那这枪是谁的？"苏倩问道。

"二愣子！"我说道。

我是被二愣子打晕，然后扛来这里的，这枪，应该也是二愣子丢给我防身用的。

"二愣子？"苏倩诧异地说道，"那个农村男人会有枪？"

"他不是原本的二愣子。你有所不知，我们早些时候，就在蚕村发现了真正二愣子的尸体。"

"他杀了二愣子，取而代之，混在我们群中，然后进入龙之门？"苏倩说道。

我发现，苏倩到底也是做警察的，我一说，她就明白了。所以，我只是点点头。

"你们居然一早就知道，竟然不说？"苏倩指责我道，"就任由他厮混在我们中间？你还把他带来了这里？"

"你的目的不也是龙之门，我不也把你带来了这里？"

"我给了你一千万买路钱。"苏倩用手指着我鼻子说道。

"你能不能不要这么凶？"我一把拍开苏倩的手，说道，"像个男人婆一样，小心嫁不出去。"

"你！"苏倩直接就向着我扑了过来。

我完全没有想到苏倩会直接向我扑过来，结果就是——我躲避不及，被她压在身底下。

"你要做什么？"我急急叫道。

"做什么？"苏倩恼恨地说道，"我要嫁不出去，我就把你'强'了，反正也不是第一次了。"

"你……你……"我被她气得说不出话来。

要命的是，这个女人压在我身上不算，她还不断地用手在我身上这里摸摸，那里捏捏。她下手不重，我也感觉不到疼痛，但却有一种酥麻的感觉，在全身扩散……

借着手电筒朦胧的灯光，我顺着苏倩那张漂亮的脸蛋看下去。脖子下面，就是精致的锁骨，而她这个时候，大概是气愤，随着呼吸，肌肤微微地起伏着，说不出的诱惑。

我很不争气地就有些俗念。

"苏倩，你能不能起来？"我扭过头去，几乎不敢再看这个女人。

"你要是在胡说八道……"苏倩松开我，坐在一边说道。

"你本来就粗俗。正常女人，能做出这种事情来？"

"你……"苏倩气鼓鼓地盯着我，那模样，似乎我调戏了她一样，也不想想，我才是被调戏的那个人。

"江凌，你身上到底有什么东西？"苏倩再次说道。

"我身上又什么东西了？"我不解地问道。

苏倩看了我一眼，皱眉说道："我进来的时候，看到你一个人躺在地上。我以为，你死了……我虽然很是讨厌你，但是，我当时还是很难过。"

"虽然我也不喜欢你，但如果在这地方看到你死了，我心里也会很难受。"我直截了当地说道。

"是！"苏倩说道，"就是这样——我走了过来，发现你只是昏迷不醒。我想把你摇醒，然后我就闻到你身上有一股奇异的香味……"

我举起袖子闻了闻，摇头道："没有啊？我身上湿漉漉、臭烘烘的，哪里有什么香味了？"

"那个香味很是奇怪，然后我就控制不住我自己。"苏倩说道，"江凌，你自己想想，你接触过什么东西？我怀疑，我们两个都着了道儿了。你以为——你以为我想要'强'你？我承认，你长得很俊，但是我也不是那么饥渴的人。再说了，外面追我的男人排成队，我还怕没有男人？"

我摇摇头，又在身上找了找，也没有找到什么碍眼的东西。

"说那个二愣子的事情。"苏倩说道。

苏倩的语气很不好，似乎把我当犯人审问，但是，这次我却没有计较，而是仔细地想了想。我和二愣子遇到了魁拔，他很生猛，一拳就把魁拔打了出去，然后，他就把我打晕了。

如果我身上有那个什么奇异的香味，应该也就是那个二愣子闹的鬼。

想到这里，我不禁恼恨不已。

我把事情的经过说了一遍。"你说的那个香味，也不知道是什么东西，但我可以保证，绝对就是二愣子搞的鬼。"

"你说你们男人，做的什么糊涂事？"苏倩的声音，一下子就提高很多。

"我们做什么糊涂事？"我反问道。

苏倩站起来，从地上拿起手电筒。"明明知道二愣子是假冒的，可你们还是把他带来龙之门，这不是给自己找不痛快？"

"那照你说，应该怎么办？"

苏倩冷笑道："我要是知道他是假冒的，我在蚕村就做掉他了。"

苏倩说这话的时候，态度就是那么轻描淡写，似乎杀个人如同杀个鸡一样，这让我没来由地反感。

"在你眼中，人命就是这么低贱？"我冷冷地说道。

苏倩冷笑："人命本来就低贱，几十年的光阴，弹指一挥间。"

我呆了，这话，听着耳熟，对了，就在不久前，二愣子也对我说过类似的话。

"你休息好了吗？如果休息好了，起来，我们一起走。"苏倩一边说着，一边从我的背包里面把那把五四手枪拿了起来，放在手中端了端，然后又挑了一把匕首，绑在腿上，说道，"就你这样，遇到魁拔，也就是找死的份儿。"

我懒得和她争辩什么，把背包收拾了一下，然后把水壶和干粮小心放好，把矿工帽戴在头上，拧亮了灯。

"把你的灯关掉，节省电源。"我对苏倩说道，"手电筒是备用的。"

苏倩什么都没有说，直接把手电关了，然后把我的手电筒就收放在她的挎包里。顺我的东西，她倒是一点也不含糊。

"你的装备呢？"我问道。

"丢了！"苏倩回答得干脆利落。

"你不会连干粮和清水也都丢了吧？"

"全部丢了！"苏倩看了我一眼，说道。

我终于明白，她为啥这么讨厌我还和我一起走，原来，她什么都没有了。

我站起来向门口走去，苏倩低声说道："那边不能够走。"

"为什么？"

"我就是从那边来的，差点把命交待了。"苏倩说道。

"如果那边不能走，那我们现在走哪里？"

"看看这边有没有出路。"苏倩指着石室另外一边说道。

这时候，我已经走到门口，看着横躺在门口那具干尸，问道："这尸体是怎么回事？"

"我哪里知道这个尸体是怎么回事？我来的时候，它就躺在这里，我总不能让它过来，让点地方吧？"

"你要是让它过来，让点地方，我也不说什么。"我听苏倩这么说，忍不住就笑了起来。

"我来的时候，你就和它躺在一起。"苏倩冲着我翻了一个老大的白眼。

我必须要说，苏倩是真心漂亮，哪怕是翻一个白眼，看着都像是撒娇。

我气得愤然骂了一句。我明白了，那个坑人的二愣子把我打晕之后，恶作剧地把我和干尸放在一起，我这要是醒来了，绝对被硌硬死。

不，我现在也硌硬得不成……

我走到门口看了看，果然，石室外面就是一条甬道，不知道通向什么地方。既然苏倩说，那条路不好走，我当即转身向后面走去。

走了几步路，我就站住脚步。

"怎么了？"苏倩问道。

"你见到小龙了吗？"

我突然想起，小龙一直在我身上睡觉，但现在却是不见了。

"就是你那个蜥蜴变种？"苏倩说道，"没看到。"

我丢了小龙，正不舒服，听苏倩这么说，忍不住就反唇相讥："你才是蜥蜴变种，你全家都是蜥蜴变种。"

"哈——"出乎我的意料，苏倩竟然没有生气，而是笑了起来。

"你笑什么？"

"我姥姥和你奶奶是姐妹，我全家都是蜥蜴变种，想来你也是蜥蜴亲戚。"苏倩说道。

"我不跟你开玩笑，你有没有看到小龙？"

"没有！"苏倩摇头道，"我来到这里，就看到你和那个尸体躺在一起，我以为，你也死了——实话说，我看到你的时候，我还伤心了。"

难道说，我把小龙丢了？

不对，应该是二愣子带走了小龙。

是的，二愣子接近我的目的就是因为小龙，平时他也和小龙亲近，趁我昏迷的时候他把小龙拐走了。

这么一想，瞬间我就感觉心中空落落的，不……我的心都不在了。

"喂，你怎么了？"

"我的小龙……丢了……丢了……"我讷讷说道。

"丢了就丢了吧。我们还是赶快走要紧，找到主墓室才是正途！"

我摇摇头，我真的一点也不想去找什么主墓室，我就想马上找到小龙。

看我垂头丧气的样子，苏倩安慰道："我们还是先走吧，也许能找到你的小龙。"

"好吧！"我失魂落魄准备要走时，突然听远处传来一声怒吼。

我还没有回过神来，一个硕大的身影就冲着我扑了过来，一道红影稳稳地落在我肩膀上。

"嘎——"小龙发出一声欢快的叫声。

"让开！"二愣子一把推开我，然后，一脚把那具干尸踹开。他摁了一下什么地方，石门竟然缓缓关闭。

这时一个像是牛、满身长着鳞片的怪物，将脑袋探入石门中，正好夹着它硕大的头。

"这是什么东西？"我看着那个庞然大物，还没来得及回神，二愣子一把拉过我，然后对着那怪兽头上就是一脚踹了过去。

那怪兽一声怒吼，向后退去，石门关上了。

"这是……什么东西？"

"大概是夔牛。"苏倩说道，"我就是碰到这个怪兽，弄得差点挂了。"

二愣子背靠在石壁上，看到苏倩，有些诧异，问道："你这个女人怎么在这里？你……你……和你我家大人……我……"

他一边说着，一边还比画了一下手势。

一瞬间我什么都明白了：这个王八蛋，把我打晕后，把我扛到这里下了点药，又把我和一具干尸放在一起。如果我醒来身边没有旁人，就会不由自主地抱着干尸自个儿解决了……

"你……你在我身上下了药？"我恼恨地说道。

"难道就准你下药，我就不能够偶然下一次？"二愣子看了一眼苏倩，突然哈哈大笑起来。

"你！"我抡拳就打。

二愣子连着眼泪都笑了出来，然后一个矮身，避开了。"大人……不对，江公子，白便宜你了，这么漂亮的娘儿们。"

我差点一拳打在坚硬的石壁上，而这时，石门发出轰隆一声大响，我们的头顶上，碎石纷纷落下来。

我退后了几步，看着二愣子："你没事招惹这个怪兽做什么？"

"快走快走，这家伙力大无穷，只怕这石门挡不了多久。"二愣子说着，拉着我就跑。

"苏倩？"

"别理会那个娘儿们。"二愣子说道。

苏倩竟然跟了上来，小龙抓着我肩膀，懒懒地挂在我身上。

"二愣子，你跑去哪里了？"我问道。

"嗯，去看看怪兽……"二愣子一边说着，一边开始在石室中寻找着什么。

"你找什么？"

"机关！"二愣子说道。

我看着那些乱七八糟的楼阁宫殿，有些已经倾斜倒塌……

二愣子找了好一会儿，挠挠脑袋说道："真奇怪了，难道没有后门？"

外面那个蛮货夔牛，似乎就和二愣子一样是一根筋，不断地撞击着石门，把整个石室都撞得砰砰作响。

"它会把石门撞开吗？"苏倩低声问我道。

"不知道！"我也有些害怕。

"它……它太厉害了……"苏倩低声说道，"你不知道……"

"知道什么？"我问道。

"你那个保镖被它吃了？"二愣子突然插嘴问道。

"呃？"我转身看着苏倩，她可没有说什么保镖的事情。

"是，你们都不知道……那怪兽就在水中，和湖水颜色一样，我……我们都不知道，结果它突然扑上来，一口就把人从腰间咬断，他……当时还没死，用力向前面爬，想要逃……"

我脑补了一下苏倩说的场景，忍不住打了个寒战，古代的腰斩酷刑，只怕都没有这么残忍。

突然撞击石门的声音停住了，外面静悄悄的。

"喂喂喂，那个怪物走了？"我低声说道。

"不一定！那个怪物很聪明的，它撞不开石门，一准躲在某个角落，等着我们自己走出去，然后——"

二愣子说到这里，比画了一下，接着说道："等着美味可口的早餐。"

"你才是早餐呢。"我忍不住骂道，"都没什么好话说了？"

我同时发现，提到这个怪兽，苏倩就脸色苍白，连嘴唇都哆嗦了一下。

二愣子去寻找后面的机关，石室很大，无数小巧的楼阁宫殿耸立，导致二愣子寻找机关非常困难。

我想起那个龙形石块，也四处寻找类似的东西，我虽然不懂得机关术，但我找出来可让二愣子看看，这样好节省时间。

"江凌——江凌——"

"怎么了？"我答应着，转身向苏倩那边走去。

"你过来看看。"苏倩低声说道。

"哦？"我走到苏倩的身边。

"你看——"她指着一根柱子说道。

我看着那根柱，柱子很普通，这地方的很多建筑都是石头，和那个庞大的青铜宫殿没法子相比。

但是这柱子的雕刻却是非常精美，这样的东西要是搬出去，绝对是考古界一大神迹，难怪王教授和秦聂都要来……

但这不是重点，重点是——这个主宫殿外面的柱子上，居然缠绕着一种像是黄金一样的丝线。

"这是什么东西？"我问道。

"像是某种植物？"苏倩低声说道。

"这暗无天日的地方，哪里有什么植物？"

"金陵水潭下面那个山洞也是暗无天日。"苏倩又说道。

"呵呵……"我忍不住冷笑道，"原来你也去过那个山洞？"

"呃？"苏倩一愣，似乎是知道自己说漏了嘴，忙解释着，"我们大家都知道好不好？"

"苏倩，你老实和我说，王铁汉那具尸体，是不是你们弄出来的？"我带着几分怒气，低声吼道。

"嘿……"提到这个，苏倩只是冷笑，"我倒是想要弄呢，可我可没有那个本事。除了你们那种人，谁能弄得出来？想想你那个沈叔叔，十有八九是他。"

听苏倩这样说，我差点抓狂。我开始的时候也怀疑过沈蔺风，但是，沈蔺风说过，根本不是他。

他曾经说过，饲养黄金瑰莲，他杀了很多人，不在乎多杀一个半个，但是，王铁汉的尸体不是他折腾的——他甚至以为是我。

"你有怀疑我的时间，不如去怀疑某些来历不明的人。"苏倩冷笑道。

我说，二愣子确实来历不明，但是，他不是在船上的时候才贴上我们的？

"你不会傻得以为，他就是黄河边土生土长的人吧？"苏倩压低声音说道。

"真正的二愣子，自然是黄河边土生土长的人。可是现在的二愣子，是什么来历？他从什么时候盯上我们了？"

"你们两个在说什么？"二愣子突然冒了出来。

"说你！你看看，这是什么东西？"我指着柱子上那缠绕着的金色丝状物质说道。

"奇怪！"二愣子看了看，他还用匕首挑了挑，"看着不像是普通的丝线啊？但韧性似乎不错。"

我正欲说话，传来一声似乎爆炸的声音。

"怎么回事？"

我话音刚落，就听外面传来怪兽的怒吼……

"我的天啊！"二愣子低声道，"有人和夔牛对上了……"

我一愣，本能地想到北门他们，当即顾不上多想，直接向外面走去。

"江公子……"二愣子一把拉住我，"你出去也是送死。"

"可是——"我摇摇头，指着外面说道，"我不能放着朋友不管。"

我说话的同时，手指摁在机关上，扭动了一下，石门轧轧地开启——

这时，外面再次传来轰隆一声大响。

我被震得扶着石门才站稳脚步。

"小心！"我的身后，苏倩说道。

一股热浪扑面而来，原本并不大的甬道被炸得坑坑洼洼，狼藉满地，石壁被炸开老大一个窟窿，匆忙中我看了一眼，被炸开的地方，竟然也是一条通道，似乎比这边宽阔多了。

我们的对面黑漆漆的一片，什么都看不到。

"谁？"我高声叫道。

"江公子……我，北门……"黑暗中，传来北门的声音。

我一听，顿时大喜，忙着就要过去……

"江公子，别……别过来……"北门大声说道。

我听到北门声音中的恐慌，随即，就听到有人在声嘶力竭地惨叫……

我顾不上多想，向那边跑了过去，甬道上又有一些碎石落下来，让我做梦都想不到的是——跑出去不过片刻，眼前豁然开朗，竟然是一湾挺大的地河流。

不远处的山壁处，几个人恍惚地靠在一起，他们对面，蹲着一个庞大的怪物，正在吞食着什么……

我一个转身，头顶矿工灯正好看得清清楚楚，那是半个尸体。

"天！"苏倩在我身边，捂着嘴巴，才没有发出声音。

我几乎是哆嗦着问道："是……谁？"

"不……不知道……"苏倩摇摇头。

"是谁都不重要！"二愣子冷着脸说道，"来这里，就要做好死在这里的准备。"

对面的人似乎也看到了我们，然后我看到有人拿着荧光棒在墙壁上敲了敲，等荧光棒亮起来，就冲着我们挥舞了一下。

我知道，这是通知我们想法子会合——可是，怪物拦在那里，距我们不足五米，我真的一动也不敢动……

"我虽然找到了另外一条道路，估计也没法子绕过去了。"二愣子低声说道，"我等下数一、二、三，你们两个冲过去，和他们先会合，然后直接过河。"

"过河？"我看着那地下河水。

"从这边过去，有一条石桥可通。"二愣子说道。

"好！"我当即点点头。

而这个二愣子，竟然一把从我身上抓过小龙，对着这只怪兽冲了过去——这简直就是不要命的举动啊。

我明白他是用自己吸引夔牛的注意力，让我们会合后过河。

苏倩一把拉着我，直接向对面跑去。

我真的没想到，这个女人跑得这么快。冲到对面，我看到了北门和金刚，还有黑眼镜、农民都在，却不见了李二……

我瞬间就明白，那具尸体就是李二。

"附近看一下，有没有过河的桥，赶紧……"我说道。

"我知道，在这边，你们跟我走。"苏倩招呼着大家，又问道，"你们有没有谁见过何强？"

众人都是摇头，然后苏倩一刻也不停留，带着北门等人向另外一边跑去。我正要跟上，但背后却传来小龙低声的怒吼——

我匆忙转身，就看到夔牛身上竟然冒出如同闪电的光泽，一瞬间，我想起《山海经》中关于夔牛的描写，这家伙可是身有光泽，如同是日月一般，非常牛的存在。

小龙被电了一下，似乎是激怒了，扇着翅膀就冲了上去。

夔牛看到小龙，就像是普通的斗牛一样，直接撞了上去。

"啪——"的一声，小龙再次落在地上，发出"嘎——嘎——"的叫声。

"小龙……"我忍不住叫道。

"大人，你快走！"二愣子大声吼道。

然后，我就看到他一个跃身，高高地跳了起来，就像是大马猴一样，狠狠地一脚踹在夔牛脑袋上，随即他就翻身向夔牛背上爬了上去。

这蛮荒怪兽什么时候吃过这种大亏，它仰首怒吼，人立而起，硬是把二愣子甩了下来。

"小心。"我看得惊心动魄，大声叫喊。

但是还是迟了，夔牛看着体积笨重，但动作却非常敏捷，一个转身，一只脚对着二愣子背上狠狠地踏了下去。

《山海经》就是哄小朋友睡觉的鬼话，谁告诉我夔牛只有一只脚的，这货明明有四只脚……

"嘎……"小龙再次飞起来，对着夔牛撞了过去。

但是，小龙终究体积太小了，一下就被夔牛再次撞飞出去……

接着我就看着夔牛巨大的脑袋对着二愣子凑了过去。

"不……不要……"这一刻，我再也顾不上别的，一边吼着，我一边从地上捡起来一块碎石头，就冲着夔牛砸了过去，同时向着二愣子跑了过去。

"走啊……"二愣子痛苦地叫道。

我根本不理会二愣子说什么，跑过去一拳对着夔龙打了过去。

这一刻，我的目标就是救他。我不想再追究他的来历，也不想问他假冒二愣子的事情。我只知道，他救过我多次，我不能够见死不救。

我一拳打在夔牛头上，竟然像是打在石壁上一样，震得我手臂发痛，可却没有撼动它分毫……

但我的举动让夔牛愤怒了，它松开二愣子，冲着我一声怒吼，差点把我耳膜都震聋了。

匆忙中，我看到二愣子被它一脚踢到一边的石壁上，然后，这货直接就对着我冲了过来。我转身就跑，一脚踩在一块碎石上，脚一扭，痛得我差点叫出来。

紧接着，我身后一个庞大的物体砰的一下撞在我身上，我只觉得五脏六腑都移动了……

我头上的矿工灯啪的一声掉在了地上，在地上晃了两下，一个巨大的影子，慢慢地靠近我……

我绝望地闭上眼睛，这次谁也救不了我了。

灯柱下，我看到夔牛走了过来。我一点也不怀疑，它能一口把我咬成两半，就像苏倩的保镖和李二一样，瞬间成为它的食物……

我闻到夔牛身上的腐烂腥臭味，还有血腥味……

有水滴落在我脸上，臭不可闻。

我睁开眼睛，看到夔牛冲着我大张着嘴巴，獠牙毕露，牙齿上还带着血迹。它的身上，遍布一种诡异的鳞片，在黑暗中带着一种绿油油的光泽。

二愣子说，这货就是夔牛，但是，根据《山海经》记载，夔牛并没有鳞片，而且只有一只脚。

这家伙却有四只脚——

临死之前，我荒唐地想着，我竟然不知道被什么怪兽吃了……可惜可惜，到死都是糊涂鬼。

但是，好大一会儿，夔牛都没有一口咬下来。等得我都有些不耐烦了，死就死吧，好歹来点痛快的。

所以，我睁开眼睛，就这么看着它，出乎我的意料，这货居然也就这么看着我——

我和夔牛就这么大眼瞪着小眼地看了一会儿。

这候，二愣子从一边爬了过来，看着我和夔牛相互瞪着，他冲着我比画了一下，意思是让我赶紧逃……

第八章

渊面黑暗

我用手撑着，挪动了一下身体，不料夔牛用前面的一只爪子摁住我，然后，它冲着我低声吼了一声。

直接就把我吓得一个哆嗦。

再然后，夔牛把硕大的脑袋凑近我，张开嘴巴，凑近我的脑袋——

我绝望地闭上眼睛，这次，只怕连上帝老儿也救不了我了，如来佛祖、救苦救难的观世音菩萨啊……你们在哪里？

"大人……"我的耳畔，传来二愣子的惊叫。

我感觉有一张臭烘烘的嘴，在我头边舔了我一下子，腥臭难闻。

我艰难地挪动了一下身体，大着胆子睁开眼睛，就看到夔牛在我身边，它还不断地用鼻子在我头上闻着气味，还用脑袋蹭了我一下。这个熟悉的动作，有些像是我小时候家里养的大黄狗。

我愣愣地看着它，据说，动物用舌头舔人，那是亲热的表示，蹭——也是它们亲热的一种表现。

如果是大狗狗，我会非常欣喜，可是这么一个庞然大物，它还刚刚吃掉了我的两个同伴……

大概是见我没有反应，夔牛再次用脑袋蹭蹭我，然后居然偏了一下子脑袋，这模样，看着像是卖萌。

"江公子……江公子……"我的耳畔，传来二愣子低低的声音。

我努力地扭过头去，虽然我现在苟延残喘能够保住性命，但是，天知道有什么动作会把夔牛激怒，就被它一口就吞入腹中。

我看到二愣子抱着小龙，冲着我比画着手势，低声说道："江公子，我看它似乎和你很亲近？"

如果是平时，我绝对会骂人，亲近？把你压在身底下亲近啊？

"你试着摸摸它？"二愣子再次说道。

"摸你个头。"

我一开口说话，夔牛竟然冲着二愣子低声吼了一声，吓得二愣子忙双手抱着脑袋，蜷缩在一边。

这个家伙，也有今天啊？

夔牛冲着二愣子吼了一声，然后低头看着我，竟然再次伸出舌头在我脸上舔了一下子——

这个大家伙似乎对我真的没什么恶意啊！我伸手向它头上摸了过去——果然，它竟然很温顺地任由我抚摸。

呃？我难道和野兽有缘？兽缘？

我乱七八糟地想着，这时夔牛开始扯我的裤管，被它蛮力一撕咬，我的裤子被撕开个大口子。

夔牛对着我脚上使劲地嗅着，这还不算，还抖动了一下庞大的身躯。

夔牛竟然对我脚上包裹着的伤口那块皮感兴趣，不断地蹭着，动作很是温柔，但对于我来说，它还是很粗鲁。

我的伤口被它蹭得有些痛，而且它不但蹭着，还用牙齿撕咬……

我实在被它蹭得难受，自己动手，把绑着的那块皮解开，然后索性把里面的纱布也解开了，丢给它道："给你！给你！别蹭了！你要吃我也爽快点，你逗着我好玩儿啊？"

敢情这货是把我当玩具了，想想，金刚不就抓了一个人类美女当玩具戏耍了一番？

但是，我的话刚刚说完，目光落在脚上的疤上，随即我的心跳都差点漏了一拍——原本脚上的被剥掉的鳞片，如今居然再次长了出来，

"天……"我已经顾不上有夔牛在，忍不住呻吟出声，为什么会这样啊？

而夔牛却是凑了过来，用老大的眼睛看着我脚上的鳞片。

随即它把一只脚送到我面前，让我看它全身都披着的鳞片……

我再傻也明白过来，这货，把我当同类了？想明白这点之后，我直接就拍拍屁股站起来，然后踢踢脚，想来那个水潭下的老尸可能和这大家伙有渊源，如今，我身带它的病毒，夔牛就把我当作自己人了。

夔牛看到我站起来，摇头摆尾，似乎很是开心。

随即，它转身就向一边的地下河跑去——我冲着二愣子比画了一下，说道："快走。"

二愣子冲着我摇摇头，低声说道："那怪物……"

"你看！"我抬起脚来，说道，"这鳞片又长出来了。"

"啊？"我刚才这个角度，二愣子肯定是看不到的，如今他用手电筒照了一下，然后蹲下来，摸着我脚上那块鳞片说道："怎么会这样……这伤，竟然好了？"

被他这一说，我才想起来，是的——昨天才剥掉鳞片，然后切掉表皮，用热疗法处理过，怎么会就这么好了？

可是，我弯腰摸了一子脚上的鳞片，没有任何感觉，周围的皮肤也光滑干净，这伤——竟然在一夜之间，全部好了。

只是鳞片依然，病毒并没有清去。

"吼——"就在这时，二愣子的背后传来一声低吼。

我猛地一惊，夔牛刚刚跑了，可不代表着它就不在，这里，可还是它的地盘。

二愣子忙站在我的旁边，我抬头一看，吓得一把就抓住二愣子，二愣子也脸色苍白。

就在我们说话的时候，夔牛居然叼了半截尸体过来，丢在我面前。

我情不自禁向后退了几步。

"它……它把那个尸体送给你。"二愣子嘴唇哆嗦着说道,"它……把你当同类。"

我认出来,这是李三的尸体。想想,不久前他还是一条鲜活的生命,而现在,半截在夔牛的肚子里,这半截竟然是送给我的礼物?

我强忍着心中的难受和酸楚,从地上捡起矿工灯,戴在头上,然后大着胆子向那半截尸体走去。

夔牛见到我走过去,似乎很是高兴,像是大狗狗一样开始撒欢了,然后用它的脑袋把那半截尸体向着我推了推,似乎是要请我一起享受美味佳肴。

"吼——"小龙突然低声地吼了一声。

不知道为什么,一股莫名的恐惧感袭上心头。

夔牛硕大的身体竟然就这么趴在地上,然后它仿佛是人那样把耳朵贴在地上听着。半晌,它突然站起来,转身就向一边跑去,然后一头栽入地下水中。

"怎么回事?"二愣子低声问道。

"我不知道……我感觉很是危险。"我低声说道。

"别管那么多,如今那个怪兽走了,我们也赶紧走。"

我点头,二愣子已经抱着我的小龙向一边跑去。

绕过这边的山壁,我发现,在另外一边,也有一条石头小桥,直通对面。那石头桥看着粗糙,却牢靠得很。

"快走。"

我忙着跟上二愣子,低声问道:"怎么办?"

"什么怎么办?"二愣子一边飞奔,一边问道。

"我脚上的鳞片啊!"

"等离开这里,找个医生看看,不成做手术切除。"

"切除个屁啊!昨天我们倒是切了,但是,有用吗?"

"那也等离开这里再说。"二愣子说道。

"敢情不是长在你身上?"

"本来就不长在我身上啊。"二愣子听我这么说,脚下顿了顿,笑道,"现在你着急也没用。而且,这鳞片也没什么害处,你看看,如果不是这个鳞片,你已经挂在这里了。"

"如果没有这个鳞片，你不也是挂了？你以为你多厉害？"

"我就比你厉害一点点。"二愣子哈哈笑道。

"你虽然比我厉害一点点，但你还是二愣子。"我差点被他气晕了，直截了当地说道，"没有我，你还不是成了夔牛大便——对了，你说那货真是夔牛？《山海经》中记载的夔牛，可不是这样啊？"

"你和它是亲戚，你去问问好了。我看着它像是——要不，你说，它是什么？"

"它是你家亲戚。"我哈哈笑道。

"怎么就是我家亲戚？我又没有长龙鳞！"二愣子说道。

"要不你莽撞砍了它的手，我能长这鬼东西？"

"我要是不砍了它，说不准它就把你吃了！"

"我要是被它吃了，你以为你能够跑掉？"

"这可难说。"二愣子笑道，"我一头扎进水里，它未必能奈何我。"

"喂——"听他说到这儿，我便问道，"我昏迷的时候，感觉那条怪异的老蛇似乎要一口把我吞了，你怎么带着我跑掉的？"

"我把你从水下背出来多么不容易，结果你居然用麻醉剂暗算我？"

"二愣子，你老实给我一句话，你到底什么来历？"我问道。

"江公子，我一早就说过，每一个人都有一些属于自己的秘密。而我的来历，就是我的秘密。我们比较谈得来，但我真的不希望你寻根究底，追问太多，对于你来说，没有什么好处。"

"好吧！"我点点头，"我知道，这对于我来说没有什么好处，但你也不要杀人啊！你就是要来龙之门，你直接说就是了，何必呢？"

二愣子抱着小龙，用手抚摸着它的脑袋，说道："我是从金陵跟着你过来的，具体地说，是你这个小龙飞出去，被我碰到，跟了上来……"

"我就知道，你的目是小龙。二愣子，你救我两次，如果你要别的东西，哪怕是我最珍贵的东西，我也不会在意。可是小龙，它就像我的孩子一样，我……"

"我知道！"二愣子接着说，"我知道一些关于龙之门的秘密。走吧，过了这条河，你很快就会看到你毕生难忘的奇迹。"

"好！"我点点头，二愣子既然不愿意说他的来历，我也不便追问了。他说得对，每个人都有属于自己的秘密，正如沈蔺风猜测的那样，他就是为小龙来的，他还知道一些我们不知道的关于龙之门的秘密。

"什么味道？"突然，我闻到一股奇异的味道。我只嗅了一下，就感觉有一种致命的诱惑，让我愿意扑过去，死在它的怀抱中。

"月华仙莲！"二愣子的脸上突然流露出一种焦急得难以用言语来形容的开心。

"呃？"我似乎在什么地方听说过月华仙莲？

哦，对了，沈蔺风对我说过，月华仙莲是一种有毒的植物，具有致命的诱惑性，它的叶子能把人卷入水中，然后分泌出强度很大的腐蚀性液体，把人变成它的养分。

"我听说，月华仙莲是一种怪异的植物。"

"是的！"二愣子点头道，"但是，我不怕这种植物。江公子，想来你也具备这种抗体，所以，你不用担心。"

被他这么一说，我顿时就担心起来，我是不怕，他也不怕，但是，苏倩和北门他们怎么办？

我有些后悔，来之前没有告诉北门，在这诡秘的世界中，有一种诡异的花卉，能让人情不自禁沉迷其中，扑向它，心甘情愿地一辈子沉沦，沦为它的养分……

如果我说了，好歹他们也可以注意点。

"快走！"我说着，也不顾上二愣子，拔腿就冲着香味的来源跑去。

地下河似乎已经到了尽头，前面是一座山壁，在山壁的两边，有巨大的石像。我站住脚步，摸出手电筒，对着石像照了照。这是两个穿着古代铠甲的武士，如同是门神一般，凶神恶煞地耸立在壁前。

在石壁的一侧，有一块光若明镜般的石壁，上面写着三个大字——是那种先秦鸟篆，我一个也不认识。

"看，江公子，这就是龙之门，怎么样？是不是气势凌云，宏大得很？"二愣子很开心，指着墙壁上的大字说道。

我诧异地看了一眼二愣子："你认识这个字？"

"自然不认识。"二愣子哈哈笑道，"像我这样一个四肢发达的人，哪里懂得这些细腻的玩意儿？"

我认真地看着墙壁上的字，问他："那你是怎么知道的？"

"我听家族长老说的。江公子，别怪我瞒着你，我也没法子，家有家规，国有国法，如果我没得到家族同意，把自己的来历告诉你，回去后会受到家规处罚。但是，将来如果有机会，我征求家族同意，到时候邀请你去我们家做客。"

我听二愣子这么说，当即笑道："这个敢情好。"

"你照相机呢？江公子，如果你喜欢，可以拍个照，我给你打着手电。"

"这……"我想了想，当即从背包里面拿出相机，二愣子给我打着手电，我开始拍照——

那个石壁当真宛如一道门，我也终于明白，为什么这个地方叫龙之门了。门口那两个石像武士，就是门神在两边的石壁上，还有一些雕刻的楼阁宫殿，从我这个角度看过去，竟然一个个玲珑精致，让人叹为观止。

"这么高？怎么上去修建的？"

"古人的智慧，不是我们能够窥视的。"二愣子低声说道，"江公子，你相信这世上有神吗？"

我摇摇头。我接受现代化教育长大，哪里相信这世上有神？一些光怪陆离的传说，不过是人类自己愚昧，对于大自然不够了解罢了。

"好吧，我们换一个说法。"二愣子说道，"你知道人是哪里来的？"

"这……"我想了想，说道，"照着进化论，人是由猿猴进化而来。"

"人和猿猴有着诸多相似之处，但是，人是人，猿是猿——把人比作猿猴，人是绝对不会同意的。"

"当然！"我点头道，"我承认进化论，但我不承认我是猿猴。"

二愣子一手拿着手电筒，另外一只手比画了一下，低声说道："从类人猿到真正的人类，这中间应该有一个过程，对吧？据说是二百万年。"

这是一个漫长的年代，漫长到无从考察。

"但是这个两百万年，事实上就是一个空白期……那个年代，没有丝毫的痕迹。"

"你想要说什么？"我呆呆地问道。

"我们族长老说，根本就没有那个二百万年，从类人猿到人类，事实上人类只用了极短的时间就完成了进化。可能短暂得只有二百年——所以，它们没有来得及留下丝毫的岁月痕迹。"

"听起来似乎有些道理，但是这不可能啊！"我摇头说道，"从类人猿到人，这中间需要一个过程，绝对不可能这么快。如果二百年就能够完成，那么现在的猿猴是不是也能够变成人？"

"如果你身上的那个龙鳞并非是病毒，而是另外一种新型基因，它能够让人身强体壮，完全优胜于现代的人类，你说——会如何？"二愣子说道。

"可那就是尸毒。"

"我这是比喻。"二愣子说道。

我拿着照相机，一边拍摄两边的景致，一边说道："承你吉言，还新型基因呢……呃？如果是新基因——而且还是能够完善地融合进入人类基因，不会有任何的副作用，那么短时间内，人类将会从人，变成另外一种生物。"

"我族长老说，那个年代猿人的基因里面，可能是融入了别的基因，于是，猿人用极短的时间变成了人类。"二愣子说道，"但是，人类经过了漫长年代的发展，科技已经得到突飞猛进的发展，人类本身，却是一筹莫展。"

"是的！"我点头道，"远的不说，这数万年的时间，人类的本身确实没有什么质的发展——想要突破，谈何容易？"我是学医的，在这方面比普通人更加明白。所谓的特效药，针对某些疾病确实有用，但是，也不能够改善人类的体质，或者说，就算改善，也是极少的……

我想到沈蔺风来这里的目的，当即问道："这里到底有什么？"

二愣子挠挠脑袋，说道："我们长老说，非常有可能就是当初融入人类基因的最初之人。"

这话听着很是怪异，我认真地想着，如果说——人类从猿人进化到人类，真的只是用了短短的不足二百年的时间，所以，它们没有留下丝毫的历史痕迹。

因为年代久远，而且时间又太过短暂，让他们来不及留下什么痕迹。

但是，正常的进化是不可能只用二百年时间完成的，如果能，现在饲养几只猿猴，花个二百年的时间看看，能不能让他们变成人类？

"江公子，我们长老说，甚至——"二愣子说道。

"甚至什么？你这么爽快人，有什么话，你快点说！"

"我们长老说——如果没有外在因素影响，这个世界上未必会出现人类。"二愣子说道。

"呃？人类的出现，难道真的有外在影响？著名的神造人？"

这世上未必有神，但却有可能出现别的智慧种族。

"天外来客？"我问道。

"未必就是天外来客。"二愣子低声说道，"我族长老说，可能不是天外来客——虽然浩瀚宇宙中，绝对不止人类一种智慧生物，肯定有凌驾于人类科技水平之上的各种高等智慧生物，自然也有那种愚昧不堪的低贱生物。你看看，这么小的地球上，就如此种族繁盛，何况是如此浩瀚的宇宙？但是在我们这个地球上，却另有不同。"

"什么不同？"我不解地问道。

"虚空，多层次空间。"二愣子说道，"有三千大世界，还有三千小世界……你以为那真的就是骗人的？"

"我一直以为那是骗人的。"我老老实实地说道，"地球是圆的，哪里有什么三千小世界了？"

"如果时光倒退五百年，你对人解释手电筒的原理，你说，人家会明白不？"二愣子挥舞了一下子手中的手电筒，说道。

我想，想要对古代人解释手电筒的原理，确实不是一件容易的事情，但现在手电筒嘛……就是一个普通的物件，大家都司空见惯，不足为奇。

"这也就是几百年的时间而已。"二愣子在地上跺跺脚，说道。

"等等，别动！"我突然摁住二愣子的手。

"怎么了？"二愣子问道。

"我看到一个人……"我低声说道。

"人？是不是北门他们？"

"不是！"我摇头，从二愣子手中接过手电筒，对着左边的一座宫殿照了过去。虽然只是一瞬间，但我明明白白地看到一个黑衣人影,似乎是没有长脚的幽灵一样,飘飘然地悬浮在那座宫殿上。

但这时，我用手电筒照着，却什么也没有看到。

"我看到一个黑衣人的影子。"我说道。

"人在黑暗中待得久了，就会产生一定的幻觉。未必就是。"

"好吧！"我点点头，把手电筒递给二愣子，"对了，你的来历不可以说，但是，你真名叫什么，你总可以说说吧？"

"真名？"二愣子笑笑，"我现在就是二愣子啊！"

"好吧！"我知道二愣子不愿意说，因此也不再说什么，当即点点头。

"走，我们去看看月华仙莲。"二愣子一手抱着小龙，一手打着手电筒，说道，"我已经期盼很久。"

"好！"我点头，当即跟上二愣子。

进入龙之门的瞬间，我忍不住就惊呼出声。难怪二愣子说，他一直期盼着。果然，在偌大的地下水里面，一些巨大的荷花生机勃勃地冒出水面。

这些荷花叶子呈墨绿色，花朵也很大，香味浓郁，每朵花儿上面都有一层蒙蒙的光泽，散发出淡淡的光晕来，远远地看去，宛如繁星坠入地面，点缀在这永无天日的渊面中。

"真美！"我称赞道。

"当然！"二愣子接着说，"这是神的领域，我们这些渺小的凡人，能够看一眼都是福气。"

我借着微弱的月华仙莲的光，可以看到，这里四处也是宫殿楼阁林立，美不胜收。

"把这样的地方作为坟场，实在是浪费。死后何必如此奢侈？这不是让人惦记着嘛！"

"你把这地方当作坟场，你就错了。"二愣子摇头道。

"难道不是？龙之门不就是大型墓葬之地？"

"自然不是。"二愣子摇头道。

"既然不是，为什么是风水宝地？"我问道，"这地方可是龙穴。"

"这地方确实是龙穴，但未必就是墓葬之地。"

"你不是说，这是你老祖宗的坟场吗？"

"确实和我们家有些渊源，要说起来，也算是坟场。"

我听得有些糊涂了，摇头道："我怎么就不明白了？"

"先进去吧。我也解释不上来。"

石桥到这儿已经断绝。"怎么进去？没有工具怎么过河，你可知道还有什么道路？"

我已经发现，二愣子似乎对于龙之门似乎比我们都要熟悉。

"没有什么别的路！"二愣子摇头道，"但是，可以想想别的法子。"

"有什么别的法子？"我问道，"你等着，我去找找。"

"哈……好。"我点头笑道，"这地方能够找什么啊？难道我们采一片荷叶这么踩着过去？"

"你有那个本事，你可以试试，我不成。"二愣子一边说着，一边把小龙递给我，走到一边的山壁前，从背包里面扯出三爪飞梭来，向着山壁上抛去。

我一看，这边的山壁上同样有楼台宫殿，没有对面那么高大精致，建筑也不是那么高，三抓飞梭稳稳地勾住一大块石头。我看到二愣子用力扯了一下，确认够牢固后，他向上爬去。

"喂喂喂！你爬上去做什么？"

"这个里面，一定有可以过河的工具，我这不是找吗？"二愣子说道，"你以为大伙儿都是神仙，踩个荷叶就能够过河？"

"可是——"我很想说，就算修建这地方的人有过河的工具留下来，这么多年了，早就腐朽了，还能用？

"得，你待在这儿不要动，我去找。"二愣子说道。

"好！"

小龙"嘎——嘎——"地叫了两声，然后拍拍翅膀，嘚瑟地绕着我飞了一圈，然后落在我的肩膀上。

我把小龙从肩膀上抓下来，低声道："炫耀你有翅膀啊？"

我一边说着，一边抬头看着二愣子，这货就像猴子一样，速度快得不得了，这时已经爬上去了。

我扬手看着上面，突然感觉似乎有人靠近我——这是一种直觉，很是奇妙。

我匆忙转身，一个黑影子站在我背后。

"谁？"我说着我就伸手拿手电筒。

但却摸了一个空，我想起来——我带了两支手电筒，一支被苏倩顺走了，另外一支刚才二愣子带走了。

"你是谁？"我再次。

那人静静地站着，一言不发。

不知道为什么，我就有些心慌，当即小心地向他走过去……

我知道，他就在我面前，我能看到，就是没法靠近，真是怪异无比。

"嘎——"小龙突然叫了起来，然后，它直接向那个黑影扑去。

就在小龙冲过去的瞬间，黑影消失不见了……

小龙在空中拍了拍翅膀，嘎嘎地叫了两声，像是在嘲笑我没用。

"喂，你在做什么？"这时传来二愣子的声音。

"啊？"我转身，看到他推着一条黑色的小船下来，"来来来，帮忙扶着点。"

"嗯！"我跑过去，伸手扶着那条小船。

那看起来像是木质的，但接触后冰冷刺骨，像是用冰雕刻成的。

可并不很重，我竟然能提起来。

"你怎么知道上面有船？"我问道？

"猜的！"二愣子笑笑，和我一起把船推入水中，"走吧！"

我点点头，先爬上去，二愣子也爬了上来，他还扛着一根同样黑色的船桨，看着和小船是一种材质。

上船了，我用手敲了一下船身，听起来，颇为清脆声音，像是玉石一样。

"二愣子，这到底是什么材料？"我站在船头，二愣子划着船桨，向远处的宫殿楼阁行去。

当船靠近月华仙莲的时候，我说道："能不能采一朵花？"

"你最好还是不要做采花贼。"二愣子说，"有剧毒，可能对你没有效果，但如果你带出去，天知道会不会引发众多疾病，甚至造成大规模的瘟疫。"

"这么厉害？"我问道。

"这是连《山海经》中都没有记载的地下绝毒生物。"二愣子说道。

"那生活在这里，岂不是……很麻烦？再说了，早些时候就算是修建坟场，也不应该挑选这样的地方。"

"我刚才就说过，这地方未必就是坟场。江公子，你精通医术，自然知道某些动物的新陈代谢是永不枯竭的，周而复始，无限循环——那么你知道，这意味着什么？"

"永生！"我几乎连想都没有想，直接说出。

"你可知道，什么动物有这种特征？"二愣子又问道。

这真的是一个学术性的问题，普通人只知道龟长寿，但是，龟的新陈代谢也会枯竭，它只是比人类漫长得多而已——千年的王八万年的龟，就是用来形容它们的长寿。

但是，它们达不到新陈代谢永不枯竭——哪怕是在食物丰盛的情况下，没有外力破坏，它们终究也有死亡的一天。

"我所知道的这种动物不多。"我比画了一下说道，"最常见的，是蛇！"

只有一些蛇类，能够新陈代谢永不枯竭，如果有充足的食物，如果没有外力破坏，理论上来说，它们能够永远活下去。

但是，古今中外，蛇都是不受欢迎的动物——因为它们有毒，因为它们俯伏在地上，和泥土为伍……

"不提进化论，人类的起源来自何方？"二愣子再次问道。

如果不提进化论，人类的起源来自何方，那就是各种神话版本——神造人。

《圣经》中记载，上帝用七天的时间，创造了这个世界。

地是空虚混沌，渊面黑暗，神的灵运行在水面上——

所以，我笑道："上帝创造了人类？"

"那是西方的说法。中国的，我华夏文明的起源，是谁造了人？"

是女娲娘娘抟土造人，炼石补天，她是人类的始祖。

"女娲娘娘？"

"对，就是女娲娘娘。"二愣子轻笑了一下，划着小船。

一朵朵含苞待放的月华仙莲，就在我们身边绽放，花儿散发出光华，清幽宛如明月坠入凡尘——远处楼台水榭，宛如人间仙境。

但是，我心中很是清楚，这地方绝对不是仙境，这就是地狱……

二愣子带着几分诱惑的声音，说："那么你可知道，女娲娘娘长什么模样？"

我本能地想要说——我又没有见过，我哪里知道啊？

但话还没有出口，我突然呆住，很多人可能都不知道，我们那位造人的老祖宗，伟大神秘的女娲娘娘的长相，可不怎么拿得出手。

"人面蛇身？"我低声说。

联系刚才和二愣子谈话的内容，又想想诸多传说，我没来由地打了一个寒战。

"是的，女娲就是人面蛇身。中国人崇拜龙，进而自居是龙的传人。但事实上，我们非常有可能就是蛇的传人，只不过，不是普通的蛇……"

我轻轻地呻吟出声，正欲说话，突然，二愣子低声说道："噤声！"

我的耳畔，传来"沙沙"的声音，似乎有什么东西正在靠近过来。就连靠在我身上的小龙都一个激灵，陡然拍了一下子翅膀，但随即竟然直接钻进我的口袋中。

"我的老天爷……"瞬间，就看到水面上一个庞然大物，以极快的速度向我们靠近……

"真是屋漏偏逢连夜雨，谁没事把这个大怪兽惊醒了？"二愣子一边说着，一边使劲地划着船桨。

"这是什么？"

"把你头上的矿工灯灭掉，快。"二愣子说道。

"好！"我忙关掉矿工灯，四周的光线一下子就黯淡了，只剩下星星点点月华仙莲的光泽，点缀在无边的黑暗中。

"那是玄蛇，差不多一甲子才会苏醒一次……"二愣子说道，"我们真走运，居然碰到了这个大怪兽，难怪刚才夔牛跑那么快。"

二愣子说话的同时，手中的船桨划得飞快。我发现二愣子果然非常了解这里，他竟然知道这地方有哪些怪兽。

但是，这个小船怎么划速度都有限，根本就快不起来。

不到半分钟，借着朦胧的月华仙莲的光泽，那庞然大物就这么接近了我们。然后我就看到它扬起脑袋来，冲着我们张开大口……

我一点也不夸张地说，它那个脑袋，跟我们的小船差不多大，它一口下来，绝对能把我们一口吞下。

"你先走，我去把它干掉。"二愣子从被后面"嗖"的一下子拔出一把锈迹斑斑的青铜剑来，对着我挥舞了一下。

"喂——"我一把拉住他，"它那么大，你干得过它？"

在黑暗中，我清楚地看到，玄蛇正在一点点地靠近我们。尽管我们小船的速度很快，而玄蛇似乎就是这么慢腾腾地游着，一点点地拉近距离……

二愣子站在船头，握着那把青铜剑，像是一座铁塔。

就在玄蛇靠近的瞬间，他突然纵身向玄蛇的脑袋扑了过去——这种行为无疑就是找死，而让我想不到的是，玄蛇居然大张嘴巴，等着二愣子跳下去。

这模样像是在动物园里那些挺乖的海豚，张大嘴巴等待着人喂食。

当然，那个食物就是二愣子，这真是一点娱乐性都没有的事情。

"小心！"我已经忘掉二愣子关照我不要吭声的话，忍不住出声提醒。

但是，二愣子的身手比我想象中的还要好，他居然在下坠的时候，一手摁在玄蛇的脑袋上，然后一个翻身，稳稳地落在了玄蛇的身上，随即，他手中的青铜剑化作一道乌光，对着玄蛇脑袋上就刺了下去。

"唔——"这玄蛇居然会叫。接着，它一头扎入水中，二愣子同时也被带入水中。

"二愣子？"我有些着急。

我的话刚刚出口，突然就感觉我身下似乎有什么东西一下就把我托了上来。

借着朦朦胧胧的月华仙莲的光泽，我发现，我就站在玄蛇身上。

下一刻，我就重心不稳，一头栽入水中——我知道大事不妙，在入水的瞬间，摁下了矿工灯……

光柱亮起的同时，我整个人重重地坠入水中，水花四溅。

随即，我就看到水下一个巨大的影子向着我冲了过来，我知道不好，忙潜水就走……

但是，那个黑色的影子却是穷追不舍……

"嘶——"背后，我的背包似乎被什么东西挂住，我挣扎了一下，竟然纹丝不动。

接着我整个人被高高地抛起来……感觉就像坐过山车一样，我掉头看，竟然被玄蛇一口咬住了背包，然后它把我从水下提了上来。我整个人就在半空中，它扬着脑袋，张大嘴巴，在下面等着。

"吼……"眼看着我就要落入玄蛇口中的瞬间，我突然听到一声愤怒的吼叫，随即，就看到夔牛不知道从什么地方跑了出来，一下就把玄蛇撞开了。

我再次重重地坠入水中，水花四溅。这时，我顾不上这么多，匆忙从水下冒出头来。我看到夔牛全身都闪烁着光泽，它那庞大的体形，居然在水下是如此的灵活，向着玄蛇又狠狠地扑了过去。

"走啊，你发什么愣？"二愣子突然从水下面冒出来，扯着我就走。

"可是这里……"我看着夔牛全身冒着光，和玄蛇打得死去活来的模样，想着这么就走，似乎有些不仗义。

"那憨货明显就是过来帮你的。"二愣子在我耳畔低声说道，"它的活动范围在龙之门那边，这边是玄蛇守护的，它现在等于是捞过界了，你懂不懂？"

"我懂个屁啊？我怎么知道这些乱七八糟的事情？我又不是它家亲戚。"

"你不是它家亲戚，但是，人家现在可是在为你玩儿命，你不走，难道等它挂了，让玄蛇把你当花生米吃了？"

我想着刚才玄蛇戏耍我，就心里不痛快。"走！"二愣子拉着我，向最近的一处宫殿靠了过去。

就在要靠近宫殿的时候，我突然看到，在一朵巨大的荷叶上坐着一个人，背向我们，手中拈着一朵半开的月华仙莲。

莲花半开，光华瞩目，清淡如同月辉一样的光泽，让他的一切看起来都显得朦朦胧胧，似真似幻……

"今天真是晦气了！"二愣子低声骂道。

"那是什么东西？"我低声问道。

就在这时，这暗无天日的世界中，竟然有风吹过来，我清楚地看到，那人身上的衣袂飘飞，宛如神仙。

我不由自主地就划着向他靠近，突然下起雨了……

这完全就不合理，这可是地下世界，怎么会下雨？

丝丝细雨飘落，在湖面上形成了一层水雾，让我们的视线受阻，迷茫起来……

二愣子冲着我比画了一下，然后我们轻轻地划着向宫殿靠了过去。

这座宫殿修建在地下湖的一座小岛上，规模不大，相当精美，整个宫殿都是石雕，看起来像是先秦以前的风格……

"刚才那个是什么东西？"我低声问道。

"可能是精怪！"二愣子低声说道。

"精怪？"这世上居然还有精怪？

"不要用你的常规思维来考虑这里。"二愣子低声说道，"你见过会发光的花儿吗？见过吗？"

我轻轻地摇头，月华仙莲之美，简直就不是能用语言来形容的。

人类的语言，一切的形容词，都不足以来称赞它的美丽，但是，这种生长在阴暗世界的怪异之物，居然需要靠人类或是动物的尸体绽放生机。如果不是我和二愣子都是有些特殊，只怕我们已经成为它的养分。

我终究有些不放心夔牛，毕竟，这憨货是为我来到这里，站在小岛转身看过去，四处都是水雾弥漫，什么都看不到……

刚才我全部的心神都被那个人……是精怪吸引住，因此忘掉了玄蛇和夔牛，这时想起来，就在那个精怪出现的时候，四周已经是一片平静。

那两个大家伙，如果打斗势必是水花四溅，怎能会是这么死一般的平静？可现在，湖面上一点声音都没有，很显然——那两只大怪兽似乎都离开了。

"你看什么？"二愣子问道。

"那两只大怪兽呢？"

"你都跑了，夔牛又不傻，肯定也跑了。"二愣子说道。

"呃？"

"它就是跑来救亲戚的。"二愣子还不忘补充一句。

"你才是它家亲戚，你全家都是它家亲戚。"我没好气地骂道。

"我全家都是你亲戚。"二愣子压低声音笑道，"江公子，离开这里你得请我喝酒。"

"为什么？我凭什么请你喝酒啊？"

"我可是你和苏倩的大媒人。"二愣子哈哈笑道，"你占了天大便宜，你难道不应该谢谢我？"

"我……我跟那个丫头？"他不提这个，我还真忘了，被他提起，我忍不住恼恨地说道，"谁占谁便宜还不知道呢！要不是你，我能够做这么荒唐的事情？这是在这里，出去了，可怎么办？"

我说真的，对于别的事情，虽然惊心动魄，但来这里——我早就做好了思想准备，能不能活着回去，都是未知数。

"浮生如梦，想开点。"二愣子拍拍我的肩膀，从我身上抱过小龙，大步向对面的石头宫阙走去。

"喂，你说话就说话，你没事抢我小龙做什么？"

我发现，只要有机会，二愣子绝对从我手中把小龙抱着，我就知道——他是冲着小龙来的。

哼!

但是我这么一耽搁，二愣子的身影已经没入黑漆漆的宫殿中，我当即追了上去，叫道："你等等我……"

黑暗中，等我追进去的时候，二愣子已经杳无踪影。

"二愣子？"我忙着叫道。

宫殿中，一根根石头雕刻而成的柱子林立，每一个柱子上都雕刻着宛如鱼鳞或者蛇鳞一样的鳞片，余下的，是空荡荡的一片。

"二愣子……"我再次叫道。

四周依然是死一般的沉寂，瞬间，二愣子像是在人间蒸发了一样，整个宫殿冷清清的，没有一点生机。我一步步向前面走去，如同走向自己最后的归宿……

我头上的矿工灯，大概是受潮，受到撞击，或者就是电源消耗得差不多了，不再那么明亮。

在空旷的大殿中，横放着一具偌大的石棺。

这里是古墓，有一具棺材很正常，可是——在这样的石棺上面，居然蹲着一只小兔子。

我呆呆地看着那只兔子，怎么都感觉匪夷所思。兔子和猫一样，都是一种温顺乖巧的动物，备受人们喜欢，而且，兔子还不像猫，在埃及的一些神话传说中，黑猫乃是邪恶的象征。

在中国的鬼故事中，猫和狐狸，也绝对不是什么受欢迎的动物，但是兔子绝对不在其中。

所以，在这个棺材上面看到这只兔子，我瞬间就呆住了。

我一边想着，一边向石棺靠近，走到近前才看清楚，那只兔子头上长着两只像是梅花鹿一样的角，只不过没有那么长，全身披着柔软光滑的毛皮，长不盈尺，模样说不出的呆萌。

我盯着它看，它居然也盯着我看，而且，这兔子的眼睛也不是红色的，而是黑色的，纯净明亮……

我忍不住伸手摸了过去，就在这个时候，突然有人吼道："小江，快闪开！"

我一愣，匆忙转身。不知道什么时候，沈蔺风竟然来到我身后。我还没回过神来，沈蔺风却是拿起枪来，对着我一颗子弹就射了过来。

"砰"的一声响，子弹几乎是贴着我的肩膀划过。我的身后传来一声低吼，就看到那只兔子竟然身子一跃，冲着沈蔺风就扑了过去……

沈蔺风狼狈不堪地向一边闪去，一道乌光从沈蔺风的后面砍了过来，随即，我就看到二愣子手持青铜剑对着那只兔子砍过去。

"吼——"小龙的喉咙间发出一声低吼，腾飞而起。

我看到，那只兔子愣了一下，然后后退了几步，随即像一道闪电蹿入旁边的偏殿中。

沈蔺风和二愣子都松了一口气。

"谢天谢地，小龙还是能吓到它的。"沈蔺风低声说道，"小江，你可真够鲁莽的。这东西你以为是你养的宠物兔？你居然敢伸手摸它？"

"这年头从来都是撑死胆大的，饿死胆小的。再说了，说不准犰也把他当亲戚。"二愣子说道。

"什么？你说——刚才那只兔子是犰？"

"呵呵。"二愣子笑道，"跟你说不清楚，反正，它总不是你养的宠物兔——沈先生，你速度快点，开棺！"

沈蔺风点点头，说道："你确定？"

"确定以及肯定。棺中之人，绝对就是伯夷，不是你要找的嬴勾。"

我感觉，我的脑子有些糨糊，乱糟糟的一团，一把扯过二愣子，问道："你说……这个棺材里面躺着的人，就是伯夷？河神伯夷？"

"是的，就是他！"

"河神也会死？"我问道。

"河神也是人。他只不过是有些大神通的人。"

"你怎么这么肯定？"我问道。

二愣子看了我一眼，说道："我跟你说过，我们家祖上和他有些渊源，自然知道他一些根基。"

"哦？"我还是听得有些糊涂，二愣子家的祖上，竟然勾搭了河神？怎么勾搭的，难道是把自家女儿嫁了给他？

等等，不对劲？嬴勾？刚才二愣子说什么？嬴勾？

现在普通人提到这个名字，都不知道是谁，但作为一个老中医的传承者，我知道这人——那是神话传说中人，四大僵尸祖王之一。

但是另外两个僵尸祖王，却是很多人都知道，那就是将臣和魁拔。甚至，在很多人心目中，魁拔已经成了僵尸的代名词。

我这一派传承悠久，我听恩师沈晨君曾经对我说过，神话传说中的僵尸，可能不是葬入风眼龙脉之后，久而久之在自然环境中形成的，而是药用下的产物。毕竟，在远古的神话大战场上，这样的一具僵尸，绝对是大杀器啊！

而在古老的中医传承中，就是专门研究人体经脉穴位，用药至狠、至准，绝对不是现在的医药能够相比的。

而且恩师还说过，在上古时期，医分为三门——分别为医、药、毒。

医——就是岐黄一派，这一派算是比较正统，治病救人，那都是他们的本分。

以至于药，就是和医相辅相成。

另外最神秘的一门，就是毒——是药三分毒，如果不能对症下药，回春良药立刻变成致命毒药，分分钟要人性命。

我恍惚记得，我小时候恩师曾经说过，非常有可能，四大僵尸祖王都有可能就是毒门研究下的产物。

"二愣子，你说的嬴勾，就是四大僵尸祖王之一？"我问道。

"嗯，应该就是那货。"二愣子点头道，"可怜的，这么久都没有死。"

"他……他还活着？"我问道，"你怎么知道的，你见过？"

"你也见过。"二愣子说道，"你忘了？"

我看到二愣子冲我使了一个眼色，我感觉心一直往下沉，然后"扑通"一声就掉在了地上，片片碎裂。

那货……那个大水潭下面的老尸，难道说，就是嬴勾？老天爷啊，我染上的不是普通尸毒，而是僵尸血？这可怎么办？

"你们在什么地方见过嬴勾？"沈蔺风绕着那具大石头棺材走一圈，似乎漫不经心地问道。

"就是水下面。"二愣子没有等我回答，直接说道，"那边巨大的青铜殿，就是赢勾的埋骨之地。"

"呵——"沈蔺风笑了一下，说道，"早知道我就应该下去了。"

不知道为什么，我发现沈蔺风似乎就是对着我笑的，而且他的笑容中，带着一种说不出的怪异。

我想，我大概就是做贼心虚……

我只要一想到我沾染了僵尸血，说不准还是四大僵尸祖王之血，我就开始无比烦躁。虽然现在还没有什么影响，我很是担心，我会不会变成一个关节僵硬、肌肉萎缩的僵尸？

"二先生，麻烦你过来帮个忙？"沈蔺风对二愣子叫道。

"二先生？"我一愣，差点笑出来。

但是，二愣子似乎没有在意，对着那具大石头棺材看了看，然后说道："还好，还好，这货有些自觉，竟然没有把棺材封死。"

"啊？"我有些不明白，没有封死棺材吗？

我不是盗墓贼，也不太懂得这个，但我知道，棺材入葬那是必须要封死的，难道还把棺材留着一条缝隙，给死人透气不成？

在那座庞大奢华的青铜殿之中，那具青铜棺材就是封得严严实实的，封口处都用铜汁浇筑了。

当初二愣子就想要用蛮力把棺材打开，但终究还是宣布了失败。

如果说，那个青铜古殿就是赢勾的埋骨之地，他理应躺在棺材中，而不是被吊在水潭中，这里面难道还有别的缘故？

就在我沉思的时候，二愣子和沈蔺风两人合力正在推那具庞大的石棺。

但那石棺实在太沉了，合两人之力，也没有能推开。

我走过去帮忙，我虽然反对这挖坟盗墓的勾当，但是，既然来了，总不能置身事外吧？

合我们三人之力，那具大石棺棺盖一点点地向一边挪动，终于露出了二十多厘米的一个口子……被矿工灯一照，向棺材内一看，顿时就呆住了。

"这——"我呆呆地看着二愣子和沈蔺风。

"怎么了？"这两人都还没有来得及看，即刻都举着手电筒向棺材里看去。

我已经做好了心理准备，哪怕这个棺材里真有魁拔那样的凶悍存在，也不会惊讶了。

我都沾染上赢勾血了，我还怕什么僵尸啊！

可怎么也没有想到，那棺材，竟是满满一棺材的水……

水很清，就像自来水一样，也没闻到什么奇怪的味道。

"这里面怎么都是水？"沈蔺风也很是惊讶。

"沈叔叔，你以前来过，见过这个吗？"我问道。

"没有。"沈蔺风摇头道，"我们上次走了岔道，没能到达这里。"

沈蔺风说着，忍不住看了看我，说道："你们运气真好，我摸索了好久，才算明白，这边才是主宫殿，别的地方，大部分都是陪葬或者是伯夷家族弟子葬身之处。"

"得，别说这么多，我们赶紧！"我忙着说道。

我还真是佩服他了，在这种地方，居然还有闲心聊天，羡慕别人好运气？

"加一把力，先把棺材盖子推开看看。"二愣子说道。

"好！"沈蔺风答应着。

我们三人再次一起合力，努力地把棺盖推到一边，头棺材里面，果然是满满的清水。

"别动！"就在这个时候，二愣子突然一把抓住我的手。

"怎么了？"我问道。

"这——"沈蔺风低声说道，"这是什么东西？"

这时，我才发现，在里面石棺的四角之处，都有一个小小的石环，在这个石环上，有一根丝线一样的东西，沉入水中。

这种丝线状物品，我曾经在那边的宫殿中见过，它们就缠绕在一处石柱上。

我还用匕首挑了一下，这种像是植物又像是金属提炼物的东西，韧性强得出乎意料，我想弄点下来，但匕首都没能割断。

"我看看！"沈蔺风低声说道，"这有些像是植物？"

"我看着也像。"二愣子说道。

"嗯，我刚才在其他的宫殿中看到一根石柱上缠绕着这玩意儿，似乎真是植物。"我说道。

我看到沈蔺风已经取出一副医用的塑胶手套，套在手上，然后伸手拉了一下那根细细的黄金丝物品，但似乎很沉，竟然没有拉得动。

　　"不对劲！"二愣子说着。就直接抽出那把青铜剑，对着水中刺了下去。

　　"喂，你做什么？"我怕二愣子鲁莽，忙着制止。

　　"不做什么。这老尸够狡猾的，居然玩这么一招，以为这样我就不会把你拉出来了？"

　　"怎么回事？"我不解地问道。

　　沈蔺风一愣之下，顿时就明白了，笑道："还真没有想到，居然是这样，小江，你拉那边的金丝，快！"

　　"哦？"我还是有些糊涂，就站在棺材旁边的一角，伸手去拉那根金丝。

　　入手，金丝比我想象中还要沉重得多，但是合我们三人之力，很快，一个巨型大蛋样的东西，一点点地被拉了上来。

　　"这……这是什么东西？"我看着一点点浮出水面的大蛋，目瞪口呆，竟然说不出话来。

　　不错，那玩意儿就像一个巨大的蛋，蛋壳在矿工灯的照耀下，呈现一种诡异的淡青色，或者说，这就是水色……

　　它浮出水面的部分，我能清楚地看到，但是在水中的那一部分，和水天然融合成一体，肉眼看不到。

　　这颗蛋上面，还缠绕着密密麻麻的金丝状物体，凡是有金丝缠绕的地方，蛋壳上有一丝丝的殷红，宛如没有来得及凝固的鲜血一般。

　　"你们两个用点力，我把它弄出来。"

　　说话的同时，二愣子就这么松手了，我只感觉手中一沉，那颗大蛋再次向下面滑落。

　　"用力！"沈蔺风说道。

　　"好！"我点头，使劲用力把蛋拉了上来，然后二愣子那个家伙用蛮力把它推出棺材。

　　偏就在这时，我实在力竭，手一松，那颗大蛋就这么悬挂在棺材的一侧，我看着只想笑——一点也不夸张，这玩意儿现在看着就像超市用网兜装着的鸡蛋一样。

"这……这算是什么东西？"我实在好奇，拿着手电，贴着蛋壳去看。

这个蛋表面真有点像蛋，但质地比较温润，像是玉石打磨出来，带着淡淡的、温润的亮度，也有些透明，隐约能透过一丝光泽。

"二先生？"沈蔺风说道，"这……河神伯夷怎么就这么想不开，居然睡在蛋里面？"

"呃？"二愣子笑道，"天知道啊。"

在他们说话的同时，我已经把那颗蛋上上下下、左左右右都看了一遍，然后我就有些诧异了。

这棺材封得怎么严密，都有接口的地方，只要有工具，终究还是可以打开的，可是这个大蛋，我就没有找到缝隙。

好吧，我能够接受，这个河神有些怪异，喜欢死后睡在蛋里面，但前提条件是，鸡蛋、鸭蛋什么的，都是天生的，没有缝隙，可是，这人是死后才找个大蛋容身的，为什么也没有缝隙呢？

难道古代的玉石工艺这么高超，能够做到完全没有一点裂缝？

"喂喂喂，二愣子，怎么把这个东西打开？"我忙着问道。

实话说，我好奇得不得了。

迫不及待地想把那蛋打碎，看看里面的河神长什么模样，这个蛋可是一点缝隙都没有，想来河神的尸体也保存完好。

可惜王教授不在，否则，这个老头儿绝对会激动到血压上升，嗯……会不会一命呜呼都难说。

"我找不到缝隙啊！"我说道，"二愣子，古代玉石打磨技术就这么高超？"

"谁告诉你这是玉石的？"二愣子说道。

"难道不是？"我反问道。

我看到这颗老大的蛋，就认为这绝对是玉石打磨制造的。伯夷那货可是贵族，贵族都有钱，不是我这个屌丝能够比的。

第十章

赢勾

我一边想着，一边还不断地敲打着那颗蛋，实话说，我看到这东西，有着很大的恶作剧心态。

"可这看着不像是玉石啊！"二愣子一边说着，一边伸手摸着，"虽然表面看起来有些像。"

"不是玉石，那是什么东西？"沈蔺风问道。

二愣子想了想，说道："说不准就是天然的。"

"不管是先天形成，还是后天人工打磨，我现在想的是——怎么打开？砸吗？"我问道。

"这个可以。"二愣子一边说着，一边就退后几步。

然后，就看到这货对着那颗巨大的蛋"砰"的一脚踹了下去。

我只听得"哐当"一声大响——但是，却没有我意料中的金光四溅，而是二愣子连连退后了好几步。

我走过去看了看，二愣子像头蛮牛，力大无穷，可是这一脚，竟然没破那个蛋分毫。

那个淡青色的大蛋，真是出乎意料的结实。

"这么硬？"二愣子也傻眼了，呆呆地看着我们，"怎么办？"

"我来试试。"沈蔺风一边说着，一边从背包里取出一小瓶药剂，对着那淡青色的大蛋倒了下去。

顿时就闻到刺鼻的硫酸味道。

"这是……硫酸？"

"是的，硫酸。"沈蔺风说道，"这是怕遇到青铜之类的棺材，棺盖被铜汁密封，采用这法子是最快的。"

硫酸落在蛋壳上，有淡淡的烟雾冒起来，沈蔺风招呼我退后几步，静静地等待。

但是，很快烟雾就消失了。我有些迫不及待地走到跟前，用手电筒一照，顿时就傻眼了，撒了硫酸的地方，竟然被密密麻麻的金丝覆盖住，一丝丝的血色在淡青色的蛋壳上弥漫开来。

"这……沈叔叔，怎么会这样？"我愣然问道。

"这金丝……不是金属物。"二愣子看着那个金丝说道。

"那这是什么？"我问道。

"可能就是这蛋伴生的植物。"这一次，回答我问题的是沈蔺风。

"植物？"我呆呆地看着那金色的丝状物体，怎么都感觉这就是黄金制作的一个网兜而已，和植物没有一点关系。

一瞬间，我们三人面面相觑，我看到沈蔺风皱起眉头，说道："这东西……连硫酸都不能腐蚀？"

"闪开，我再试试！"二愣子说道。

"好！"我向后退开几步，然后，这个二愣子朝四处看了看，没有找到趁手的工具，他就用那把青铜剑，对那蛋就是一顿乱砍。

但是，别说那个蛋纹丝不动，就连那些金色植物，也没有能损坏分毫。

"真邪门。"二愣子折腾了一起，骂道，"这什么河神伯夷，真是一个坑人的抠门货色，死后棺材弄这么严密做什么，难道不知道你孙子我要来拿点宝贝？"

他一边骂着，一边再次对着那颗青色大蛋踹了一脚。

就在这时，我突然听到一丝恍恍惚惚的呻吟声……

"什么声音？"我问道。

"什么？"二愣子说道。

"退后！"沈蔺风突然变了脸色，一把拉着我，快速向后退去。

二愣子也向后退了几步，然后，我们三人都目不转睛地看着那颗大蛋。

在手电筒的光柱下，看到那些金色的丝线物体就在一瞬间变得暗淡无光，原本淡青色的蛋开始浓郁起来。

渐渐地，青色转为一抹浓郁的深蓝色，如同海水一般。

金色丝状物体彻底地枯败，然后一点点地剥落，从蛋壳上面掉下来。没有了那个金色物体的束缚，那颗大蛋就这么落地，发出"啪"的一声轻响。

随即，蛋壳开始一点点地龟裂……

"怎么会这样？"我喃喃说道。

我们刚才那么蛮力地折腾，又是暴击又是浓硫酸，都没能奈何它分毫，而现在，它居然就这么龟裂了……

"它……它……要出来了？"我低声说道。

"沈先生，你真的确定要这东西？"二愣子突然低声问道。

"当然！"沈蔺风点头道，"我需要他的基因。"

"恭喜你，但你要快点。"二愣子说道，"趁他苏醒前。"

"苏醒？你是说，他还活着？"

"是的，他还活着！"二愣子说道，"我族上古龟文记载，上古大神，能够死而复生——称为蜕变。"

"蜕变？除了昆虫，难道人还能够蜕变？"

"是的，在我族最古老的典籍中有记载，在上古时期，有些大人物能够死而复生。不，不，不对，他们那种情况不算死，就像某些昆虫一样，自己做一个蛹，然后躲进去，不吃不喝，静静地等待，一旦时机成熟，他们就会破茧而出。"

"这还能够算是人吗？"我问道。

"不知道！"二愣子摇头道，"我也只是在古籍上见过类似的记载，但我没有想到，有朝一日我能亲眼看见。"

我脑里乱糟糟的，当即问道："那现在怎么办？"

"我需要他的基因，我没有时间等待了。"沈蔺风看了我一眼说道。

"如果你需要他的基因，那么现在最好。"二愣子一边说着，一边大步向那颗大蛋走去。

蛋壳一点点地龟裂开来，但是还是没有彻底地破开。

二愣子手中握着那把青铜古剑，对着裂开来的痕迹刺了下去，然后用力一挑。

随即，一声清脆的破裂声，那颗坚硬的蛋终于被二愣子撬开了一块。

在好奇心的驱使下，我走到那颗蛋前。

蛋壳里躺着一个男子，身上穿着华美的黑色长袍，头上戴着冠冕。因为是在密封的情况下，他身上的衣服也保存得非常好，在手电筒的照耀下，哪怕是过了数千年之久，颜色依然鲜亮，在灯光下，看起来依然光华闪烁。

男尸的脸上戴着一张特质的面具，上面遍布鳞片状花纹。我看着有些眼熟，仔细地辨认了一下，恍惚想起，这面具……可不就是夔牛那模样？对，没错的。

"江公子，你闪开，让我把这个蛋壳剥开。"二愣子低声说道。

"哦？"我听他这么说，忙退后几步，让出地方来。

这时，沈蔺风也摸出一把匕首来，走过去帮忙。

蛋壳已经腐朽，剥起来很快，我蹲在在上，把其中一片蛋壳捡了起来，对着光看，蛋壳已经失去了原本的光滑光洁，显得暗淡无光。

很快，二愣子和沈蔺风就把蛋壳剥开，里面那具男尸露了出来，我再次凑过去看。

沈蔺风手上戴着塑胶手套，手指已经扣在男尸的青铜面具上，伸手就要揭开。

"你揭他面具做什么？"二愣子低声说道。

"你难道不好奇？"沈蔺风问道，"不想看看他长什么样子？"

"你提取基因要紧。"二愣子摁住他的手，说道，"揭开面具，会导致他提前苏醒。你认为，他是吃素的？"

"难道他还吃人不成？"我呆呆地问道，"他如果没有死，可就不算是僵尸，呃……这么漫长的岁月，他意识还在？"

这是一个完全颠覆现代科学的玩意儿，所以，我有些糊涂了。

二愣子没有回答我的问题，看着那青铜面具道："这面具有些古怪！"

好吧，这个二愣子似乎知道很多，他说面具古怪，那就不要乱动的好。我很是好奇，河神伯夷到底长什么模样？这具古尸保存得实在是太好了，他脸部应该也没有腐烂，可以看清楚他的长相。

不对，二愣子说，他根本就没有死，只是蜕变……

既然叫蜕变，是不是意味着他也和昆虫一样？

"别动他的面具！"二愣子再次说道，"一旦动了他的面具，他可能就会立刻醒过来，然后，我们都别指望能逃脱了。"

"什么意思？"我诧异地问道。

"那个面具，是他蜕变最后的一张保护壳，就像蝉蜕壳的时候，如果有外力帮忙，让他尽快脱离原本的束缚，他就会提前完成蜕变。"二愣子解释道。

"你怎么知道的？"

"猜的！"二愣子说道。

"别动那个面具就是！"沈蔺风一边说着，一边就动手准备撕开河神伯夷的衣袖。我们原本以为衣服已经腐朽，没想到沈蔺风竟然没能撕开。

"真奇怪，这什么布料啊？"沈蔺风一边说着，一边就卷起河神伯夷的衣袖。

我用手电给他照着，心中却是荒唐莫名——这可是数千年前的古人啊，不对，这还是神话传说中的人，能够呼风唤雨、兴风作浪——据说，在上古时期，他这样的存在，连王族都要拜服在他的脚下。

不过，他现在就这么死气沉沉地躺在地上，任由我们摆布着。

沈蔺风取出针管，对着河神伯夷的手臂上就刺了下去。

"啪"的一声轻响——他手中的针尖在碰到河神伯夷的肌肤之后，竟然弯曲，然后断了。

"怎么这么硬？"沈蔺风皱眉说道。

他一边说着，一边用手指对着河神伯夷的手臂弹了过去。

在手电筒的光柱下，河神伯夷的手臂就和我们普通人一样，古铜色肌肤，可是，当沈蔺风弹了一下却发出类似于金属石头一般的敲击声。

我也用手摸了一下，感觉绝对不是人的肌肤，而是像摸着一块石头，硬邦邦，冷冰冰。

"二先生，您知道原因不？"沈蔺风问道。

"他还没有恢复……"二愣子沉着脸说道。

"那怎么办？"沈蔺风边说着边在河神伯夷的尸体上摸着……想寻找合适的地方下针。

"没用！"二愣子低声说道，"在蜕变中，不管什么动物，事实上都很脆弱。比如说，蝉蜕壳的时候，绝对就是它最脆弱的时候，神也一样。但是，他们既然被普通人尊为神，总会有些异于常人的地方，想来这是他的一种自我保护。"

"难道就看着？"我问道。

这可是上古时期神话传说中的人啊！如今就这么摆在面前，说实话，别说沈蔺风，我也很是动心啊，

"也不是没有法子。"二愣子说道。

"什么法子？"

我听得出来，沈蔺风的语气中透着一种难言的焦虑。

"揭开他的面具，帮助他提前完成蜕变，可能他的肌肤会像普通人那样，恢复原本的柔软，但是——"二愣子看着我们说道，"他如果醒来，我们就是献祭，懂不？"

"献祭？"我有些茫然。

"知道！"沈蔺风一边说着，一边伸手，直接就揭开了河神伯夷的面具。

我举着手电筒照了过去，我对于河神伯夷的长相，真的很好奇，这可是传说中的人……

但是，等面具揭开了，我却失望了。这人的一张脸普通得很，方方正正，标准的国字脸，脸部线条很是刚硬，这要是生活在现在，绝对就是有型有款的一个硬汉。

"我还以为他既然叫作河神，应该头上长着像龙一样的角呢。"我心中有些失望，口中忍不住说道。

我说话的同时，伸手去摸河神的脸。

大概是在蛋壳里面久了，他的脸上也沾染了一些黏乎乎的液体，但是，遇到空气很快就开始干枯。

"啊？"就在这时，我发现，在河神伯夷的脸上，原本光滑干净，和普通人一个模样，这时，居然长出一些黑色的鳞片，像是鱼鳞。

"开始了……"

我侧首看了一眼二愣子，发现他的目光，一眨不眨地盯着河神伯夷。

"这是……"沈蔺风的语气带着难言的惊讶。

"沈先生，快，可以了……"二愣子突然说道。

沈蔺风也明白过来，这具尸体……不，或者说，这个人已经开始发生异变，或者就是传说中的蜕变。

而且，这个过程应该很快，等他完全醒过来，沉睡了数千年之久的怪物，肯定会感觉很饿很饿，而我们，无疑就是送上门的食物。

这个时候，我已经不会傻得再问——难道他吃人？

"如果是在上古时期，伺奉他的部落首领，会按期送来活人献祭。"二愣子说道。

我想着古代种种祭祀制度，还有殉葬等，当即说道："真残忍。"

"对于他们来说，我们这种人……都算是低贱生物。"二愣子指着躺在地上的河神伯夷说道。

"哦。"我点点头，感觉二愣子确实知道很多，似乎，他对于神话时期很了解。

我转身看向沈蔺风的时候，他从河神伯夷的手臂内抽出来两针管血液，然后小心地包好藏在背包里面。

我忙也取出针管，对着河神伯夷另外一边的手臂扎了过去。

这次，针尖毫无阻力地刺破了肌肤，我也抽出来一针管的鲜血。似乎和普通人的血液一模一样。

"闪开！"就在这个时候，二愣子突然用力地推开我。我被他推得站立不稳，摔倒在地上。正欲说话，我突然看到一条只有手指粗细的绿色小蛇趴在河神伯夷的身上，正冲着我们昂首吐信。

"这小蛇什么时候来的？"

"别动！"二愣子突然说道。

说话的同时，他陡然抬脚就踢了过去。

我用手电筒一照，顿时就感觉口干舌燥，连手脚都发软了。不知道什么时候，我们附近竟然遍布那种怪异的小蛇，这些蛇不大，都只有手指般粗细，全身呈现诡异的绿色。

你用手电筒对着它照的时候，身体竟然带着淡淡的半透明光泽。

这些蛇似乎嗅到了生人的气息，一点点点向着我们逼近。

"老天爷，哪里来的这么多蛇？"我低声问道。

"这是莲蛇。"二愣子的呼吸有些急促，说道，"就是伴生于月华仙莲的……外面的月华仙莲开花了？"

"快，向我靠过来！"沈蔺风说道。

"啊？"虽然我不知道为什么沈蔺风这么说，但我还是向他靠近过去。

靠近沈蔺风的时候，我发现，那些蛇都远远地不敢靠近他，但是，大概是受到热感应，这些蛇蜂拥着向这边过来。

"你身上有什么东西，这些蛇居然不敢靠近你？"二愣子低声问道。

"一种特制的蛇药。"沈蔺风低声说道，"但是，很少……"

他一边说着，一边从衣服下面摸出来一个小小的绣囊，低声说道："当年我婆娘给我缝的。"

那个绣囊非常小，只有我拇指大小，里面的蛇药也是可想而知，仅仅只有一点点。

二愣子抽了一下子鼻子说道："玉木髓？"

"你居然知道这东西？"沈蔺风似乎有些诧异。

我倒抽了一口冷气，这所谓的玉木髓，可也是传说中的东西啊。

我曾经在我恩师一卷手抄本的医书上见过，玉木髓，据说能消除一切体内囊肿。这玩意儿就是现在癌症的克星，但是，从来没有临床验证过。因为从来没有见过玉木髓，我甚至都怀疑这世上有没有玉木髓。

"沈叔叔，这玉木髓能够治疗癌症？"我靠近沈蔺风，直截了当地问道。

"不能，但这地方有治疗癌症的东西。"沈蔺风说道。

"什么？"

"就是那玩意儿。"沈蔺风的目光落在河神伯夷的躯体上。

我感觉，这个时候称呼他是"尸体"，似乎有些不合适。

那些绿色小蛇全部簇拥在河神伯夷身边，然后向我们一点点地逼近过来。

"怎么办？"我问道。

这么多的毒蛇，想要出去，那是根本不可能啊。

"这蛇毒性很强。"二愣子低声说道，"一旦被咬，绝对死路一条，没有幸免的可能性。"

"我们得想法子出去啊！"我低声说道，"虽然沈叔叔身上有宝贝，可以暂时保得无恙，可是……总不能就待在这里啊？"

"再过一会子，伯夷就要苏醒了。"二愣子低声说道，"现在不出去，我们都得死。"

我用手电照了过去，看到他身上原本的肌肤已经遍布一层细碎的鳞片，似乎胸口已经微微起伏，有了气息。

"沈叔叔，你可有什么法子？"我低声问道。

沈蔺风摇头道："如果是医学难题，我还能想想法子，这个……我实在没有法子，我……我事实上蛮怕蛇的，否则，我也不会把这么宝贝的玉木髓一直戴在身上。"

青色小蛇不断地向我们围过来，不断地靠近……

我实在有些心浮气躁，我虽然谈不上怎么怕蛇，但是，看着这些小蛇扭曲着身子，密密麻麻地聚集在你身边，换谁都不会舒服。

"小龙！"我从二愣子手中抱过小龙，希望能够让小龙吓退那些小蛇。

"没用的！"二愣子摇头道，"小龙也吓不退它们。"

"这……"我都无语了。

小龙就这么懒懒地靠在我身上。

我也知道，小龙确实有些奇异之处，对于那些老龟老蛇的，似乎就是克星，但是，碰到夔牛或者是玄蛇，它就不够看了……

或者说，它就算是龙，但终究还是太小了，碰到那些庞然大物，它就有些克制不住。

而碰到这些没有灵性、只凭着本能攻击的小蛇，它也是一筹莫展。

就在这个时候，我居然听得外面传来了脚步声。

脚步声有些沉重，踢踏踢踏地在空荡荡的外面回响。

"谁？不要进来。"我匆忙说道。

这地方不会有别人，也就是我们这么几个人而已——如今我们被困里面，这人要是进来，讨不到丝毫的好处，没必要让他陪着我们一起送死。

但是，外面的脚步声并没有停止，就这么穿越宫殿门口，向里面传来。

随即，我就看到一个人，穿着破旧的皮衣，脸上戴着一张古怪的青铜面具，脚上不知道穿着什么鞋子，看着格外沉重，就这么走进宫殿。

"这人……是谁？"沈蔺风低声问道，"二先生，你们的人？"

"不……不是……"二愣子微微颤抖地说着，平时他可都是天不怕、地不怕的。

"二愣子，你认识他？"我低声问道。

"你……他……他是水潭下的老尸……你糊涂了？"二愣子结结巴巴地说道，"他……爬来这里做什么啊？"

"可是，他下半截不是蛇的身体？"

"他又不是人。"二愣子冷笑道。

第十一章

重见天日

我听沈蔺风低声问道："二先生，他就是嬴勾？"

"应该是的！"二愣子点头道。

不知道为什么，我感觉那个嬴勾的眼睛透过青铜面具，似乎就这么直挺挺地落在我脸上……

那些青色的小蛇在他接近的瞬间，纷纷扭曲着身体向后退去，但是还是迟了，嬴勾就这么踩着青色小蛇，向着伯夷一步步地走去。

"他……应该是冲着伯夷来的。"二愣子低声说道，"准备——"

"准备什么？"我问道。

"走啊！"二愣子说道，"趁着他们动手，我们赶紧溜……"

就在二愣子说话的时候，嬴勾已经走到伯夷的身躯前，一把就把他抓了起来。然后我听得他口中发出一些烦琐的音节，仿佛是责问，但具体是什么，我不清楚。

"这是什么语言？"沈蔺风问道。

"天知道！"二愣子说话的同时，一把拉过我，直接就向外面飞奔而去。

"沈叔叔！"我忙叫道。

"我在！"我的身后，沈蔺风急急答道。

当我们走到外面，顿时就傻眼了。不知道什么时候，漆黑一片的水面竟然升起了一股迷雾，四周都是水气迷茫……

我们的强光手电都没有法刺穿迷雾。

"这边——"沈蔺风急急说道。

他向一边跑去，二愣子匆忙跟了上去，我二话不说就跟上去。

突然我身后一紧，随即，我整个人都被提了起来。

我回头一看，嬴勾站在我的身后，他身材高大魁梧，正一把揪住我。

"啊？"我吓得大叫。

随即，一道黑影对嬴勾扑了过来，速度极快。虽然在匆忙中，我还是看得清清楚楚，那个人就是伯夷……

二愣子说得对，他已经苏醒了，这人……根本就没有死。

这种生命形式，不是我能够理解的存在。

嬴勾的速度也很是快，回身的同时，避开了伯夷。同时，这两人竟然再次抢入宫殿中——更让我想不到的是，伯夷的目标竟然是我，不，不，不，嬴勾的目标应该也是我……

我瞬间就感觉这似乎就是两头狮子争夺一头羚羊，抢食物了……

"砰——"我正欲找个机会跑路，嬴勾竟然使劲地把我推进伯夷的棺材中……

瞬间，水花四溅！

我急忙想从棺材中爬出来，我还活着，对于躺在棺材里面一点兴趣都没有。

就是下一刻，"砰"的一声大响，石棺沉重的棺盖就这么盖上了……

"喂——"我张口想要呼救，却被灌入了一口水，这个棺材里面都是水……

我闭上嘴巴，伸手用力去推那沉重的棺盖，但是，根本就找不到着力点。我心中着急，我在水中不能够呼吸，大口大口的水灌入我的口鼻之中，我的身体越来越沉重，向水下沉落……

"我要死了！"这是我最后的意识。

在黑暗中，我也不知道昏迷了多久，似乎已经身处十八层地狱，迷迷糊糊，恍恍惚惚……

也不知道过了多久，突然，清新的空气灌入我的口鼻之中。我的意识也渐渐地恢复过来，忍不住睁开眼睛——月华仙莲朦胧的光泽就在我头边。

看到月华仙莲，我已经彻底清醒过来，想起我们进入龙之门的种种。我记得，最后我被赢勾丢在了伯夷的棺材中，灌入了很多水，后来我们什么都不知道了，奇怪……我怎么会在这里？难道说，是二愣子和沈蔺风回来救了我？

我心中想着，忍不住就挣扎着起身，可是我一动却发现整个地面似乎都晃动起来。

直到这个时候，我发现自己竟然躺在一张充气小船上，四周都是黑漆漆的水，透着一股阴森。

地是空虚混沌，渊面黑暗，神的灵运行在水面上。

整个世界，唯一的光泽，竟然是那一朵被摘下来的月华仙莲。

这月华仙莲还没有盛开，只有一个花骨朵，散发着淡淡的、朦胧的光泽。

这朵月华仙莲，养在一只瓶子里，我的目光直愣愣地落在那瓶子上——这算是青铜瓶子，或者是别的材质，反正，这不像是现代化的东西……

"二愣子？"我低声叫道，"是你吗？"

在这样的情况下，我首先想到的就是二愣子——这个二愣子身份成谜，而且他对于此地很是熟悉。

四周一片寂静，没有人回答我这个问题。

我小心地从充气橡皮船上站起来，抬头看向四周，都是黑暗……

我心中有些慌张，我险死还生，却迷失在这茫茫的地下世界，在没有食物的情况下，我依然是死路一条。

正在我胡思乱想的时候，突然，整个小船向一边倾斜下去，我匆忙转身，发现原本平静的水中出现了一个大旋涡，把我和小船一起卷入旋涡中。

冰冷的水把我全身弄得湿透了，旋涡庞大的力量把我抽得几乎晕死过去。我手中握着一样东西，那是匆忙中抓到的，似乎，那就是一根救命的稻草，我只是本能地死死抓着。

然后我不停地蹬着水，蹬着水……

不，我不能死。我的身子越来越沉重，手脚酸麻，我已经筋疲力尽。

突然，一抹耀眼的光泽透过浑浊的河水，照耀在我的脸上……

我从水下陡然冒出头来，然后，大张着口，贪婪地、大口大口地呼吸着新鲜空气，空气灌入肺腑，隐隐作痛。

我努力地咳嗽了两声，摸了一把脸上的水，打量着四周。

这里是黄河，不远处的那个小岛不就是蚕村吗？我竟然从龙之门出来了？

就在我靠近岸边的时候，突然有人大声叫道："江公子，是你吗？"

我抬头看过去，竟然是小于，他脚受伤，留在了岸上接应。

"小于……"我这个时候见到他，感觉分外亲切。

"来来来，拉我一把。"我努力地游到岸边，伸手道。

小于伸手把我拉上岸。我低头看了看自己，全身都是泥污和水泽，带着一股陈腐的味道，宛如一具腐烂发臭的尸体。我的一只脚上穿着鞋子，另外一只脚上的鞋子，也不知啥时丢了，就这么光着脚。

我顾不上这么多，顺势躺在泥地上，抬头看着明晃晃的太阳。"我以为，我再也见不到太阳了，啊……活着，真好！"

小于蹲在我身边问道："江公子，这是什么？"

"啊？"我一愣，努力地抬抬手，这才发现，我手中竟然握着一只青铜瓶子。这瓶子的造型有些像是后世赏瓶，但又不太像，细细长长的瓶颈，全身都雕刻着一种像小龙又像蛇的图案。

我的手有些僵硬，手指竟然松不开，本能地紧握着那只瓶子。

我记得，在小船沉入旋涡的时候，我匆忙中抓住了一样东西，而后就没有松开过，就再也没有松开过。

我支撑着从地上坐起来，用左手不断地拍着右手，拍了好长一会儿，右手的手指才算恢复了一点点知觉，松开那只青铜瓶子。

"是个瓶子。"我一边说着，一边忍不住咳嗽地回忆着……

这个瓶子贮了水，养了一朵月华仙莲，在旋涡中，我把月华仙莲丢了，这个瓶子却被我带了出来。

我心中很是好奇，到底是什么人把我从石棺中救了出来，放在了橡皮船上……

我恍惚记得，那橡皮船的颜色是明黄和暗红，似乎是王教授他们乘坐的……

我看到小于蹲在我身边，不断地研究者那只青铜瓶子。我用左手拍着右手，疏通关节活血。

"其他人呢？都回来了吗？"

"苏倩和北门他们昨天就回来了！"小于抬头看了我一眼，说道，"就在今天早上，沈先生和二愣子一起回来了，但他们脸色不好看得很，我没敢多问什么，哦……"

说到这里，小于有些神色怪异地看着我，问道："江公子……我听说……"

"说什么？"我这时已经恢复了一点点，只感觉肚子不舒服，当即问道，"你一个大男人，说话不要婆婆妈妈的。"

"我听二愣子说，你被僵尸吃了？"小于说道。

我从地上站起来，骂道："他才被嬴勾吃掉呢，他全家都被嬴勾吃掉了，哦……还有魁拔啊，将臣啊，后卿啊，都在等着他呢。"

"江公子，淡定，淡定。"小于讪讪笑道，"你能活着回来，我们大伙儿都很开心的。"

我还是感觉气愤难平，当即骂道："那个王八蛋，看到嬴勾就不负责地跑了。老子看到夔牛的时候，可是很仗义地救他的。不成，老子要找他单挑去。"

小于也从地上站起来，手中捧着青铜瓶子，问道："江公子，那个……嬴勾是谁？就是这个古墓的主人？你真牛，他们进去的人，可都是空手而回——尤其是我们何队长，他和王教授是第一个回来的，根本就没进去，天没亮，就回来了。王教授想要再去，却找不到入口了，站在黄河边指天骂地，那叫一个悲愤。"

我听小于说得有趣，又问道："还有谁没有回来？"

"秦教授没有回来。除此以外，还有苏警官的两个保镖，北门先生的一个人，听说已经死了。"

"李二已经死了。"我苦笑道，"我亲眼所见，苏倩的两个保镖，也死了——别人呢？都安然无恙？"

"我们何队长受了一点轻伤，无碍。"

"走吧！"我说着便向蚕村歇脚的地方走去。我全身湿透，又饿又冷，迫切需要洗个热水澡，好好地睡一觉。

"嗯！"小于答应着，说道，"江公子，他们看到你回来，一准会开心。今天沈姑娘和沈先生差点吵架……"

"为什么？"

"还能为什么？"小于说道，"就是因为你没有回来，沈姑娘有些抱怨，沈先生也很内疚，语气就不怎么好，于是，这父女俩就差点吵起来了。啧啧，江公子，你可真是好福气，那沈姑娘可是美貌得很。"

我听小于这么说，忍不住笑道："对对对，我也感觉念儿很是美貌，哈哈！这丫头小时候就亲过我，可不能对我不负责。"

小于听了我的话，笑个不停。我快步向蚕村走去，我迫切地想看到沈念儿，想看到众人……

我刚走了几步路，突然，小于叫道："江公子——"

我听小于的语气有些不对，站住脚步，问道："怎么了？"

小于直勾勾看着我。

我摸了一下自己的脸："我脸上有花？"

"江公子，你的脚……"小于说话的声调都变了。

我的脚？我的脚怎么了？我低头看自己的脚，一只脚上的鞋子掉了，连袜子都不知道掉什么地方去了。但是，我一个大男人，裸个脚又怎么了？所以我甩甩脚丫子，笑道："我的脚很好啊。"

"鳞片！"小于结结巴巴地说道。

听到"鳞片"的瞬间，我脸色大变，低头看去。果然，我的脚踝上有一元硬币大小的一块，长着墨绿色的鳞片，像是蛇鳞，又像是鱼鳞……

"江公子，你这是……"小于看着我脚上的鳞片，"这是长上去的？"

我突然想起来，这厮是痕迹专家，观察入微，而且推理性极强，只怕他已经想到了某些不好的事情。

我也没有隐瞒什么，老老实实地说道："是的，就是长上去的！我可能要死了。"

"怎么回事？"

"沾染了一些不干净的东西。"我摇头说道，"我现在还没有法子，回去再说吧。"

这一次，小于没有说话，只是捧着那个青铜瓶子，跟在我身后——

我走到门口的时候，正好碰到了二愣子。

二愣子看到我，先是一愣，随即就扑上来，也不顾上我身上湿淋淋的，又脏又臭，一把把我抱起来，然后拍着我的后背，叫道："江公子，你居然回来了，回来了……"

这厮一激动，说话又结结巴巴的。

"我回来了。"我也拍着二愣子的肩膀，想着在那个暗无天日的世界中，和他一起大战夔牛的情景，见到他格外暖心。

"喂喂喂，沈先生、沈姑娘……你们快出来，江公子回来了，回来了！"二愣子扯开喉咙，大声叫道。

随即，沈蔺风，还有沈念儿，包括苏倩、何强、北门等都走了出来。

我询问了一下才知道，何强和王教授倒霉，根本就没有进得去，直接被河水冲了出来，王教授这个时候还一个劲儿地伤心着。

苏倩后来和北门等人会合，他们照着二愣子指的路，顺着石桥过去，不知道怎么着，就又出来了。至今为止，他们还糊涂着。

沈蔺风和二愣子在宫殿中和我分开之后，就坐了沈蔺风带去的橡皮船，结果，遭遇了大玄蛇的攻击。这两人也是命大，被湖水中的暗流卷了出来，算是逃脱了。

这两人倒也不算是临阵逃脱，抛下我不管，在那种情况下，他们想管我也管不上。

"江凌，你能回来真好。"沈蔺风拍拍我肩膀，叹气道，"你要真有个好歹，我……将来死了，也没脸去见你父母啊！"

"沈叔叔说笑了。"我苦笑道，"想要进入龙之门，就要做好回不来的准备。"

我虽然担心过、害怕过，但是，我从来没有后悔过。

一道红影对我扑过来，我伸手抱住小龙。小龙也很开心，不断地在我身上蹭着，甚至，它还轻轻地咬了我一口。

"我去给你弄点热水，先洗个澡，把衣服换了！"二愣子说道。

"好好好，多谢！"

洗了个热水澡，换上干净的衣服，我搬了个板凳，坐在外面。小龙窝在我身边陪着我一起晒太阳。

二愣子从里面走出来，在我身边蹲下，问道："江公子，你怎么跑出来的？"

"就这么跑的！"

"没有舟船，你怎么离开黑暗深渊的？"二愣子又问道。

我听他这么说，顿时就有些不舒服，说道："你难道还盼着我回不来不成？"

"江公子，话不是这么说——我只是好奇。我发现你没跟着出来，我回头找你，但是伯夷太厉害了，我根本就不是他的对手。要不是正好嬴勾过来，晚一点，我们都得死，成为他的血祭之物。我见势不妙，不得不走，但是……"

"但是什么？"我问道。

"你那个沈叔叔，似乎对里面也很熟悉。"

"我没有怀疑你，就很不错了。"我淡淡地说道，"他以前就和我父亲一起来过。"

"好吧，既然你这么说，我也不说什么了。"二愣子问道，"他要嬴勾血做什么？"

"什么？"我不解地反问他。

"实话说，沈蔺风就是冲着嬴勾血去的。"

"嬴勾血……"我讷讷说道，"就是青铜古殿中那具老尸？"

"是！"

"你确定他就是嬴勾？"我问道，"你为什么这么肯定？为什么他不是将臣？"

"将臣已经暗恋女娲去了，没空管龙之门的闲事。"二愣子哈哈笑道。

"哈哈！"我笑笑，那个很著名的电视剧长篇，里面就有将臣、女娲等等，不过是假借一些上古神话传说，敷衍一些爱情故事罢了。

当然，如果你闲着无聊，这自然不乏是一部很好的休闲片子。

"他们在商议，明天早上走。"二愣子说道。

"那就走吧！"我轻轻地说道，"短时间之内，龙之门不会再次开启了。"

二愣子抬头看着我，问道："不是每个月都可以吗？"

"开玩笑。如果每个月都可以，那么，就算里面有夔牛、玄蛇守护，这地方也一早让人摸个底朝天了，呵呵……"

有一句话我没有好意思说，再大的危险，只要利益足够大，就有人舍得前来冒险，比如说——我们！

太阳落了下去，夜色慢慢地降临，黑暗再次笼罩着大地。大伙儿煮了一点吃的，我虽然很饿，却没有胃口，将就着吃了一点。晚上，北门他们邀请我过去商议，无非就是什么时候离开。

他们提出来收拾一下东西，明天一早就走。

我自然是没有什么意见，但接下来的问题却来了。他们来了一趟龙之门，似乎什么东西都没有摸到，唯一的青铜匣子及那块玉佩是我和二愣子摸出来的，那个青铜瓶子跟他们更是一毛钱的关系都没有。

这破烂玩意儿，在龙之门里真是一毛钱都不值，可是一旦拿出去，这两样青铜器，加上那块玉佩，可都是价值连城的奇珍异宝。

王教授提出来，应该交给他作为研究，二愣子当场就拍桌子恼怒了。

"姓王的，我告诉你，你如果真想贪图这些珍宝，那么，我不在乎今晚再杀一个人。"二愣子握着拳头，满面狰狞。

王教授是没有见过他大战夔牛和老蛇的生猛，还想要和他理论。我忙一把拉住王教授，说道："教授，你也一把年纪了，何必呢？钱财终究是身外物。"

"我是为着研究！"王教授气得面红耳赤，"我……我不是为钱，我就是为研究。"

"如果是为研究，我欢迎你去我家看看。"我淡淡地说道，"这三样东西，都是赢勾的。"

"赢勾？"王教授呆呆地看着我，"江公子，你欺负我没有学过历史？"

"呵呵！"我轻声笑道，"教授，我们都知道您是专家，在您面前，我们都算是班门弄斧。"

"这世上哪里有什么赢勾？"王教授冷笑道。

"你没有见过，你怎么知道没有？"二愣子讽刺地说道，"自己孤陋寡闻，还打着学者专家的身份，否决我们未知的东西。"

"王教授，我亲眼见过伯夷的肉身，那根本就不算人，而是妖怪。"沈蔺风说道，"而且不瞒你们说，我来龙之门的本意，就是寻找赢勾。但我们错了，龙之门这边是河神伯夷的地盘，赢勾在另外一边。"

"非我族类，都是妖怪。"我有些讽刺地说道。

王教授问道："真有赢勾？"

"我亲眼所见。"我说道。

"我……我……"王教授颤颤巍巍地站起来，整个人似乎都有些颤抖，半晌，他才说道，"我出去走走。"

我没有理会王教授，看着他走了出去，然后我看着北门和何强说："东西是我的。"

"这个自然。"北门说道，"江公子辛苦一场，总要一些辛苦费用。"

何强点头："江公子想收藏这些东西没问题，但是——青铜器国家严禁私人买卖，还请注意。"

"放心，我不会变卖。"我直截了当地说。

事实上，我也不知道我为什么执着要那个青铜瓶子和青铜匣子，但有种奇妙的感觉，这两样东西似乎和我息息相关，至于那个看不懂的密码文书，我也想带回去研究研究。

"啊……"突然，外面传来一声声嘶力竭的惨叫声。

"王教授？"北门和农民几乎同时惊呼出声。

何强和小于已经冲了出去——门口，王教授跌跌撞撞地跑了过来，裤腿上湿了一大半。我瞬间知道，他是去小解，不知看到了什么，惊慌失措之下，竟然尿了裤子。

这老头儿的胆子事实上很大，看到棺材，不管是人是鬼，他都想要打开看看。

考古的，见过的死人多了，胆气自然也比普通人壮得多，我实在没法子理解，这老头儿见到什么东西了，竟然吓得小便失禁？

"教授，怎么了？"何强一把扶着王教授。

"陆先生……陆先生……"王教授结结巴巴地说道。

"教授，不要着急，陆先生怎么了？"接过话问。

"死了……死了……"王教授一边说着，一边颤抖着指向一边。

我听王教授这么说，顾不上多想，忙向他指的方向走去。陆羽的身体趴在倒塌的墙壁上已经干枯，嘴巴大张，脸部的肌肉已经萎缩，只剩下一张皮，丑陋的牙齿暴露在外。

下午的时候，陆羽还和我说过话，这时居然成了一具干尸，我呆呆地看着陆羽的尸体。

"这——"这个时候，众人都已经赶了过来，一见之下，顿时都变了脸色。

"江公子，这……王铁汉？"何强突然说道。

在金陵水潭下面的时候，王铁汉也利用同样的法子吸食过一个人的鲜血，把好好的一个活人弄成了一具干尸。

"把尸体烧掉。"沈蔺风走了过来，沉着脸说，"骨灰就地埋了。"

"沈先生，这不行吧？"何强皱眉道，"怎么说，也得把陆先生的骨灰带回去啊？"

第十二章

老婆婆

沈蔺风看了何强一眼说："随便你们。"

"今晚想法子把王铁汉引出来，必须把他除掉。"我看着何强说。

我对何强他们是有怨念的，让他们把王铁汉的尸体烧掉，送火葬场都能够出事。如果不是因为他们，陆羽能惨死吗？

"怎么引诱它？"何强问道。

我看向沈蔺风，他却说："江凌，你别看着我，它要是出来，我要擒它那是十拿九稳。可是，它如果不出来，我可是一点法子都没有。"

我抓抓头发，有些挫败感，当即问道："你们谁有法子把它引出来？"

大家都是你看我，我看你，谁也拿不出个妥善的法子。

王教授想了想，说道："沈先生，要不这么着——"

"嗯？"沈蔺风问道，"教授，怎么着？你有什么建议？"

我看着王教授，发现他已经镇定了下来。

"沈先生那个擒拿老僵尸十拿九稳的法子，能不能告诉我们大家？这么一来，我们也不用惧怕它。"

"哈——"这一次，我忍不住笑了出来，说道，"教授，最好是公之天下，放在网上，做成下载包，是人都可以下载学习，对吧？"

"对！"王教授很是认真地说道，"这些奇术，就不应该归私人谋利！"

"呵呵！"沈蔺风笑着，竟然没生气，随即，他的手中就多了一枚银针——那是一枚针灸用的普通银针。

"教授，看到了吗？"沈蔺风说道。

"银针？"王教授凑过来看看。

"是，平时针灸用的。"沈蔺风点头道，"教授应该知道，我实际是个中医而已。"

"我知道！我知道！"王教授用手摸了摸那根银针，说道，"难道这个就能控制住僵尸？民间传说信不得啊，都说僵尸怕糯米，没听得人说怕银器啊。"

"教授想象力很是丰富。"沈蔺风一边说着，一边陡然甩手。

在暗夜中，银针悄无声息地飞向旁边的土墙——细碎的破空声落在我的耳中，随即，我就看到那根银针钉在了一边的土墙上。

"教授，如果你也能够做到，我就教你岐黄——回天术！"沈蔺风说着，掉头就走。

我看着王教授一脸的惊愕，我心中有一种莫名的讽刺感，走到土墙前，伸手摸那根银针，果然不出我所料，师门那个暗记就在针尾……

多年养成的习惯，加上根深蒂固的骄傲，沈蔺风所用的银针，依然带着这个独门标志。

王铁汉的尸体上也带着这种银针，他不是自然情况下的尸变，而是人为造成的，而做这种事情的势必是我师门中人。

我没有做过，沈蔺风又否认了，我真想不出来，到底还有谁，竟然做下这等人神共愤的恶事？

我伸手从土墙上拔下那根银针，四处看了看，问道："苏倩呢？何警官，你见过苏倩吗？"

"啊？"何强被我这么一问，顿时就傻眼了，"没有……下午看到过她，后来就没有见过。"

我一直都怀疑，王铁汉的事情和苏倩有关。这时王铁汉的尸体再次出来作祟，她又踪影不见，我更是疑窦丛生，当即说道："你们谁见过苏倩？"

大家想了想，都是摇头。

我们的人有些多，王教授他们的注意力都在我们带回来的几样东西上面，根本没有人留意过苏倩。

"江公子，想来苏警官就是随便走走，你不用担心。"小于安慰我道。

"我担心？我从金陵就怀疑，王铁汉的尸变可能和苏家有关，现在我更加怀疑。走，你们都带上东西，我们去找她——这次，我一定要抓个现形。"

"啊？"听我这么说，何强立刻说道，"江公子，这……这是绝对不可能的，我知道你和苏倩有些误会，你要是说别的事情，我就信了，可是弄一具僵尸出来，那是绝对不可能的——她也没有这种本事啊。"

"你怎么知道她没有这种本事？先别说这么多，我们还是先找到她要紧。"

"何警官，苏警官一个姑娘家在这个荒野之地也很危险，先按江公子说的，找到她人要紧，然后再询问，到底是怎么回事。"北门忙着说道。

"对！"二愣子插嘴说道，"找到人，一问皆知。"

二愣子和何强，还有小于、金刚、北门偕同我一起去寻找苏倩，沈蔺风留了下来，同王教授和农民，还有黑眼镜一起处理陆羽的尸体。

我带着何强、小于等人向桑树林走去。

我知道，苏倩不会无故失踪，她不在，肯定是去找她那个姥姥了，据说，是从世外桃源逃出来的老婆子。

我凭着记忆，找到了那座倒塌了小庙。何强走在我身边："江公子，这地方……怎么还有一座破庙？我们在这儿待了这么久，竟然都不知道。"

金刚那个憨货，摸摸脑袋道："江公子，你怎么知道的？"

"跟踪苏倩来过。"我直截了当地说道，"这地方不但有破庙，还有人住着。"

"嘘！"就在这时，走在最前面的二愣子做了一个嘘声的手势，"有人！"

我们隐约听到一边的房子里，传来苏倩说话的声音："姥姥，你到底怎么想的？"

"我怎么想，重要吗？"一个苍老的声音传入我们的耳中。

我看到大家都面面相觑。

我明白他们的感受，我当初知道蚕村还有人居住的时候，也很是惊诧。

"那你知道不知道……"里面，苏倩似乎想要说什么，但是，这时她的声音低沉下去，我们竟然听不到。

二愣子把手中的手电筒递给我，然后冲我比画了一下。

我明白他的意思，点点头。

二愣子放慢脚步，悄无声息地向门口走去，然后就看到他毫无预兆地一脚踹开了门——

我们都唯恐二愣子鲁莽，跟了上去。

二愣子在踹开门的瞬间就冲了进去——我尾随而来，就看到身材高大魁梧的二愣子手中提着一个老婆子。

那老婆子很老很老了，血肉似乎都已经干枯，全身就剩下一层老皮，包裹着骨头。二愣子把她提在手中，就像老鹰抓小鸡一样。

"二愣子，不要鲁莽！"北门说道，"有话好好说。"

另外一边，苏倩就铁青着脸站在当地。

"苏倩，你欠我们一个解释。"北门说道。

我能感觉出来，北门很是生气。

"解释？"苏倩冷笑道，"北门先生，我和你们毫无瓜葛，我欠你们什么解释了？"

"死老婆子，原来你一直藏在这里啊？"二愣子的口中发出"嘎嘎"的怪叫声，然后他竟然一把掐住那个老婆子的咽喉。

"别——二愣子，你做什么？"

我用手电对着老婆子的脸上照了照，我已经认出，她就是我第一天晚上来蚕村梦见的在月光下钓月娃娃的人。

"做什么？"二愣子冷笑道，"老子今天要报仇！江公子，你闪开，谁拦着我，我今天就杀了谁。"

"报仇？"这个二愣子竟然和苏倩的姥姥有仇。

"东西呢？"二愣子把老婆子摁在墙壁上，掐着她咽喉问道，"把东西交出来。"

"东西……东西……"我看到那个老婆子的脸上，浮起一丝讽刺的笑意，说道，"难道你认为，东西会在我身上？哈哈……"

"你把东西给了谁？"

"你傻啊？"老婆子冷笑道，"我只不过是一个侍候的丫头而已，哪里敢带走祖龙帝令？"

"我查过了，她……早就死了。"二愣子冷冷地说道，"不要把责任都往一个死人身上推。"

"哈……"老婆子笑着慢慢地说，"对啊，她是有名的好人，所有的恶事都是别人做的。可是……你们知不知道，我事实上也就是一个被利用的……利用完了，我一夕白发，血肉干枯，只能躲在这样阴暗的地方残度余生……而她居然死了，死了……哈哈……"

不知道为什么，我感觉那老婆子的一双浑浊昏黄的眼睛，就这么死死地盯着我。

"真像！真像！"老婆子讷讷念叨着。

不知道为什么，我心中莫名地发慌："二愣子，你有话好好说……好好说……"

我一边说着，一边就去拉二愣子，希望他松手，但就在这时，老婆子的嘴角突然溢出一缕暗黑色的血液。

我知道不妙，忙叫道："婆婆……婆婆……"

但是，她的脑袋就这么垂了下去。

"你……你个二愣子……"我心中着急，叫道，"你怎么可以……"

"我没有做什么。"二愣子似乎也呆住了，忙松手。

他手一松，老婆子的身体像是一个破麻袋，软软地倒在了地上。

"姥姥……"苏倩突然冲上来，一把抱住老婆子，叫道，"姥姥，你不能死啊，你……"

我直到这时才算回过神来，蹲在身子，摸着老婆子的脉象。但是，她已经死了，一点脉搏也没有了。我翻了翻她的眼皮，瞳孔已经扩散开来，完全没得救了，同时她的脸色也开始渐渐地变成青紫色。

这老婆子是中毒而死。

但具体是什么毒，我却不知道。

"这老婆子居然就这么死了？"二愣子似乎回过神来，语气冰冷地说道，"真是白便宜她了。"

"你——"我对二愣子的语气和态度都很不满，"你发什么神经？跑进来不分青红皂白就动手！如今，人死了，你还说风凉话？"

"江公子，你不知道，她年轻的时候骗了我爷爷，导致我爷爷和奶奶惨死。当时我父亲还小，根本什么都不懂，他是我们家唯一的一点血脉，族中长老说，需要给我们家留一个后。但是，我出生的时候，就是我父母的死期。"二愣子说道，"我们家一家四口，就因为她全死了。"

我微微皱眉，这二愣子的家族，居然还有如此陋习？这等草菅人命？也不知道是从哪个穷山沟沟里出来的，也难怪养成了二愣子这等随意的态度。

我心中想着，却没有说什么。

北门终是久经世故，看了看，说道："苏警官，你也别伤心了，人死不能够复生，凡事都有因果。"

"因果？"苏倩向我看过来。

不知道为什么，苏倩看我的目光，也是冰冷的，透着一股寒气。

"金刚！"北门吩咐道，"把这老婆子的尸体搬出去，让江公子给她点个穴，葬了吧！"

对此，我自然没有什么好说的。

金刚也不在意，走过去扛起老婆子的尸体就向外面走去。

走到外面的时候，我的目光落在那具棺材上，说道："这里有一具棺材，虽然破旧了一点，但总比什么都没有好。苏警官，你看如何？"

"不！"苏倩断然拒绝，"我苏家也算富有，我不能让我姥姥睡着别人的棺材入土，这是下辈子的债。"

我知道民间有这种传说，家里老了人，买棺材的钱是不能借的。或者说，借了如果不还，那么死者也不得安生，甚至，来生会投胎为奴，还上辈子的棺材债。

我真没想到，苏倩还讲究这个。

走在阴森的桑树林里，苏倩在我的身边，我低声问道："苏倩，王铁汉到底是怎么回事？"

"王铁汉？"苏倩愣然问道，"就是在金陵城里死了的那个民工？"

"对，发生尸变的那个民工。"

"我怎么知道？"苏倩摇头道，"我来这里的目标就是找姥姥，要一点东西——我上次和你说过。"

我轻轻地叹气，我虽然怀疑苏倩，但却没有证据。

"陆羽死了。"

"什么？"苏倩站住脚步，说道，"江凌，你说什么？"

"我说，陆羽死了。"

陆羽也是苏倩带来的人，她带来的几个保镖，死的死，伤的伤，失踪的失踪。秦聂至今都没回来，只怕也是凶多吉少。

本来，陆羽上了年纪了，又是风水先生，根本就没有下地干活的打算，留在蚕村作为接应，应该没什么危险。可是，他就这么死了，在要离开的前一天晚上。

"怎么死的？"苏倩在一愣之下，已经镇定下来，问道。

"被王铁汉吞噬了鲜血生气。"我说道，"王铁汉的尸变明显就是人为的，但是，如今他已经沾染了人血，只怕就有些麻烦了。"

"那怎么办？"苏倩问道。

"我不知道，我认为——你知道。"我说道，"它从金陵一直跟着我们到了这里。"

"尸变既然是人为的，那么，你们这些人才更加可疑！"苏倩冷笑道。

我听她这么说，也不知道如何反驳，确实，开始的时候我一直都怀疑是沈蔺风。我也摸过王铁汉脑后的银针，确实是我师门之物。

走到外面，我找了一处穴位，金刚挖了一个坑，把老婆子埋了。

从沈蔺风的口中，我知道苏倩的姥姥叫作秋忆，和我奶奶有一些瓜葛。

我也知道，他们似乎都是从什么世外桃源跑出来的。

我们回去的时候，沈蔺风他们商议了一下，约定几个人轮流守夜，一旦有什么动静，立刻招呼。

何强和黑眼镜当仁不让地守上半夜，结果，整个上半夜都是风平浪静。

下半夜的时候，是小于和金刚。我迷迷糊糊睡到下半夜，感觉肚子有些痛，我摸索着爬起来，看到小龙蜷缩在我羽绒服袖子里睡得正香，我没有乱动，就向门口走去。

"江公子，大晚上的，你去哪里啊？"门口，小于点了一根烟，小声地招呼我。

"肚子痛，我去后面解决了。"我比画了一声，低声说道。

"这……不太安全。"小于低声说道，"金刚……金刚……"

"嗯，我在。"

"你守着，别打瞌睡，我陪着江公子去后面。"

金刚答应了一声，我有些不好意思地笑道："小于，这……怎么好意思？"

"没事，我有这个玩意儿。"小于一边说着，一边撩起衣服，露出黑色的枪管来。

第十三章

青丝、归途

我还是有些不好意思，我跑去蹲坑排毒，让小于给我守着，我算什么人了？

"没事没事，这不是情况特殊吗？"小于拉着我就走。

可是，等我解决好了内部问题，发现没有带纸，我就尴尬地叫道："小于……小于……"

"啊？"土墙的一边，小于答应着。

"你有卫生纸吗？"

"我就知道你没有带。"小于一边说着，一边递给我一沓纸，"最近这几天，糊涂的人不止你一个。要不是我跟着你，你就找树枝刮腚。"

我从小于手中接过纸来，擦了屁股，提着裤子起身，笑道："小于，你不会就是专业管蹲坑的吧？"

"你们都走了，我是警察，总要照应照应。"小于淡淡地笑道。

我对小于有很好感，感觉他忒有责任心。

"等等！"突然小于一把抓住我，"江公子，你看——"

"啊？"我一愣，顺着小于手指的方向看了过去。

在旁边倒塌的墙壁上，看到一个黑黢黢的人影。

"像不像？"

"像……一个人？"我低声说道。

"是王铁汉。"

"王铁汉？"隔着这大老远的，又是在黑暗中，我也就是仿佛看到像是有个人站着，绝对看不清楚那到底是谁。

我诧异地问道："隔着这大老远的你也能看到？"

"江公子你有所不知，我是做痕迹分析的，我从小就非常能辨别人。"

"辨别人？"小于的这句话，我有些不明所以。

"就是比较会认人。事实上没什么用，既不能发家致富，也不能除恶扬善。"

"走，过去看看。"我跟小于说道。

不料，小于一把把我拉到身后，然后他摸出枪来，向那个黑影走去。

小于的这个动作，真的让我有些受伤。在古墓中的时候，二愣子也会一把拉我到身后，想不到离开古墓，小于这个二十出头的小年轻，居然也如此。难道我就是那个懦弱无能在别人身后要保护的人？

距离那人只有三四步远的时候，小于低声喝问："谁？"

那人靠着墙壁站着，一动不动。

小于突然拧亮了手电筒，突如其来的亮光让我看到一张狰狞恐怖的脸，嘴巴大张，舌头凸了出来，尸体已经有些轻微的腐烂，但我还是一眼就认出那个人——就是王铁汉。

小于看了我一眼，低声说道："他好像有些不对劲？"

我从小于手中接过手电，对着王铁汉照了照——它吞噬过人的生气精血，尸体不会腐烂得这么快。

我心中想着，便一步步地向它走去。

"江公子，你小心。"小于走在我身边说道。

"没事，我不怕这玩意儿。"说话之间，我已经走到王铁汉身边。

这厮并没有像我想象中那样突然暴起，对我攻击。我近距离地靠近，它依然死气沉沉。我用手试图推了一下，它竟然就这么向一边软软地倒了下去。

"这厮……死了？"小于结结巴巴地说道。

"我看看！"我一边说着，一边翻过王铁汉的尸体，伸手在他脑后摸了一下子，却没有摸到那三根银针。

居然有人从他头上拔掉了银针？这王铁汉的尸体，并没有得到月魄精髓，更不是风水宝地乘生气而生的魁拔，完全是靠着我师门的秘技才能出来作怪。如今，银针被拔掉，它自然就是一具普通的尸体而已。

我在地上四处找了一圈，也没能找到那三根银针，我满腹狐疑，不知道说什么才好。

"江公子，你在找什么？"

"小于，不瞒你说，王铁汉的尸变，是人为的。"我叹气道，"如今，插入他后脑的银针丢了。我找找，是不是它自己弄丢的。"

小于听我这么说，也拿着手电找了一圈："江公子，这是不可能的——你们师门的秘技，不会这么不堪一击。"

听小于这么说，我不禁苦笑，是的，我师门的秘技，岂会如此不堪一击？

"江公子，你会这玩意儿吗？"

"什么？"我有些不明所以。

"你能操控尸体吗？"

"呃？"我一愣，随即就回过神来，"你怀疑我？"

"不不不。"小于连连摇头道，"江公子，你的为人我们都知道，我就是好奇而已。"

"可以！如果给我时间准备，别说是这样的东西，就算真弄一具魁拔出来，都不是什么问题。"我说道。

"中医这么厉害？"小于一脸的诧异。

我不知道说什么才好，半晌，才这说道："小于，你通知其他人过来，我们把这具尸体烧掉。"

"好！"小于转身去叫人。

等小于去叫人，我转身再次看着王铁汉的尸体，然后，蹲下从他胸前的衣服上面挑起一根细细的青丝……

这是一根头发，乌黑发亮，宣示着它蓬勃的生命力，长度达五十厘米左右——所以，我可以判断出，这根青丝的主人是谁。

我小心地把那根青丝缠绕在手指上，然后拧起来，从口袋里面掏出小于刚才给我没用完的卫生纸，然后把那根青丝包裹好，放在贴身的口袋里。

我做好这一切，小于也带着众人来了，二愣子、北门、金刚、黑眼镜还有农民，包括沈蔺风。

最后到来的，是沈念儿和苏倩。

我忍不住看了一眼沈念儿。但沈念儿和往常一样，习惯性地向我靠过来，习惯性地抱着我的手臂。

"怎么发现的？"沈蔺风问道。

小于把当时的情况说了一遍。我真感谢小于，如果不是他执着跟过来，我一个人发现了王铁汉的尸体，那么，我长一百张嘴也解释不清楚。

沈蔺风把那具尸体上上下下看了半晌，比我检查得仔细多了，然后他站起来，说道："弄些柴火，把尸体烧掉。"

事实上不用他吩咐，我们都知道这具尸体有问题，所以，二愣子什么都没有说，转身就去搬柴火。

沈蔺风向我使了一个眼色，我当即跟着他向一边走去。

走到大水塘边的时候，沈蔺风低声问道："江凌，我再问你一遍，这尸体真不是你弄的？如果是你，实话跟我说，我能理解的——我年轻的时候，就非常好奇回天术，一直想弄个魁拔出来操练操练。"

"沈叔叔，真的不是我。求你不要再怀疑我了。"我说。

沈蔺风仰首看着天际的一轮残月，喃喃说道："真是奇怪了，难道会是我家老头子，他疯了？"

"不会有别人？"我问道。

"别人？"沈蔺风摇头道，"江凌，我们这一派传承悠久，懂得一些简单的操作尸体的人，绝对不止只有我们这一门。但是，别人用的手法，和我们也肯定不同。"

"念儿学的是什么专科？"我问这句话的时候，几乎不敢看沈蔺风。

"念儿？"听我这么说，沈蔺风呆了一下，半晌才说道，"医科？怎么了，江凌，你怀疑那个丫头？”

“撇开恩师不说，如果你我都没有做，那么，念儿最有可能性。念儿是恩师他老人家一手带大的。”

“我们家的秘术，从来传儿不传女。”沈蔺风说道。

“沈叔叔，你真是糊涂。这都什么年代了，哪儿还有什么传儿不传女？再说，我是一个外人，我都懂！”

“弟子和闺女不同……算了，我回去后问问。”

“问谁？恩师，还是念儿？”我反问道。

这一次，沈蔺风只是沉默。

“事实上，不管是谁，你都没法子？我只是弄不明白，念儿的目的到底是什么？”

“你就这么肯定是念儿？”我看到沈蔺风转身看着我，眸子里，满是担忧。

我从口袋里掏出那个纸包，递过去：“这是我刚才在王铁汉的尸体上发现的，你自己看吧。”

“这是什么东西？”沈蔺风一脸的狐疑，他接过纸包，打开，“头发？”

“具体地说，女人的头发，念儿的头发。你要是不相信，你把这个带回去，想法子做下基因鉴定？”

沈蔺风把那根头发小心地包裹好，递给我：“那丫头是我生的，这地方就两个女孩子，一个是苏倩，一个是她，哪里还用做什么基因鉴定？呵呵……”

说到最后，他讽刺地笑了起来。

就在我们说话的时候，角落里，已经升起火堆，还夹着一股恶臭。

我听有人唱道：“熊熊烈火，焚我残躯，生有何欢，死又何惧……”

声音粗犷嘹亮，就是二愣子，我倒是没想到，这家伙竟然还是金老爷子的粉丝。

“那个二愣子，你准备怎么办？”沈蔺风突然问道。

“什么？”我不解地问道。

“他身份来历不明，我很是担忧……出来混，终究是要还的，如今，我的报应来了。”

我知道，他说的报应，那是指沈念儿。

作为一个父亲，养着一个如花似玉的大闺女，本身是甜蜜的——可是，如果做父亲的发现这个闺女有些不同寻常了，只怕这个甜蜜就有些腻味了。

"明天回去吗？"沈蔺风问道。

"不回去，留在这里做什么？这地方，我是一刻也不想待了。"

"我以为，你会提议再等两天，等等秦聂。"沈蔺风说道。

"不用等了，那老头儿不可能还活着。"

"不一定。"

我听了他这句话，半晌，才说道："你的意思是，再等两天？"

"你们愿不愿意等，那是你们的事情，我明天必须走。"沈蔺风说道，"我外面的事情，不能推迟了。"

"哦？"我满腹狐疑，这次的龙之门行动是沈蔺风要来的，为不受月华仙莲的影响，他还不惜杀了那么多人。

但是，来的时候他最晚，走的时候，他又行色匆匆。

我试探性地问道："研究伯夷的基因？"

"算是吧！"沈蔺风点头道，"你也提取过他的基因，你就不想研究研究？"

"我的丢了。你和二愣子走后，我被赢勾抓了，东西丢了。"

"可惜了！"沈蔺风说着，转身就走。

不知道为什么，我听沈蔺风口中说着可惜，但语气中似乎却是如释重负。我有些茫然，难道说，他不希望我研究伯夷的基因，又或者说，他怕我研究出什么名堂来，抢了他的饭碗？

可是，沈蔺风平时给我的感觉，真不是这么小气的人。

王铁汉的尸体终于被烧掉了，就埋在了蚕村。第二天一早，金色的太阳照耀着大地，把一切阴影都全部驱散。

我们略略地收拾一下行李之后，二愣子撑船，招呼我们动身。

众人陆续上了船，我清点了一下人数，发现沈蔺风不见了，就问沈念儿："念儿，你爸爸呢？"

"我出来的时候，还和我爸爸说了话，他说马上就来。"

"哦？"我点点头，说道，"那大家再等等。"

对此，众人自然是没谁有意见。可是，我们等了大半个时辰，还没等到沈蔺风。

我就有些担忧，嘱咐二愣子："你照顾着众人，我去看看。"

"我陪你一起去。"二愣子说道。

"好吧！"我点点头，这个时候，小龙嘎嘎地叫了两声，飞到我肩膀上。

我笑笑，摸摸小龙，向岸上走去，一直走到我们歇脚的地方，却没有找到沈蔺风，而且他的行李也不在。

"奇怪！人呢？"

"我们四处找找。"二愣子说道。

"好！"我说着，就走出屋子，"沈叔叔，你在哪里？回家了……"

四周空荡荡的一片，只有我的回音散在空中，撞击在颓垣残瓦上。

我跟二愣子把四处全部找了一圈，全无踪影。船上的人早就等得不耐烦了，沈念儿和北门，还有小于一起走了过来。帮忙寻找，眼见日已中天，还没找到。沈念儿一着急，忍不住就哭了起来。

我心中也是着急，可不得不安慰沈念儿。

"大家先不要着急，四处看看。"小于一边说着，一边在沈蔺风住的地方仔细地搜查起来。

"小于，可有什么发现？"我心中烦躁得很，好端端的，就算有什么事情，也应该打声招呼啊，怎么说走就走了？

难道说，是昨晚的事情？想到这里，我有些后悔，不应该把沈念儿的事情告诉他。

"这里！"小于突然说道，"你们跟我走。"

"啊？"我听小于的语气极是肯定，当即点点头。

小于带着我们，穿过破烂的土墙，向后面走去——小村子的最后面，就是杀了真正的二愣子埋尸的地方，北门等人都曾经来过。

我跟在小于的身后，二愣子就走在我身边，一边是北门。

我忍不住站住脚步，叫道："北门大叔？"

"怎么了？"北门低声问道。

"这地方……不就是埋二愣子的地方吗？"我问道。

"哈……"北门有些尴尬地笑了一下。

二愣子冲着我挥舞着拳头，说道："江公子，你怎么说话呢？我还好好地活着呢。"

"呵呵！"这次，小于冷笑道，"二先生，你虽然很是厉害，但是，有些事情你还是做得不够机密，或者说，你也不怕我们查，对吧？"

"姓于的，你要说什么？"二愣子听小于这么说，突然就横跨一步，挡住小于的去路。

我看着小于只是冷笑，说道："二先生，有些话说出来，就伤脸面了。反正，二愣子已经死了，再也没有二愣子这个人了，我也懒得说什么。"

我对于小于的这句话有些摸不着头脑，说道："别吵，先找到沈叔叔要紧。"

"我在！"就在我说话的时候，沈蔺风从破房子里走了出来。

我一见沈蔺风平安无恙，顿时就长长地舒了一口气："沈叔叔，你怎么跑来这里，我们大家都在找你。"

"我知道！"沈蔺风背着一个背包，转身向外面走去，说道，"碰到一个故人，说了几句闲话，就耽搁了——这就走吧！"

他一边说着，一边就向外面走去。

我看向小于，而小于正好也看着我。

我冲着小于使了个眼色，小于会意，趁着众人不备，直接就冲到屋子里。

我也跟着进去，但是，屋里面空荡荡的，什么都没有。

"他已经走了！"沈蔺风站住脚步，淡淡地说道。

我心中很失望，还有些恼怒："沈叔叔，你这个故人是谁啊？嬴勾，还是伯夷？"

沈蔺风听我这么说，忍不住说道："我不认识嬴勾那个老僵尸，他如果出来了，应该也是找你，不是找我。"

我想起脚上的鳞片，顿时满腔恼怒，握拳说道："沈叔叔，你什么意思？"

"我没什么意思。是人都有一些秘密，我耽搁了大家的行程，是我不对，我给大家道歉。但是，你们这种行为，也让我很是生气。"

"沈先生莫要生气。"北门抱拳说道，"江公子也是担心你。算了，既然这样，我们走吧。"

北门打了个圆场，我也不好再说什么，一行人上了船，二愣子撑着竹篙，划船起程。

这一路上，倒是顺利得很，黄河水虽然浑浊不堪，却再没碰到什么古怪的一事，顺利到达了黄沙村。

看着天色已经晚了，我们商议了一下，就在黄沙村借住一晚，明天一早就走。

沈蔺风却说他另有要事，就先走了。我很想挽留，却不知道怎么开口。沈念儿一直都低着头，不吭声。

苏倩也说有事要办，不在黄沙村借宿了，她带着剩下的两个保镖也离开了。

还是那个黄老村主任招呼了我们，听说黄三公已经死在黄河上，他也没说什么，只是不断地抽着烟。

我们在黄沙村歇息了一晚上，第二天出发回金陵，在路上，北门等一行人和我们告辞了。

剩下我和何强、小于以及王教授，还有沈念儿，还有跟着我们回去的二愣子。

我看着二愣子，问道："二愣子，你去金陵有什么打算？"

"啊？大人……江公子，你可说过，要给我找工作啊，你可不能骗我啊。"

我当初我确实说过这话，可现在这个二愣子货……需要我给他找工作？

坐在我前面的王教授，扑哧一声就笑了出来。

"老头儿，你笑什么啊？"二愣子瞪了他一眼，似乎很不满意。

"二先生。我的研究所需要助理，要不，你来？"

王教授说完这句话，二愣子想了想："老头儿，工资多少？"

"五千一个月。"王教授一本正经地说道。

二愣子就坐在我旁边，轻轻地扯了一下子我的衣服："江公子，五千是多少？"

我是真弄不明白，这货是真装，还是真傻啊？

"一般城里的基本工资，也就是三千左右。"我笑道，"教授给你五千，不错了。"

"哦？"二愣子似懂非懂地点点头，说道，"可是……"

"可是什么？"我不解地问道。

这家伙的目标不就是去城里找个工作安定下来吗？而且，我发现二愣子对上古文明很是精通，可能和来自某个古老的家族有关，那么，他去王教授的研究所工作，也算是学有所成，工作找对口了。

"你上次忽悠苏家那个美貌小姐，可是要了一千万。"二愣子扳着手指说道，"我要工作多少年，才能赚一千万？"

二愣子一边说着，一边念叨道："一个月五千，一年十二个月，算是六万。好吧，我再忽悠那个死老头儿给我点奖金，十万？十年一百万，一百年才能够赚一千万，我又不是赢勾。"

"你不提赢勾你会死啊？"我忍不住咒骂道。

——听二愣子这么说，何强和小于都笑了，就连沈念儿都莞尔一笑。

"我是说真的，我满打满算活够九十年，都给这个死老头儿打工，也就赚这么一点钱。"二愣子叹气道，"有没有什么赚钱快的法子啊？"

"有！"王教授狠狠地瞪了我一眼，这才说道，"二先生，如果你能把赢勾或者伯夷弄出来，老头子我给你申请一千万国家补贴，保证让你立刻赚大钱。"

"算了！"提到这个，二愣子瑟缩了一下子，"我还是多活几年吧！五千就五千，我努力多活几年，还是能够挣一千万的。"

听他这么说，我又忍不住要笑。

二愣子一手抱着小小的行李箱，另外一只手搔搔脑袋："老头儿，管饭不？"

"中午你可以在研究院吃饭，早饭和晚饭，包括夜宵什么的，我肯定不会管你的。"王教授很是认真地说道，"我请个助理，总不能还管一日三餐饭，外加赔上我美貌的女学生。"

"喊！"这一次，我们一起嘲笑王教授。

"教授，就你家有美貌女学生？"何强不怀好意地说道，"有我们苏警官漂亮不？"

"各花入各眼，你懂什么啊！二先生说不准就喜欢歪瓜裂枣的。"

"老头儿！"二愣子这会儿算是回过神来，当场就要暴起，幸好我一把抓住了他。

"二愣子，淡定，淡定！"我忙着劝阻着。

二愣子再次在我身边坐下来说："老头儿，我和你说正经的，你别胡扯。"

"我老头儿可没有胡扯，你可以来我研究室工作，中午在这儿吃饭，工资五千一个月，每月 30 号发工资，从不拖欠一分钱。如果有重要研究项目，还有补贴经费，加班另外算，出差报销。"王教授说道。

"嗯，你说的这些我都能接受。重点问题就是——管住宿不？"

听二愣子说这么一问，我忍不住看着窗外，一排排高楼大厦，从火车的窗户前闪过。

在蚕村的时候，虽然破旧落后，但我们都没有担心过住宿问题，毕竟，蚕村虽然残破不堪，但只要不计较，随便找个地方就可以入住。

如今，再次走进这繁华都市，房子、车子……

我知道，二愣子在回到黄沙村之后，曾经回过一次原本的老家，带走了原本属于黄二也就是真正的二愣子的身份证。

一个没有怎么上过学、穷山沟里出来的人，在繁华的金陵地带，想要混下去，确实不容易。

对于这个问题，王教授认真地想了想，这才说："我还真解决不了你的住宿问题。小于、何警官，你们可有合适的房子出租？"

"这个，要回到金陵之后问问。"何强说道。

"不用，可以住我那儿。"我说道。

二愣子一听，一把抓住我："真的吗，这真是太好了。不过，江公子，我和你说，我没有钱交房租。你看看，那个死老头儿才给我五千一个月。"

对二愣子的这句话，王教授很是不满地说："二先生，如果不是你精通上古文明，和我们一起出生入死过，我老头子才不会管你的工作呢！哼，平时不知道有多少大学生想进我们的研究院，我老人家正眼都不看一眼。"

"嘁，你老头儿吹牛就不打草稿？"二愣子一脸的鄙视。

我知道王教授可没有吹牛，他是金陵考古研究院的翘楚：大教授，德高望重，他说的话，是相当有分量的。

第十四章

求看

动车在金陵停靠的时候，我们一起下了车。

看着拥挤的人群，二愣子不无感慨地说道："大城市就是不一样啊。"

听他说这句话，我就忍不住笑，说道："你又不是真来自深山老林，说这么虚伪话？"

二愣子看了我一眼："谁说我不是来自深山野林的？我家你又不是不知道！"

我看着二愣子手中提着大包小包的东西，有些过意不去，当即准备把自己的行李箱子拎过来。

"做什么？"二愣子问道。

"你一个人拎这么多行李，你不累？"

"不累，你抱着小龙就好。"二愣子说着，把小龙递给我。我把小龙放在口袋里，车站人太多了，我不想招摇。

打车直接到青荷小筑，等我开门进去，拧亮了灯，二愣子就扑了上来，问："江公子，这房子是你的？"

"嗯！"我点点头，虽然我多日不在家，地上和沙发上都落了一层灰，但我还是直接坐在真皮沙发上，感叹道，"回家的感觉真好。"

"你们城里人真会享受。"二愣子说道，"房子弄这么好看？"

对此，我只是笑笑，想想，这房子可是金子瑜准备金屋藏娇的地方，装修可是一点也不含糊，都是最好的。

"将来你有钱了，也买一套就是。"我笑道。

"城里房子贵不？"二愣子问道，"像这样的房子，要多少钱？"

"估计连装修下来，要三五百万。"

"我才五千一个月，三五百万，我要忙多久？"二愣子摇头道，"江公子，你别开玩笑——对了，我听说，城里的房子都要房租，你真不收我房租？"

"不要房租，随便住。如果不是你，我已经没有命回到这里，还谈什么房子房租？"

"好咧。"二愣子开心得不得了。

随即，我就拎着东西，招呼二愣子，向楼上走去。

小龙回到自己家里，很是开心，顺着楼梯向楼上飞。快到我房间的时候，它还来了一个鹞子翻身，引得我笑了出来。

"江公子，小龙终究还小。"二愣子看着小龙说道。

"嗯！我知道。"

"它被那个老蛇吞入腹中，元气大伤。如果不是这样，也不至于它在龙之门的时候一直死气沉沉的。"

我想起来，我带小龙进入龙之门，它确实一直病恹恹的，精神不振。

"算了，不提那个，如今能回来就是万幸。二愣子，你出去了，别乱说龙之门的事情，尤其是嬴勾……"提到这个，我不痛快，我可是沾惹了嬴勾血的人，天知道会不会变成僵尸啊？

现在电视剧里面都是这么演的，还有书上也说——血族不具备生育能力，因为他们有初拥。

一旦被僵尸咬了，就会变成僵尸。

作为一个大夫，我知道，僵尸身上携带着大量破坏人体健康的细菌，人要是沾染上了，确实有可能会全身肌肉僵化，骨骼生硬，成为半死不活的怪物。

屋子里都是灰尘，既然回来了，我和二愣子二个人，忙活了一个多小时，才算弄干净。

我原本想让二愣子住在楼上，就住我隔壁的一个房间，但二愣子却喜欢楼下那个房间，我就随他去了。

二愣子说，他肚子饿，想弄点吃的，我就给了他些零钱，让他出去买，自己开始洗澡换衣服。

实话说，在龙之门的时候，别说是我，就算是沈念儿、苏倩这样的姑娘家，也没法子讲究，我们一个个灰头土脸，肮脏不堪。

甚至，我们上动车的时候，人们都远远地躲着我们。

我自己现在闻闻，都感觉身上有腐烂的臭味——洗澡的时候，忍不住看了一下自己的脚踝，那青绿色的鳞片有一元硬币那么大，看着我心里极不舒服，很想把它刮掉。

但是一想，上次二愣子给我刮掉之后，还用火疗法烫了都于事无补。我还是有些怕痛的，算了……

我洗完澡，打开电视，就听到二愣子在楼下扯着喉咙喊我。我这才想起来，他没有钥匙进不了门。

我正欲下楼，却看到小龙已经飞了下去，给二愣子开门。

我这才想起，有小龙在，平时开门、关门都不用我操心，就连我接个电话，它都会抢着给我去拿手机。

我从楼上下去，看到二愣子已经打发出租车离开。他肩膀上扛着一大袋米，手中拎着一些乱七八糟的方便袋。

"你都买了什么？"我诧异地问道。

"粮、油、米、面。"二愣子说道，"你这地方真好，交通便捷，出门不远就是大超市，什么都有。"

"我平时都不怎么做饭。"我看着二愣子笑道，"这里不像蚕村，买不到吃的，只要你拿着钱，出门就可以找到吃的。"

"啊？"二愣子愣然，问道，"你的意思就是，你平时都不开伙？那我怎么办？"

"呃？什么你怎么办？"

"我又没有一千万，出门可以随便下馆子。"二愣子叹气道，"江公子，请你不要欺负穷人。"

"你……你个二货。"我都不知道说他什么好，事实上就我一个人，还要煮饭、做菜，花的功夫和时间，比去普通的小餐馆更费事费钱。

"去小饭店吃，花不了多少钱。"我笑道。

二愣子摇摇头，说道："和你这个有钱人没有共同语言，我还是感觉自己做饭比较靠谱。你看——这么一点东西，花了一百五十块。"

我看到二愣子一边说着，一边把烧烤之类的东西，放在桌子上，然后又把买来的乱七八糟的东西拿进厨房。

我简单吃了点东西，只感觉累，抱着小龙就回房睡觉了。第二天醒来，外面太阳已经晒屁股了。

我梳洗之后下楼，看到有张便条，是二愣子留给我的，说他去找王教授报到，他要努力工作。

我有些担心二愣子，想打个电话问问——毕竟，这金陵城里他人生地不熟的，可不要走迷路了。

拿出手机，我才想起来，二愣子没手机啊！不成，等他回来，我先要给他买个手机。

我打了一个电话给王教授，结果王教授说，二愣子已经到了他那儿，还一个劲儿地笑话我，与其担心二愣子，还不如担心研究院同事。

我不放心，又托付王教授让他帮忙关照二愣子，然后出门吃早饭。

路过公园的时候，看到老王正在遛鸟，见到我招呼道："小江回来了，这些天不见，跑什么地方去了？"

"王爷爷好。"我礼貌地招呼道，"遛鸟啊，大白可是越发可爱了。"

"嘎——"小龙突然从我口袋里伸出头来冲我不满地叫。

"得……你最可爱，你又可爱又会卖萌……"我都不知道，小龙居然这么妒忌那只大面葵花鹦鹉。

小龙从我口袋里飞出来，一下就落在了老王的鸟笼子上面，吓得那只大鹦鹉一个哆嗦，缩在一边发抖。

我忙着抱过小龙，跟老王告辞，我还真怕小龙一怒之下把大鹦鹉给吃了。

告辞老王吃过早餐到家后，我整理了一下货物夹子，把一些药物从储物室里搬出来，一一检查，放上货架，准备挑个黄道吉日，重新开张做生意，总不能坐吃山空。

把所有的东西弄好，已经是下午两点多了。小龙对我很不满，因为我没给它买午饭，冲着我嘎嘎吼了一顿。

等收拾好，我准备带小龙去喝下午茶。不管怎么说，我现在也有数千万的身价，算是从屌丝走上了高富帅道路。

把那辆漂亮的车开出来，小龙开心得不得了，趴在副驾驶的座位，人模人样地坐着。

"宠物和未满十四岁的小孩，都不能坐副驾驶的位置，交通法规定。"我笑着对小龙说，"你应该坐到后面去。"

小龙一脸幽怨地看了我一眼，然后趴在座椅上，根本就没有飞到后面去的打算。

我也不在意，反正，它爱怎么着就怎么着吧。

我把车子开到一家下午茶餐厅门口，停了车子，就听到手机响，拿出来看，号码有些熟悉，却想不起来是哪位。我接通了电话："哪位？"

"啊，江公子，你不记得我了？"电话里，一个男人的声音传了过来。

"您是？"我听着声音也有些熟悉，可就一时半刻想不起来。

"我姓绍。"对方忙着说道，"江公子真是贵人多忘事，我们可是合作过千万大生意的人，你居然就把我忘掉了？"

"麦苗拍卖行？"我听得他这么说，终于恍惚想起来，对了，是那个"麦苗拍卖行"在金陵分公司的绍经理。

据说，这家拍卖行的老板姓麦，所以就取了这么个名字。

"对对对，是我。"绍经理笑道，"我听说，江公子手中有些稀罕之物？"

"啊？"稀罕之物？我手中有什么稀罕之物了？

"您那几颗龙珠，要出售不？"绍经理说道，"我这边有人高价求购。"

"龙珠？"这麦苗拍卖行的消息真灵通啊！我昨天才回来，他居然今天就上门询问什么龙珠。

所谓的龙珠，事实上就是小龙从蛇腹和龟脑袋里面掏出来的东西，那叫作龙珠？在黄河上的时候，王教授也是这么说的。

"谁告诉你——我有龙珠的？"

"教授说的。我一早就找这个玩意儿，可惜一直都找不到——江公子，我听说你有好几颗，让一颗出来怎样，这价钱嘛，好说。"

绉经理的话说得很是好听，我也不便多说什么。"绉经理，是这样的，我昨天刚刚回来，现在还在外面，过几天再看吧？"

"这……"绉经理听我这么说，在电话里面似乎有些为难，半晌，他才说道，"江公子，不是我想要看——是我一个朋友的爷爷想要看。"

听说是一个老人家想要看看，我就有些不太好拒绝了。"这样——我在外面喝下午茶，四点，你带着人过来看好不好？"

"好吧！"绉经理答应着。

我抱着小龙下车一起吃了下午茶，服务员也对小龙喜欢得不得了，恨不得扑过来摸摸。

吃饱了，我还要了一点瓜子，慢慢地嗑着，看着差不多四点了，这才回去，否则，我回去也没事。

带着小龙往家走，刚到门口看停着几辆车，其中一辆的牌照不是金陵的。

我把车子停好走下来，这时绉经理也打开车门，笑呵呵地迎了上来，说道："江公子可回来了。"

"不好意思，让绉经理久等了。"我说道。

我一点也不想卖掉那四颗龙珠，但是既然来了，我也不能说什么。我准备等会儿故意把价钱叫高点，让他们知难而退，因为我实在想不出什么法子拒绝了。

我心中抱怨着，王教授回来没事瞎讲什么啊？！

"来，绉经理，里面请！"我忙招呼道。

我开了门，却看到另外一辆车门也打开了。一个中年人，扶着一位老人下了车，颤颤巍巍地向青荷小筑走了过来。

我站在门口，等着绉经理和那个老人。

等老人走近的时候，我忍不住皱了下眉头。这位老人年纪很大了，但是目光阴鸷狠辣，看人的时候，透着一股煞气，让人心里很不舒服。

当然，这还不是重点。重点是，老人病得不轻。

我这绝对不是损人，中医讲究望、闻、问、切，扁鹊见蔡桓公，一眼就能看出症状。我达不到那个境界，但这位老人已是病入膏肓，我还是能看出来的。

绍经理和那个中年人一起，扶着老人走进我的青荷小筑。

上门是客，我也不便多问什么，进来倒了茶。绍经理跟我介绍了一下，那个老人姓甄，那个中年人姓李，叫作李振国。

李振国首先说道："江先生，我听王教授说，您这里有几颗龙珠？"

"是！"既然王教授都说了，我也抵赖不了，点头称是。

"能拿出来给我们看看吗？"

"可以！"我点头，说道，"事实上，龙珠我不想卖。"

绍经理听我这么说，劝解道："江公子，卖掉吧，留着那玩意儿做什么啊？"

"我上楼去拿。"

"等等！"甄老先生突然就叫住我。

"啊？甄老先生还有什么吩咐？"

"那个——"甄老先生的目光落在小龙身上，说道，"这是龙？"

"不……老先生开玩笑，这世上哪有龙？这玩意儿是我干爷爷从南非带回来的，据说是蜥蜴的变异品种。"

甄老先生看看我，又看看小龙，说道："事实上，龙也就是一种古代可能存在的物种，现在可能灭绝了，谈不上什么稀奇。"

我装着糊涂，哈哈笑道："原来是这样，谢谢甄老先生解惑。"

"所以说，这个小玩意儿，你说它是龙，它就是龙。"甄老先生意味深长地说道。

"是吗？"我反问着，当即抱着小龙走到楼上打开保险柜，把那四颗龙珠取了出来。

想了想，我又把那颗老龟脑袋里的龙珠放进保险柜，把那三颗蛇珠拿着向楼下走去。小龙调皮地在我床上打了个滚，然后飞到我肩膀上。

我找了一个盒子，把龙珠装好，既然准备开个高价，也得像模像样的弄个包装。

我下楼梯时，李振国正和甄老先生说着什么，但听到我下楼的脚步声，就都不语了。

"来，三位看看。"我边说边把盒子打开，把那三颗蛇珠推到甄老先生面前。

我看得出来，真正对这东西有兴趣的，就是这个老头儿。

果然，老头儿伸手从盒子里捏起一颗珠子，对着光看了看，然后又递给李振国。

李振国接在手中，对着光看了半天，他还摸出了随身携带的放大镜之类的东西，不断地看着。半晌，他对我说道："江先生，这……东西看着像是珍珠，就是大一点……"

我看他一脸狐疑的样子，说："李先生，我对珍珠龙珠事实上都不懂，不过，我也不在意卖不卖，您和甄老先生要是有什么疑惑，可以不买。"

"你这是什么态度？"我话刚刚说完，甄老先生就冷冷地说道。

他的语气很冲，让我很是不舒服。

我看了他一眼，感觉有必要阐明我的立场，当即说道："甄老先生，话不是这么说。如果我大肆宣传，我手中有龙珠，高价求出售，那么您上门怎么怀疑我，都合情合理。但截至目前，我都不想出售龙珠。您上门求看，那是客人，您看了也可以不买，但请你不要质疑我。"

第十五章

玄武珠

甄老先生看了我一眼说：“小伙子火气还蛮大。”

“江先生，我听说——还有一颗特别一点的珠子？”李振国问道。

“特别点的？”我打了一个哈哈，心中把王教授的十八代亲属全部问候了一遍——出卖我出卖得真彻底啊！

“李先生，我不明白你的意思。”我故意装糊涂。

“我听说，当初从蛇腹中掏出三颗珠子，还有一颗是从老龟的脑袋里面掏出来的？”李振国说道，“江先生，我们想看看那一颗珠子。”

“这……”我有些为难地说，“李先生，那颗珠子说什么我也不卖——我恩师上年纪了，我这个徒弟也没什么东西好孝敬他。这次出去，九死一生，所以我想把那颗珠子送给他老家人。”

“倒是看不出来，你还有些孝心。”甄老先生说道。

绐经理说道：“江公子，拿出来给我们看看吧！”

我看了看绐经理，又看了看甄老先生，还是有些迟疑。

"江先生，拿出来给我们看看，也让我们开开眼界。"李振国说道，"你要是不卖，我们也不能强买，对吧？"

"好吧。"我听得李振国这么说，当即转身就要上楼去取。

"等等！"突然，甄老先生叫道。

"怎么了，老人家还有什么吩咐？"我忙着问道。

"能不能把你的宠物给我抱抱？"

"哦？"我听他这么说，当即抱过小龙，递给他。就在甄老先生的手要摸到小龙的瞬间，小龙对着他手上狠狠地咬了过去。

"小龙——"

而李振国见势不妙，推开甄老先生，才让甄老先生幸免于难。

甄老先生的脸色很不好看，原本阴鸷的一张脸，这时已经濒临暴怒的边缘了。

"甄老先生，真对不起。"我连连道歉，然后抱着小龙就走。

小龙以前性子很温和，今天不知道为什么，居然还咬人了。

等到了楼上，我就教训小龙："小龙，你不应该咬人。"

小龙一脸委屈地看着我，冲我不断地叫着，还用小爪子比画着。

我多少有些懂小龙的意思，半晌，我才问道："你的意思是，那个老头儿没安什么好心？"

小龙连连点头，然后飞过来，爬到我口袋里，连脑袋都钻进去，一脸怕怕的模样。

我知道小龙是通灵之物，在龙之门的时候，它明明知道自己不敌夔牛，可为救我，还是奋不顾身。

如今，它比画着说那老头儿不是好人，想来那老头儿确实没安什么好心，我还是警戒一点比较好。

想想小龙有着种种奇异之处，以前是没人知道，如今，跟着我们一起去龙之门的人，可是尽人皆知。

王教授就是个大嘴巴，或者，对于王教授来说，不是他大嘴巴，而是向上禀告这些资料，是他职责之内的事情。

我突然想起来，在动车上时，他曾经说过，如果能把嬴勾或者是伯夷弄出来，他可以给高价。

看样子，这个老头儿不是做普通的考古研究啊！以后我还真得多个心眼。

我心中一边想着，一边取出那颗龙珠，轻轻地叹气，这颗龙珠只怕是保不住了，那老头儿虽然病入膏肓，但却是有些来头……

不对！

就在这个时候，我突然激灵灵地打了一个寒战，想起《回天篇》中记载的几种回天之术，其中就需要龙珠……

玄武之珠——乃月华至精，常人服之，可益寿延年。

难道说，那老龟脑袋里的珠子，就是传说中的玄武之珠？好吧，就算不是，那老头儿如果认为是，那么它就是了。

我终于有些明白过来，那老头儿就是为老龟脑壳里的珠子来的。至于蛇珠，他没有太大的兴趣。

经过这么一想，我算是回过神来。我见到这龙珠的时候，当时的场景比较骇人，我也就没有多想，但如今细想，珍珠都是中药，何况是这种老蛇老龟体内结出来的珠子？如果有效利用，是不可多得的良药啊。

想到这里，我忍不住给自己一巴掌，真是傻了，这等天材地宝，我居然把它当无用之物？

但是，如果真照着《回天篇》上记载的，那么老蛇体内的珠子，也有很大的药用功能。如果我能够妥善地配上几味药，不说是仙丹妙药，只怕也不差多少了。

这么一想，我又开心起来，捧着那颗老龟珠下楼，嗯……或者说，应该是玄武珠，老龟多难听啊！

对，就叫它玄武珠。

我下楼之后，就直接把颗珠子送到甄老先生面前，笑道："老先生看看，事实上，就是好看点。"

甄老先生小心地捏起那颗珠子，对着光看了看，然后又把他递给李振国。

李振国还是像刚才那样，仔仔细细地看了个遍，终于问道："江先生，这颗珠子怎么卖？"

听他这么说，我实在为难，半晌，才说道："李先生，我刚才就说过，我实在不想卖掉这颗玄武珠。"

对于"玄武珠"几个字，我故意咬得很重。

"小伙子，做人要识大体。"甄老先生说道。

"呵呵……"

大体，难道把玄武珠卖给他，就算识大体了？

"江公子，令师的礼物你随便送一份就算了，反正，你没有这玄武珠，不是还有龙珠？"绉经理忙打圆场，"想来令师他老人家也不图你的什么礼物吧？"

"话是这么说，可是——"我看得出来，今天我要是不把玄武珠卖给那个甄姓老者，只怕这事情就没法子收场了。

我还没有来得及说，就听得李振国冷冷地说道："江公子，我可是听说你们这次去了黄河边——做那个挖坟盗墓的勾当。"

"我们明明是去做考古研究工作的。"我忙着笑道，"李先生，您从什么地方听来这些闲言碎语？这么明明就是造谣中伤，我这么一个有为青年，怎么会去做挖坟盗墓的勾当？"

"嘴皮子倒是蛮利索，抹了油一样。"甄老先生冷冷地说道。

"你——"我对于甄老先生真的很不满意。

"江公子，我们聊聊。"绉经理大概是担心我年轻气盛，唯恐我们说僵了，忙拉着我走到一边，低声说道，"江公子，你要那玄武珠做什么啊？卖掉吧，你……唉……"

绉经理说到这里，当即压低声音，凑在我耳畔低语了几句。

我虽然隐约已经猜到了那老者的身份，但如今从绉经理嘴中得到证实，心中还是忍不住有些震惊。

我心中明白，王教授也不是出卖我，而是迫于无奈，甚至，我猜测到——他可能就是带着某种特殊的目的前往龙之门，毕竟，龙之门有着种种神话传说。

想要利用嬴勾或者伯夷的人，绝对不是只有我师兄。

我再次走过来，在沙发上坐下，看着甄老先生，故意笑道："甄老先生，您德高望重，我自然也很是敬佩您。既然您看上了这玄武珠，那么，您开个价，别让小的太吃亏就好。哈……我还要给我师父买点礼物呢！不瞒您说，我自小父母双亡，是师父他老人家带大的。"

先拍拍这老头儿的马屁，我再诉诉苦，但愿这老头儿不要太黑心。

听我这么说，甄老先生点头道："嗯……"

然后，他看着李振国，道："小李，你看看，估个价？"

我看着李振国皱眉想了好长一会儿，说道："这颗珠子很大，放在市场上，大概三十万左右吧。"

我听李振国说了这么一句话，突然就明白，这年头，真的没有最无耻，只有更无耻。

三十万？

呵呵，好吧！

"李先生，三十万实在太便宜了。"我说道。

"小伙子，三十万很好了，现在买一套房子才多少钱！"甄老先生冷冷地说道。

"现在买一套房子三百万。"这一次，我就没有能忍住。

甄老先生正欲说话，李振国忙着说道："老爷子，我和江先生聊聊。"

"好！"我点头道。

"江先生，三十万真的不少了。反正，你也没有花本钱啊！"

听他这么说，我忍不住又看了一眼那位甄老先生："好吧，我什么时候能拿到钱？"

"我这边支付。"绉经理忙凑过来，笑呵呵说道。

"好！"我点点头，"还是上次那个账号。"

绉经理点点头，走出去打了个电话。没几分钟，我就收到银行进账的短信通知。如果是以前，我可能还开心一下，但现在我真的感觉像是吃了死苍蝇一样恶心。

甄老先生买到玄武珠，脸色比原本好看多了，我还得赔着笑，把他们送了出去。

等李振国和甄老先生走了，我转过身来，绉经理没有走，我现在见到他也是一肚子的不痛快。"绉经理还有什么吩咐？"

"没什么，江公子，今天的事情真是对不起。"绉经理一边说着，一边摸出一张请帖一样的东西来，递给我道，"江公子，这是下周公司的一个拍卖会，请您赏光。"

"什么拍卖啊？"我接过请帖看了看。

"古玩拍卖！"

"绔经理，别开玩笑，我买不起。"我边说，边把请帖还回去，"你看看，我辛苦忙活一场，最后呢？三十万……我要省着点花。"

"江公子，不要开玩笑！这次的事情，你也知道，怨不得我。"绔经理说道。

我想想，这事情确实怨不得绔经理，他不过就是一个穿针引线的人，没有他，甄老头儿也会找别人过来，说不准就是王教授了。

那老头儿，也绝对不是好人。

想到这里，我忍不住想到二愣子。他知道的实在太多了，如今，让他去王教授的研究院工作，感觉就是把一只肥肥的老母鸡送去了黄鼠狼的窝。

绔经理客客气气地告辞走了，小龙从我口袋里飞了出来，然后在家里绕了一圈。我一个转身，它就不见了。

下午六点半，二愣子就回来了，还带回来好些菜蔬和水果。

进门，看到我坐在沙发上发呆，他直接就走到我面前，把一溜儿的东西丢在地上。"江公子，我可回来了。"

"回来就好。"我有气无力地答应着，说道，"第一天工作，感觉如何？"

"哈哈！"听我这么问，二愣子就笑了笑了好一会儿，然后，他一只手搭在沙发上，俯下身来，凑到我面前问道，"江公子，你是真糊涂，还是假糊涂？"

"真糊涂。"我老老实实地说道，"我原本以为，我很是聪明，我从小学开始，一直到大学，成绩都是优秀。"

我可是一点也没有吹牛，我算是品学兼优的好学生。

我这样的人不聪明，谁聪明啊？可是，最近我感觉，我就是一个糊涂蛋。

"你以为那老头儿是真心让我去工作？"二愣子冷笑道，"他无非就是从我口中探出一点龙之门的信息而已。"

"那你都说了吗？"我问道。

"我又不傻。"二愣子看了我一眼，从口袋里面摸出一包香烟来，冲着我晃了晃，"抽烟不？"

"得，你才来大都市一天，就学会了抽烟？"

二愣子却不管我，当即点了一根烟，然后拎着菜蔬，哼着古怪的小曲，向厨房走去。

"喂——"我忍不住跟了过去，问道，"你还没有说……"

"没什么，我跟那个死老头儿要了一点钱，哦……你做好准备吧。"二愣子说道。

"准备？"我不解地问道，"准备什么？"

"那老头儿想要去世外桃源，还是会把你带上。"二愣子说道，"第一，没有你，估计他们找不到地方，就算摸到世外桃源，也是找死的份儿。第二，你奶奶是世外桃源的人。"

"那该死的世外桃源，又是什么地方？"才回来一天，我全身都腰酸背疼腿抽筋，还被那甄老头儿威胁敲诈，想想，我就一肚子怒火，当即说道，"这次，谁想去就去，别拉扯上我，说什么都不成。"

二愣子边笑，边切西红柿："江公子，你喜欢吃西红柿吗？"

"我不挑嘴。"

我是真的没看出来，二愣子的手艺居然不错，做得一手好菜，三菜一汤，我俩吃得有滋有味。

"二愣子，我必须要说，小区门口老王的手艺比你差远了。你要是不愿意去王教授那边，要不，我们合计合计，开个小餐馆？"我一边吃饭，一边建议着。

从二愣子的语气中，他似乎对于目前的这份工作很不满意，所以我想着，我手里还有一些闲钱，不如拿点出来，给他租个房子，开个小吃店。

"目前还不需要。在老头儿那里工作，有个好处。"

"什么好处？你不是不喜欢哪里？"

"我是不喜欢。"二愣子笑笑，点了一根，"他们想从我口中打听龙之门的事情，而我，也想从他们口中挖点消息出来。江公子，你既然不想掺和进来，就不要多问了，反正，有好处少不了你的。"

我明白，事实上，二愣子和北门、王教授就是同一种人，但是，北门那群人，不知道是为谁卖命。

王教授的目的我已经知道，至于二愣子，我弄不清楚他的来历。

晚饭吃过，二愣子突然问道："江公子，小龙呢？"

"啊？"我这才想起来，小龙下午出去后，到现在还没有回来，"它下午飞出去玩儿，还没回来。"

"你就让它这么出去瞎飞？"二愣子说看着我。

"它……"我反问道，"我不让它出去飞，难道还买个鸟笼子关着它？"

"可这要是有事，可怎么办？"二愣子一脸的担忧。

我也很是担心小龙，但是，还是说："没事，它那么厉害，它不找别人麻烦就谢天谢地了，这金陵城里也没有夔牛、玄蛇，它不会吃亏。"

"这金陵城里是没有夔牛、玄蛇，但是这金陵城里有人。族中大长老曾经说过，这世上最可怕的生物就是人，没有什么能难倒人类的贪婪欲望。人之所以不长寿，那绝对是神的意思，让人长寿，神都害怕。"

"滚，你这都是什么荒唐的理论？"我对二愣子的歪理，很是不满。

"我出去找找小龙。"二愣子说着，从沙发上拿起他那件衣服，转身就要出去。

"喂喂喂，我和你一起。"

第十六章

财富

我看着二愣子那身破旧的衣服，心中很过意不去，虽然我心中也很担忧小龙，但我知道，出去找它完全就是不靠谱。

但是，我想去附近的商场给二愣子添几件衣服，总不能让他穿着一件袖子都破了的衣服，去王教授那个高大上的研究所工作吧？

我拿着车钥匙去停车场把车子开了过来，二愣子惊讶地问："你居然还有车？"

"都是最近忽悠来的东西。为那些传说中的物件，有些人很疯狂。"

"江公子，你现在还年轻。"二愣子突然说道。

"啊？"对二愣子这句话，我不明白，"什么意思？二……"我有些不好意思，"我应该怎么称呼你？"

"你叫我二愣子，不是叫得很顺口吗？二愣子原本身份证上面的名字，就叫黄二，我走的时候打听了一下……"

"呃？你不再说，你就是二愣子了？"

"我就是他，他就是我。"

"你打听什么了？"我问道。

"二愣子还有一个哥哥，叫黄大，所以他叫黄二。"

"哦？"我点点头，心中却是狐疑。

"所以，我现在就是黄二。名字、身份……重要吗？如果你说我不是二愣子，我可是有身份证的人，整个黄沙村的人都可以给我做证，我就是二愣子。"

"好吧！"我点头，不再纠结这个问题，"事实上你叫什么都不重要，我这不是要带你去买点东西嘛！你在考古研究院工作，算是高大上比较体面的工作了，你不能天天穿着这样的衣服去上班吧？"

"哈哈！"听我这么说，二愣子居然笑着说，"城里人就是虚伪。"

我听了他这么说，也是笑，虚伪？好吧！

我特意开着车，在小区附近找了一圈，也没有看到小龙，谁知道它飞什么地方去了？二愣子很是着急，我开始还没有在意，毕竟，小龙常常飞出去玩儿，老晚才回来，我都已经习以为常。

但是，大概是二愣子着急了，这着急的情绪也会传染，所以，我也开始着急了。

等我带着二愣子购物回来的时候，已经十一点多，回到青荷小筑，还是没有看到小龙。二愣子把乱七八糟的东西丢在客厅里面，问道："以前小龙可有独自飞出去，一晚不回来的前例？"

我摇摇头，"嘎嘎——"就在我焦心的时候，突然，楼上传来小龙的叫声。

"小龙？"我一听，顿时大喜，顾不上二愣子，匆匆就向着楼上跑去。

听声音，小龙在我卧房。

等我走进去的时候，我就看到小龙趴我的枕头上睡觉。

"小龙，你跑什么地方去了？"我见到小龙，原本的担忧一扫而空，顿时就忍不住念叨，"你就不知道我会担心你？"

我一边说着，一边就抱起小龙。我突然看到枕头边有一颗龙眼大小的珠子，通体漆黑，上面有着发丝粗细的艳红色花纹……

玄武珠？

我呆呆地看着那颗珠子的，拿在手中，没错，就是这颗玄武珠……

可是，这玄武珠，不是被那个甄老头儿买去了，怎么又回到我床上？

"小龙，你……你把玄武珠偷了回来？"我看着小龙，只有这么一个解释，否则，好端端的，玄武珠怎么会回来？

小龙一脸的委屈，冲着我嘎嘎地叫了两声，似乎是抱怨我不应该把玄武珠卖掉。

"这不是在黄河上，老龟脑袋里面的那颗珠子？"二愣子这时候也走过来，从我手中接过玄武珠，对着光看了看，叹气道，"大自然造物，当真是神奇得很。"

"小龙，你是不是跑去偷了？"我一把把小龙抓过来，低声骂道，"你知不知道，那个老头儿在打你的主意，他说不准就想吃你的肉，喝你的血，你居然还自己送上门去？"

我原本就不怎么担心小龙，但现在看到它居然把"玄武珠"偷回来，顿时感觉我的心被谁抓了一下。

那个病入膏肓的甄老头儿，绝对不是好人。

"怎么回事？"二愣子问道。

我把白天的事情说了一遍，二愣子也听得目瞪口呆，半晌，他才说道："都什么年代了，还有这种强买强卖的事情，简直就是岂有此理！这是我不在，我要是在……"

"你要是在，你能怎样？"我冷笑道，"你功夫很好，你一个顶人家五个，你连夔牛都敢斗一斗。但是你碰到那个老头儿啊，也一样只能被他欺负了。"

二愣子想了想，没有多说什么，然后他抱过小龙，亲了一口："还是小龙给力，居然把珠子又偷了回来。哈哈，那老头儿如果知道了，一准气得吐血。"

"你……"我忙从他手中抱过小龙，跟小龙解释很久，让它以后不能去偷人家的东西。

"江公子，你还有这等爱好？"二愣子突然说道。

"什么？"我转身看去，到在我的枕头底下，压着好些红红绿绿的珠宝……

"这……"我目瞪口呆地看着那些东西，然后看着小龙，我明白过来，小龙跑去甄老头儿家里，不光是偷了玄武珠，它还顺手牵羊，把别的珠宝顺了一溜儿回家。

我信手从床上捡起一条项链，这项链看起来像是拍电视的道具，或者就像是精品店里面廉价的玻璃制品，一颗颗绿色的宝石大得夸张，都有我指头那么粗，和我平时在珠宝店里看到的完全不一样。

"这是什么宝石？"我看着二愣子问道。

"祖母绿。"二愣子从我手中把那串宝石接了过去，然后对着光看了一看，说道，"看到这个里面蝉翼一般的纹路了吗？这是祖母绿宝石的特色，你看看，是不是很漂亮？"

我对着光看了看，果然，在苍翠碧绿的结晶体中，有着一缕缕宛如蝉翼一样的花纹，非常好看。

"看不出来，你还懂得宝石？"我凑近二愣子，笑呵呵地问道，"如此说来，你家里应该很有钱啊？"

"哈……作为一个穷山沟里出来的人，想来大城市讨生活，需要学会的东西太多了，我又不懂得忽悠，您说对吧，江公子？"

我把二愣子的话仔细地想了两遍，就没有忍住，抬脚就对他踹了过去，骂道："你是骂我穷忽悠？"

"哈哈，你自己说的。"

他把那条项链递给我，笑道："这一条项链，就算是放在国际珠宝展上，也是万众瞩目，小龙挑东西真有眼光。"

二愣子说着，还把小龙抱过去，吧唧亲了一口。

我从床上拿起一枚镶嵌着红宝石的戒指，这颗宝石也很大，颜色鲜红如血，对着光，哪怕是肉眼，我也能够看到火彩熠熠。

"这是红宝石？"

"是的，这是红宝石，应该是缅甸鸽血红。"二愣子说道，"很好的东西，你别看着这么一颗宝石，没有几百万，你是别指望能拿下来。"

"这么贵？"

"可能还不止。"二愣子说道，"那条祖母绿的项链，更加贵——在世上最贵的东西，莫过于珠宝和古玩。当然，最多的珠宝古玩，也抵不上人的性命，所以，为能多活几天，很多人都舍得大价钱。"

"你是在提醒我，没事可以出去招摇撞骗？"我笑道，"我医术可没沈叔叔好，更没有我恩师好。"

"我说的不是这个。"二愣子说道，"而是龙之门……或者说，将来的世外桃源。"

"说到底，你也想去世外桃源。"我多少有些明白二愣子的意图了，"二愣子，我把你当朋友，你想要去，你去就罢了，别拉扯上我，我真的不想去。"

"好吧，那当我没说。"二愣子说道，又拿起一串蓝宝石的项链，仔细地看着。

小龙带回来四样东西：两条项链，一块玉佩，一枚红宝石的戒指，另外就是把玄武珠也拿了回来。

我看着这些东西还有玄武珠，很无奈，按我本意，如果这是普通人家的东西，我肯定二话不说，直接还给人家了。

可是，对于那个甄老头儿，我还真有些害怕。

小龙大概是累了，趴在我枕头上睡着了，我没法子，只好跟二愣子商议——

"二愣子，你说，这事情怎么办？"

"什么怎么办？"二愣子正在把玩那串蓝宝石。

蓝宝石只有五颗，每一颗都是椭圆形，中间的一颗很大，当真有鸽子蛋那么大了，颜色非常漂亮，纯净蔚蓝，宛如深海之水。

"这些东西怎么办啊？"我问道。

"收着啊！"二愣子说道，"你不喜欢？不喜欢你送给我，我喜欢。"

"你……二愣子，这……这是偷来的东西！"我从床上拿起那块玉佩。

这东西是翡翠，这几年被炒得火热，我还是知道的，但是，这么好看的翡翠，我还是第一次看到。

真的，我听人说，翡翠的颜色有很多种，当然，还是绿色为尊。这块玉佩是正圆形，厚度大概有六七毫米，只有三分之一的地方，是苍翠欲滴的翠绿色，雕刻成了一片荷叶。可是这块玉佩上面，在荷叶的边缘，有指甲盖大小的一块黄色，上面还有几个比黑色芝麻略大的斑点，被雕刻成了一只金龟子。

一瞬间，整块玉佩看起来，都显得生动有趣至极。

"大自然造物之神奇，真是让人叹为观止。"我摸着那块翡翠玉佩，心里还真有些舍不得还给人家。

可是，偷来的锣鼓敲不得，偷来的珠宝，也没法子带出去显摆。

"是的！"二愣子笑道，"这是大自然馈赠给人类的珍宝。"

"可惜不是我的。"

"呵呵，现在它们都是你的。"二愣子笑道，"你真好运，我怎么捡不到这么一条龙？"

"你的意思是——我们不把这些东西还给人家？那老头儿丢了东西，焉有不报警的？到时候如果被警察查到了，我可是要吃一辈子的牢饭，你给我送饭啊？"

二愣子想了想，说道："江公子，我可以保证，那个老头儿绝对不会报警。"

"为什么？你刚才不是说了，这些东西每一样至少都价值几百万，谁丢了不心痛，你以为谁的钱都是长江里淌来的？"

我说这句话的时候，突然心中一动，想起小时候那个算命先生的话——一身富贵命，钱如江来水。

我最近还真是钱如江来水，可为什么我总感觉，这钱我花着不踏实啊？

"那老头儿想要那颗玄武珠，就采用了巧取豪夺之法，这些东西，只怕也来路不正。"二愣子冷笑道，"他如果报警，也解释不清楚。当然，他非常有可能采用别的途径找你的麻烦。"

"别的途径我还真不怕他。但是……"

"但是什么？"二愣子问道。

"不是我自己的东西……我心里还是不踏实。"

"你先收着吧。要不，还能怎样？"

我点点头，把那些东西找了一只盒子，全部装了，锁进保险柜里。

"天色不早，你早些休息。"二愣子说道，"不过，你不需要工作，可以睡到太阳晒屁股起来，我可不成啊！我一早就要起床，上班族真可怜。"

我忍不住哈哈大笑："你才上了一天班，这种段子倒都是熟透啊！"

二愣子不再说什么，下楼休息了。

第二天早上我起来的时候，二愣子已经走了，这货居然做了早餐给我留着。让我再次感慨，有这么一个房客，虽然没有房租，倒也不错，好歹早饭晚上都有现成的吃。

我吃过早饭不久，却意外收到沈念儿的电话，说是她爷爷让我下午两点过去一趟，有些事情要告诉我。

我满腹狐疑，不知道恩师找我有什么事情。

下午两点，我开车准时来到晨曦雅舍，林阿姨忙走了过来，笑道："江先生来了，老人家念叨几次了。"

"来了来了！"我从车里拿出来一个包装精美的锦盒，向着晨曦雅舍走去。

"啊……小江哥哥！"沈念儿一脸俏皮，从里面蹿了出来，冲我吐吐舌头，扮了一个鬼脸。

"你这丫头。"我忍不住伸手捏了一下子沈念儿白白嫩嫩的小脸，"你是惦记着我呢，还是惦记着小龙？"

"都想都想。"沈念儿一边说着，一边就从我肩膀上抱下小龙，捧在手中亲了一口，笑得一脸的天真妩媚。

我看着她笑得如此阳光灿烂，映衬着春天午后的阳光，如同是春天的花儿一般，我真的没法子想——这么天真纯情的丫头，会罔顾人命，杀了王铁汉，还把他养成僵尸？

"你快进去，爷爷在书房等你。"沈念儿大概是看我一直看着她，嘟嘴说，"你老看着我做什么？"

"念儿，你很是好看。"

"是吗？"沈念儿凑近我，低声笑道，"比苏倩姐姐还好看？"

"呃？"听沈念儿这么问，我狼狈不堪地向后退了一步，想起在龙之门的古墓中，我和苏倩做下的荒唐事情，顿时就有一种无地自容的感觉。

"呵呵，我就知道你说谎。"沈念儿说着，哼了一声，一扭身，向恩师的书房走去。

我也跟了进去，赫然发现恩师书房里居然有两张生面孔——恩师穿着一件银灰色的衬衣，靠在一张藤制的圈椅上，旁边放着一只茶盅。在沈蔺风的身边，坐着一个中年人，带着一个大大的公文包。另外，在我恩师的身边，也坐着一个四十左右的中年人，这个人我隐约看着有些眼熟，但却想不起来在什么地方见过。

"这位就是江公子？"坐在沈蔺风身边的那个中年人，上上下下地打量着我。

我心中有些狐疑，不解地看着我恩师沈晨君。

几日不见，不知道是不是我心理作用，我发现我的老师，那位德高望重的神医沈晨君，似乎消瘦了很多，精神也不怎么好。

"小江，来，坐我身边！"沈晨君招呼我。

"好！"我走到恩师身边，在他下首的位置坐了下来。

我满腹狐疑，看向沈蔺风。

而沈蔺风笑着对沈晨君说道："爸爸，事实上就这么一点小事，您还这等大张旗鼓地把我们所有人都叫来？还是您认为我是那等小肚鸡肠之人？"

"我不知道你是什么人。"沈晨君摇头道，"我只知道，我把该处理的事情都处理好。"

"老师，什么事情？"我忙着问道。

沈晨君看了我一眼，然后对沈蔺风身边的那个中年人说道："铁先生，麻烦你。"

"好！"那个铁先生从公文包里面摸出来一沓文件，走到我面前，递给我道，"江先生，这是沈晨君先生名下的公司股份转赠协议，您签个字。"

"啊？"我有些糊涂，扫了一眼，不看还好，一看之下，我就更加糊涂了。

我怎么都想不到，我这位老师，居然有两家老大的制药厂！不对啊，我把资料翻了翻，一家叫作江城制药厂的公司，我居然有百分之七十的股份；另外一家公司，我有百分之三十的股份。

我的耳畔，传来老师的声音："小江，江城制药公司，是你父亲当年在的时候和我们家一起创办的，你父亲过世的时候，你还小，你爷爷又不通庶务，所以一直都是我代理，如今你也大了，该当属于你的东西，我自然应该还给你。"

我摸了一把头上的冷汗，我虽然不懂得经济学，但我也知道，一个公司我掌握了百分之七十的股份，那意味着——绝对的控制权！

"另外，晨曦制药厂是我年轻的时候承办的，但由于是和人合作，我只有百分之五十的股份。如今，百分之三十给你，另外的百分之二十给念儿，如果你将来娶了念儿，这些也都是你的。"沈晨君的声音再次传了过来。

"可是——"我愣然地抬头，看着沈晨君。

不对，不应该是这样的。好吧，江城制药公司原本就是我们家的，我恩师只是代为管理了一下——可这么重要的事情，为什么我从来没听爷爷提起过？

我想了想，心中多少有些明白过来，这些东西应该都是我恩师的，我父亲当年就算有股份，也绝对没有这么多。

毕竟，我父亲根本不懂医药知识。

"老师，我父亲早些年到底有多少股份？"我直截了当地问道。

"这个不重要，重要的是，你赶紧把合同签了，让律师去办理。"沈晨君说道。

"沈叔叔？"我对恩师自然是一点法子都没有，只能转身问沈蔺风。

"江城制药厂是当年你父亲投资筹建的，当年他有百分之四十的股份，我们家是百分之三十，晨曦是后来分离出去的。"沈蔺风微微皱眉，低声解释道。

"哦？"我心中再次狐疑起来，晨曦制药厂竟然是从江城制药厂分离出去的，也就是说——一个公司突然分裂？这可不是开分公司，应该有什么别的缘故吧？

但是，我看得出来，我那位恩师是什么都不想说，只是让我签字。

算了，恩师待我不薄，这种事情，他怎么决定我都听着就是。

想到这里，我在合同上签字，给了铁律师。

"江先生，最多一星期，我就可以把所有的手续都给您办下来。"铁律师很是热情。

"好！"我点点头，对于这些，我并没有太大的兴趣，大概是荷包里面一下子殷实了，对于两家制药公司的股份，大概是没有看到现钱，我竟然就这么漠然了。

"小江，这是孔令旗孔总裁，以后孔总裁如果要调制一些特殊的药，都会找你。"沈晨君说道，"我老了……"

我看了一眼那个中年人，当即点点头，笑道："没事，只要我力所能及，我一定配出来。"

"小江，你已经尽得我真传，医术不在蔺风之下，想来足够成为一名合格的药剂师。"我那位恩师看着我，轻轻地叹气。

我听他老人家这么说，站起来说："老师，您放心。"

"你这个孩子，我一直都很放心。"沈晨君说道。

不知道为什么，我突然忍不住看了一眼沈蔺风，对……他就是那个一直都让沈晨君不放心的孩子。

"爷爷，您要不要休息一下？"沈念儿突然说道。

"好！"沈晨君点头。

在沈念儿的扶持下，老师走了，小龙扑棱着翅膀，飞到我肩膀上。

那位孔总裁对我很是热心，拉着我问这问那，还说过几天，让我去公司看看。

我以前很多药物，都是从江城制药公司拿的，他们给我的批发价。

要命的是，一些好卖的、贵重的药，他们都不给我……

而现在，我突然很想笑，这都算什么事啊？

孔令旗跟我客套了几句，就告辞离开，林阿姨送了出去。

书房里面，只剩下我和沈蔺风两个人——我看着沈蔺风，问道："沈叔叔，什么意思？"

"呃？"沈蔺风似乎是在想什么，闻言，抬头看着我，"小江，你说什么？"

"我说，怎么好端端的，恩师把公司的股份转让给我？"

"当年你父亲的投资，虽然在我们这边没有这么多，但是，终究也不少。"沈蔺风说道，"我在国外有好些资产，不贪图这些。所以，父亲名下的资产，除了留一点给念儿，余下的，自然都给你。怎么了，给你钱还不好了？"

"给我钱自然是好，我只是不明白，恩师他老人家为什么突然就把资产全部转给我？"

"唉……"这个，沈蔺风长长地叹气，"小江，你是精通医理的人，你难道就从来没有怀疑过什么？"

"怀疑？"我满腹狐疑，不解地问道，"什么意思？"

"中医讲究望闻问切。你不会看不出来，事实上，父亲已经生机断绝，如今，就是靠着药物强撑，就算如此，也撑不了多久。"

"你……你说什么？"我嗖的一下站起来，指着沈蔺风说，"你……这不可能……这绝对不可能……老师他一直都好端端的。"

"已经三年了。如果不是这样，我也不会采用如此极端的手法培养出瑰莲，前往龙之门——我就是盼着，能找到传说中的龙祖血脉，激活父亲已经枯萎的生机，让他多活几年，小江……你知道……你应该知道，我是一个有野心的人。"

我呆呆地跌坐在椅子上，老半天也没回过神来。

我自幼父母双亡，跟着爷爷过日子，略略年长一些，就跟老师来到金陵城里。

对我来说，沈晨君不仅只是我师父这么简单。

如今，我听闻到这个噩耗，顿时感觉手脚冰冷，眼前阵阵发黑。

也不知道过了多久，我镇定了一下心神，问道："你这次去龙之门，不是提取了伯夷的基因吗？"

"是的！我要去国外做研究，而父亲他老人家，顶多只撑得了半年左右，估计是来不及了……"

"那怎么办？"我急急问道。

所谓的病急乱投医，就是我这种心情，伯夷基因？那个大妖怪，能有什么用？

我真的没有指望过，转基因能让人长命百岁——尤其是把人的基因和另类生物的基因融合，这么荒唐的事情，我从来没想过，但是，我知道沈蔺风的研究，就是这个。

甚至，他最初的目标还不是伯夷，而是赢勾。

赢勾可是神话传说中四大僵尸王之首，原本的驻守冥界之神。

想到这里，我突然心中一动，问道："念儿知道吗？"

"知道，最近几年都是念儿在照顾父亲。我就是一个不孝之子啊！"

"师兄，你老实给我一句准话，要去龙之门，是你的意思，还是念儿的意思？"

沈蔺风没有直接回答我，半晌，他才说："这个重要吗？"

"如果是念儿的意思，那么，王铁汉的尸体，可能就是她折腾出来的。"我苦涩地笑着，"沈叔叔，你们一家人，把我逗着好玩儿吗？"

"我不想骗你什么，你可以走了，有些话，我不想说。"沈蔺风挥挥手，竟然下了逐客令。

我心中也是恼着，如果说——王铁汉是沈念儿让人杀死，并且养成了僵尸，那么，很有可能也是他们一伙的人，把我丢进了古墓，活埋在下面。他们知不知道，这是要我的小命？

我站起来就走，外面，林阿姨还挽留我，我也不想说话，出去开车离开了晨曦雅舍。

第十七章

江城

原本我还想，把药店重新开起来，但是现在，江城制药厂都是我的，我开什么药店啊？所以，接下来的几天，我就带着小龙整天出去瞎溜达。甚至，我还开着车，把它带去长江边溜达过。

小龙很是开心，天天搂着我的脖子蹭，像是孩子一样。

这几天，铁律师找过我几次，办理公司股份的事情。那位令旗孔总裁和另外一家的总裁，都一起找过我，他们找我的目的，就是希望我不要插手公司的管理事物，安心拿分红就好了。

我自己是什么料，我明白，我不会去插手公司的管理。因此我直接表明我的立场，但是，公司的贷款或者是别的借贷，必须经过我。

我还是长了一个心眼，要是他们偷偷借贷，把公司玩垮，我岂不是也跟着完蛋？

不管是江城制药厂还是晨曦制药厂，都表示公司没有一分钱的借贷，让我放心就好。如果以后扩大生产什么的需要借贷，也会让董事会通知我。有了这个保证，我也就放心下来。

接下来就继续带着小龙无所事事地闲逛。

二愣子每天早出晚归，忙得不得了。

很快，清明就到了，我开车带着小龙回老家上坟祭祖。

看着爷爷的墓碑，我竟然不知道说什么好。转过去，爷爷的墓碑后面，就是我父亲江城和母亲的坟墓。看着墓碑上小小的照片，母亲当年也是一个绝色美人，我长得不错，估计就是像母亲。

父亲长得似乎也不赖，我用手指抚摸了着墓碑，二十多年过去了，他……是否还活着？

想到这里，心中弥漫着苦涩酸楚的味道，沈蔺风说，当初他们出来的时候，父亲还活着，我这次去龙之门，主要就是想求证一下。

可最后，我迷迷糊糊地进去、糊里糊涂地出来，一无所获。

"父亲，听说您是地下世界的王者，可我却是一点也不如你。"我轻轻地叹气。

在父亲的坟墓不远处，还有一座土坟，都有些塌陷了。年深久远，我又常年在金陵城里，没管这些事。

甚至，我都认为，人死如灯灭，祭祖也就是做给活人看看，是活人纪念死者的一种活动。

我拿着小铲子，给坟上了土，除了草，呆呆地站在小土坟前，老半天，我才低声说道："奶奶，我来看您了，我从小就没有见过您，但是，您可能不知道……你下嫁我江家，最后却是坑了我这个孙子。"

传说，奶奶是从世外桃源跑出来的。

据说，王教授等人在策划着前往世外桃源。

我这个世外桃源的后人，精通望气寻龙、分金点穴风水之术，我是怎么也躲不开，哪怕我根本不想去。

清明午后的太阳，虽然妩媚，但依然晒得人难受，我坐在地上看到四处都是上坟的人，冷清的墓地今天却很热闹。

我打开一瓶酒，拧开盖子，倒在爷爷的墓碑前，轻轻地叹着气。

小龙扑了过来，扳着酒瓶子不断地嗅着，然后，它用小爪子蘸了一点，用舌头舔着。

大概是尝到了酒的滋味，它竟然就这么扳着瓶子，灌了好几口……当然，接下来这货想要飞，却啪的一声，掉在了地上。看着它晃晃悠悠的模样，我眼泪都笑出来了，便小心地把它抱起来，然后用外衣包着，让它好睡觉。

我收拾了一下，把小龙裹在衣服里，放在带来的小竹篮里面，拎着下山离开墓地。

走到墓地入口的地方，我看到一辆熟悉的车。

那是一辆黑色的奔驰，我瞄了一眼车牌号，是沈蔺风的车。

我愣了一下，沈蔺风来这做什么？沈家的先人，都葬在金陵附近的墓园中，他要是祭祖，不应该到这里啊？

我站住脚步，看着沈蔺风打开车门，然后扶着一个黑衣少年走了出来。

那个少年的脸上，戴着黑色的墨镜，我只能看到他眼睛以下的部分，但是，这个少年长得好生俊美，我都有些妒忌了。

这时，只见沈蔺风关上车门，从后备厢取出祭祀用的东西，招呼那个少年："走吧！"

"沈叔叔！"既然已经碰到了，我不能装不认识，不能就这么走了吧。

沈蔺风看到我，呆了一下，然后就问道："小江也来祭祖？"

"是的，我爷爷奶奶和父母的墓，都在这儿。"

"呃？"沈蔺风笑了一下子，然后看了一眼他身边的那个少年。

我猜测，那个少年有二十岁左右，近距离看，他脸上的皮肤在阳光下，白皙细腻，光滑柔嫩。

那少年轻轻地咳嗽没有说话。

"小江，我们回头再聊！"沈蔺风说道。

"好！"我点点头，走到自己的车子边，把小龙放在后座上，然后发动车子。

就在我把手柄推到"d"的位置，准备开车走人的时候，我突然一脚踹下刹车，不对……

"不对！"我把车停好，沈蔺风竟然骗我？我老师沈晨君病重，只剩下半年的寿命，他说去国外研究伯夷基因和人类基因的融合，但今天却碰到了他，他根本就没去国外……

想到这里，我把车子停好，看小龙睡得很熟，转身关上车门，向墓地走了过去。

我不敢太过靠近，远远地，看着那个少年很熟识地向前面走去。

我跟在他们后面，越来越感觉不对劲，这人——竟然是直奔我爷爷的墓地。

我猫着腰，借着旁边的墓碑遮挡，蹲在地上，假装是在拔草的样子，从一边偷偷看过去，看到那个少年在我爷爷的坟前焚了纸，然后恭恭敬敬地磕头。

等纸烧完了，我听得沈蔺风低声说道："隔壁还有两座坟，你不要烧点纸？"

"烧给你用啊？"那个少年冷笑道。

"喂，你这么大火气做什么啊？"沈蔺风问道。

"呵呵！"那少年冷笑道，"隔壁两座坟，有什么好看的？"

我满腹狐疑，这少年不知道是什么来头，既然前来祭拜我爷爷，应该算是我们家的亲戚，或者是有些关系的朋友，可是，对我父母，似乎有很强的敌意。

"我说沈蔺风，这么多年了，你就是这么对我的？"那少年说道。

"我怎么了？"沈蔺风的声音再次传过来。

"沈蔺风，有些话都挑明说，没有意思！"那少年再次说道，"我让你办的事情，你都办好了没有？"

"好了！"沈蔺风说道，"我已经给你办理了有效身份证，你明天就可以拿到。"

我听沈蔺风说这句话，满腹狐疑，有效身份证？什么意思？

我全身都贴在一座墓碑前，偷偷地看过去，却看到那少年就站在我父亲的坟墓前，摸出香烟，点了一根——

这个时候，他摘下墨镜。这少年有一双非常好看的眼睛，可是不知道为什么，我看到他侧脸的时候，为什么感觉如此熟悉？

我的耳畔传来沈蔺风的声音："你还是把墨镜戴着吧，这要是有人看看墓碑上的照片，再看看你，啧啧，人家会以为大白天见鬼了。"

沈蔺风的这句话，我没听懂。

"沈蔺风，你不硌硬我，是不是就不舒服？"这个时候，我听那少年说道，"沈蔺风，你葬在什么地方啊？"

"我在金陵墓地，比这边要高档点，真的！"

我听得沈蔺风说这句话，差点就笑出来！对，对他来说，他也算已经死了的人，至少，他现在用的身份，不是现在的这个。

就算很多人都知道，他就是沈蔺风，但是，他终究也算是死过一次的人。

"下次给老子找一个高大上的墓地。"那少年说道，"这地方一点都不好，不是风水宝地，成不了气候。"

"你还想要成什么气候？"沈蔺风低声咒骂道，"成，那你回你的风水宝地去——"

"成了气候，终究要出来走走的，哈……"那少年轻声笑着，似乎很是愉悦。

就在这个时候，那少年转过身来，我正好可以看到他的脸……

下一秒，我目瞪口呆……

我终于明白过来，为什么我看他的脸，恍惚觉得似曾相识。原来，我刚才还给他的坟添过土、扫过墓，而这一刻，他就活生生地站在坟前。

不对，他就算还活着，应该是年近五十，沈蔺风比他小几岁，保养得体——但也不似他像十七八岁的美少年啊！

我扶着一块墓碑，慢慢地站起来，盯着那个少年，然后横跨一步，挡住他们的去路。

那美少年一转身，看到我，也呆住了。

随即，我就看到沈蔺风的脸色瞬间万变，精彩至极。

"沈叔叔好！"我盯着那个少年，问道，"刚才忘了请教沈叔叔，这位朋友是？"

"哦……"沈蔺风想了想，这才说道，"小江，这位是我一个朋友的孩子。"

"是吗？"我反问道，"您的朋友，怎么跑来祭拜我爷爷啊？"

"这个……当年他曾经受过你爷爷大恩，这不，跑来祭拜一番。"沈蔺风找了一个蹩脚的借口，然后笑呵呵地问道，"小江，你怎么去了又回来了？"

"我好像是把打火机掉这里了，所以回来找找。"我一边说着，一边看了看那个少年，问道，"先生，贵姓？"

"免贵姓江。"那个少年这时已经回过神来，把墨镜戴在脸上，轻轻地叹气，说道，"打火机丢了就丢了，你还回来捡什么？"

"我随便找个借口。"

"哦？"少年似乎很奇怪，问道，"为什么随便找个借口？"

"我怕你揍我啊，我都跟踪你了。"

这次，那个少年忍不住骂了一声。

"你怎么变成这副模样？"我顾不上别的，一把拉过他，"你跟我走。"

"喂——"少年问道，"去哪里？"

"回家！"我顾不上那么多，拉着他就走。

一直走出墓地，我都没敢松开他的手，直到我打开汽车副驾驶的车门，扶着他上车。

沈蔺风一直跟在我们身后，说道："城主大人，既然这样，你回去吃你儿子的，我先回去了……"

"沈蔺风，我要的东西！"

"我明天给你送过来，你放心，我还真不敢坑你！"沈蔺风说道。

"好！"江城答应着。

我转身看了一眼沈蔺风："沈叔叔，我爸爸要什么东西？"

"身份证、驾驶证、学历……说不好听的，就是身份这玩意儿。"沈蔺风说道。

"呃？"我看他一眼，"那他现在算是什么身份？"

"你弟弟，江城主的私生子，哈……"沈蔺风笑得一脸不怀好意。

"明天给我送过来，别废话！"江城说着，就坐上了车。

我伸手给他拉过安全带，扣好，关上车门，这才走到驾驶室的那边，打开车门，坐了进去，发动车子——

开到半路，我才问道："爸爸，这些年你都在龙之门？"

我看了他一眼，他已经摘下了墨镜，他看起来真的好年轻，至少比我年轻得多，加上容貌俊美，眸子很是清纯干净，像个孩子一样，一点也不像久经风霜之人。

我有些糊涂，如果他一直被困在龙之门中，为什么一点都没有老？

不，比原来更加年轻了——这完全不合理啊？

"一直被困在那个鬼地方。"江城叹了一口气，"当年他们都出去了，我晚了一步，想要走，已经走不了。我推算过，如果没有外在的因数，我想要出来，至少一甲子。"

一甲子，那是六十年。

"那你怎么变成了这副模样？"我边说着，边放慢了车速。

"我也不知道！"江城淡淡地说道，"在那个暗无天日的地方被困了二十年，出来就是这么一副模样了，哈哈！"说着，他似乎是自嘲地笑了一下。

我想要询问他龙之门的事情，但他却不想说，就这么淡淡地回应着。

对此，我也无奈，毕竟分别了二十年，我也不知道如何和他相处，刚才就这么贸然地把他拉上我的车，他也没有反对。

我这才恍惚地想起，这人……是我父亲，但是一个名义上已经死去的人。

车子开出一段路之后，他竟然靠在副驾驶的位置上睡着了。

清明时节，中午的气温很高，但傍晚时却有些凉。他身上只穿一件衬衣，领口的纽扣都没有扣好。我在路边缓缓停车，把外套脱了下来，披在他身上，然后把车窗关上，继续开车。

等到青荷小筑的时候，天色已经很晚了。

我下车开了门，江城才算醒过来，揉着眼睛说："到了？"

"嗯！先准备吃饭，然后我们去商场买点东西。"

"买点东西？"江城愣然问道，"买什么？"

"给你买点衣服，日用品。"

"哦……好！"江城只是点头。

这时，青荷小筑的门打开，二愣子走了出来："江公子，你去了哪里？怎么到现在才回来？"

"今天清明，我去给爷爷扫墓。"我说着，打开车子后面的门，把竹篮拎出，从里面抱出小龙，"小龙，到家了。"

小龙被我摇醒，见到江城，竟然吓得振翅向二愣子飞去。

"小龙，怎么了？"

我转身的瞬间，就看到二愣子的脸色也苍白一片，甚至，他还向后面踉跄着退了几步。

我笑着冲着二愣子挥手："二愣子，来，这是江城，我爸爸！"我一边说着，一边扶着江城向家里走去。

二愣子抱着小龙，再次向后退了一步，半晌，他才嗫嚅着说："城主大人，您……出来了？"

"这不是明摆着的废话？"我耳畔传来江城的声音。

"爸，进来坐！"

"好！"江城笑笑，说道，"江凌，你别这么客气，我……我又没有七老八十，走个路，你还扶着我？"

我听了他的话，忍不住说："爸爸，这么多年不见，我总要找个机会表达一下孝心。"

"呵呵！"江城只是笑着。

"我去做饭！"二愣子抱着小龙走进青荷小筑。

我扶着江城在客厅的沙发上坐下来，然后开了电视，说道："爸爸，你看看电视，我再去买点菜。"

我说着就要出门，江城一把拉住我："别去了，我不是客人，随便吃什么都好。"

"好！"听他这么说，我点点头，思忖着明天中午二愣子不在，我带着他出去吃饭。我一准要找一家好一点的餐馆，让他享受一下人间美味。

这么多年，他被困在龙之门，想来是没什么可吃的。

想到这里，我愣了一下子，是啊，他被困在龙之门这么多年，怎么活下来的？吃什么？喝什么？"爸爸，您坐着，我上去给你收拾一下房间！"

"哦……好！"江城答应着。

我转身上楼，把我对面的房间收拾出来，铺上毯子，棉被有现成的。

把房间收拾好，我下楼去厨房。

我看到小龙趴在二愣子的肩膀上，二愣子正在剁排骨。

"江公子，你问问令尊大人，排骨是炖汤，还是红烧，糖醋？"二愣子问道。

"你随便吧！"

"嗯……小江，你给我一句准话，他真是令尊大人？"

"当然，我不可能乱认父亲。"

"当初在龙之门，我和你走散了。我带着小龙出去的，你知道——"

"你把我丢在那个石室中的时候？"我不知二愣子为什么突然说起这个来。

"是的，当初你怀疑我，我也无奈。那个地方总体来说比较安全，我就把你打晕，丢在了石室中，然后，我遇到了他……"

"啊？他当时好吗？"

"他自然好！我亲眼看着他杀了秦聂，他有什么不好？"

"他杀了秦聂？不是说，秦聂失踪了吗？"

"失踪个屁！我当时还遇到一些匪夷所思的事情，也和他有关，反正——他不是一个正常人。"

二愣子说这些时，小龙也做了一个瑟缩的动作，然后它飞到我身边，冲着我嘎嘎叫着，还不断地比画着。我费了点功夫，才算弄明白小龙的意思——它让我把江城赶走。

我跟小龙解释，江城是我父亲，我不能赶他走。小龙似乎很伤心，一直蜷缩在我身边，我安抚了好久。

吃饭的时候，江城没有异样。

晚饭过后，我准备带他出去买东西，换洗的衣服、毛巾、牙刷等生活必备品。

但就在这时，我意外地接到金子瑜的电话。

我虽然很不想理会金子瑜，但是，拿人钱财，给人消灾，想想，我现在居住的青荷小筑还是他赞助的，能连他电话都不接吧。

"江公子，你在哪里？"电话里，金子瑜似乎有些气急败坏。

"怎么了？"我不解地问道。

"你……你能不能来一下城东区？"

"呃？"我有些糊涂，"你新建房产的地方？"

"嗯！是的——我这边有些麻烦，能不能麻烦江公子过来一下？"

"我这边有事，明天再说吧！"我说着就要挂断电话。

"江凌……别！"我听到顾老师大声叫道。

我听到顾辉的声音，不禁微微皱眉，他怎么和金子瑜搅和在一起？但是想想，最初北门他们找我，还不都是利用了这个蠢货？

金子瑜我可以不搭理，但是，顾辉是我从小玩大的朋友，不能置之不理吧？

"金老板，麻烦你让顾辉接电话。"

"好！"金子瑜爽快地说。

"江凌，你过来，快速过来，我……我要死了。"顾辉说道。

"怎么回事？你好端端的一个人，怎么就……"说到这里，我心中一动，说道，"是不是金子瑜要挟了你？"

"没有！反正，我快要死了，你……快过来。"

顾辉在电话里面，说得不清不楚，正欲再问，就在这个时候，手机里又传来北门的声音："江公子，二先生跟你在一起吗？"

"在！你怎么也在金陵？"

"江公子，别提了，你还是赶紧过来吧，事情真的很麻烦——弄不好，顾老师这次就栽了。"北门说道。

我一脸为难地看着江凌，我和他分别了二十年，今天初见，想带他去些东西，现在，没办法要赶去城东。

"你朋友有麻烦？"江凌皱眉问道。

"是的，爸，不好意思，我出去一趟。要不，您早些休息？"

"要我跟着一起去看看吗？"江城问道。

"这……"我有些犯难，天知道金子瑜找我什么事情啊！

"没事的，我过去一起看看吧！"

"好吧！"我知道他在这方面比我厉害得多了，如果有他相助，应该是事半功倍。只不过我今天跟他初见，听他和沈蔺风说话的口气，似乎——他并非很好相处，因此我不敢麻烦他。

我和他虽然是父子，但分散这么多年，从小没跟他一起长大……

感情这玩意儿，就是相互给予累积而成，我和他……仅仅只有血脉相连，根本就不存在相互的感情给予，更没有积累。

当然，如果他一直留在金陵，我愿意倾尽所有，好生奉养他。

"二愣子！"我转身回房找二愣子。

二愣子带着小龙，听我叫他，转身问道："你不是和城主大人出门？我收拾碗筷呢，你快去吧，小龙交给我照顾就行了。"

"不是！金子瑜和我一个朋友有些麻烦，北门大叔也在，你别洗碗了，跟我一起过去看看。"

"啊？"二愣子听我这么说，半晌才说道，"他们动作真快。"

"怎么了？"我不解地问道。

二愣子把手洗了在围裙上擦了一下说："走吧，路上再说。"

"好！"我心中有些明白，可能二愣子多少知道一些什么，关上门，招呼江城，三人一起，我开车向城东而去。

车子开出小区，我忍不住问道："二愣子，到底是怎么回事？"

"我听王教授说，在金陵城区，也有一座大水潭？"

"是！"我点头道。

"王教授他们在策划，把水潭下面的东西弄出来。"

"啊？"我不是让他们把水潭封死吗？谁想得出来，再次把洞口挖开，把东西发掘出来？

"谁出的主意？"

"除了那个死老头儿，还有谁？"二愣子冷冷地说道，"说是什么上面的意思，还让我去帮忙。我昨天还去过城东，看过那地方，只怕是大麻烦。"

"那老头儿就是吃撑了，难受。"我听二愣子这么说，忍不住愤然骂道，"金子瑜就任由他们乱来？"

"这种事情，不是那个房地产商人能做主的，他想房子能安安全全地建起来，并能好好地卖出去，没办法，就得要配合他们。"二愣子说道。

我没再说什么，侧首看了一眼江城，只见他正在打瞌睡——车子里面，弥漫着一股淡淡的花香味。

车子一路开到城东区，我轻车熟路地把车子直接开到水潭边，就看到王教授、北门等人都在，金子瑜看到我的车，忙着就走了过来——

我打开车门，走到一边，给江城开了车门，扶着他下车。

"江公子，你可来了！"金子瑜见到我，忙说道。

"到底怎么回事？"

我从金子瑜旁边的一个人手中拿过强光手电筒，对着那边照了照，果然，原本的山洞已经被挖开——在现代化的机械装备下，再坚固的地方，也挡不住人类的破坏。

这时，王教授，还有北门也一起迎过来，跟在北门身后的，就是顾老师。

"顾老师，你……你怎么也在这里？"我一把抓过顾辉，随即就伸手扣在他的脉搏上。

"怎么会这样？"我一把脉，发现顾辉状况很不好，染上了一种我从来没有接触过的毒素，要命的是，这种毒素已经侵入筋脉。

"怎么了？"江城走过来，问道。

"千机引！"我苦涩地笑道，"顾老师，恭喜你！"

我都不知道说什么才好，我以为，这种毒素早就消失在人类的历史上，根本不可能会出现，但是，如今我目睹了。

千机引，我只在《回天篇》中见过记载，是一种特殊的细菌，能进入血液中，通过血液传播，一旦被沾染上，就会在血液中扩散，然后全身经脉萎缩，死得那叫一个惨。

"江……江凌，你有法子医治我吗？"顾辉见到我，连说话都结结巴巴的。

"医治？"我破口骂道，"你跑来这里做什么？你不好好做你的体育老师，跑这地方寻找什么存在感？你知不知道，你是在找死？"

"我——"顾老师被我骂得目瞪口呆。

我看到站在旁边的北门，顿时怒火冲天："北门大叔，我尊重你是一个人物，敢作敢为，可是，你为什么把无辜者牵扯进来？"

"这……江公子，你听我解释，我……顾老师不是我拉扯进来的。"

"不是你，难道他还能自己来？"

正好，这时王教授也走了过来。

"老头儿，我告诉你，我朋友要是有个三长两短，你信不信我一把药把你药死？"

他们威胁逼迫，让我给他们办事就算了，顾老师就是一个憨货啊，他什么都不懂，我越想越是揪心，千机引……我上什么地方去寻找蓝心菇给他解毒？

"你以为他无辜？"王教授冷笑道，"做我们这一行，谁不是把脑袋挂在裤腰带上的？既然做了，生死自然各安天命，装什么纯洁无辜？"

"你说我就算了，但是顾老师……"我看着顾辉，心中说不出的难受，他现在毒素还没完全扩散，他还不知道事情的严重性。

但是，我知道一旦千机引发作，痛苦不堪，如果找不到相应的血清，根本没有幸免的可能。

"江公子，这事情怪不得王教授。"黑眼镜突然说道，"事情是这样的——"
"事情是怎样的？"

"你让顾老师自己说。"黑眼镜说道，"你真的以为他无辜？"

我听黑眼镜也是这么说，满腹狐疑："顾老师，怎么回事？"

"他和沈家那丫头，一直勾勾搭搭，想把水潭下面的东西弄出来。"王教授说道，"还有——"

"还有什么？"我问道。

"王铁汉的尸体，如果不是你和沈先生做的手脚，那么，很有可能就是那丫头干的。"王教授冷笑道，"我们都被那丫头的一张脸给蒙骗了，以为她是个清纯女孩，甚至，我感觉怀疑她都天理难容，但是，你自己问问你的好友顾老师，他都做了什么？"

"顾老师，你给我说清楚。"我虽然一直都怀疑，王铁汉的尸体发生尸变就是沈念儿做的手脚，但是，这只是我和沈蔺风两人知道的事情。

如今让王教授说了出来，我感觉心口像被压着一块巨石。

如果说，王铁汉的尸变真是沈念儿所为，难么沈念儿就势必需要人帮她做事。

这个最好的人选，就是我们从小一起长大的玩伴——顾辉。

"没什么，念儿想要弄点东西，让我给她帮忙而已。"就在这时，顾辉突然大声说道，"你们别怀疑这个，怀疑那个，对！人是我杀的，怎么着了？"

"你——"我被顾辉气得发抖，"顾辉，你……你知道你在说什么？"

"我当然知道我在说什么！江凌，我们是朋友，如果是你的事情，你吩咐一声，我也一样给你赴汤蹈火。念儿从小跟我们一起长大，她想要那条龙，我就去给她猎来，就这么简单。"

我跺跺脚，竟然不知道说什么才好。

"念儿，就是沈蔺风家的闺女？"江城突然问道。

我忙点头道："是的，念儿从小跟我们一起长大。"

"那小丫头小时候看着倒是普通，长大了，出落得倒是齐整。"江城淡淡地说道，"对了，江凌……"

"嗯！您有什么吩咐？"

"没什么，沈蔺风跟我说，要结儿女亲家，你不说，我还忘了。"江城淡淡地说道。

"江公子，这人是……"金子瑜突然拉过我，低声问道。

"啊？"我一呆，竟不知如何跟他解释江城。

对二愣子，我可以直接说，毕竟他去过龙之门；可是对金子瑜，我难道能说——这个看着年龄比我还小的人，是我父亲？

"这是我亲戚！金老板，你先说说，你有什么麻烦？"

"我能够有什么麻烦？还不是因为这地方是你改的风水局，如今又被他们挖开了，这不……找你来看看。而且，他们也有事找你。"

"好吧！"我看着这乱糟糟的局面，便走到王教授面前，"教授，说吧，你们想要怎么办？"

"我们的目标是那条龙，包括龙护着的那具棺木。江公子可知道……"

"知道什么？我不是做考古研究的人，我真不知道。所以，王教授有什么话直接说，想要指示我做事，好歹也让我有知情权。"

"江公子！"二愣子抢话说道，"河神河神，可不只黄河流域有，这地方自然也有，所以——王教授在龙之门吃了败仗，就想来这里找补，好歹地理位置确定，也方便。他曾经不止一次念叨过，早知道，就应该动长江流域的脑筋，何必千里迢迢跑黄河边找不自在？"

"哈……"我听得二愣子这么说，直接就笑了出来，说道，"你们准备怎么做？"

"顾老师曾经下过水。"王教授说道，"下面的情况有些复杂，需要精通水性的人。"

这老头儿说着，竟然看向二愣子。

我瞬间就明白过来，由于位置已经确定，不需要我分金点穴，他们需要一个精通水性的人，二愣子能在水下换气，当然是不二人选。

二愣子这时也明白过来："老头儿，你的意思就是——让我下去给你看看风景？"

"你要这么说，也可以！"

"给钱吗？没钱别指使我做事。"二愣子就在一块石头上坐下来，"你们城里人真坏，没钱还指使我做事？"

我看到王教授的表情愣了一下，然后他就说："二先生，你可还在我的研究院上班啊，你是我的员工啊。"

"好像是！"二愣子一本正经地点点头，然后说道，"老头儿，我是你的员工，不是你儿子，我没必要给你卖命啊。天知道这下面有什么啊！大晚上，我可不去。"

"二先生要多少钱？"北门走了过来，问道。

"我想想！"二愣子想了半天，这才说道，"下去一趟，五十万。先给钱，后办事。不给钱，我们还是回去吧！"

王教授骂道："你小子穷疯了？"

"我家穷，你们不是都知道？"二愣子笑道，"反正，就一句话，给钱，我就下去看看！"

晚上的风还是很冷的，我看着江城就穿着一件单薄的衬衣，站在水潭边，当即把外套脱了下来，披在他身上，说道："刚才忘了，没有给你拿件衣服。"

"没事，你穿着吧，我不怕冷。"江城似乎呆了一下子，随即笑道，"你这么关心我做什么？"

"我关心你，不是应该的？"我笑道。

"那个老头儿，我看着有些眼熟，但却想不起来在什么地方见过了。"江城指着北门说道。

"你不认识他？"我皱眉，低声说道，"他说，他当年跟着您办过事。"

"可能吧，当年跟着我办事的人多了，我未必记得。"江城摇头道，"那个二愣子，什么来头？"

"不知道。"我摇头道。

"不知道你还和他住在一起？"江城低声问道，"早知道他和你住在一起……我就不应该……"

"不应该做什么？"

"我在龙之门杀了一个人。"江城低声说道。

我握着江城的手，说道："不要紧，龙之门那个鸟地方，死的人多了，说不清。"

江城笑了一下子。

正巧这个时候，二愣子跑来找我，说是跟我借一下子银行卡，金子瑜要给他打钱。

我忍不住笑了，王教授不愧是人精，居然坑了金子瑜。

"二先生，你确定打到江公子的账号？"金子瑜走过来问道。

"确定。"二愣子说道。

"江公子的账号我有。江公子，还是上次那个账号吗？"

"是的！"我点点头，钱是给二愣子的，我也不便多说什么。金子瑜去打电话通知银行转账，不过几分钟，我就收到银行的进账通知短信，即告诉了二愣子。

"二先生，钱收到了，现在就动身？"王教授说道。

"你们东西都准备好了？"

"嗯！"王教授点点头。

"成！长痛不如短痛，伸头缩头都是一刀，老子豁出去了。"

"有你这么形容的吗？"我说道。

二愣子笑道："要不，你教我怎么说？"

水潭边早就停着两艘橡皮小船，王教授已经招呼人上船。我虽然不想去，但也不能够抛下二愣子不管，所以，我也跟着上了船，然后我转身去扶江城。

"江公子，这位小友是谁，我怎么看着有些眼熟？"北门就站在我身边，低声问道。

"哦……是吗？"我问道。

"我也看着你有些眼熟，但想不起来了。"江城摇头道。

小船一直向山洞而去，直接进入里面。我第一次从这边进入山洞，很快，我们又来到沈蔺风豢养黄金瑰莲的地方，由于没有生气的滋养，灿烂的黄金瑰莲已经凋谢，枯藤老枝，毫无特色。

由于我们没有准备，鞋子和裤腿都已经湿透。走到那个石碑前的时候，江城突然站住脚步。

第十九章

入水

我忙着也站住脚步，问道："怎么了？"

"没什么，我一直以为……"江城说这句话的时候，微微地皱了一下子眉头。

"一直以为什么？"

"我一直以为应该在镇江那边，没有想到，居然就在这金陵城里，真是白瞎了这么多年。"江城说道。

我听他这么说，忍不住扑哧一声就笑了出来。

"你笑什么？看到我吃瘪，你很好玩？"

"没有没有！您别误会。"

"我看你就是这个意思。"江城笑道，"你别以为我不知道你心里想什么。"

"那你知道我心里想什么？"突然，二愣子凑过来说道，"城主大人，我能偷偷地叫你江叔叔不？"

"滚蛋！老子还年轻。"

"啧啧，你当然是年轻。"二愣子很不正经地笑道。

我站起来，看着二愣子："二愣子，那水下可能有什么未知的细菌，你自己小心点，下去看看就上来。"

我看了一眼站在旁边的王教授说："他们的事情，我们别插手那么多，钱也罢，上古神话传说也好，总得有命来享受，如果人都要死了，还谈什么啊？"

"江公子，你这话可就不对了。"果然，王教授也是人精，听了我的话，当即说道，"照着江湖规矩，二先生算是拿人钱财，与人消灾，怎么着，照江公子的说法，是想敷衍了事？"

"得，我对这下面的东西也有兴趣，我下去看看。"二愣子一边说着，一边挑了一件大号的潜水服换上。

我看了一眼跟过来的顾老师，说道："顾老师，你……唉……凡事你也和我商议商议。"

顾老师摇头道："江凌，我如果找你商议，你会同意？"

我想了想说道："我不知道！"

如果顾辉跑来找我商议，我肯定是会诸般劝说，有危险的事情还是不要做了，但是如果是为我恩师……我会不会冒一次险？

我想了很久，不管是为我恩师还是沈念儿，我都会冒一次险。

二愣子这时已经换好了衣服，他能在水下换气，也不需要氧气管，就这么"扑通"一声，直接跳进了水中。

我站起来，转过石碑，看着水潭下面的水清澈明净，和黄河水的浑浊完全不同。那根粗大的青铜链子，连接着石碑，不知道通向什么地方？

"小龙……小龙呢？"我突然发现，小龙不见了，立刻着急了。刚才小龙趴在二愣子身上，如今二愣子下水，难道把它也带了下去？

我恍惚想起来，当初就是在这里捡到小龙的——算起来，这里是小龙的家。

我又想起我和沈蔺风来这里见到的那条大龙，不知道那个大龙和小龙是什么关系？

"刚才二先生带着小龙一起下去了。"王教授走了过来，说道，"江公子不用担心，小龙非常有能耐，可以助二先生一臂之力。"

我也知道小龙很有能耐，但是，我还是很担心。

看了一眼顾辉站在我身边，我又烦躁起来。对王教授等人来说，死个人，他们毫不在乎，在龙之门的时候我已经见识过，为他们研究，别说是别人的生命，就算是他们自己的生命，他们也一样在所不惜。

所以，顾辉身染千机引的病毒，他们根本就不在乎。

可是我不能不在乎，我和顾辉从小一起长大，一起玩耍，一起打架，甚至一起偷看过女生洗澡……

"顾老师，你可怎么办？"我问道。

"什么怎么办？"

"你感染了病毒，你难道不知道？"

"我知道我中毒了。这不是有你？"

"你……你以为我是神仙？"我站起来指着他鼻子，"你什么时候能不要这么糊涂？"

难怪这货这么淡定，原来，他以为我能医治？

"这个——"顾辉摸摸脑袋，说道，"你上次不是和我夸口？"

"我夸口什么了？"

"你说——如果我将来有个头痛脑热，找你就是了，保证药到病除，你是这么说的，对吧？"顾辉竟然振振有词地说道，"我现在还没有感觉头痛脑热，我就是感觉全身的骨头有些痛。"

"千机引——是一种奇异的病毒，通过血液传播感染。你现在的状况还很轻微，等几个月，你就会知道——什么叫求生不得，求死不能。"

"江公子，你别吓唬顾老师。"王教授突然说道，"你既然知道这种病毒，想来还是比较了解，自然也有法子解毒。"

"你死老头儿知道个屁！"我指着王教授骂道，"老子知道的东西多了，但是，知道是一回事，能不能解毒是另外一回事，你们……你们……唉……"

他们根本就不知道事态的严重性。

如果找不到蓝心菇，顾辉必死无疑，而且还死状奇惨。

"江凌，你就给我一句话，能不能治？"顾辉一把拉住我，"别说那些有的没的？"

"能，但没有药！"我直接说道。

"需要什么药？"王教授说道，"没事，如果是一些名贵的药材，我老头子想想法子，让人帮忙找找。"

"找个屁，我要蓝心菇，你去什么地方给我找？"

我真是越看王教授越不顺眼。

"江公子先不要着急。"北门过来劝说道，"发生这样的事情，我们也不想看到，可是——事情已经发生了，还是想法子解决要紧。这次在龙之门，我们也损失惨重，但是既然做了这行，又有什么法子？"

"蓝心菇是什么东西？"江城走到我身边，问道。

"是一种比较怪异的菌类植物。"我说道，"它还有一个名字，叫作蓝心灵芝，或者是蓝灵芝，含有剧毒。"

"大千世界，真是无奇不有。"江城说道。

不知道为什么，江城说这句话的时候，我感觉有些讽刺的味道。

"这位小友，能不能请教一下尊姓大名？"黑眼镜笑呵呵地对江城说道。

"我姓江。"江城转身看着那石碑，淡淡地说道。

"哦？"农民笑道，"和江公子同姓？"

"嗯！"江城点点头。

"那您和江公子是什么关系？"北门问道。

江城突然转身看着我："江凌，我能说吗？"

"啊？说什么？"

"小江和江公子是什么关系？"王教授也走了过来，从口袋里摸出烟来，撒了一圈，笑道，"江公子，这位小江先生，不会是你老爹的私生子吧？长得怪俊的——可有女朋友了？要不要我老头子把我的女学生介绍给你？"

"做考古工作的女子，很多都是歪瓜裂枣，没几个好看的。"我刚一说，江城却接着道，"王老先生，您的学生，我还真是消受不起，我想起来了……我们曾经见过一次，难怪我看着你一直眼熟。"

"我们见过？"这一次，轮到王教授狐疑了。

"自然！"江城一边说着，一边扯了一下那根青铜链子，叹气道，"就不能有一点创意？又是青铜的！唉……不知道这些人是什么爱好！"

"小江先生，我们什么时候见过？"王教授问道。

"二十年前。"江城笑道，"那个时候你还没有这么老，很年轻，意气风发。"

"二十年前？"王教授一脸的狐疑，问道，"小江先生，你有二十岁吗？"

"当然，我儿子都不止二十岁。"江城笑道，"王教授，孔老夫子曾经说过一句很经典的话。"

"哦？"王教授笑问道，"唯小人和女子难养也？"

"教授这是骂人？"江城忍不住笑了一下子，说道，"孔子不只说了这么一句，你好歹也是一个教授啊。"

"什么话？"

"以貌取人！"江城哈哈笑道，"我叫江城，你还记得不？"

"呃？"王教授一听，顿时就嗖嗖嗖接连退了好几步，差点一头摔进水潭里，幸好金刚就站在水潭边，伸手拉了他一把。

半晌，王教授似乎才回过神来，看着我们："这……这不可能，看着确实很像……但是……但是……"

"但是什么？"我走到王教授面前，"教授，这是家父，求您别胡说八道。"

"城主大人？"这时，北门也走了过来，盯着江城看着。

"我看着你眼熟，但是真的想不起来什么时候见过。"江城看了北门一眼，"我这二十年都过得有些糊涂。"

"城主这些年都去了哪里？"北门有些激动，一把抓过江城，急急问道。

"龙之门，你不是知道？要不是你们进去，我还出不来，唉……"

"你这二十年，都被困在龙之门？"北门的神情很是激动。

江城点点头，没有再说什么，只是看着石碑出神。

北门向后退了几步，偷偷地拉着我："江公子，怎么回事？"

"什么怎么回事？"

"他……他当真就是城主大人？"北门低声问道。

"当然！"

但是被北门这么一问，我突然也有些糊涂了，难道说，他根本就不是原本的江城，只是一个模样长得有些相似的人？

沈蔺风和沈念儿的目的，我真的有些搞不清楚。他们都是见过我父亲的人，如果他们找一个相貌相似的人，假冒我父亲，我也认不出来啊！毕竟，我和他分别这么多年了——可是，他假冒又有什么目的？

二十年了啊！

不对，二愣子说，他在龙之门见过他，他还杀了秦聂。

由此可见，他确实是去过龙之门，不是沈蔺风随便找了一个人假冒……

想到这里，我心中有些不痛快，我怎么可以怀疑他？我和他分开了二十年之久，我初见到他到时候，我就想着，从此以后，我要好好地挣钱，好好地孝敬他。

如今这么怀疑他，实在是有些过分了。

"北门大叔，求你不要乱怀疑。"我加重语气说道。

"不是我怀疑。江公子，你有没有想过，如果这二十年，他都在龙之门中，他……他是怎么活下来的？"

"我也不知道我怎么活下来的。"江城走了过来，"说真的，我也不知道我怎么就把自己弄成这么一副模样。我以为，我能够活着已经算不错，出来也是面如鬼魅，见不得人了。"

"城主大人说笑了。"北门有些尴尬地笑道，"您现在看着很年轻，这要是出去泡个大妹子，绝对很给力。"

"别——"我吓了老大一跳，顿时就想到一个尴尬的问题。

我这个老爹看着如此年轻，他要是真的出去把个妹子，我可怎么办？不得尴尬死？

"你们都不知道，我从龙之门出来，我知道江凌和你们都在蚕村，但我就是不敢出来见人。"江城叹气道，"在龙之门的时候，我曾经被无数的尸虫、毒蛇咬过，所以，我想我的模样应该是如同鬼魅一般。我约沈蔺风的时候，都是用破布蒙着脸，不敢让他看到。然后让他弄了一辆破车，把我带回金陵——等到了金陵，我对着镜子看着自己的这张脸，我都感觉不可思议。"

我听江城这么说，当即伸手摸摸他的脸，他的皮肤光滑细腻，今天我拉着他的手的时候，也是光滑柔软，根本不像是一个练武之人或者曾经干过一点粗活的人。

但我从沈蔺风的口中却得知，我父亲从小习武，练得一身好武艺。

"我还想着，等回来了，让沈蔺风弄点药给我，不求多好看，但求能走出去。"江城苦笑道，"如今倒好，省事了。"

黑眼镜笑呵呵地说道："城主大人，你现在走出去，也很是麻烦。"

"啊？我现在走出去有什么麻烦呢？"

"很多美貌的妹子会把你围住，从而引发交通事故。"农民笑得一脸慈厚，很是认真地说道。

"那不可能。"江城摇头道，"这年头长得好看的人多了，我家江凌也很是好看。"

"哈……"北门笑笑，说道，"江公子像您，长得确实很好看。"

对北门的这句话，我只是笑笑，我如果刻意打扮一下，在这个看脸的年代，确实也很吃香。

但我不像江城那么精致，具体地说，我就是一个普通人，顶多就是颜值比普通人高了一点点。

江城现在却不同，他身上似乎处处都透着精致，仿佛是上帝老儿的杰作，完美得如同艺术品。

"城主大人，难道说，在龙之门那地方，真的有永生的秘密？"王教授一把抓过江城，急急问道。

"什么？"江城有些糊涂，"教授，你放手，别和我拉拉扯扯。我喜欢美女，对你这样的老头儿没有一点兴趣。"

"城主，传说是不是真的？"王教授却很是激动，"龙之门是龙祖之墓？"

"不是！我对龙之门也知道的不是很多，当年我也和你们一样，以为龙之门有着永生之谜，因此跑去寻找探索，但最后就是这样了，差点把老命交待在里面。"

"二愣子怎么还不上来？"他们都围着江城讨论龙之门，我却很担心二愣子，看了一下子时间，都已经差不多半个小时了，二愣子还没上来。

"二先生水性很好，江公子不要担忧。"农民笑得一脸慈厚。

我低声咒骂了一句，他们自然是一点也不担心，事不关己，高高挂起，反正，就算二愣子死了，也和他们没有一点关系——但是我能不担心吗？

二愣子这些日子一直都和我住在一起，而且还救过我几次，我已经把他当作我兄弟般看待，他要是真有个三长两短，我伤心在所难免。

想到二愣子，我忍不住看了看顾辉，这憨货还不知道，沾染了千机引的病毒，等于就是被判了死刑。

我想要抱怨他，可又不知从何说起。

"我下去看看。"我走到一边，拿过一套潜水服就准备换上。

"江凌，别——"这个时候，我看到江城拉了一下子铁链，然后他扶着那块巨大的石碑站起来，"我下去看看！"

"不！"我断然拒绝，"你老实待着，什么地方都不准去。"

"好像我才是你老子。"江城摸了一下头发，"怎么你说话的口气，似乎你是我老子一样？这样很不好。"

"我……"我也感觉我刚才说话的口吻有些不对，当即忙说道，"爸，我就下去看看，你等着我。"

"我也能够在水下换气，还是我去吧！"江城说着，直接走过去，找了一身潜水服穿上，然后拧亮头顶上的矿工灯，"扑通"一声就跳下水，根本不给我丝毫商议的余地。

我看了一下子时间，晚上十点多了，四周都是黑漆漆的一片，只有我们手中的电筒，或者是头上的矿工灯，有着一道道的光柱，落在水面上。

江城下去之后，我就开始焦急地走来走去，我真的很担心。

到了大概十一点的时候，我已经恨不得把王教授推下水去。我拉着北门问了问，才知道王教授那个研究院，本身就不同于普通的考古研究，这老头儿实权很大。

对于顾辉，我也一样是满腹疑团，但我知道，顾辉这货就是给沈念儿卖命，而且看形势，他应该是单独行动。

想到这里，我不禁颓然长叹，这局势，我想要置身事外，那是完全不可能的。

我一直都不知道，为什么龙之门对他们有如此大的诱惑力，不管是谁，都拼了命地要进去看看？

但如今看着江城，我多少有些明白过来——龙之门有永生之谜，并非是传说，而是非常有可能是真的。

如今，江城就是活生生的例子，摆在他们面前。

就在我心烦气躁的时候，突然，水花四溅，一个人就冒了出来，我一看，是二愣子，顿时大喜："二愣子，这里这里。"

二愣子游到边上，我拉着他上来了。

然后我就急急问道："我爸爸呢？你看到他没有？"

"来了！"我刚问完，水面上，一个人影无声无息地出现，随即，江城已经顺着边沿爬了上来。

"谢天谢地，你们都没事。"

"我是没事，那小子有些惨，被那怪物咬了一口，只怕是麻烦。幸好我下去了，否则，这小子这次就栽了，哈哈……"

我听江城这么说，一把抓过二愣子："伤在哪里，我看看？"

第二十章

要挟

二愣子扶着我在地上坐下，用手抬了一下右脚："腿上，江公子，我这次差点就真的回不来了。"

我撕开他的裤管，看到整个小腿肚都肿了起来，在偏下的位置，有指头大小的一块伤口，流出来的血是黑色的，带着一股腥臭味。

我拿出随身携带的针囊，对伤口周围的穴位扎了几针，接着鲜血流了出来，黑色的血液渐渐地变成红色："还好，不是太厉害的毒素，也没有扩散开来。"

"这是什么东西咬的？"北门凑过来问道。

"水蛇！"江城解释道，"下面很多颜色绚丽的水蛇，都带着剧毒——这货算是命大，我下去了，否则——"

"城主大人，还真是谢谢你！"二愣子忙着道谢。

我看着毒血都流了出来，又处理一下伤口，给二愣子包扎起来。

我看着王教授问道："教授？"

"嗯？"王教授竟然装死地看着我。

江城说道："下面很大，比我想象中还要大。老远地看着有一处石头宫殿，但是外围有很多水蛇，我下去的时候，二愣子已经受伤。所以，我就先带着他出来。不能就这么罔顾人命，对吧？教授？"

"对！"王教授点点头，说道，"那现在怎么办？"

"天色不早，各回各家，各找各妈。"我故意说道，"教授，我虽然没有妈妈，但是，我爸爸刚刚回来，这个点儿我一点也不想忙活了。"

"等等！"王教授突然拦住我，"江公子你什么意思？"

"没有什么意思。如今，二愣子受伤，下面情况不明，我想——等我回去弄点药，能让那些水蛇退开，然后再下去，比较保险，你说对吧？"

"对对对。"农民忙着点头道，"如果能够配置出蛇药来，那么下去之后，成功的概率很高。教授不要着急，如今这等情况，我们下去也就是找死。"

王教授想了想："好吧，那今天就这样。"

"教授如果请我们吃夜宵，我还是很有兴趣的。"我笑笑，说着，就招呼江城还有二愣子，拉着顾老师就走。

等出了山洞，我带着他们一起回来，车子开出城东区不远，就发现有一辆破旧的面包车一直跟着我们。

顾辉气愤地骂道："那个王老头儿，把我们当什么人，居然还派人跟踪我们？"

"是北门大叔的车。"我从倒车镜里看了一眼，认出是北门的车，并非是王教授，"顾老师，你……"

想到顾老师染上了千机引病毒，我就满腹烦躁。

"生死由命，富贵在天。"顾辉大度地挥手道，"小江，这么一点破事，别烦心，你给我一句准话，老子还能够活多久？"

我开着车，看了一眼顾辉，没有说话。

我总不能告诉他，找不到药，顶多能活半年，这也太残忍了。

"先回去再说吧！"江城说道。

我把车子一直开进青荷小筑，我转身的瞬间，就看到北门那辆面包车也跟着开了进来。

我打开车门，扶着江城下车，看到北门和金刚、黑眼镜和农民也已经下车。

我看了一眼江城和二愣子，还有顾辉，满心不舒服。我今天刚和江城相识，很想和他好好相处，没想到就遇到这么一连串的事情。

"江公子！"北门走了过来，"能进去说话吗？"

"我可以说不成吗？"我摸出钥匙开了门，拧亮了灯，"进来吧！"

我看着江城湿漉漉的头发说："爸爸，你先回房间洗澡、换衣服？"

"我也先换下衣服，你们随便坐。"二愣子也向着自己房间走去。

我陪着江城上楼，找了自己的衣服给他换洗。等着他洗了澡出来，我就拿着电吹风，准备给他把头发吹干。

"江凌啊，你不会是真的把我当父亲伺候着吧？"江城坐在沙发上，看着对面的镜子，笑呵呵地问我道。

"你说的什么话？难道你不是我爸爸？"

"事实上，我觉得他们说的有道理啊！你看到我，就这么贸然地把我拉上车带回家……你就没有怀疑过，我不是你爸爸？"江城问道。

"没有！我知道，您就是我爸爸，孝敬您是应该的。虽然您看着这么年轻，但我知道，你就是。"

江城听我这么说，轻轻地叹气："或者，我不应该回来？"

"爸爸，你再说这话，我……我生气了。"我听他这么说，还真有些生气，虽然他的存在是个大麻烦，但我见到他还是很开心——哪怕是有天大的麻烦，我也认了。

我伸手给他整理了头发——江城的头发乌黑浓密，青丝如墨，洗过之后，丝丝顺滑，但是就在他一低头的瞬间，我看到他脖子后面，浓密的头发下面竟然有一块墨绿色的鳞片……

没错，就是鳞片。

我装着给他吹头发，拨开他脑后的头发——但是，这一次，我却是什么都没有看到，他脑后的脖子皮肤光滑白净，根本就没有什么鳞片。

"眼花了……"我心中狐疑。

"江凌，好了吗？"江城问道。

"好了！"我笑笑，暗骂自己疑心，这不——自己脚上长了一块鳞片，就以为别人身上都长了鳞片了？

　　唉，我这种心态要不得。

　　"江凌，你笑什么？"江城突然问道。

　　"没有，我就是想到一个笑话！"

　　江城站在洗手间的门口："什么笑话，说给我听听？"

　　"嗯……说了你不准骂我？"

　　"你说！"

　　我见他有兴趣，当即说道："我小时候顽皮，有一次期中考试，没有复习功课，考砸了。"

　　"哦？"江城点点头，笑道，"我不在家，你爷爷揍你，没有人护着？站在家长的立场，小孩子顽皮捣蛋，耽搁学业，都是要挨揍的。"

　　我听他这么说，突然好奇地问道："如果你在家，会揍我吗？"

　　"这个……很难说。"江城想了想，"如果我没有去过龙之门，我肯定会揍你，但去了龙之门，我想——我应该不会揍你。"

　　"为什么？"

　　"去了那地方，才知道人类的渺小。快下去吧，你今天还有客人。"

　　"好！"我见他不愿意再说下去，就转身向着楼下走去，江城没跟下来，我站住脚步，转身看着他，"爸爸，你不下来？"

　　"我等下来。"

　　"好吧。"听的他这么说，我自行下楼。

　　我走到楼梯转角的地方，一道红影冲着我飞了过来，随即，小龙就落在我肩膀上，用小爪子抱着我，在我脸上蹭了蹭。

　　"怎么了，这么开心？"我笑呵呵地问道。

　　小龙冲着我"嘎嘎"叫了两声，欢快至极。

　　我到楼下看到二愣子也已经换了干净的衣服，坐在客厅的沙发上，他还破天荒地烧水泡茶，招呼北门等人。

　　"江公子——"看到我下来，北门站起来招呼。

　　"北门大叔，您请坐。不好意思，我照顾了一下家父。"

"令尊……"北门看着我，有些迟疑。

"北门大叔，我们不是外人，你有什么话，直接说吧。"我皱眉问道。

北门看着我："本来只有一件事，现在却有两件事了。"

我一愣，随即问道："还有一件事，是我爸爸？"

"是！"北门点点头。

"我爸爸的事情，暂且放一放，先说你们的事情。"

"从龙之门回来，我们就准备北上，和你们分开了，你也知道？"黑眼镜推了一下子眼镜，说道，"李二死在里面，惨不忍睹，我们都不好受。"

"嗯！"我曾经亲眼见过李二的尸体，夔牛把它吃剩下的肉块送了给我。

那货把我当作同类，把李二的腿作为礼物，给我送了过来，至今，我都不知道，我当时是什么心情……

"这次，我们大伙儿都谈不上有什么收获，反而一个个损兵折将。"农民也插话说道。

"嗯！"我只是答应了一声，对于我来说，还是有大收获的，江城因此出来了——我们父子分离了二十年，终于可以重见。

我看到北门叹了一口气，说道："我们到了京城第二天，就收到那个该死一千次的王老头儿的电话。"

农民一脸憨厚地接过话："江公子，你不知道……如果我早知道这个死老头儿的身份，在蚕村的时候，我就应该想法子做了他。"

"呃……"我尴尬地笑了一下。

"江公子，我们是一根绳上的。"黑眼镜说道。

"啊？"我故意说道，"大叔，饭可以乱吃，话可不能够乱说，我对于做蚂蚱一点兴趣都没有。"

"江公子，不管你愿意与否，你这次都只能做蚂蚱，而且，那根绳子还拴在别人手中。"北门说道，"如今，他们还没有必要威胁到你——但是，你这边有太多他们想要的东西，早晚而已。"

"住口。"我还没来得及说话，顾辉一下站起来说道，"够了，你们别再把小江扯进来！那个死老头儿，实在没法子，不如让我直接送他归西。"

"顾老师，你胡说八道什么啊？"我拉了一把顾辉。

"他是给某些人服务？"二愣子靠在沙发上，问道。

"是的，他就是专门给某些人服务，寻找传说中的上古文明遗迹。当然，他的目标不是研究这么简单。"北门说道。

"不是研究，那是做什么？"我问道。

"他们掌握了一些东西，说白了，他们就是想要找到神话传说中那些神迹……或者说，他们的目标是寻找神仙？"北门讽刺地笑道，"然后，提取基因，为自己所用——他们有一个领导，已经病入膏肓，所以，王老头儿必须要铤而走险。"

我想了想，突然笑道："不觉得很是讽刺？"

"讽刺？"北门似乎有些不明所以。

"我们现在所做的事情，都是挖坟盗墓。不管是金陵那座水墓，还是黄河边庞大的龙之门，事实上都是坟墓。如果那些古墓都是上古时期的神仙，那么，神仙都已经死了，就算找到他们的坟墓，开了他们的棺，提取了他们的基因，又有什么用？"

如果他们的目标只是研究一下子上古文明，我认为还是比较靠谱。

沈蔺风的目标是想要提取古人的基因作为研究，我认为，这也很是靠谱——但是，以此希求长生不老，这不是痴人说梦吗？

"那些人未必就死了。"二愣子突然插嘴说道。

"未必就死了？"我愣然？但随即就想到，在龙之门中，二愣子开了伯夷的棺材，里面的人可没有死，那种奇异的生物，彻底颠覆了我对世界观的认知。

"对于我们来说，坟墓就是死亡的总结，但是……但是……"二愣子比画了一下，"反正，我也说不上来，说不准，对于某些生物来说，坟墓未必就是死亡。"

"哦？"对二愣子这句话，我有些迷茫。

我看向北门，他也是一脸的糊涂。

"你们说了这么多屁话，又有什么用？"顾辉突然又站起来，挥舞了一下拳头，"我只知道，念儿想要水墓中的东西，所以我就要去给她弄出来，谁要是敢破坏，哼！"

我看了一眼顾辉，这厮——什么时候有了如此重的煞气？

"不对！"我盯着顾辉，突然想起来，在金陵水墓中，杀死小吴的那个鬼面人，我恍惚看着眼熟……

"顾老师？"我愣然地看着他，"在金陵的水墓中，你是不是杀了小吴？"

"小吴？"顾辉半晌才说，"最近杀的人太多，不知道。"

"你——"我站起来，一把拉过顾辉，骂道，"你说，把我打晕丢在古墓中的人，是不是你？"

"呃？不是……虽然你差点坏了我的事，但是，我也不至于把你打晕丢古墓……我承认，那天在厕所，是我把你打晕的。"

"你……你……"我被他气得发抖。

"你老实跟我说，王铁汉是不是你杀的？"我低声吼道。

"你说念儿养的那个魁拔？"顾辉皱眉道。

"真是她？"我突然松手，一瞬间，我只感觉全身乏力。

顾辉小声说："是！她说，她想要研究研究魁拔，而我……长这么大还没有见过魁拔长什么样子，这不，想要看看，是不是和电视里的一样。"

"于是，你们就做出这种丧尽天良的事情？"我气得发抖，我真的没法子想象，我自幼玩大的好友，竟然变成了这等凶残暴虐之人。

"有什么丧尽天良？人早死晚死都要死，多活几年也就是浪费资源。"

"我……"一瞬间，我被顾辉气得连话都说不出来，"你……你难道活着就是浪费资源？"

"我目前活着也是浪费资源。"顾辉说道，"所以，我要尽量做点有意义的事情。"

"你……"我已经不知道怎么说他了。

"我反正不久于人世，我才不怕。我要去金陵水墓，把那个东西弄出来，给念儿……"

"可你有没有想过，水墓下面的东西，蕴含着我们未知的病毒，到时候反而会害死念儿？你现在已经身染千机引病毒……"

"我中什么毒、得什么病，都不重要。"顾辉挥挥手。

"那你今天找我做什么？你直接找个没人的地方，挖个坑，把自己埋了，省得浪费资源——这可是你自己说的。"我气得冲着顾辉吼道。

"那老头儿我摆不平，找你想法子。你从小就比我聪明。"

我看着顾辉，真的不知道说什么才好。

"江公子，你先不要骂顾老师，这事情真的很是麻烦。我们找你，也是让你帮着想想法子。"北门说道。

"那老头儿的目的就是水下的东西，下去弄上来，不就得了？"二愣子说道。

北门看了一眼二愣子："二先生你说得好不轻巧，弄上来？那下面有着恶龙镇守，外面还有各种病毒，人下去，九死一生，这不，你自己不就吃亏了？"

"我是没有想到，下面会有水蛇，大意了。"二愣子说道，"否则，区区水蛇也奈何不了我。"

"水蛇倒也罢了。"我叹气道，"我明天配点药，到时候散在水中，水蛇不足为惧，可是——"

说到这里，我忍不住看了一眼顾辉，问道："你在什么地方沾染上了千机引？"

"千机引到底是什么东西？"农民皱眉问道。

"尸毒的一种。"就在这时，楼梯上传来脚步声，我看到江城穿着我的衬衣从楼上走下来，笑道，"我曾经听得沈蔺风说起过，千机引是一种很厉害的尸毒，通过血液传播，中毒者会渐渐地全身经脉萎缩僵硬而死，死状惨不忍睹。"

江城说这句话的时候，故意看了一眼顾辉。

但是，顾辉似乎根本就不在意，竟然大度地挥手道："我等着事情办完，我就找个地方挖个坑，把自己埋了……嗯，小江，到时候你给我看看，金陵附近给我找一个上佳穴位，最好就是你以前和我说的，朝葬夕发的那种，我死后会保佑你升官发财，长命百岁。"

"你胡说八道什么？你不说话要死啊？都什么时候了，你还胡说八道？"

"我没有胡说八道，是你们都说，我命不久矣。既然命不久矣，还有什么好挣扎的？"

"要是所有人都有顾老师这份心态就好了。"北门说道，"这世上有些人，哪怕是能多活一天，都煞费心机，为此，耗资巨大，甚至不惜牺牲别人的性命。"

我看了一眼北门："你都去京城了，你又跑来金陵做什么，凑什么热闹啊？"

"我也不想来。"北门叹气道，"江公子，你以为我想要来？"

"得，当初在金陵，最初找我看风水的人，可不就是你？"

"江公子，我在金陵看到那个地方，我知道不好整。"北门说道，"而且沈先生插手，我们合作，就准备一起去龙之门，这边明显就是放弃。"

"为什么放弃这边？"江城突然问道，"难道你认为，龙之门比较安全？"

北门听江城这么问，居然站起来，恭恭敬敬地抱拳弯腰行礼，"城主大人，这是沈先生的意思，我们……事实上就是一些干活的粗人。"

江城半晌，才说道："你以前是我的人？"

"是！"北门忙着说，"当年城主要去龙之门，我年龄尚小，恩师跟随您老人家一起下去，我在上面做了接应。结果，这一去，你们就没有几个人回来。"

"你师父是谁？我怎么没有印象？"

"师父老人家有一个外号，叫老沙！"

"哦？"江城想了想，说道，"原来你是老沙的人？"

"是的！"北门点头道。

"我觉得这边可能比龙之门好搞。至少——入口不会偏移，我当初找错了地方，如果找到这里，就没有必要去龙之门找不痛快了。"

"您的意思是？"北门问道。

我也有些不明所因。

"沈蔺风可不厚道啊。"江城低声说道，"地方他找到了，他居然还带着你们去龙之门？"

"他在那里培养了黄金瑰莲，说是可以控制月华仙莲的影响。"

"当初那个坑人的月华仙莲，确实让我们折了无数人进去。"说到这个，我看到江城的脸上闪过一丝伤感。

北门叹了一口气："如今，那个老头儿手中捏着我们的把柄，让我们给他办事。谁也不傻，谁都知道那个水墓危险，这要是为着自己的事情，也就算了。如今被他要挟，我们算什么啊？"

我听北门这么说，随即问："你找我，不会是指望我和那个老头儿说说情？"

"江公子有所不知。"北门说道，"王老头儿拿捏我们，那是稳妥得很。但是，他却被沈先生吃得死死的。后来金刚在水下，碰到了顾老师，顾老师就是沈姑娘的人，对吧？"

"是！"顾辉点头道，"我不算是谁的人，念儿想要，我就去给她弄来。"

"你……"我轻轻地叹气，说道，"顾老师，你知不知道，这不是念儿看上了人家的牡丹花，你半夜翻个围墙给她偷了就偷了，这是玩儿命的勾当。"

"对于我来说，是半夜翻围墙偷牡丹花，还是现在下水盗个墓，风险程度都是一样。"顾辉挥挥手，直截了当地说。

"你们找江凌的目的，就是因为这个？"江城问道。

"是的，城主。"北门再次站起来，"城主别误会，我们绝对没有为难江公子的意思。"

"我没有误会，既然这样，沈蔺风那边我去说吧。"江城说道。

北门点头道："多谢城主，让我们做事不要紧。当初师父那么多人，死在龙之门，谁也没有半点怨言，但是这次……我实在是……"

"我知道，沈蔺风那边有我，你们放心就是，那个老头儿要是敢要挟你们，哼！"

"既然这样，那我们就不打扰江公子了。"北门说着，起身就要告辞。

我正欲送他们出去，不料江城却说："等等。"

"爸爸，你还有事？"

"不是！"江城看着北门，迟疑了一下子，问道，"老沙当年有没有和你说过世外桃源？"

"说过，我们也知道一些！听说——"

北门说到这里，突然有些迟疑，看了一眼江城。

我也忍不住看了看了江城。

"等这边事情了了，去一趟世外桃源。"江城说道，"我的日子也不好过。"

"呃？爸爸，你怎么了？难道他……他也要挟了你？"

"你这孩子，你想什么地方去了？沈蔺风倒也不至于要挟我，但是……"

"但是什么？"

"这二十年，我都在那暗无天日的龙之门度过，你们认为我的日子有多好过？"

"爸——"

江城也说过，如果不是我们进去，他根本就出不来。

想想，幸好去了，否则，天知道他还要被困在龙之门多久！

江城看了看我:"江凌,如果你要救那个傻子老师,也需要去世外桃源碰碰运气。你说的那个蓝心菇,我曾经听你奶奶说过,是世外桃源的特产,含有剧毒。在夏天的雨后,浓密的树荫里,生长在腐烂的树枝上。那玩意儿事实上算是灵芝的一种,普通的灵芝是暗红色,但那那个灵芝,却是湛蓝湛蓝的,上面带着一丝丝红色的血丝,如同鲜血一般,对吧?"

"对对对!"我听江城这么说,"爸爸,你确定世外桃源有蓝心菇?那真是太好了,只要有蓝心菇,我就能够配置出千机引的血清来。"

"我确定。我听你奶奶说起过,你奶奶,就来自世外桃源。"

"顾老师,你有救了。"我抓住顾辉,说道。

顾辉只是笑着,笑得还是一脸天真淳厚。

我真的没法子想象,一个杀了人的人,还能笑得这么天真淳厚。

"小江,你要去世外桃源,我只要还有一口气,我就陪你去。"顾辉呵呵笑着。

我本来一点也不想去世外桃源的,但是,如今很明显我父亲想要去,重点就是——那地方居然还有蓝心菇,我不能看着顾辉见死不救啊!

要是真没法子就算了,只要有一线希望,我都不会放弃。

"都进来说话吧!"江城已经转身走了回去,招呼我们。

我拉着顾辉,走进来。

二愣子关门,我在沙发上坐下来:"爸爸,怎么了?"

"下面那个水墓,我已经看过了。虽然大一点,但问题不大,我们明天白天下去,我看一下时机。"

"爸爸,你能算得准天机?"江城刚在说"时机"这句话,我猜测,二愣子和顾辉都不懂,但是我多少知道一点,爷爷曾经说过,风水风水,就算是同一个地方,根据气候或者是风向不同,别说是一年四季,就算是一天之中都是不同的。

风水一道,瞬息万变——常人想要捕捉到规律,绝非易事。

我们的老祖宗睿智,能够略略地窥破一点,但想要准确地算出天机,那根本不可能。

或者说,那不是人力能够达成的境界,那是神的领域——渺小的凡人,不容窥视。

"别的地方或者不成，那地方可以试试。"江城说道，"我已经下去看过了。"

"主要是那些水蛇讨厌。"二愣子说道。

"水蛇不足为惧。我今晚就可以把药配出来，但你们得确定，真是水蛇？"我配置的药，可只对蛇有用，对别的那是一点作用也没有。

"绝对是蛇！"顾辉说道。

"你也进去过？"

"嗯！"顾辉点点头，"我应该是第一个进去的。"

二愣子看了他一眼："那你有没有摸进石殿中？"

"我靠近石殿的时候，就感觉不适应，似乎有一种无形的压力，再靠近前面，心脏受不了挤压，好像要爆裂而死，所以不得不退出来。"

我听得顾辉这么说，问道："那里面难道还另有玄机？"

"水压问题。"江城说，"那地方水压有严重问题，普通人如果不明情况，直接摸进去，就算避开毒蛇，也一样进不去石殿，所以我才说，我要看准时机进去。"

"那好吧！爸爸，明天我要下去。"

"可以！如果算准时间，那地方没什么危险，你要去看看就去吧。反正，我也要带着那死老头儿下去，否则，只怕还是很麻烦。"

第二十一章

水墓

　　第二天早上十点左右，沈蔺风带着沈念儿一起过来了。我问了一声，原来是江城打电话让他们来的。

　　昨天晚上，顾辉没回去，我楼上有客房，但顾辉竟然和二愣子住一起了。

　　我心想难道这就是好"哥们儿"？

　　沈念儿还像往常一样，抱过小龙，又是亲又是摸。

　　"念儿，你来一下子我房间。"我招呼沈念儿，并对江城说，"爸爸，麻烦你招呼一下子沈叔叔。"

　　"没事，你去吧！"江城笑道。

　　我拉着沈念儿上楼，就听沈蔺风骂道："江城，你什么意思，你儿子拉着我闺女去他房里做什么？"

　　"女儿长大了，总要给人家的。"我听到江城哈哈笑道。

　　接着我就听到沈蔺风低声咒骂了一句。

　　我转身看了一眼沈念儿，发现她原本白皙的小脸，这时却是霞飞双颊，煞是好看。

不知道为什么，我这个时候很想抱住她，就像她抱着小龙那样，摸摸，亲亲……

但随即我想到她所做的种种，心中实在不是滋味。

"小江哥哥，你找我做什么？"

"你跟我说，王铁汉是不是你杀的？"我把念儿推进我的房间里，关上门问道。

沈念儿偏头看着我，一脸的软萌。

"王铁汉？"沈念儿偏着脑袋，笑道，"你说，顾老师杀的那个傻子？"

"你……你才是傻子！你知不知道，那是人命。"

"众生皆蝼蚁！小江哥哥，你不懂……"

"我什么不懂？"

"人命，这世上有那么多人，有时候，人命……廉价至极。"沈念儿说道。

"可是，你这么做，是违法的。"

我知道，为那所谓的研究，不管是我的老师，还是沈念儿，包括沈蔺风都投入太多。对，他们说得对，一旦他们的研究成功，人类将会突破现在的局限，将会更好地发展。

可是，我还是没法子接受就这么罔顾人命。

"历史上每一次的变革成功，都需要无数人的累积。我的研究会让人类得到更好的发展。为这个研究，我们沈家前赴后继。"

"包括老师？"

"是！包括爷爷。"

"那为什么不告诉我？"

"你爷爷不同意。"沈念儿说道，"你爷爷说过，他希望你过普通人的日子，不要再重蹈覆辙，所以，爷爷把一身医术教给你，却从来没让你涉及这个研究科目。"

我想要说的话，这时却卡在喉咙，竟然不知道说什么才好。

"我知道你不满意！"沈念儿抱着小龙，走到门口的时候低声说道，"为这个研究，别说是别人的命，就是我的命，我也随时搭上。"

我看着沈念儿走出了我的房间，原本一肚子的怒火渐渐地平静下来。是的，他们在研究，从他们的立场来说，他们没有错，他们是为人类的进步做出贡献，哪怕把自己的生命搭上也在所不惜。

可是，那些无辜者怎么办？

我呆愣了有几分钟，下楼去时，他们已议定去城东。

我开着那辆保时捷，带着江城、二愣子、顾辉，沈蔺风开车带着沈念儿，一起出发。

我到的时候，王教授和北门已经到了，另外，我还看到了两个老熟人——苏倩和何强。

"呵呵，何警官。"

"哈……江公子。"何强很是热情地给了我一个拥抱，但苏倩却横我一眼，冲我翻了个大白眼。

我看了看苏倩，欲言又止……

想想坑人的二愣子，把我和苏倩丢在古墓中，还在我身上下了药，然后……我就和苏倩做了荒唐事。

这两天我还真有些后怕，在龙之门的时候，大家都生死未卜，谁也没有空去想别的，可是这出来了，有些事情就必须要面对。

"老王，人都到齐了？"我看到江城走到王教授前，说道。

"嗯！"王教授点点头，"差不多都到齐了，什么时候动手？"

"正午十一点。"江城笑呵呵地说道，"你也想下去看看？"

"对！我可是一点也不相信你们。"

"我知道，你不相信我们。就像我们也不相信你一样。"

"彼此彼此！"王教授冷冷地说道。

江城拍了两下手，随即，我就看到北门带着人走了过来。

沈蔺风也带着沈念儿走了过去，我也跟着一起走到江城面前。

"大家听着，我们只有两个小时，从十一点到一点——这是唯一安全的时间，下去之后，生死各由天命，谁也不要怨谁。"江城大声说道。

众人都点头答应着。

"好了，大家找潜水服，准备动手。"江城说道。

我看了一眼江城，昨天他可是和我说，并没有什么危险的，今天为什么又说这话？

我纵然心有疑惑，但不会傻得现在问，所以，我走到一边，挑了潜水服换上。除此以外，大概是怕遇到危险，竟然还有军用大砍刀、匕首等等。

我挑了一把比较顺手的匕首，绑在腿上，二愣子和顾辉各自挑了一把大砍刀。

我拿了一把匕首给江城，他摇摇头不需要。

我配置一些避蛇的药物，但顾辉昨天对我说，沈念儿配了很多，所以，我也不用麻烦。

这时，沈念儿已经取出几个小瓶子，分给大家。

顾辉大声告诉大家，碰到水蛇，只要拧开瓶子，倒一点药水在水中，水蛇自然会避开。

二愣子骂他不厚道，明明知道有水蛇，也不事先说一声，害得他被蛇咬了。

我看着这两人就想要笑，明明相互还合得来，却喜欢斗嘴，两人甚至还约了，等出来了，去青荷小筑的门口较量较量。

意外的是，沈念儿和沈蔺风都没有下水，除此之外，苏倩居然没有哭着闹着要一起来，北门那边只有黑眼镜下水……

我心中有些黑暗地想着，大概是在龙之门都吓怕了，这次，都学乖了。

金陵的江水，还是很清澈，我看了一下手腕上潜水服自带的深度探测仪，显示已经下水六米深了，这个水潭，比我想象中还要深。但是，我看到前面的江城，还在向下潜入。

江城和二愣子都没有背氧气管，只穿着潜水服而已。

当水表显示有十米深的时候，我已经感觉有些不适应时，我知道了顾辉当初的感受。

又往下潜入了一两米，我已经看到脚下有些浮沙，已经到底了。

最前面的江城停住，对我们比画了一下，意思是让我们跟着他。

再往前没多久，我就看到一些像是水藻一样的黑色带状体——

顾辉把我拉到身后，摸出小瓶子，倒出一些液体……

顾辉的这个动作，让我有些感动，以前在学校的时候，我们每次和同学打架，他总是习惯性地把我拉到身后。

药液溶入水中，我清楚地看到，那果然是一些怪异的水蛇，黑色的身子，有着一块块墨绿色的斑纹，不怎么像是我们常见的水蛇。

让我诧异的是——江城并没有使用药物，可那些水蛇看到他，竟然纷纷避开。

这情形有些眼熟，我恍惚想起来，在龙之门的时候，嬴勾出现，那些守护伯夷的绿色小蛇，见到他也是避之唯恐不及。

我弄不明白，为什么古墓中有这么多的蛇？

由于有沈念儿配置的药，我们很轻松地穿过蛇群，向着深处潜入。

这个时候，我更加感到水压加大。

顾辉拉了我一把，用手比画着，问我是否不舒服。

我点点头由于水压加大，我们都慢了下来，但是，江城的速度依然很快，就连跟在他身边的二愣子也有些跟不上了，这还不算，一直紧紧跟着他的王教授落得更远……

我对王教授比画了一下，大概意思就是我们先进去，他赶过来就成。

王教授摇摇头，要让我们带着他一起。

我平时对于王教授就没有什么好感，加上水压确实让我们不舒服，就装着没有看到，跟着向前游了过去。

这短短十来米的地方，我们竟然花了十多分钟，才算通过……

当我感觉到水压一轻的时候，我突然就愣住——

我居然不在水中了……这……这不合理啊？

我的面前，出现了一座庞大的石头宫殿，一条石头铺成的台阶，通向宫殿。

门口，还有巨大的石碑，石碑上有文字。

"这……这地方居然没有水？"二愣子惊呼出声。

他和江城，都没有带氧气管，如今二愣子张着嘴，大口大口地呼吸着。

我见二愣子能够呼吸，也取下氧气面罩，长长地呼了一口气。

"这也没什么不合理！"我的耳畔，传来江城的声音，"不过是利用气压，把水控制在外面，古人的睿智不是我们能窥视的。大家动作快点，这是气压最低的时候，等下就要加强。别说是水压那边通不过，就算是这里，强气压之下，我们这些渺小而脆弱的凡夫俗子，都会成为肉饼。"

我看到黑眼镜也脱下氧气面罩，说道："真没有想到，这地方还有如此一座庞大的古墓。"

这时，我看到，何强拉着王教授也过来了。何强一松手，王教授就瘫在地上，脱下了氧气面罩，大口大口地喘着粗气。

"教授，你这是何苦？"我刚才没理会王教授，但何强这个警察叔叔还是很有爱心的，把他拉着一起带了过来。

"我……我……"王教授喘着粗气，"我心脏很不舒服。"

"呃？"我走了过去，伸手扣在王教授的脉搏上，"刚才的水压太强了，你又上了年纪。你说，你闹什么啊？"

"这地方的气压也很强，我们还年轻，好一点，老王确实不应该来。"江城冷冷地说道。

"我……必须要来！"王教授边说，边站了起来，何强扶了他一把。

"既然这样，大家快一点。"我看到江城说着，当即就直接向着石头宫殿里面走去。

我留意到，在石阶的左边，有一根老长的链子，这可能就是外面石碑上的链子。那这个链子，到底有多长？真的就是锁那条大龙的？

我好奇地顺着石阶向上，走到那个石碑前，王教授就扑了上去，凝神打量石碑上的字迹。

而那根链子一直延伸到石碑上，连着石碑上的一环，另外一头的链子硬生生地断了。

我走过去看了看，发现那扭断的痕迹是最近才被人扭断。

"二愣子，你过来。"我看二愣子也在打量石碑上的字迹，招呼道。

"怎么了？"

随即，二愣子就低声咒骂："这是……新断裂的？"

"对！"我点头道，"顾老师，你可有到过这里？"

"没有，我说过，这里我进不来，我试过好几次。"顾辉摇头道。

"那你的病毒是在什么地方感染的？"

"这……"顾辉想了想，"实话说，我不知道——莫名其妙我就感觉不适应，开始我还以为是感冒了，跑去找念儿准备弄点药，结果念儿说，我染了尸毒。"

我们时间有限，在这里没有机会慢慢研究测试。

"别看了，先进去看看。"江城这时大声招呼道，"我们时间有限得很。"

听江城这么说，众人都不再研究那块石碑，只有王教授，还呆呆地站在那块石碑前，盯着上面的字发呆。

"教授，你认识这种文字？"

"如果能给我一点时间，我想，我能全部翻译出来。"王教授说，"但是，现在我看着也是一知半解——江公子，你要知道，古人某些字的含义，和现在可未必相同。"

"嗯，我知道！"我点点头。

"你先进去，我再看看。"王教授说道。

"好！"我跟着江城等人走到门口。

这是一座石头砌成的宫殿，远远地看着，规模还是挺大的，周围的石壁上，是一些楼台水榭，两扇巨大的石门，门口蹲着两只大怪兽。

我仔细地看了看，这怪兽像是麒麟，又像是鹿，身上都缠绕着一条手臂粗细的大蛇——或者那是龙，这两条蛇看起来，头上都有角，看起来像是龙，可却没有爪。

顾辉走到我身边，伸手摸了摸石像："小江，你说——这古代人是不是有病？"

"什么？古代人怎么有病了？"

"第一，人都死了，还修建这么华美隐蔽的宫殿做什么，白白地消耗那么大的财力。第二，人都死了，还带着一溜儿的珍宝陪葬，这不是招贼吗？"顾辉一边说着，一边还看了看黑眼镜。

"呃？"黑眼镜一愣，"小子，你什么意思？"

"嘿嘿，没什么意思。我就是想到，当初你们曾经坑过我。"

"你——"黑眼镜想了想，"我不坑你，难道你就不来盗墓？你现在自己都盗墓，居然还说我们？"

我正欲劝解他们两个，耳畔传来二愣子的声音："城主，怎样？"

"真奇怪！"江城说道，"门居然没有封死，真是便宜我们了。来，二愣子、顾老师，过来帮忙，不要尽说闲话。"

我忙走过去："爸爸，做什么？"

"大家一起合力把门推开。"江城说道。

"好！"我们都一起点头答应着。

"一、二、三。"顾辉大声吼道。

第二十二章

寄生兽

伴随着顾辉的声音，那道石门缓缓地裂开了一个黑漆漆的缝隙——

我闻到了一股陈腐的味道，忍不住就向后退了一步。

"大伙儿再加把劲。"二愣子喊着。

我们再次用力，推动石门——

"好了。"江城说，"能够进去就好了，不用全部推开。"

顾辉已经拿着强光手电筒，对着里面照。

随即，我就听到顾辉"啊"的一声。"顾辉，怎么了？"我问道。

"大棺材。"顾辉答道。

"哪里？哪里？哪里有大棺材？"这个时候，王教授居然跟了过来，大声问道。

这个老头儿真的不像是一个考古工作人员，而是像盗墓贼，只要听到"棺材"两个字，就像黄鼠狼看到了老母鸡，立刻两眼放光。

说话之间，我看到顾辉已经走了进去，我唯恐他莽撞，也跟了进去，抱怨道："你就不能小心点？"

"你需要小心点，我不需要。你都说了，我命不久矣，我还小心什么啊？"

"你……"我正欲说话，借着头顶的光，我一看却没回过神来。

这么一个巨大的石头砌成的宫殿，石头看起来都是白色石料，石材非常好，那绝对是高档建筑材料。

石殿中央的宫床上，放着一具大石棺。

我估算了一下，长度三米五左右，宽度应该也有两米的样子——石棺上雕刻着烦琐的文字，却没有花纹。

当然，这还不是让我最惊异的，让我最想不到的是，这棺材上面缠绕着青铜铸成的链子。

链子的四端都连着四根老粗的石柱子，柱子上都有着烦琐的先秦鸟篆。另外的墙壁上，却有着一幅幅的图案。

这个时候，王教授已经扑了过去，看着一幅幅的图案发呆。

我也好奇那些图案，当即走了过去，那些图案看着比较抽象，下面还有一些文字，看着都是先秦之前的文字。

我看着王教授拿着手指一点点地指着，口中还念念有词。

"教授？"我叫了他一声，问道，"你认识这种字？"

"认识一点。"王教授说道。

黑眼镜走了过来，冲着王教授竖起大拇指，说道："教授，你可真是博古通今。"

"当然，我老人家这教授可不是忽悠人的。"王教授说道。

我看着石壁上的图案，很多我都看不懂，但是，其中一幅图中却画着小龙……我忍不住用手比画了一下子。

"原来——"王教授看了我一眼，低声说道，"江公子，原来小龙竟然有如此来历？"

"什么？"我茫然，不解地问道。

"你看！"王教授指着石壁上第一幅图，指着给我道，"这是大龙，对吧？"

"嗯！"我点点头，那幅画还是比较好理解的，一条龙爪子里抱着一颗蛋，下方却是一个梳着双鬟的女子。

"龙把龙蛋给了这个女孩子。"王教授说道。

"嗯！"我再次点点头，那幅图下面，还配着文字，算是图文并茂。

"接着女孩子就怀孕了？"这个时候，江城也走了过来，指着第二幅图问道。

我看到第二幅图上，女子的肚子明显就鼓了出来，显然是有了身孕。

"是啊，接着，女孩子就怀孕了。别问我，为什么女孩子会怀孕，是把蛋直接煮煮吃了怀孕的，还是和那大龙做了什么苟且之事，反正，这上面没有写，我老头子不懂。"王教授指着第二幅图说道。

"那你有没有什么懂的？"我一边说着，一边忍不住摸了摸小龙。

小龙在我手中蹭了一下子，亲昵至极。

我的目光落在第三幅图上，第三幅图很是简单，旁边也只有简单的一句话，写的什么，我不知道，但是小龙是从女子的腹中破腹而出，而那个女子，已经倒在地上，看起来血肉干枯。

不知道为什么，我突然激灵灵地打了一个寒战。

难道说，小龙是蛋生动物？这不稀奇，很多动物都是蛋生的，比如说，鸡、鸭、鹅，包括蛇类，都是蛋生动物。

生下来的蛋，都是需要经过孵化——而小龙的孵化，却需要一个女子奉献出自己的生命，用本身的血肉来孵化？

第四幅图，女子已经化作一堆白骨，旁边就是小龙，一脸萌萌的样子。

我承认，小龙确实萌萌的，只是配着那具白骨骷髅，怎么看，怎么诡异。

第五幅图，小龙孤独地飞舞在墙壁上，看着形单影只，好不可怜。

我忍不住抚摸着小龙，而小龙也在我身边蹭着，像是孩子一样。

"这是什么意思？"顾辉凑了过来，指着图上问王教授道，"大蛇把小龙吃了？"

我看到第六幅图上，一条巨蟒一口把小龙给吞了，我感觉心像被谁狠狠地揪了一下子。这情景，我看着特眼熟，这不是当初在黄河上，那条蟒蛇一口把小龙给吞了，幸好小龙本事大，能够破腹而出。

但是，在青铜殿中的那一次，小龙就没有能够破腹而出，看样子，小龙还是需要努力成长。

"寄生？"王教授结结巴巴地说道。

"什么？"我对于这两个字不太明白，转而去看第七幅图——第七幅图，那条大蛇已经死了，原本的小龙不见了，旁边，趴着一只庞大的大龙……

"小龙长大了？"二愣子看着第七幅图，皱眉问道。

"我明白了……我明白了。"这个时候，王教授突然手舞足蹈地说道。

"你明白什么了？"我一边说着，一边忙着小龙。

"是这样的。"王教授说道，"江公子，你还记得在上面那个古墓的袖珍棺中，有一块锦帛？"

"嗯。"我点点头，那个古墓差点就把我活埋了，我怎么会不知道？当初我想要把袖珍棺中的东西都带走，但是，小龙很是讨厌锦帛，就留了下来，锦帛上面写了什么，我自然也不知道。

"教授，难道锦书上记载了小龙的来历？"二愣子这个时候插口问道。

"嗯，我经过多日研究，终究全部翻译出来，我开始还不明所以，现在看到这里的这些图，算是明白过来了。"王教授说道。

"哦？"我忙着问道，"教授，你说说。"

"那个锦帛上面记载着，南唐时候，有个郡主外出狩猎，回去之后居然莫名其妙地怀孕了，皇家自然认为这是奇耻大辱。但南唐时候，国运衰亡，外面征战不断，这个郡主的母亲，在朝中还是有些关系的，所以，她就想法子把女儿嫁给了一个书生，匆匆完婚。"王教授说道。

我点点头，表示理解，古往今来，皇帝的女儿都是不愁嫁的，顶多就是嫁得好或者嫁得差而已。

这个郡主也算有福气的，嫁给一个书生，比送出去和亲要好多了。

"那个书生，娶了一个郡主娘娘，虽然明明知道被戴了绿帽子，也没有什么不满，倒是一个忠厚老实人，反而着人细心照料郡主，希望她能够顺利产下孩子。"王教授说道。

"嗯！"这个时候，众人都围过来听着。

王教授看了我们一眼，继续说道："结果郡主怀孕大概十二个月，终于要临盆了，却是日渐消瘦下去，血肉一点点地干枯。家里人纷纷传言，说是郡马爷心存歹念，祸害了郡主。但是不管怎么请太医医治，郡主的病都没有好转，可胎儿却是生机旺盛。这样又过了月余，郡马回去，突然听得郡主房中有丫头惶恐大叫，冲了进去一看，公主已经肠穿肚烂，死在当地。腹中的胎儿不知道去向，旁边，爬着一只小怪兽。"

王教授说到这里，指了一下子我抱在怀里的小龙，说道："郡马知道这个东西是一个妖孽，当即就命人把它抓了，关在笼子里面，想要用火烧死。"

"别说了！"我听到这里，陡然喝道。

说话的同时，我忙着抱着小龙，匆忙后退了几步，说道："谁也别想动我的小龙。"

"江公子，你这么紧张做什么？"王教授叹气道，"那个郡马爷并没有杀死小龙，而是把它和郡主埋在了一起，并且写下了锦帛，记录下来这一段诡异的经过。"

据王教授说——那设定开启袖珍棺的夜明珠，是当初郡主的陪嫁之物。那郡主当年既然受宠，多少还是有一些体己的。另外，袖珍棺中的玉镯，也是当初郡主的随身之物。

郡马爷认定小龙是妖孽，所以，就把它封死在袖珍棺中，活埋在了地下。

但是，小龙的生命力之顽强，绝非普通动物能够相比，这么多年过去了，如果是人，不知道死多少次了。

可它却是活了下来，一直到我被人丢入古墓中，无意中发现了袖珍棺，才把它放了出来。

大概小龙睁开眼，第一个看到的人是我，就把我当作亲人了。

哦，不对，当初小龙一准也把那个郡马爷当作亲人的，否则，普通人类，想要抓到它，那简直就是做梦了。

想到这里，我忙着抱着小龙，不断地摸着。

"小龙应该是一种罕有的动物，生命形式很是奇怪，需要寄生于别的生物。"王教授说道，"它们从出生开始，第一步骤应该是卵生，然后需要借助人类的母体，可能真的是子宫，才能够孵化——第二步，可能是需要借助蛇类。"

王教授一边说着，一边指了指第七幅图。

"可是，这要是蛇把小龙吃了，直接消化了怎么办？"二愣子突然插口道。

我想起在青铜古殿中的情况，老蛇一口把小龙吃了，最后还是二愣子剖开蛇腹，才把小龙救了出来——不管是人，还是别的动物，胃液都有着强酸，消融食物。

对于这个问题，王教授想了想，这才说道："这个难说得很，如果小龙被蛇吃掉了，那也只能够怨命，你们可知道蝉？"

我自然知道蝉，因为蝉蜕是一味中药，有疏散风热、利喉开音等功效。

但是，蝉的蜕变，并非一件容易的事情。蝉的寿命有十到十三年，潜伏在黑暗的地下世界的时间需要足足十年之久，成为若虫。若虫要经过五到六次的蜕变，才能够成虫。每一次的蜕变，等于是脱一层皮。据说痛苦不堪，并且有很大的危险。

若虫变成蝉之后，虽然有了翅膀，能够翱翔在蓝天之下，飞舞于阳光之中，可是，它们只有短短的八十天左右的生命。

用十年的黑暗，换这不足三个月的光明，并且要经过几次起死回生蜕变。

蝉的生命形式，也算是一大奇迹。

王教授这么说的时候，我已经明白过来，小龙虽然很是强悍，但是，如果想要成长，也一样需要付出代价。

这种动物最后的蜕变成长，成活率很低。

想到这里，我忙着抚摸着小龙，低声说道："小龙，你别蜕变成大龙了，你就这么跟着我，我养你。"

我也不知道小龙有没有听懂我的话，反正，它在我手上蹭着，感觉到小龙的温和，我就觉得心里很是踏实。

我一直都认为，小龙就和我的孩子差不多。

"等着哪一天，它把你吃了。"王教授说道。

"如果将来小龙的蜕变，需要吃一个人，那么，吃我好了。"我明白王教授的意思，一只需要靠着人体精血孵化出来的小龙，对于人来说，它们就是妖物。

养着这样的东西，天知道将来会不会有危害？但是，那都不是我考虑的事情，就好像江南的一句老土话——儿女都是前辈子的债。

可父母既然都知道是债，还不是一个个尽心尽职地养着自己的孩子？

望子成龙，望子成龙！

这孩子啊，又有几个是能够成"龙"的？

"这后面两幅画，又是什么意思？"这个时候，二愣子指着最后两幅画问道。

"这——"王教授摇头道，"这两幅画被腐蚀得厉害，都看不出什么来了，下面的字也模糊不清楚，我可无能为力。"

最后两幅画，似乎是被水侵蚀过，加上年代久远，确实是看不清楚，我端详了好长时间，也看不出个所以然来。

让我们很失望的是，这墙壁上虽然还有一些图案，但不是斑驳剥落得厉害已经完全看不清楚，就是一些连王教授研究了好长一会子也没有能够研究明白的文字。这地方的墓主人是什么人，具体是什么年代，还是难以确定……

不过，王教授说，这个石墓的年代，绝对很是久远……久远至极。

"别看那个，过来过来——"江城大声招呼我们。

我们听得江城招呼，都走了过去。

"有研究那个的，不如直接开棺看看。"江城说道。

"这石棺这么大，可怎么办？"顾辉皱眉说道，"要扛出去不太可能吧？"

"你有病？"我听得江城骂道，"把它扛出去做什么？能卖钱吧？"

"扛出去估计还是很值钱的。"黑眼镜哈哈笑道，"但是，很少有收藏家愿意收藏棺材，这不实际。"

"那收藏家都喜欢收藏一些什么东西？"顾辉说道，"我忙活了这么久，可还穷着，我想要弄点钱，弄一辆像小江那样的车。"

"城主大人，您看怎么办？"黑眼镜看着江城问道。

"这个容易。"江城笑道。

我一愣，容易？这么大的石棺，笨重无比，想要打开，可不容易，就像我和二愣子在青铜古殿中的时候，面对那具青铜棺椁，我们就是一筹莫展。

江城说道："难怪你们办事效率这么差，不是没缘故的。"他口中说着，就从顾辉手中接过那把军用大砍刀，对着一根链子狠狠地砍了下去。

一刀下去，原本看着老粗的青铜链子，愣是被砍下大半，但没有断开。

江城骂了一句，说道："又在青铜里面掺入别的贵金属，简直就是历史上最大的作弊。"

"这里面掺了别的贵金属？"我很是好奇，忍不住用手摸了一下青铜链子。

"是的。"江城看了我一眼，说道，"应该是融合了别的金属，否则，青铜没有这么硬。"

说话之间，他再次使用蛮力，又狠狠地砍了下去，这一次，青铜链子断了。

"你们看着做什么，难道老子就是天生做苦力的？"江城看了一眼二愣子，"那个二货，你手中的刀难道是吃素的？"

他这么一说，二愣子提着大砍刀，就对着另外一根青铜链子砍了过去。

短短的几分钟，在他们的蛮力破坏之下，这些青铜链子就都被砍断了。

"啧啧，这样多好。"江城很不正经地笑着。

我越发觉得，我这位父亲——和我想象中不一样。

我以为，他是一个领导人物，北门说，他曾经纵横于地下世界，乘风借气，牛得不得了。

然后我就把他脑补成一个不苟言笑、学识高深的人物。

但现在看起来，他根本就不是这样的人。

"来来来，各位，我们现在剩下的工作，就是开棺发财。"江城把手中的大砍刀丢在地上，走到大石头棺材前面，伸手摸了一下，再次不正经地笑着。

"城主大人，等下！"黑眼镜说着，辨认了一下方位，然后走到一边，摸出一根白色的蜡烛在角落里点燃。

我忍不住皱了一下子眉头，好端端的，点什么蜡烛啊？

蜡烛的光昏暗不明，在漆黑的石殿中，渺小飘逸，反而透着一股鬼气。

"来来来，打赌！"江城说道。

"啊？"我问道，"赌什么？"

"赌这个棺材里，是男尸还是女尸啊。"江城说道，"江凌，你也很是无趣。"

"我坐庄，一赔二，赌不赌？"江城大声招呼道。

"我赌是男尸。"黑眼镜笑道，"我压黄金二十两。"

"你个没出息的，居然只压二十两？"江城摇头道，"夏先生压黄金二十两，赌男尸，你们还有人下注不？对了，老子只收黄金。"

"我也压二十两，赌男尸。"二愣子笑呵呵地说道。

"我没钱，不赌！"何强老老实实地说，"警察叔叔真苦，连赌一把的钱都没有。"

"没人要赌了？"江城再次问道。

我擦了一把头上的冷汗，我怎么就摊上这么一个老爹啊？盗墓了，还居然在开棺之前开盘坐庄——赌什么男尸女尸？

"老头子也押二十两，赌男尸。"王教授也走了进来大声说道，"老头子虽然没什么钱，但二十两黄金还拿得出来，赌一把。但是，城主大人，您要输了，可不能赖账。"

"城主大人的赌品大家尽可放心。"黑眼镜突然说道,"如果是城主大人输了,他不兑现赌注,我兑现就是。但是,如果城主大人赢了,诸位也记得兑现赌注,不要赖债。"

"赖账的都是王八蛋。"二愣子笑道。

我擦了一把冷汗,摸了摸心脏,欲哭无泪,这是什么爹啊?

"没有人下注了?"江城大声问道。

众人都摇头,江城看了我一眼,问道:"江凌,你不要赌一把?"

"呃?爸爸,我没钱。"

"没事,看在你是我儿子分上,我给你欠账。"江城大度地挥手道。

我看着江城兴致勃勃的样子,说道:"好吧,既然他们都押男尸,那我押女尸就是——六十两,您看如何?"

江城看了我一眼,呆滞了一下,随即点头:"好,就这么说定了。"

在古代,女子身份地位低下,就算是帝王后妃——正常情况下也不会有如此奢华的墓葬,这个石棺中所葬的人,百分之九十就是男人,所以,我几乎可以肯定,江城会赔得很惨。我押女尸,无非就是让他找回一点损失,不至于赔得太惨。

我已经有些担忧,江城这么好赌,这要是将来他哪天心血来潮,跑去澳门或者拉斯维加斯豪赌一场,我挣再多钱,只怕也养不起他啊。

"没有人下注了?"江城问道。

众人都是摇摇头,没有人再下注。

"开棺、发财!"江城说着,就伸手在棺材上摸了一下子,"大家一起动手,把棺材盖推开。"

"好!"我们大家一起答应着,齐心合力推动那个大棺材盖。

伴随着石头摩擦的声音,很快,石棺就被推开一个缝隙。

江城拉着我后退了好几步,而黑眼镜却是走到角落边,把那支蜡烛点了过来,然后凑近棺材的缝隙口。

蜡烛原本昏黄色的火苗向上串了一下子,变得有些蓝晃晃的,但随即蜡烛的光辉就稳定下来,变成了普通的昏黄色。

"没事!"黑眼镜说道。

我听江城笑道:"本来就没事,是你大惊小怪。"

"城主大人，您是不怕，但还是小心一点好！"黑眼镜说，"你看看，江公子可在这里呢。"

"也对，小心驶得万年船，我当年就是大意了，唉……"

"来吧，大家合力把它推开。"何强说道。

"嘤嘤——"这时，我耳畔清楚地听到诡异的呻吟声，仿佛是个女人。

这次我们进入水墓，就没有女孩子跟着，所以我听到这个声音，顿时就呆了。

"什么声音？"站在我身边的顾辉问道。

"好像是女人的声音。"

"别瞎说。"黑眼镜说道，"开棺的时候，总会有一些幻象，江公子不用在意。"

难道说，真是我的幻象？可是，顾辉也听到了。

何强已经拿着强光手电筒，对着棺材里照着。

"呀——"只听到王教授惊呼了一声，随即，他竟然惊慌地向后面退了一大步。

"教授，你怎么了？"我问道。

王教授的胆量，我是领教过的。这老头儿看到老龟驮棺这等邪气的玩意儿，都想着开棺发财，如今，大石棺已经打开，他居然吓得后退了？

"真……"黑眼镜突然骂道。

我走到近处，一看顿时就明白了。原来，石棺里竟然有一具棺木，而且，这次不是石棺，是木棺。虽然已经放置了数千年之久，可是看起来竟然是崭新的，上面还有木质的纹路。

木棺没有油漆，有种淡淡的金黄色。

"外面是椁，里面才是棺，这有什么值得大惊小怪的？"江城说道。

"上好的金丝楠木，这可是好东西。"黑眼镜直接跳进椁里面，伸手摸了摸，还用指甲弹了一下——

那棺木发出玉石般的声音，可见，木质果然细腻坚硬，宛如玉石。

外面的大石棺确实没有封死，我们用蛮力，把它推开了，可是，里面的木棺却是封死的。

但是，二愣子和顾辉，还有黑眼镜，竟然都直接从背包里面拿出起子，开始使劲地把木棺上面的青铜钉起了下来。

看着被他们起下来的青铜钉子，我好奇，拿着手电筒照了照，发现这些钉子上面都有着烦琐的文字，似乎就是某种咒语。

"教授，你认识这种文字吗？"我抬头的时候，王教授也正在看着青铜钉子。

"真是奇怪。"王教授皱眉道。

"怎么了？"江城也走了过来。

王教授想了想："我懂得一些殷商先期的文化，那时候的人，都非常敬畏鬼神。"

"嗯，这很是正常。"我点头道，"所以才有厚葬制度——事实上，人死如同是灯灭，什么都没有了，祭祀无非就是做给人看看而已。"

王教授想了想，这才说道："江公子，你是这么想。但是，那时的人根本不这么想，所以，因此也衍生出很多与鬼神有关的文化体制，包括祭祀、占卜，还有符咒等等。"

"嗯。"我虽然不是考古研究学家，也不是历史研究学家，但多少还是知道一点的。

"这铜钉上面的文字，不像是祈福之类的文字，而是咒语。"王教授说道，"而且，这古墓修建规模不小，可外面居然没有祭祀神坛，你们难道不觉得奇怪？"

"呃？"祭祀神坛，那是什么东西啊？

"连神坛都没有，岂不是很是奇怪？夏商时期，视死如生——这等规模的墓葬，就算神坛已经倒塌湮灭，也应该存在，否则，后人如何拜祭祖宗？"王教授说道，"我听你们说，在龙之门的外面，可是有着规模宏大的祭台？"

我想起二愣子曾经对我说过，外面那个山洞，应该就是当初的祭祀之地，但具体如何，我也搞不清楚。

"水潭上面那个墓碑，难道不是？"我皱眉说道。

"那个不是。"王教授说道，"我可以保证。"

"哦？"我一知半解，只是点点头，毕竟，在这方面，王教授才是专家。

"这石棺外面，铜钉上面的花纹，可都是咒语，所以，我怀疑这棺材中人，很有可能不是正常死亡。"王教授分析道。

"不是正常死亡，那是什么？"我不明白地问道。

"可能是被杀？"江城这个时候说道。

"被杀？"我好奇地说道，"一般来说，被杀不都是暴尸荒野？"

"谁告诉你被杀都是暴尸荒野的？"王教授摇头道，"古代那些权贵，就算是犯了事被杀，也未必就是暴尸荒野，顶多就是不能那么风光而已——我老头子可以保证，这个人绝对不是正常死亡，正常殡葬。"

"好吧，你是专家。"我笑笑。

这时，二愣子和黑眼镜，还有顾辉，齐心合力，已经把棺材上面的青铜钉子都起了出来。

"城主，可以了！"二愣子说道，"刚才顾老师用蛮力，断了一根钉子，但应该没什么大碍。"

"没事，从另外一边开启就是。"江城说着，已经从背包里翻出一根黑漆漆的铁锹。

我发现，除了我，他们几乎都带了好些东西，顾辉也翻出铁锹，然后众人一齐，我就听得木板发出"啪"的一响，棺盖松动了。

"大家再加把劲。"王教授大声说道。

我看得出来，这个死老头儿，这个时候老激动了。

可不知道为什么，就伴随着刚才棺盖"啪"的一声，我再次听到女人呻吟的声音。

这一次，我没有说话。

很快，棺盖就松动了，然后二愣子和顾辉一起合力，棺盖彻底打开了。

"这是什么东西？"顾辉突然大声说道。

我凑过去一看就傻眼了……

棺材里面，原本该有的东西没看到，只看到一层层苍白色的鳞片，密密麻麻地堆在棺材中。

那鳞片看起来像是鱼鳞，我的鼻子里还闻到一股刺鼻的鱼腥臭味。

"怎么这么多鳞片？"顾辉皱眉说道，"骗我啊？"

"骗你？"我愣然问道。

"是啊，这不是骗人吗？"顾辉叹气道，"我还指望着棺材里面有宝贝，可这个……宝贝在哪里啊？我的车啊……我就知道，念儿一准不靠谱！"

我听顾辉这么说，瞬间就有种哭笑不得的感觉。

就在这个时候，沉寂的棺材中，鱼鳞般的东西竟然开始簌簌抖动起来。

"这……里面有东西。"

"让开。"我的耳畔，传来江城的暴喝，随即，他就拉着我向一边退。

接着就看到棺材里面爬出来一些指甲盖大小的白色虫子，圆鼓鼓的像是西瓜虫一样。

这些虫子像是潮水一般涌出棺材，顷刻，就爬得满地都是。

我一早就有防备，带了一些驱虫剂，对着地面上喷洒了一些，那些虫子就远远地闪开了。

"这虫子似乎没有什么攻击性？"顾辉一脚踩死一大片虫子说道。

我也发现，那些虫子确实没有攻击性，从棺材中爬了出来之后，就四散爬开，被我们踩死，也没有丝毫的攻击。

站在我身边的王教授拍拍胸口："原来是虚张声势，吓死老头子了。"

"你老头儿平时胆子不是很大吗？"二愣子冷冷地说道。

"呃？"这一次，王教授只是尴尬地笑着。

我看着那些虫子乱爬，并没有什么攻击性，再次向棺材走去——

这时，我再次听得"嘤嘤——"的声音传了过来，这次清晰至极，我可以保证，这绝对不是幻听。

我站住脚步，黑眼镜这个时候也走了过来，见状，顿时就拉着我向后退了几步。

事实上不用他拉我，也知道情况不妙，那声音就是从棺材里发出来的。

大伙儿面面相觑，老半天，也没有人说话。

"怕什么？"顾辉说道，"想来是一个女鬼，让顾老师我看看。"他一边说着，一边就向着棺材大步走去。

我想要劝阻他，却被江城一把拉住。

顾辉手中握着一把大砍刀，如同凶神恶煞一般，走到棺材前。我唯恐他有闪失，虽然心里很是害怕，但还是跟过去，只见他用刀把上面的鳞片拨开——

我看到一只黑漆漆的手，像是鸡爪一样，从棺材里伸了出来……

伴随着鱼鳞被顾辉扒开，就看到一具干瘪的女尸，在挣扎着，一只手努力想要伸出来。

"她……还活着？"就算顾辉平时是天不怕，地不怕，这个时候也是吓得不轻，丢了手中的大砍刀，吓得屁滚尿流。

我也被吓傻了，竟然不知道躲避。

我眼睁睁地看着她挣扎着，从棺材里面坐了起来——

这是一具女尸，全身的血肉已经干枯了，只剩下一把骨头架子，甚至，她连嘴巴都合不拢，就这样，她还在努力地挣扎着，口中发出"嘤嘤——"的声音。

借着强光手电筒的光芒，我看到她口中的牙齿，这女尸死亡的时候，还年轻，牙口完整。

女尸挣扎了半晌，竟然扶着棺材就这么站了起来，然后，她颤颤巍巍地要跨出棺材。

我不知道别人如何，我这个时候感觉腿都不听使唤，呼吸就要停止了。

"闪开！"我的耳畔突然传来一声暴喝，接着我就看到一道光，闪电般从我的头顶上掠过，再然后，有些黏乎乎的液体，溅在我脸上。

我呆了足足有三十秒，终于定下心神，发现江城手中拎着一把军用大砍刀，刚才我看到的那道闪电，就是他一刀挥过来的刀光。

那具女尸，已经身首异处，身子一半挂在棺材边，头颅却是滚落在一边。我脸上又腥又臭，我摸了一下，手上有些暗红色的液体，但凭感觉，那似乎并非是人类的血液……

"死了这么久，居然还不甘心？"我听江城骂道。

"我……"我想要说话，却不知道说什么才好。

"看看，棺材里面可有什么宝贝，有的话，赶紧带走，没有我们撤。"江城大声说道。

"好咧！"我还没有来得及说什么，顾辉却起劲了，然后他粗鲁地一把拉过那具女尸的半截尸体，丢在棺材外面，用大砍刀在棺材里面捣鼓了一番。

结果让顾辉失望得很，里面除了那些白花花的鳞片，还有没爬出来的虫子，其他什么都没有。

"竟然是一个穷鬼，什么都没有。"黑眼镜也愤愤然地骂道。

"哗哗——"

"什么声音？"我诧异地问道。

"大家赶紧走。"江城转身看着我们，大声说道，"这地方马上就会被江水淹没，快——"

说着，他竟然不由分说，拉着我就跑。

我看到余下的人一听，也都慌了，一起跟着就跑了。

黑棺

　　我有些糊涂，看着大伙儿都急匆匆地往外面跑，我也跟着跑了出去。进入水中的时候，感觉有人一直拉着我，不断地向上凫水，速度很快，因此也没有多想。

　　直到离开了水潭，爬上岸，北门等人七手八脚地接应我们。

　　我环视了一下，我们一个个都显得有些狼狈，一边喘着粗气，一边跌坐在地上。我从脸上脱掉氧气面罩，大口大口地呼吸着新鲜空气。

　　"江公子，金刚呢？"就在这个时候，北门匆忙走上来问道。

　　"金刚？"我下水之后，就没有看到金刚啊！

　　这个时候，黑眼镜也上来了，北门和农民一起，把他从水里拉上来，问道："金刚呢？"

　　"叔叔，我在。"随即，说话的同时，金刚已经浮了出来，一手拿着氧气面罩，一只手冲着我们挥舞着。

　　我恍惚想起来，金刚是跟我们一起下水的，但是，我下水之后，我就没有见过他。

　　我可以确定，下水之后，绝对没有见到金刚，推开那笨重的石门的时候他不在，开棺的时候他也不在。

他居然就这么回来了？金刚给我的感觉，就是大大咧咧，从来都是只干活，不怎么喜欢说话的。北门也跟我说过，金刚脑子不好使，所以遇到什么事情，北门这个做叔叔的就会很担心他。

"你这孩子，怎么也不跟好你黑叔叔？"北门念叨着，顺手就把金刚也拉上来。

"叔叔，我一直跟着黑叔叔的。"金刚咧嘴傻笑，说道，"不信，你问黑叔叔，我可没有惹事。"

"是的，老大，金刚一直跟着我们呢。"黑眼镜也说道。

我看了一眼黑眼镜，这厮明显就是睁眼说瞎话啊，下水之后，金刚根本就没有跟着我们——我满腹疑团，却不知道从何说起。

这时，众人都已经陆续上来了，我很担心江城，四处看了看，却没有看到他："你们谁看到我爸爸了？"

"啊？"顾辉说道，"小江，叔叔不是和你一起吗？"

和我一起？

我记得，出门的时候，他确实一直拉着我。但是就在要离开石殿的时候，他似乎推了我一把，把我推进水中，后来，好像谁拉着我，一起凫水上来？

对了，是二愣子拉着我的，没错。

"二愣子，你见过我爸爸吗？"

"没有！出来的时候，我一直和你在一起。"

听二愣子这么说，我顿时就急了，江城竟然没上来。

"爸爸！"我匆忙站起来，拿起潜水服和氧气罐，就要重新下水。

"江公子，你要做什么？"北门急急一把拉住我，"先不要鲁莽。"

"我爸爸没有上来，我要下去找他。北门大叔，你别劝我，这要是别的事情也就罢了，可我爸爸还在下面。"

"王教授呢？"沈蔺风一把拉住我，"那老头儿也没上来？"

我四处看了看，我们都在，但是，王教授也是踪影全无。

"何警官，看到王教授了吗？"沈蔺风皱眉问道。

"啊？"何强认真想了想，这才说道，"刚才的情形有些乱，我们忙着出来，人又多，所以……"说到后来，他无奈地摊摊手。

"我爸爸也没出来。"我说道，"我记得，他是第一个出来的啊？"我一边说着，一边戴上氧气面罩。

"小江，不要鲁莽。"顾辉走过来说道，"如果你要下去，还是让我下去吧。"

"你？"

"是的，你不是说，我被什么千机引的病毒感染。既然这样，我反正命不久矣，有什么事情，不如让我去。"

我看着顾辉，竟然不知道说什么才好。

正在这个时候，突然，水花四溅，我就看到一个人冒了上来，我顿时大喜，忙着叫道："爸——"

"好像是王教授？"何强眼尖，他一边说着，一边还用强光手电照了过去。

可是，那人就这么浮在水面上，竟然一动不动。

"好像不对劲啊？"黑眼镜皱眉说道。

"我去看看。"何强说道。

这个时候，我也认出来，那个人应该就是王教授，但是，王教授似乎有些不对劲。

何强已经跳到水中，游了过去，很快，他就拽着回到岸边。

王教授的身上还穿着潜水服，脸上也戴着氧气面罩，但是，他身上的氧气罐不见了。何强伸手揭开他脸上的面罩时，苏倩和沈念儿都忍不住惊呼出声——我靠得近，看得清清楚楚，王教授虽然上了年纪了，但是保养得体，精神还是不错的，否则，他也不会跑来这地方寻宝。

可是现在的王教授，竟然是皮包裹着骨头，全身上下都干瘪瘪的，似乎没有一点水分和血肉，让我想起石棺中的女尸。

"教授死了？"何强呆呆地说道。

任凭是谁，都知道教授死了。

就在这个时候，水潭上远远地出现一个黑色的影子，那个影子向着我们靠近过来。

我一把从何强手中抢过手电筒，对着水面上照过去，那个人正是江城，在向岸边靠过来。

"爸，快上来！"我挥舞着手说道。

远远地，江城也冲着我挥手，他速度很快，没多久就到了岸边。我伸手就要拉他上来，但是二愣子突然从后面拉了我一把，我差点就被他拉得摔倒在地上。

"二愣子，你做什么啊？"

二愣子看了我一眼，然后我就看到他转身看向江城。

我看着江城这个时候已经从水潭上爬上来，看到他平安无事，我也放下心来。

"爸——"我忙着叫道。

"嗯，你们跑得蛮快，都出来了吧？"江城问道。

"都出来了。"

"人是都出来了，一个不少，只不过死了一个。"二愣子说着。

"谁死了？"江城问道。

"王教授！"二愣子说道。

我听江城漫不经心地说道："原来是那个老头儿，死了就死了吧，大惊小怪——做我们这一行的，谁不是天天把脑袋挂在裤腰带上？"

我是不喜欢王教授，但听江城那口气，不知道为什么，我有些不舒服。

这个时候，沈蔺风走了过来，问道："何警官，具体如何？"

"一言难尽，沈先生，我们离开这里再说吧。"何强说道。

众人也都同意离开，我一点意见都没有。我本来就不主张把这水下的东西起出来，是他们非要折腾，这不，好端端的把王教授的老命搭上了。

我看到何强带来的两个小警察，收拾了一下王教授的尸体，然后抬着他上了橡皮艇。这边，我们也陆续离开山洞，走了出来。

我走到外面的时候，看了一下时间，下午两点了，农历二月的天气，太阳暖洋洋地照耀着大地，驱散水下的阴暗。

"爸爸，我们回去吧。"我招呼江城。

"小江，你先回去，我去一下你沈叔叔那边。"

"呃？"我微微一愣，他去沈蔺风那儿做什么啊？

"小江，你先回去吧，你放心，我不会委屈了他。"沈蔺风走了过来，对我说道。

听沈蔺风这么说，我也不好说什么，带着二愣子还有顾辉，发动车子回去。

等到了青荷小筑，我就上楼洗澡换衣服，二愣子和顾辉也回房换衣服。

等我忙活了好了，感觉腹中饥饿难耐。

于是，我下楼，准备约顾辉和二愣子出门吃饭。我还没有走到楼下，就闻到一股米饭的香味——

"好！"我忍不住脱口赞道。

平时倒是不感觉米饭怎么香，但饿了，闻着却格外浓香。

"二愣子，你煮饭了？"

"嗯，没什么菜，泡了一个紫菜汤，等下就好了。"二愣子已经换了干净的衣服，坐在沙发上，见我下来，抬头看了我一眼，"江公子，我觉得我们有必要好好聊聊。"

"呃？聊什么？"

我说话的时候，顾辉揉着湿漉漉的头发走了出来："小江，我觉得……我说了你别生气。"

"生气？我和你，有什么气好生的？"

二愣子放下手中的报纸："江公子，对于您那位父亲，您了解多少？"

"呃？"对我爸爸，我自然是一点都不了解，我不是他养大的，我很小的时候，我以为他死了……

为这个，我还曾经伤心过，这么多年他都是在暗无天日的龙之门度过，想想，我心中就有些内疚。

"小江，没有人能在暗无天日的龙之门中度过二十年。昨晚二先生和我说了，我们分析了一下。"

"你什么意思？"听顾辉这么说，我顿时就有些恼怒，一把抓住顾辉的领口，"顾老师，我们熟归熟，你别拿我爸爸说事，否则，我真生气的。"

"江公子，你冷静点。"二愣子说道，"你还记得——当初你给我用药，我把你打晕，丢在了石室中？"

"嗯！你还好意思说？"

"当时并非是我一个人。"二愣子跟我说起了前情。

二愣子看到我对他用药，很是恼火，想想，我和他有莫大关系，倒也不能把我怎么了，因此趁着我不注意，就直接把我弄晕。

二愣子家族有一张地图，记载了一些关于龙之门的底下建筑平面图，所以，他多少还是知道一些。

他当即就扛起我，转身就要走。

就在转身的瞬间，二愣子却在一边的石头凹槽里看到一个人影。

二愣子当即抽出那把青铜古剑，低声喝问道："谁？"

"别……别……"石头缝隙那边的人，颤声说道，"哪位英雄好汉？"

听那人说话，二愣子倒是镇定了下来，快步走过去，用手电筒一照，他顿时就乐呵起来——这人不是别人，是秦聂。

秦聂也是考古学家，听说，和那个王教授有些不和。

"原来是秦老先生。"二愣子笑笑。

"二愣子，你吓死我了。"秦聂看到是二愣子，也镇定下来，拍拍胸口，从石头缝隙里爬出来，"谢天谢地，我终于遇到一个大活人了，呜……"

听秦聂这么说，二愣子再次笑了，"秦老头儿，你怎么在这里？"

"我也不知道，进来之后就没有见过人。我老头子是做考古研究工作，没有做过盗墓这种高大上的事情，我……我怕……"

"哈哈哈！"这一次，二愣子没能忍住，放肆地大笑出声。

"秦老头儿，就你这个胆识，你也敢跑来龙之门？"二愣子摇摇头，这年头真是撑死胆大的，饿死胆小的，这老头儿这么胆小，也敢跑龙之门找不自在？

秦聂一边说着，一边四处看了看，低声说道："二先生，别的人呢？这个……江公子怎么了？"他看到二愣子肩膀上扛着我，好奇地问道。

"晕了，没事。"

"吓晕的？"秦聂见状，当即问道，"唉……江公子也不应该来这等地方的，我……我真的不知道，这地方真有魁拔，吓死我了。"

"啊？你见到魁拔了？"

"嗯嗯嗯！"秦聂连连点头，"见到了，真是吓死我老人家了，以后再也不来这等地方了。不不不，我老人家要转行。"

听秦聂语无伦次，二愣子也不知道说什么才好。能在这地方碰到同伙，终究是一大幸事。"秦老头儿，你跟着我走。"

"好好好，谢谢二先生。"秦聂这个时候，当真是感激涕零。

二愣子扛着我，转身就要走，但是，秦聂一把拉住他。

"怎么了？"

"二先生，我们不是应该走这边？"秦聂虽然很是害怕，但是眼珠子却是滴溜溜地转动着。

"走这边？为什么走这边？"

这一次，秦聂迟疑了一下子，才慢慢地说道："刚才我从那边过来——"

"那边不是有旱魃？"

"不是……"秦聂小声地说道，"那边有个大湖，湖面上有一艘画舫，那画舫上，放着一具棺材。"

"呃？"二愣子听了，顿时就有些心动，他想了想，"既然这样，我们先把江公子妥善安排了，然后过去看看？"

"你不把江公子带过去？"秦聂有些奇怪，这地下世界，哪有什么地方安全了，能妥善安排？

二愣子看了他一眼，说道："既然有魁拔，想来很是危险，我找个地方，先把江公子放下，然后我们去寻宝，等找到宝贝，再回来接他就是。"

听二愣子这么说，秦聂也没说什么，跟着二愣子一起向前走去。

秦聂发现，二愣子对于这一带的地形颇为熟悉，很快，他就把他带到一个大石殿中。石殿里，四处都是楼阁雕栏，小巧玲珑，如果搬出去，都是人类历史上的瑰宝。

二愣子先把我放在地上，又取出一瓶药水，撒在我身上。

"这是什么？"秦聂看着好奇，问道。

"强效驱虫药。"

秦聂听了："那你也给我抹一点，这地方有强效驱虫药，真是太好了。"

"秦老头儿，这药有副作用，你还是不要抹了。"二愣子说着，就把药瓶收了起来。

"小气鬼。"

"哈……老头儿，你在这里待一下，我去去就来。"

说着，二愣子没等秦聂多话，就飞奔出去。

秦聂四处看了看，也没能看出什么名堂来。

片刻时间，二愣子回来了，这一次，他居然扛了一具干尸，然后，把干尸丢在石殿门口："老头儿，走，去看看你说的画舫。"

二愣子也好奇，这地方竟然还有什么画舫？

秦聂带路，由于已经来过一次，虽然他刚才很是狼狈，但还是记得路。很快，他们就来到一片地下湖前，在岸边，二愣子就看到一艘黑色小船停泊在边上。

湖边还有小型的码头，就是用来泊船的。

有青铜链子挂在码头边的石柱上，让那艘小船不至于顺水飘走。

"就这个？"二愣子问道。

"是的！"秦聂点点头，"我刚才爬上去看过，可是——"

"可是什么？"

"然后就碰到魁拔了。"秦聂颤抖了一下，想想刚才的经历，他还心有余悸。

二愣子点点头："你跟好了我。"

秦聂点点头，他虽然不知道二愣子的底细，但看着这人很仗义。

二愣子看了看那艘小船，就泊在码头边，当即爬了上去——等他爬上船，就感觉有些不对劲，这小船的木料奇特，黑色的木料上面带着金色的木质纹理。他用手电筒一照，在灯光下，数千年的时间，也没有能磨灭木料本身的华贵光泽。

二愣子蹲下来，用手指敲了一下船甲板，发出金玉般的声音。

秦聂看着奇怪："怎么了？"

"老头儿，你看着这是什么木料？"

秦聂伸手摸了摸："木质非常细腻光滑，感觉也很坚硬？"

"这个可能是神铁木。"二愣子低声说道，"居然有人用如此昂贵的木料制作船只？"

"这木料很是昂贵？"秦聂问道。

"非常昂贵，一边都是用来保存贵重的药材。就是做成小匣子，用来保存贵重的药材等等。用来做船，真的太浪费了——而且，据说这种树木生长不易，长到碗口粗细，都需要上百年的时间，这么大……"

二愣子一边说着，一边比画了一下船甲板上面的木板："长这么粗，至少也要数千年之久，真是浪费啊。"

"二先生似乎懂得很多，和您身份不符啊！"

"我的身份？"二愣子呆了一下，这才想起来，真正的二愣子可是黄河边长大的"苦哈哈"，还有些智障，说话结巴——他不应该知道这些啊！

"他们都怀疑你！"秦聂补充说了一句。

"我知道！你也怀疑我，对吧？"

"二先生的举止，确实很是让人怀疑。"

二愣子闻言："来这里的人，无非就是两种人。"

"两种人？"秦聂一愣，"哪两种人？"

"第一就是求财的。龙之门这地方九窟十八洞，是上古时期河神一族的墓地。不说是殉葬品，就是后来的祭祀品，随便摸一样出去，够普通人吃喝一辈子了。第二种人，就是寻找某些传说中的东西。秦老头儿，你应该知道，河神伯夷是传说中的龙族，来这里的人，就是寻找祖龙真迹的。"

"祖龙？"这一次，秦聂感觉自己的心都漏跳了一拍，很是难受。

"走吧，让我看看，这船上葬的是谁。"二愣子一边说着，一边向船舱里走去。

船舱入口，有一道木质的雕花之门，门上镂空雕刻着烦琐的图文。二愣子用手电筒照着，发现图文都是一些云雷纹。推开船舱的门，二愣子顺着木质的台阶走了下去，在船舱的正中央，果然摆放着一具黑漆漆的棺木。

二愣子用手电筒照了一下子那具棺木，瞬间就明白过来，为何即使这地方真有魅拔，哪怕秦聂刚刚差点就把小命丢了，他还是想要再次回来……

这具棺木表面上看起来也是黑漆漆的，不怎么起眼，但是，当二愣子伸手摸上去的时候，他就知道了，这棺木的木质居然比小船的木料还要好。他用手电筒一照，在黑色的底色上面，是一指宽的银白色木质纹理，花纹精美漂亮至极。

这样的东西，现在做成家具，那绝对是完美无缺，会让无数富豪打破脑袋也想要弄到手。

二愣子知道这种木料，据说，这是神铁木的变异。神铁木生长在阴寒之地，早些年传闻昆仑山有神铁木……当年秦始皇一心醉心于寻仙问道，寻求长生不死之术，一边却又耗资无数，修建陵墓，曾经特意派人前往昆仑山寻找神铁木，想死后殓于神铁棺木中，但最终还是无功而返。

神铁木需要生长在有银矿的地方，常年吸取矿物质，才能长出这种银质的漂亮花纹。

二愣子一直都以为，这是传说中的东西，现实中不可能有，也不能够有。

如今在龙之门，他却是亲眼看见了。

当然，这还不算，这具棺木上，还用各种颜色的宝石，镶嵌成了日月星辰的图案，以及一个个古朴的鸟篆。

这种文字，二愣子一个都不认识。他问了一下子秦聂，秦聂也不认识。

秦聂让二愣子给他打着手电筒，他却翻出照相机，开始拍照，说是回去后可以研究。

等他拍好了，二愣子看了看，还好还好，棺盖并没有封死，这要是封死了，想要打开还真不容易。

二愣子和秦聂根本就没有花费什么时间，就把棺盖打开了。

接着，二愣子和秦聂都有些恍惚——秦聂手中的手电筒，就照在棺材中。

棺材中静静地躺着一具尸体，身上穿着黑色的长袍，袍子上绣着华美的云雷纹图案，那长袍也不知道是什么布料做的，色泽光鲜至极，虽然是黑色的布料，却隐隐透着光泽。

墓中人的脖子上戴着一串红色宝石的项链，棺材的四周，都是用一颗颗昂贵的宝石镶嵌的各种器皿，有碗、宝莲、宝灯、宝瓶等等。

就算二愣子和秦聂都不是冲着钱来的，但瞬间，他们还是被各种宝石的光辉闪耀了眼。

"天，发财了！"秦聂说道。

二愣子把手电筒的光柱移到墓主人的脸上，墓主人是一个年轻的少年，看起来似乎只有十七八岁的模样，安稳合目长眠，他的皮肤很是白皙柔嫩，隐隐透着弹性，脸部依然是红润的，长长的睫毛像是打开的扇子。

"好漂亮的人！"

二愣子也有同感，确实很漂亮，不光是漂亮，还非常精致完美。

墓主人的双手交叉放在腹部，手指白皙修长，在手电筒的光柱下，根根如玉。

墓主人左手的食指上戴着一颗殷红如血的红宝石戒指——宝石有鸽子蛋那么大。

秦聂把手电筒递给二愣子，趴在棺材口，向墓主人手上抓了过去。

二愣子知道，他想取下那枚红宝石戒指，他没有阻拦——这等瑰宝，对谁来说，都有着难以言喻的诱惑力。

二愣子后退了几步，准备看看别的东西，今天这一趟龙之门真是没有白来，这人……应该算是河神部落的重要人物了。他在考虑，要不要把这人的遗体带回去人，让族中长老们研究研究？

这船上的陈设很普通，不知道为什么，二愣子想到了——大道至简？

"喂，老头儿，你快点，拿点东西就算了。我们把他扛出去。"

二愣子说着，就发现不对劲了，秦聂整个人竟然像是缩水一样，变得干瘪瘪的……

他伸手一拉，秦聂的尸体，就这么软趴趴地倒在地上了。

二愣子用手电筒一照，看到秦聂那张脸，吓得魂飞魄散。

秦聂就像是被风干好久的尸体，全身血肉干枯，只剩一层皮包裹着骨头。

二愣子毛骨悚然，转身，用手电筒照着棺木中——墓中人依然静静地躺着，容貌清俊，衣着华美。红宝石戒指依然戴在他手上，闪烁着殷红如血的光泽。

突然，墓主人脸上长长的睫毛竟然抖动了两下，接着就睁开了眼睛……

二愣子吓得一动也不敢动，这人……这人居然还活着？

墓主人的眸子清纯明亮，黑白分明，就这么看着二愣子，偏了一下脑袋，那模样，如同是小孩子卖萌一样。

二愣子已经吓得魂飞魄散，顾不上多想，拔腿就跑。

我听二愣子说到现在，总算是明白过来："二愣子，你什么意思？我爸爸是千年老僵尸，他吸取了秦聂的精血，复活了？"

二愣子抬头看看我："江公子，我知道你难以接受，但是我当初在棺材中看到的人，确实就是城主大人。今天，王老头的死状也跟秦聂一模一样。"

我呆了一下，想起江城曾经对我说过，在龙之门的时候，因为误会，杀了秦聂。

如此说来，岂不是从侧面证明，他就是躺在棺材中的那个人？

顾辉在我身边坐下来："小江，我们都知道，你想你爸爸，但是你也不能随便找个人做爸爸吧？"

"你什么意思？"我嗖的一下就站起来，心中极为恼恨。

"正常人，在龙之门不可能待二十年之久。"二愣子摇头说，"江公子，那人……不是你爸爸了，你爸爸不会需要吞噬活人精血生气。"

"我……我……"我挥手比画了一下，我知道，江城有诸多问题，正常人在古墓中待了这么久，不死也疯了。

但是，他似乎和普通人没什么两样，只是变得年轻了。

"江公子，令尊可能已经死了。"二愣子说道，"眼前的这人，你还是注意点好。"

"我……"我正欲说话，门口响起汽车喇叭声，走出去，一看，沈蔺风那辆宝蓝色的奔驰车，在门口停着——

我迎上去，沈蔺风已经打开车门走了下来，笑着招呼道："这有了亲儿子，立刻就把我抛弃了。小江，你过来，把你爸爸的东西搬过去——真是的。"

"沈叔叔，我怎么听着你这话像是在吃醋？"我听了二愣子的话，心中有些不痛快，但是，看到江城，我竟然又开心了。

"好'哥们儿'也没有儿子重要啊！"江城说着推开车门走了出来。

"亏得我从黄沙村，开车一路把你拉回来。"沈蔺风打开汽车后备厢，拎着一大包东西，递给我，"这是他换洗的衣服，你爸爸真挑剔，这个牌子的衣服老贵了，败了我几十万。"

"亏你有脸说。你顺我东西的时候，不也一样？"

我看了一眼江城，下午的太阳，温和地照在他身上，他换了一件宝蓝色的衬衣，外面穿着黑色的风衣，青丝如墨，加上肤白眸清，看起来非常完美。

"小江，这个给你。"江城把一样东西塞给我。

我接过一看，那是一枚很大的红宝石戒指，刚抛过的样子，色泽很是明艳，白金镶嵌，款式也很好——

我瞬间想到，这枚红宝石，是当初秦聂想要顺走的吧！

"很漂亮！"我一边说着，一边欣赏着。

"戴手上玩玩吧。"江城笑笑，"这么多年了，我从没送给过你什么东西。"

我把戒指在左手食指上比画了一下，听他们说，这戒指以前是戴在江城左手食指上的。

指环大小正合适，我对着光看了一下，这颗宝石真的很好，尤其是经过了重新打磨抛光，让宝石的光彩全部绽放出来。

我笑着把衣服全部抬上江城的房间，给他挂好——

顾辉和二愣子也过来帮忙，把一切收拾好，我看到沈蔺风竟然没有走。

"沈叔叔，吃饭吗？"

"嗯！"沈蔺风点点头，"我也正好有事要和你们说。"

"好！"我点头。

有客人来，二愣子跑出去，在小区附近买了一些熟菜，收拾好就招呼我们吃饭。

顾辉拿出一瓶红酒，给我们每一个人都倒了杯酒。

沈蔺风喝了一口酒，放下酒杯："二先生，麻烦你去把门关好，有些事情，我觉得我必须要说一下子。"

二愣子走了过去，把门关上，还反锁了。

沈蔺风看看我，又看看江城。

我觉得我的心似乎是被谁狠狠地抓了一把，真是越怕什么，就越来什么。

看沈蔺风迟迟不开口，我低声说道："沈叔叔，和我爸爸有关？"

沈蔺风点点头："你爸爸的情况有些不妙。"

"什么叫老子的情况有些不妙？"江城听了这句话，顿时就骂道。

江城不说话的时候，绝对是一个安静的美男子，但是，只要他一说话，你就会感觉，他是一个地地道道的流氓头子。"沈叔叔，请明言。"

"我不知道怎么说，让他自己说。"沈蔺风把杯子里的红酒一口饮尽，这才说道。

"爸！"

"老子也不知道怎么说。"江城摇头道。

二愣子突然说道："城主大人，您真的还是江城吗？"

"二愣子，你怎么说话呢？"我当即恼怒地站起来，说道，"别以为我们两个熟，你就可以胡说八道。"

"城主，在龙之门的时候，我开了你的棺材。"二愣子没有理会我。

"呃？"江城愣了一下，"原来还有一个人是你？我这些日子一直在想，另外一个人到底是谁？是死是活？"

"是的，城主！我刚还和江公子说过这个事情。"说着，他用目光示意，"就是这枚红宝石戒指，秦聂把老命都丢了。"

"那种情况下，谁开了我的棺材，谁碰到了我的身体，谁就倒霉——你是跑得快，否则，你还能坐在这儿和我说话？"

我一下子呆了，我很想替江城辩解，那个躺在棺材中的人不是他，他们误会了。

可是江城说了这句话，承认了他就是躺在棺材中的人。

"你能不能跟我说说，当年到底发生了什么事情？"沈蔺风说道，"外面的事情，我能给你摆平，可你自己的事情，你……你让我怎么说你？你就这么把王教授给弄死了？"

"沈叔叔，你别胡说八道，我爸爸不是这样的人。"

江城冲着我摆摆手："小江，你别插嘴——"

"爸爸！"我心中焦急，不管什么情况下，杀人是重罪，这个罪名，他不能认下啊。

"没什么，你听我说。"江城从口袋里面摸出一包香烟抽出一根，点燃，抽了一口。

他似乎是在沉思，原本清纯明净的眸子，闪过一丝迷茫，过了一会儿他才说道："我想，我应该已经死了……"

"可你现在不是好端端地活着？"

"小江，你不知道——当初我和他们一起进入龙之门，但我们都不知道，死在月华仙莲之下的人，不计其数，仔细想想，终究是我对不起他们，如果不是我一念之贪，去什么龙之门寻宝，能搭上这么多人命吗？"

这一次，我没有说话。用北门的话说，做这一行，就是把脑袋挂在裤腰带上。

"我被无数的尸虫噬咬，那些虫子很奇怪，你问你沈叔叔，他知道。"江城最后一句话，是对我说的。

我满腹狐疑看看向沈蔺风——

"江城，这是你今天说的，否则，我都不知道怎么对小江解释这事情。"

"沈叔叔，怎么回事？"

"当初，也不知道从哪里冒出来的尸虫，都有指甲盖那么大，通体漆黑发亮，还有翅膀，能短距离地飞行，这些虫子飞上来，就铺天盖地扑向城主，却没有咬我。"

"沈叔叔，你身上有什么驱虫良药？"

沈蔺风医术超绝，采用一些稀罕药物，配置驱虫良药，这点不稀奇。

"不是！"江城接过话，"开始我也以为是这样，大叫他——你沈叔叔也不是不仗义的人，当即扑过来，一把把我抱住。如果他身上有药，可以驱赶虫子，为什么那些虫子依然不咬他，只是咬我？"

这事情如果换成别人，我绝对说——你就是人品不好啊。

这不是人品不好，这是什么啊？

第二十四章

吞噬，误杀

　　我是没有说话，但是顾辉先是敲着盘子大笑，随即说道："江叔叔，你这就是传说中的人品不好？"

　　我听了，狠狠地瞪了顾辉一眼。

　　"我想，我就是传说中的人品不好。"江城却是不在意，笑呵呵地说道，"男子汉大丈夫，死就死了，所以，我推开了蔺风，让他出来。等他走了，我想——这地方棺材多，我还是找一具看着顺眼的躺躺，老老实实地等死吧。后来，我就发现了那艘小船。"江城说道，"那艘小船很漂亮，符合我的审美观，我就走了进去，也就看到了那具黑漆的大棺材，上面镶嵌着各种华贵的宝石，做成了日月星辰和文字，图我看得懂，字——那是一个也看不懂。"

　　江城一边说着，一边回忆种种。

　　他自己精通风水奇术，他明白，一旦错过时辰，他想出去已经不可能，加上身染尸毒，出去也是死。自己心爱的女人已经死在龙之门，不如就留下来陪她……

　　所以，他嘱咐沈蔺风，将来照顾自己的老父幼子，然后，他利用风水奇术硬是把沈蔺风送了出来。

等沈蔺风走后，江城看着四周黑漆漆的一片，他还是有些害怕的。而身上的尸毒，却是越发地严重起来。他感觉，他全身都痛，痛得他都快要动不了了。

但是，他还是准备坚持走到自己心爱的女人的葬身之所，准备和她死在一起。

等他回去的时候，他发现自己迷路了。

但是紧跟着就看到湖边竟然有一个码头，上面铺着上好的黑漆木板，还很是干净。

江城直接走过去，紧接着就发现了那艘小船。

看到那艘船，江城还是很奇怪的，爬上船——跟二愣子和秦聂一样，当他在船上看到那具华丽的黑色大棺材时，他也震惊了。

离开已经不可能，生机也已经断绝，江城自然是毫无顾忌就打开了棺木。

开棺之后，棺材中闪耀着各种宝石器皿。

但是棺材中并没有尸体，只有一套华贵的黑色长袍。

江城看着自己身上又是泥污又是血污，所以，趁着他还能动得了，当即就跳下湖水洗了一个澡。把自己收拾干净了之后，他就发现，自己已经快不行了，手脚都开始麻木，行动都很是困难。

他艰难地把衣服换上，戴上珠宝，从里面盖上棺盖，等待死亡的来临。

我听江城说到这里，一把抓住他的手："爸爸，你……你……你就这么把自己封在棺材中。"

"小江，你不知道！当初你爸爸感染的尸毒，很是奇异——"

"怎么奇异了？"

"那种病毒会破坏人体细胞组织，让细胞在短时间内僵化，如同石块一样。"沈蔺风说道。

"如果不能破坏人体细胞组织，那还叫病毒吗？"

"江凌，没事！"江城伸手握了一下我的手，示意让我冷静下来。

我摁住他的手，从爷爷的墓地回来的时候，我怕他跑了，一直拉着他的手，这个时候听沈蔺风这么说，我忍不住在他手上捏了一把。

江城的手细腻柔软——根本就没有石化僵硬的感觉。

"当初也不是我不想把你爸爸一起带出来，你这么大的火气做什么？"沈蔺风叹气道。

"蔺风，前尘往事我不想说，但是我托付你照顾江凌和老父，你可不厚道得很。"

"你倒好，跑去龙之门睡觉，一睡就是二十年。这二十年，你以为我的日子好过？"沈蔺风说道，"如今也好，你反正回来了，你要收拾了苏家和金家，那是你的事情。"

"我还想要把你收拾了，你说怎么办？"我看到江城一脸不怀好意地看着沈蔺风。

"我又没有得罪你。"

"你吞并了属于我的药业股份，你还敢说？"我发现，提到这个，江城也有些恼火。

"那是你老子的意思。"沈蔺风说这句话的时候，看了一眼我。

我不解地问道："沈叔叔，什么意思？"

"没什么，原本那两家制药公司就有你父亲的股份，你满十八周岁，就应该把股份给你，可你爷爷不同意，于是……"说到最后，他摊摊手。

"老头子已经死了，你爱怎么说，就怎么说喽。"江城冷笑道。

"你——"这一次，沈蔺风摇摇头，再没说话。

"金家和苏家，我自然要收拾了。"江城说道，"然后，我们去世外桃源。"

我略略问了一下子，才算明白，原来，金家的房地产公司和苏家的纺织厂，竟然都有江城的股份。另外，当初他们从龙之门也带走了一批珍宝，价值不菲。

可是，苏家和金家当年都是在外面接应的人，沈蔺风也跑了出来，我父母都没有能够回来，我爷爷迂腐，加上丧子之痛，自然就不计较这些身外之物。

金家和苏家原本就欺我爷爷已经年迈，加上我尚且年幼，吞并了原本属于我父亲的股份，我那恩师倒是厚道，曾经说过，等着我满十八岁，就把理应属于我的东西给我，但是爷爷却在临死的时候，让他不要给我了。

他老人家认为，我开个小药店，聊以糊口度日，也就罢了。

北门等人早些年也曾经从龙之门分到宝贝，得以发家致富。后来他们在金陵见到我，第一次算是半请半要挟，第二次给我那些东西，那是承了我父亲江城的人情。

北门给我的瓷器，每一样都是精品中的精品，哪里就是没有地方搁了？

金家见北门等人找上我，而我又有些能耐，唯恐闹出来不好看，所以，青荷小筑给我，也给得忒爽快。

至于苏家，至今为止，我不知道他们是怎么想的——我听得沈蔺风说，苏倩只比我小一岁，当年，我父亲江城和苏倩的老爹喝酒，喝糊涂了，还许下过将来结儿女亲家的诺言。

提到这个，想想我和苏倩在龙之门的荒唐事情，我就尴尬不已。

"等着这边事情办好了，我们去世外桃源……"我的耳畔，传来江城的声音，打断了我的胡思乱想，而小龙靠在我身边，在我胸口蹭着，像是孩子一样。

"你要去，我陪着你去。"沈蔺风说道，"你可要考虑清楚了。"

"我这个样子……"江城摇头道，"不去不成，我要弄清楚到底是什么缘故，导致我发生了如此变异？"

"爸爸，您怎么了？"

"江凌，你就不问问，秦聂是怎么死的？"

"呃？刚才已经听二愣子说过。"所以我也不知道怎么回答。

江城看着我说："当年，我躺在棺材中没有多久，就失去了知觉，如果那个时候我死了，倒也死得毫无痛苦。"

"爸爸，求你不要这么说。"

"没什么，人终究是要死的。"

"城主大人，请您说下去。"二愣子比画了一下，说道。

"我也不知道过了多久，直到你们开了我的棺材。"江城想了想，说道，"如果不是蔺风说已经过了二十年，如果不是看到江凌已经长大，我说什么也不相信，居然就这么过了二十年！我好像就这么睡了一觉，等醒来的时候，看到那个老头儿干瘪瘪地死在我身边，我还挺害怕的。还有你，跑得比兔子还快。老子又不会吃了你，我就是想找你问问，你们怎么进来的，还有什么人？"

"我要不跑，估计你也把我吃了。"二愣子摇头道，"开始的时候，你应该没法子控制自己吞噬别人的血气吧？"

"我不怎么懂，我到现在都搞不清楚，我为什么需要吞噬别人的生气精血。"

江城摇头道，"我不是学医的，但你把我叫醒了，我就爬了出来。后来，我听夔牛一路怒吼，我就跟了过去。我还诧异，谁这么不开眼，去得罪那个大家伙干什么啊？"

我看了一眼二愣子，说道："就是一个和夔牛一样魁梧的大家伙，以为自己和人家是同类，害得我们差点丧命。"

"哈哈！"二愣子也不在意，"江公子，别人说这话我就认了，可是——你才是夔牛的同类啊，人家可是把吃剩下的食物都送给你了。"

"呕——"二愣子提到这个，我想起李二那半截尸体，差点就吐出来。

"我一直跟着你们过去，我也不敢招惹夔牛那个大家伙，我……那个时候都不知道，江凌就是我的孩子。"江城叹气道，"幸好你有惊无险，否则，我就是一个见死不救的父亲啊。"

"爸爸，你别这么说。"

我能理解，江城刚刚醒过来，一切都不清楚。我们怕他，他也怕我们——看到陌生人和夔牛之间的争斗，他又不认识，他当不会多管闲事。

我突然想起一件事情来："爸爸，当初我在迷雾中看到的黑衣人，是不是你？"

"嗯！"江城点点头，"我一直跟着你们。"

我现在明白了，当初在龙之门，我认为精怪的那个黑衣人，就是我父亲。

想到这里，我忍不住白了一眼二愣子。

"城主，那王教授又是怎么回事？"二愣子问道。

"那个老头儿毕竟老了，跑在了最后。我把水引入里面，那地方就算彻底拉倒了——我出来的时候，发现那老头儿的腿抽筋了，我虽然不是好人，但也不能抛下同伴见死不救。于是，我就拉着他使劲地往上游。"

我呆了一下，照江城这个说法，王教授不会死啊！

"拉到湖面上的时候，我发现我的位置有些偏了。"江城继续说道，"但是，既然已经到了湖面上，就意味着，他已经脱险了。于是，我就松开手，对他说：'老头儿，你要谢我，你应该请我喝酒。'"

"呃？"我愣了一下，忍不住看向二愣子。

正好，二愣子和顾辉也同时看向我——

"我知道，你们所有人都怀疑是我杀了那个老头儿。"江城说道，"但是，我当时真的没有想要杀他。我一松手，他身体就被氧气罐带着向水下沉去，我又拉了他一把。我还有些恼怒，对他说：'这都上来了，你还装什么死？'可接着我就发现不对劲了。"

江城，叹气道："后来的事情，你们都知道了。还有别人在，我不能说，这老头儿就是被我弄死的。"

"爸爸，那现在怎么办？"

二愣子看了我一眼："江城主，你的意思就是——你不是故意的？"

"我又没有吃撑了，杀那老头儿，一刀就好，干脆利落。"江城摇头道。

我听得二愣子这么说，忍不住狠狠地瞪了他一眼。

"呵呵！江凌，没事的。"

"小江，我和你爸爸讨论了一下，猜测可能是你们家的血脉有些异于常人。"沈蔺风说道，"那些尸毒，没能伤害你爸爸，却导致他某方面有了一些异变。"

"哦？"我对这方面没有研究过，不知道说什么才好。

"你爷爷虽然精通风水奇术，但终究也是一个普通人。"沈蔺风再次说道。

我想起苏倩来，当即说道："你的意思是——我奶奶？"

"嗯！据说，你奶奶就是来自世外桃源。"

"那世外桃源到底是什么地方？真有避乱的世外桃源？"

"不一定。"江城说道，"这事情真是一言难尽。"

"我们现在有时间，慢慢说就是。"

"这个——"江城迟疑了一下，才说道，"这个故事有些荒唐，没有具体的验证，大家听听就好。"

"爸爸，您说。"我一边说着，一边给他杯子里添满红酒。

江城喝了口酒说："人类的发展历史悠久，但是，在一万年前左右，却是出现了历史性的转变。"

一万年？

这是一个漫长的年代啊！

"为什么是一万年？"顾辉问道，"《大话西游》吗？"

"顾老师，你不知道，不要乱说话。"我忙着说道。

"我就是不知道，所以才不耻下问。"

"你——"我顿时就哭笑不得。

我尴尬，看了看江城，幸好他一点也不在意，笑道："倒是烦请顾老师下问了—— 一万年实在是太久了，但是，人类从一万年前的茹毛饮血到现在的文明繁荣，事实上也就是一万年的历史而已。"

我细细想想，确实如此，一万年前人类确实还是茹毛饮血，但是一万年后，人类已经有了完善的体质，科技文明突飞猛进地发展。

"人类的历史很是悠久，之前却没有丝毫的记载。据说，不具备文字的人类，不能算是真正的人类，它还没有脱离兽性。"江城说道，"从一万年前开始，就如同开了挂的游戏，得到了意想不到的发展，各种文字兴起，有些得以延绵传承，有些却是湮灭在滚滚的历史潮流中，成为过去。"

"从西方的《圣经》记载到中国的《山海经》，事实上有诸多相同之处，而且，都记载了一个奇异的生物——龙。"江城继续说道。

确实，在中西方的神话记载中，都有这种神秘的生物——龙。

在中西方文化还没有交流的时候，为什么竟然出现了共同的"臆想"物体？除非，这根本不是来自人类的臆想，而是曾经真实存在过？

"在西方神话传说中，龙是邪恶的代表。"江城再次说道，"《圣经》中有明确的记载，上帝造人，创造了亚当和夏娃，然后创建了伊甸园，让亚当和夏娃愉快的生活在伊甸园中，但是，蛇却蛊惑亚当和夏娃偷吃了禁果，从此开罪上帝。"

"江叔叔，你说重点。"顾辉摸摸脑袋，一脸的糊涂，说道，"这事情和上帝有什么关系？"

"这事情和上帝的关系大了。"

"城主大人，您是想要说，当初蛊惑亚当和夏娃偷吃禁果的，是龙？"二愣子接话说道。

"本来就是！"江城点头，"上帝在愤怒中，砍断了蛇的四肢，让它从此只能靠腹部俯伏行驶，在黑暗的地下世界生存，与泥土为伍——这个故事，大家都知道，对吧？"

"对！"我点点头，这确实是《圣经》中记载的。

"蛇长了四肢，那是什么？"

"蛇长了四肢，那是什么啊？"顾辉摸着脑袋，半晌才道，"穿山甲？"

我喝在口中的酒，当场就喷了出来。

沈蔺风和江城，还有二愣子都是莞尔一笑。

"蛇长了四肢，就是龙。"江城解释道，"你这孩子，就不能多读点书？"

顾辉再次摸摸脑袋："原来是龙啊，你直接说就是，为什么像上学时的老师一样，明知故问？"

江城笑着，说道："在中国的神话史上，龙可是高大上的，用现在的说法，那是牛得不得了，对吧？"

"对！"我们都点头称是。

"龙是中华民族的图腾崇拜，因而中华民族自称龙的传人。"江城接着往下说，"从《圣经》中记载的那一段看，当年上帝造人，可没安什么好心。"

"城主，不说上帝那事情。"沈蔺风放下酒杯，"直接说重点。"

"我研究过，大概数万年前，人类的历史上，高度文明确实存在过——于是，出现了不符合当初野蛮落后的文化迹象，比如说，埃及的胡夫大金字塔、亚斯兰提斯等等。还有，中医……人的脉搏穴位，那是真实存在的，可是，在西方世界还没有解剖学提出的时候，中医这么烦琐的文化，到底是谁创造并且传承——这对人体得有多深的研究？"

是啊，对现在的人，提到穴位脉搏，很多人都认为那是天经地义、理所当然，可是，当年又是什么人把它系统地整理归纳，并且见微知著，形成系统的中医学说？

据说是黄帝，也有人说是神农氏。

但是，却都没有具体的说法，也没有真实可靠的科学可以考证。

甚至，在近代的医学史上，曾经有一度，中医被抹杀——因为现在解剖学从来没有发现过人身上有什么穴位或者脉搏。

可中医的玄妙之处，却是有目共睹，不容轻视。

"四大文明古国都有各自诡异的墓葬制度，但是，却都有一个共同点，就是视死如生。"江城再次说道。

"大概是古人对于鬼神的敬畏？"顾辉说，"我记得，老师是这么说的？小江，你说对吧？"

"对！"我点点头，老师确实是这么说的。

但是，我知道江城现在这么说，事情应该不是这么简单。

"我推测，那个年代，应该有别的高度文明，曾经一度掺和到现在的人类历史上，那些人……是神仙、是妖怪，或者是外星人？"江城说道，"但是，这些都不重要，重要的是——他们的科技比我们发达。而且，我华夏的起源也颇多诡异，比如说，作为抟土造人的女娲娘娘，传说中，竟然是人面蛇身？这要是现实中出现一个人面蛇身的人，那算什么？"

我脑补了一下子，如果现实中出现这么一个人面蛇身的人——那一定就是妖怪、蛇妖、蛇精！

可华夏的老祖宗，据说就是这么一个人。

"这个龙之门有什么关系？"我硬着头皮问道。

就让它一直存在神话中吧，还是不要追究的好。

"龙之门据说是河神伯夷的陵墓。"江城说道，"那河神伯夷，听说也是人面蛇身，除此之外，我翻阅了无数的资料，最后得到结论——"

"什么？"我问道。

"龙之门九窟十八洞，可不是只有河神伯夷这么简单。据说，四大僵尸始祖，都在其中。"江城说道，"当时也不知道是哪个王八蛋，说什么僵尸事实上就是生命的另外一种形式，如果能够用来研究，说不准就能够突破现有的人寿限制。毕竟，大家都知道，僵尸几乎是不死不灭，牛 × 至极。"

我愣然，同样的话，我似乎听沈蔺风说起过，所以，忍不住看了看沈蔺风。

果然，沈蔺风笑道："城主大人，我就是那个王八蛋，你直接说就是。我至今依然不认为我的观点有什么错误。对于未知的生物，我们理应保持客观科学的态度探索发现，而不是一棍子打死，对吧？"

"对！"对沈蔺风的说法，我点头表示赞同。

"我就是想要去看看，僵尸始祖到底怎么样，是不是真的不死不灭，如果真是这样，又是怎样的存在？"沈蔺风说道。

"你说得很有道理。"我想了想，还说道，"也有说法，说河神是人面鱼身。"

"那是以讹传讹。"江城一边说着，一边点了一根烟。

"这和龙有什么关系？"这个时候，顾辉突然大声问道，"我要找到龙啊！对了，江叔叔，你一刀把石墓中的尸体砍了，这可怎么办？"

"什么怎么办？"

"我……我拿什么跟念儿交代啊？"

"交代什么？"沈蔺风皱眉问道，"那丫头，这些年让老头子教得——实在有些无法无天，这次回去了，我非要……非要……"

"你非要怎样？"顾辉听了，竟然握拳就站起来，"沈叔叔，我警告你，你要是敢为难念儿，哼！"

"这要是男孩子，我绝对赏他一顿板子，简直就是无法无天。"沈蔺风说道。

"我什么时候找老爷子聊聊，让他赏你一顿板子。"顾辉大声说道。

"好了，不要胡搅蛮缠。"江城说道，"听我说下去。"

"江叔叔，您说。"顾辉赔着笑。

"女娲娘娘是人面蛇身，中华民族的图腾是龙，我一直怀疑，这两者之间有着一定的联系。传说中，龙能腾云驾雾、呼风唤雨，厉害得不得了，又说，皇帝乃真龙天子，所以，当年我就跑去了龙之门。"江城继续说道。

"城主大人的意思就是——现在你要去世外桃源？"二愣子说道。

"对，我现在要去世外桃源。"江城说道，"第一，我需要解决我自己的问题。第二，说得伟大一点，如果那些人真是神仙，那么，我需要神仙的基因做研究。"

我思虑片刻，这才问道："世外桃源和龙之门，有什么关系？"

这一次，江城没有说话。

二愣子叹了一口气，说道："龙之门是河神伯夷的道场，嗯……就是他最后选的墓地。而世外桃源，据说是当年女娲氏某人的葬身之地。"

"他们不是神仙吗？"我问道，"神仙还会死？"说到这里，我忍不住看了看二愣子，"二愣子，你似乎对于世外桃源有研究？"

"我知道一些。"二愣子也没有隐瞒，直接说道，"我族和女娲族，有诸多关联，我族长老曾经研究过。"

"看不出来啊。"我有些讽刺地看了一眼二愣子。

"呵呵！"二愣子只是笑笑。

沈蔺风用白皙的手指敲了敲桌子边沿："二先生，你的来历事实上我已经猜到了，但你既然不说，我也懒得追究。"

"沈先生，我们目标一致。何必多问来历？"

我很想问问二愣子的来历，但听得他这么说，也不好再说什么了。

"沈叔叔，神仙为什么会死？"顾辉的关注点永远都和我们不一样，"如果神仙也会死，那你还研究做什么？"

沈蔺风沉思片刻："地球上的很多物种，都受到了寿命的限制，比如说人类——一般来说，也就是活个七十岁左右，就算你不死，身体的各个组织机构也开始渐渐地老化、衰竭……"

"说点大家都不知道的。"顾辉挥挥手。

"但别的智慧种族，未必就是只能活七十年，他们有可能活一千年，甚至一万年。"沈蔺风说道。

"一万年啊？"顾辉讷讷说道，"不得老年痴呆？"

原本比较严肃的话题，就让顾辉这么一句话破坏了。

我后来又问了一下，才知道原来所谓的女娲冢，竟然在十万大山中，而世外桃源，据说是十万大山中的一个原始部落——我的奶奶，就是从那个部落跑出来的。

那个部落还有一些神奇之处，由于在深山老林里，外人想要进去，还真不容易。

我不知道我那位父亲和沈蔺风是怎么商议的，但他们已经决定，下月就动身去十万大山，寻找传说中的女娲冢。

对于江城的决定，我不能说什么，只能准备着。

然后，这一个月的时间，我翻阅了很多关于十万大山的资料。

王教授的死，还是招惹了一些麻烦，不过，沈蔺风出面，全部都摆平了。

二愣子依然去王教授的研究所工作，上面调了一个领导过来，姓单，叫"善"，五十多岁，很是干练，我看着这人，可是一点也不善。

让我出乎意料的是，北门也要带人跟我们一起去十万大山，最近也在做准备工作。

这一次，似乎大家都不敢掉以轻心。

苏家和金家的公司都有我的股份，我老爹不回来，他们是不会给我的。从我老师沈晨君的口中——我爷爷不希望我太有钱，最好就是开一个小药店，属于那种吃不饱也饿不死的人。

我老师告诉我，我爷爷的意思——钱多了，才会想那些虚无缥缈的东西。

如果一个人，终其一生需要为着一日三餐或者是房子、车子考虑，他就没有时间去想别的。这样的人，一辈子会活得很平常、很平淡、很幸福。

我的父母当年就是衣食无忧，才有了别的想法，贪图长生不死，于是，一个年纪轻轻的就丢了命，另一个也是险死还生。

我认为，爷爷的想法很是正确的。

但是，江城——我那位父亲却不是这么想，他回来之后就找苏家和金家的麻烦，让他们把理应属于江家的股份还给了我。

一瞬间，我就成了大富翁一枚。

有钱了，我对开药店的兴趣也就没有了。由于要去十万大山，所以，我除了研究一些防虫的药剂，就是防毒、防蛇。

深山老林，最怕的就是蛇虫鼠蚁。

转眼之间，五月就过了，沈蔺风和江城挑了一个好日子，准备动身。我这边就是二愣子、顾辉。

顾辉的千机引病毒发作过一次，虽然我早有准备，但是看到他发作时候的痛苦模样，我还是很伤心。我和沈念儿配置的药，对于千机引的作用不大。

对此，我很是抱怨沈念儿。她这些日子，都在制药厂的实验室，不断地研究和调制各种药物，短短的一个月，整个人都瘦了一圈。看着她这等模样，我也实在不知道说什么才好。

临走的时候，我去看了我的老师沈晨君。

我的老师更加显得苍老了。

我给他把脉，沈蔺风说得没错，老师已经快不行了。

老师千叮咛、万嘱咐："安全第一！安全第一！"

等我挽着沈念儿的手走的时候，转身的瞬间，老师竟然满面泪痕。

我知道，老师不舍得，我一个大男人就算了，他一准是舍不得念儿。

我也劝过念儿，这深山老林，一个女孩子家去做什么啊？可是念儿说什么也不听，坚持要去，还说，她一定会寻回良药，给老师续命。

我心中知道我的老师未必需要续命良药，他盼着的，只不过是念儿平安快乐而已。

正如我爷爷所说，有钱了，就脑残了，总是妄图一些难以企及的东西。

念儿长这么大，按她自己说，她爸爸有钱，她活得像公主一样，哦……古代的公主，还要考虑宫廷斗争。

可是，沈念儿不需要考虑这些，她需要考虑的，是她的研究……

离开青荷小筑的时候，我站在门口，抬头看着东升的太阳，心想：不知道我还能不能回来？

顾辉开了那辆破面包车，载着我和二愣子、江城以及一些行李，我们一行人就这么告别了金陵。

小龙最近一直很是嗜睡，每天都躲在我口袋里面。我发现，从水墓回来之后，小龙每天都要睡二十个小时左右。我曾经担心它是不是生病了，可它醒着的时候，却又没有什么异样。

我一直很是怀疑，为什么在水墓中的时候，我们没有见到那条大龙？

沈蔺风说，那龙——是水墓的守护者。

如今，水墓的主人，都让我那位父亲大人一刀砍了脑袋，可是，大龙却一直都没有出现。

余下的众人，似乎也对那条大龙无视了，既然找不到它，谁也不会再找它麻烦。

到金陵车站的时候，北门和黑眼镜、农民，还有金刚在等着我们。

除此以外，我还看到了三个老熟人——何强、小于、苏倩。

另外，还有单善，另外带着两个人。

"喂——"我低声问二愣子，"那个单善怎么来了？"

圣泉

二愣子趴在我耳畔："江公子，你是真傻，还是假傻？"

"你直接说——我最近有些傻，被我老爹的钱砸傻的。"

二愣子冲着我笑了一下："在城主眼中，这些东西不过是生活的必需品，有钱，能让他更好、更方便地从事某些事情而已。"

"呵呵！"二愣子这话时，我只是笑笑，没说什么。事实上和江城住了一段日子，我渐渐地发现，他就是一个奢侈品控，对国际上那些著名的品牌都有兴趣，不求最好，但求最贵。

幸好他老人家自己有钱，否则，如果靠我养活，我还真养不起。

重点就是，他还常常嫌弃我，把我原来的衣服丢掉，给我添了很多大牌的衣服，弄得我都不知道怎么穿这些奢侈品。

"那个来者不善的……"我低声说道。

"呵呵……"这一次，二愣子笑了起来，"江公子，我终于明白，为什么顾老师的成语用得如此奇葩，原来是您教的？对！那个来者不善的，可是正宗考古研究学院的人，带着他，还是有很大好处。"

"深山老林……"我低声说道。

"呵呵，有时候也需要他们。"二愣子淡淡地说道。

很快，我们一行人就上了火车。在广西下了火车，天色已经不早，我提议找一家宾馆住下来，休息好，明天再走。

但是，众人竟然一致反对，要求连夜赶路——我们一行人上了公交车，车内显得有些拥挤了。

换了好几路公交车，最后才搭上车，直到第二天午后到达终点站。

十万大山隶属于勾漏山系，在广西的西部，亚热带气候——

临近山区，附近已经人烟稀少，二愣子告诉我们，这是最后一班车，再往前就要雇车或者——靠自己的双腿了。

沈蔺风提议，去前面那个村子歇息一下，顺便打听打听正确的路。

于是，我们赶到前面一个村子。找到村主任，何强去交涉了一下。那个老村主任听说是公家之人，做考古的，当即热情地招待。

我们一行人在老村主任家吃了饭，休息了一下，沈蔺风塞给老村主任一沓红票票，村主任那叫一个感激。

我也不知道江城怎么想的，看到村子口停着的一辆破旧拖拉机，他愣是忽悠人家把拖拉机卖了给他。

于是，穿着国际名牌、戴着迪奥墨镜的美少年江城，开着拖拉机，拉着我们一行人，向山路出发。

到了晚上的时候，我看着江城一脸灰土，白皙的肌肤已经被尘土覆盖，顿时就想要笑。

我们找了一个空旷的地方扎营，准备明天再走。那个空地上有一个不大不小的水潭，水位很低，水还比较清澈。我检查了一下水源，确定水没有问题，可以饮用。

江城走到水潭上洗了脸，众人也开始准备。顾辉在路上打了两只野鸡，这时他已经拿着匕首，开始处理了。

"我们人多，两只不够吃。要不，我再去找找，有没有别的野味？"何强说道。

"警察叔叔，小心点。"我忙嘱咐道。

"好啦，没事。"说着，何强就带着小于去了。另外，黑眼镜也带着金刚、农民去打猎。这些人似乎都是打猎的好手，晚饭的时候，除了我们带的罐头和压缩饼干、巧克力等物，居然还有野兔、野鸡、獐子等野味。

二愣子带了食盐等调味品，出门的时候，我还嘲笑他，现在却派上用场了。

吃过饭，我们一些人就坐在地上，我仰头看着星空，深山老林，唯一的好处就是没有丝毫的污染，天空蓝得发亮。

二愣子走到我身边坐下来："我终究还是来了……"

"什么意思？"

"二先生，能不能给我们说说世外桃源？"何强也凑了过来。

"世外桃源？"二愣子摇摇头。

单善冷哼了一声："黄二，有什么话直接说，不要装神弄鬼。"

"既然都已经走到这里，不久要去世外桃源，我没什么好隐瞒的。"二愣子抬头看着天空，说道。

沈蔺风摸出香烟，撒了一圈："二先生真的来自世外桃源？"

"最古老的历史，我也不知道，据说世外桃源起源于大夏王朝。"二愣子说道。

我愣然，大夏王朝？赶得上最古老的历史了，在往上数，就是三皇五帝了。

华夏一词，最初见于周朝，在《尚书·周书·武成》中有：华夏蛮貊，罔不率俾。

"那就说说你知道的。"我忙着说道。

"好！"二愣子点点头，"听族中长老们说，世外桃源是联通异界的门，其间种种奇妙，不足以外人道。"

"异界？"我有些糊涂。

"是的，长老们是这么说的。据说，很久以前，有异界的智慧物种来到了我们这个世界，然后发展了现在的人类。"

"创世论？"单善冷笑道，"二先生是这个意思吗？"

"单老板可以不相信。我说过，我还年轻，真的不知道这么多，我现在就是把我知道的说给你们听。"

江城冷冷地说道："单老板要是不想听，现在打道回府还来得及。"

"二哥哥，你继续说下去。"沈念儿的声音。

从二愣子的口中，我们得知——古老相传，女娲冢就是异界的入口，但是，具体如何，谁也不知道。

世外桃源就是看守女娲冢的三个家族——二愣子的那个家族，就是其中之一；我奶奶的家族，是另外一个家族；此外，还有另外一个家族。

三个家族都有通婚，相互有来往。本来，这隐居在深山老林里面的家族，当真如同是世外桃源一样，可是，在民国末年，溃散的国民党余部有部分躲入深山，无意中就发现了世外桃源。

当地的家族和这些人发生了冲突，最后部落战胜了，捕了些人。所以，一些年长者建议把人留下来，让他们说说外面的世界。但是，听了外面的花花世界，纸醉金迷，老一辈的还好，年轻的人就有些心生向往。

世外桃源还保持着古老的祭祀风格——活人祭祀。

每过二十年，都会有一个年轻的女子被送上祭台，由于受到外面民主、平等等思想的冲击，族中长老也开始考虑，是否废弃这个制度。甚至，年轻人已经叫嚣着，要离开这个原始落后的部落，跑去外面看看外面繁华的大世界。

但是，年老的族人却是竭力劝阻，并且说，部落代代都有规定，一旦饮用了圣泉水，从此就不能离开部落了。

虽然人心浮动，但是，在族中老人的劝说下，众人还是留了下来。

这么过了好几年，眼看就要祭祀了，但是，被选出来的祭女跑了。族人一下子就炸锅了，一时半刻，想把人寻回来已经是不可能，于是，只能另外找人代替——可谁也想不到的事情发生了，祭祀不久之后，圣泉水慢慢地干枯了。

虽然在小部落中，还有另外一条泉水可以饮用，但圣泉水却是意义不同。

于是，三族就发生了纷争，本来祭祀的女子，三个部族都是轮流挑选的，结果，二愣子那个家族，挑出来的祭祀者跑了，圣泉水干枯，另外两族就因此兴师问罪。

三个家族就发生了战乱，二愣子的家族不敌另外两族，最后不得不开始了逃亡生活。

我听二愣子说到这里，就喊："跑出来就好。"

"好什么啊？你要是知道我父母是怎么死的，你就不会说好了。"

"呃？你父母怎么了？"

二愣子继续说下去："他们本来有个孩子。我并非他们亲生的——是他们捡来的，但是，他们对我很好、很好！"

二愣子重复了两遍"很好"，我猜测，他的养父母应该对他真的不错。

"开始的四五年，我很是幸福。但是等我年龄略大点，十三岁的那年，我母亲的脸上出现了一条诡异的痕迹，像是一条蛇纹——紧接着，她全身陆续腐烂。"二愣子说道。

"你说什么？"我一把抓过二愣子，惊呼道，"你母亲在还活着的时候，就全身开始腐烂？"

"是！在还活着的时候，就开始腐烂了，四处求医无效，痛苦挣扎了一个月的样子，她去世了。紧跟着，那个比我还小两岁的弟弟，也开始了同样的症状。弟弟还没有死，我爸爸也开始了。与此同时，当初一起离开世外桃源的其他人，也陆续发病，症状都是一样，身体的某个部位出现诡异的蛇纹，然后腐烂、死亡……长老比普通人好一点，但是也没撑过几年。他对我说，可能是圣泉水有毒，只要不吃，过上几年，毒素就会发作出来。"

二愣子说："长老临终遗言，让我去世外桃源，我去了……虽然族中别人都不怎么喜欢我，但是，大祭司还是很喜欢我，就收留了我，我在世外桃源待了几年，大祭司说……"

二愣子说到这里，突然就打住了。

"大祭司说什么？"顾辉皱眉问道。

"二先生，都说到这个份儿上了，能不能爽快点？"沈蔺风笑问道。

"大祭司说，他们都没法子离开世外桃源，我却是可以的，因此让我去金陵城里。"我看到二愣子目光直直地看着我。

我有些讶异，问道："你看我做什么？"

"大祭司的吩咐，跟我有关？"江城皱眉问道。

"是的，城主大人，大祭司说，让我把您请回去，你不能够这么不负责任的一走了之。"二愣子点头道，"如果请不到您，就让我把江公子带回去，不管采用什么方法。"

"我……"我想要说话，却不知道说什么才好。

"请我回去做什么，吃饭啊？"江城不解地问道。

"哈……"二愣子闻言，忍不住就笑了出来，说道，"城主大人要是愿意回去，想来整个世外桃源愿意倾尽所有请你吃饭的，只希望您的食物不要是……"

"住口！"我知道他要说什么，忙着大声呵斥。

二愣子看了一眼单善等人，说道："我到了金陵城里，发现了小龙，好不容易找到江公子，但这个时候，你们要去龙之门，我就跟着过去了，然后在黄沙村的时候，我发现了二愣子的模样和我长得非常相似。"

我听到这里，不禁苦笑，余下的事情，我们都知道了，他杀了二愣子，取而代之。然后一直都跟在我们身边，我一直都以为，他的目标是小龙，没有想到，他的目标竟然是我？

我有些呆滞，想了想，突然说道："世外桃源的人都不能够离开，这……我奶奶为什么可以？"

"你奶奶也是这样病死的。"江城看了我一眼，"而且，我出生的时候，状态就不太好。"

"啊？"

江城说道："如果不是因为这个，我当年可能也不会冒险去龙之门。我身上就有一块蛇形胎记，我父亲没有当回事，但是，我老娘却说……这是族中诅咒。我很小的时候，我老娘就过世了，死状很惨。所以我记忆深刻，但我总算平平安安地长大了。"

"不对。那为什么苏倩的姥姥没事？"我可是亲眼见过。

"我问过她，她说，她一直靠蛇毒续命，并且不能接触阳光。"苏倩说道。

蛇毒？

我愣了一下，没说话，如果圣泉的水确实有毒，那么，也应该有相应的血清。

我突然担忧起来，一边抓过江城："你身上的胎记在哪里？让我看看？"

"已经消失了。没事，现在的我，全身连痣都没有一颗，哪里还有什么胎记？"

"呵呵！"突然，单善讽刺地笑道，"城主可真是厉害，全身连痣都没有一颗啊，这还是人吗？"

"你什么意思？"我听单善语气很是不善。

"没什么，我就是好奇！"

"江公子，别生气。"何强忙打圆场，"我们此去世外桃源，都是为研究，大家和气生财。"

"我算是死过一次的人了。"江城冷冷地说道，"所以，大家没事不要招我。否则，这深山老林的，呵呵……"

江城的言下之意，众人都明白，单善的脸色就更不好看了。

跟单善来的一个青年人，我看一点也不像是考古学者，满身的肌肉，高大魁梧，和金刚有得一拼。

何强给我们介绍过，那人姓龚，叫龚成。

这个时候他听江城这么说，当即就站起来，握着拳头盯着我们。

"怎么了，想要打架？"二愣子站起来，"这地方开阔，倒是合适活动活动筋骨，呵呵……"

"龚先生。"苏倩看了我一眼，"您别和这些人计较。"

"哼！"龚成看了一眼苏倩，愤愤然地坐了下去。

这时，何强走了过来，在我身边坐下来："江公子，我们也这么熟了，你看——"

"怎么了？"我有些糊涂，"警察叔叔，有什么话直接说。"

"你爸爸……他怎么从龙之门跑出来的？"

大概是看着我脸色不善，何强忙着举手道："江公子，我没有别的意思——真的，毕竟，在龙之门这种地方，正常人不可能活二十年之久，没有食物……当然，水还是有的，可人不能靠水活这么久吧？"

我白了何强一眼，正欲说话，不料却传来江城的声音。

"警察叔叔，这个问题你应该问我啊。"江城伸手搂住我的肩膀，笑呵呵地说道，"我可以很负责地告诉你，这二十年我什么都没有吃，躺在棺材中等死。然后，秦聂那个老头儿开了我的棺材，把我唤醒了。"

"秦先生是怎么死的？"小于突然问道。

"被我吸取了生气而死。所以说，我也不能算是人了——别问我为什么会变成这样，我也很是苦恼。反正，大家都要去世外桃源，警察叔叔，我现在可是坦白从宽。"

我听江城这么说，突然有些害怕，一把抓住他的手："你们别听我爸爸胡说八道，他这些年事实上就在蚕村，只不过我妈妈死了，他老人家伤心，不愿意远离龙之门而已。"

"呵呵！"龚成冷笑道，"江公子还真会替令尊掩饰！不错，我们没有证据证明秦先生和王教授的死就和令尊有关。但是，你如何解释，令尊年过半百，像是十七八岁的少年郎一般？"

第二十六章

意外死亡

这个问题，我早就想过，当即笑呵呵地说道："尸毒——我最近正在研究呢。到底是什么东西导致了尸毒变异，让家父竟然年轻了。"

龚成听了，冷冷地说道："江公子还是努力研究一下子比较好，这可是造福全人类的大事。"

"对对对！龚先生说得对，如果我能够研究出来，可是名利双收。"

正如龚成所说，江城已经年过半百，可现在看起来，真的像是花样美少年——他这种变态存在，势必引起某些人的注意，在长生的诱惑下，有些人什么事情都能做得出来。

"别多说了，今晚在此扎营，好好休息一下。"二愣子站起来，大声说道，"拖拉机也只能开到这里，明天要靠自己的腿走了。我很负责地说，从明天开始，路会越来越难走。"

我们听了二愣子的话，都没再说什么。

一宿无话。

第二天一早，收拾好东西，背着行李，我们跟着二愣子向深山出发开始的时候还好，还有羊肠小道可以走，越往后路就越来越小了，茂密的植物密密麻麻地覆盖着每一个角落。加上亚热带丛林的蚊虫、蚂蟥等，无孔不入，真是举步维艰。

傍晚的时候，我们找了一个略略空旷的地方，二愣子和顾辉还有金刚，用大刀砍了茂盛的爬藤植物，开辟出一处容身之地。

二愣子很有丛林生存的经验，指挥着众人。

大家商议了一下，这荒山老林，是需要守夜的。最后，二愣子和顾辉守上半夜，金刚和小于守下半夜。

二愣子坐在离我不远的地方，正在抽烟——

"喂——二愣子。"

"江公子，你怎么还不睡？明天的路更难走。"

"还有多久到？"

"如果赶得及，明天落日之前，应该就能到达。"

听说明天就能到达，我顿时舒了口气，爬进帐篷休息——小龙飞了出去，绕了一圈，飞回来，爬进我的睡袋里面，和我睡在一起。

抱着这个小东西，我满心温和……

也不知道过了多久，我才迷迷糊糊地睡去——我做了个怪异的梦，梦中，我开着那辆保时捷帕拉梅拉，带着一个车队，前往晨曦雅舍迎娶沈念儿。

照着金陵的旧俗，扶着穿着大红嫁衣的念儿，一起给我老师磕头行礼。

然后，众人起哄，让我背着念儿上车，我没拒绝，就要背起念儿，可是……念儿的腿呢？念儿的腿……

我发现，念儿的长裙下面，根本没有腿，而是一条长长的青色蛇尾。

一惊之下，我就醒了。外面，天已经亮了，太阳怎么也穿不透丛林，投下参差的阴影。

由于这个噩梦，我起来后，还有些神思恍惚。

大家都在忙着收拾东西，吃了点干粮，就立刻动身了……

今天的路越发难走，不，已经完全没有路了。二愣子和金刚，还有顾辉等人，拿着大砍刀，砍开密密麻麻的植物藤萝开路。

林深叶茂，蚊虫就更加多了。我看到顾辉一刀把一条大青蛇砍成二段。那青色的蛇尾，让我想起那个荒唐的梦。

幸好，在落日时分，我们走到一个山洞前。那个山洞很大，从洞口有一股泉水流出来。

走到近处，还看到有些分辨不清的文字、蛇纹等等。

"就是这里了！"二愣子看到那个山洞，顿时舒了一口气，"我也就来过一次，幸好没有带错路。"

单善这两天也累得够呛，闻言问道："这就是世外桃源，怎么不见有人？"

"这里是世外桃源的后山。我们得从这边偷偷地摸过去，如若走正面，难保不和他们发生冲突。"

"他们？"单善冷笑道，"你是说那些部落原始人？"

"嗯。"二愣子点点头。

我听单善语气中，隐含轻视，看了他一眼。

我冷冷地说道："他们也是人。"

"山洞里面漆黑一片，大家注意点。"二愣子说着，已经拧亮手电，向山洞里走去。

我跟着二愣子走了进去，身后传来何强的声音："单先生，你能不能别老是和他们过不去？"

"我看到他们就不舒服。"单善说道。

呵呵！我也看到他们就不舒服，气场不对啊。

二愣子在前面带路，一边走，一边留神洞壁上的暗记——我跟着留神一看洞壁上有刻上的印记，二愣子走过去的时候，就用匕首在壁上刻上印记。

山洞里面的岔道也非常多，坑坑洼洼，我们走了大概四十分钟，一下子豁然开朗了。

"还好，还好！"二愣子松了一口气。

"怎么了？"我问道。

"前面那个山洞的岔道，极其复杂，稍有不慎就会迷路，进入岔道之后，再要走出来就不容易了。我第一次跟着长老来的时候，还走错了，在里面转悠了一整天才转出来。"

"一整天？"

"是的！"二愣子点点头，"非常麻烦，大家跟好了。"

我听二愣子这么说，看了一眼江城。

"我没事，你照顾好自己就是。"

他知道我的心思——

二愣子向着前走了一会儿，一个大水潭出现在我们面前。

"大家把潜水服换上，别用橡皮艇了，前面的山洞很低，橡皮艇不一定滑得过去。"二愣子说道。

我们都换上潜水服，顾辉丢了一个照明弹，一道白光在漆黑的山洞里面亮了起来，直接射到水潭的对面，落在水面上，但瞬间就再次漆黑的一片。

借着照明弹的光，我看到对面的山壁上，果然有一个漆黑的山洞。

我们换了衣服，相继向对面游了过去——我一下水，就感觉不对劲，这潭水好冷好冷。明明是夏天，刚才在山洞中也没有感觉怎么冷，这水怎么就冰冷彻骨？

"二愣子，这水好冷。"我低声说道。

"据说这个潭叫寒冰潭。族中长老说过，这寒冰潭的水是不能饮用的，否则，全身都会被冻僵。"

我点点头，跟着他游到对面山洞边。

二愣子先摸索着向山洞里面游了过去——我们也跟着鱼贯而入。

"啊？"这时，我身后突然传来沈念儿的惊呼声。

"怎么了？"

江城在我身后，沈念儿后面是沈蔺风——我回头的时候，看到沈念儿一脸惶恐地看着旁边的石壁。

"怎么了？"我听沈蔺风问着。

"那个石壁里面，有个人……有一个人……"沈念儿的语音有些颤抖。

"念儿——"顾辉已经挤开众人，冲到沈念儿身边，我和江城也凑了过去。

沈念儿的手中握着手电筒，对着石壁照——大概是常年受到地下水的冲击，这山壁光滑如镜，被手电一招，我在山壁中竟然出现一个裸体的年轻女子，虔诚地跪在地上。

"大家不要看！"二愣子沉着脸说道，"快速过去。"

我们什么也没有说——慌忙顺着山洞游过去。

等出了那个水潭的洞，居然还没有到外面，而是另外一个山洞，依然有水，但水位不深，却更加阴冷。

我刚刚爬出来，用手电筒一照，顿时就惊呼出声——就在我的对面，一个裸体的女子，跪在地上，双手捧在胸口，似乎正在祈祷。

但是我一看就明白了，这个女子已经死了，至少有五六年了，她的身上，覆盖着一层冰块，散发着幽蓝色的光。

二愣子在看到那个裸体女子的时候，也呆住了，再然后我看到他飞快地扑了上去，叫道："花儿……花儿……是你吗？"

二愣子伸手，把那个冰人抱在怀里，痛哭流涕。

"这——怎么回事？"何强看到问。

"这是什么地方？"突然，沈蔺风惊呼道。

我走了过去一看，顿时头皮发麻。这个山洞中，竟然全都是一个个的裸体女子，都是清一色跪在地上，双手捧在胸前，宛如是祈祷——这些女子的身体外面，都有着深浅不一的蓝色冰块凝固。

"天——"我听得耳畔，传来单善的声音。

"这就是祭祀。"二愣子已经站起了起来，手指抚摸着那个女子，对我们说道，"这个——是五六年前的一次，这女子叫晨花，她早就被选为祭女，注定难逃一死。我当年想要把她带走，可她怎么都不同意，最后还是死在这里。"

"这山洞里面的女子，都是祭品？"山洞里面人影幢幢，不知道有多少人，这么多年轻的女子，都是献祭的祭品？这也太过残忍了。

"不是说，三十年才举行一次献祭？"江城问道，"怎么有这么多？"

"三十年一次，如果碰到圣泉枯竭，会临时再选出年轻女子献祭。"二愣子，向我们解释道，"数千年以来，所有的献祭的女子，都在这里。"

"都在这里？"我吓得打了一个寒战，"这些女子的身上，为什么会有寒冰？"

二愣子呆了一下，似乎不想说。

"二先生，你既然已经把我们带到这里，还有什么可隐瞒的？"

"城主大人不知道？"二愣子问道。

"我母亲死的时候，我还小，父亲绝口不提此事，我虽然多少了解一点，但不详细。"

二愣子听了，这才开始说起来——

原来，虽然说每隔三十年举行一次献祭，族中会挑选出年轻美貌的处子举行祭祀盛典——族中最神秘的大祭司，会用自己的鲜血，在祭台上画上一个个诡异的符号，然后被选出来作为献祭的女子，赤身裸体地跪在符咒上。

祭祀正式开始的时候，所有的男男女女围着火堆唱歌、跳舞、交媾……

不需要看对眼，也不需要言语交流，不管是女方还是男方，只要一方想就可以，而另外一方不能拒绝。

因为举行祭祀的时候，用的木料都是"相思木"，一旦燃烧起来，就会散发出一种奇异的香味，令人情欲暴涨，根本就控制不住。

祭祀从黄昏时候开始，要到深夜才会散去，而祭台上的女子，一般两个时辰就会冻死。第二天早上，她们身上就会出现薄薄的冰块。

等着第二天，族中人就把她们挪移到山洞中，面对女娲冢的方向跪着，永生永世。

她们被挪移到山洞中之后，不但身上的冰块不会消失，反而会随着年深日久，冰层会越来越厚。

我听得二愣子讲完，仔细地看了看。果然，里面的女子，刚才那个叫"晨花"的，身上只有浅浅的一层冰，其他女子的身上的冰层都厚一点，越往前面走前面的冰层越厚……

"从这边出去，就是世外桃源了。"二愣子说道，"大家小心点，尽量别和部落中人发生冲突。"

我们都答应着，但单善却是冷笑道："我要圣泉水，他们不阻拦就算了，阻拦，哼！"

虽然我们都猜到，他的目的是圣泉水，他居然直接说了出来。

"单先生，我们对圣泉水也有兴趣。"沈蔺风说道。

我扯了一下子二愣子，低声问道："你说的蓝心菇在什么地方？"

"最里面。"二愣子指了指里面，"蓝心菇就蓝心灵芝，生长在这些冰尸上面，只有最里面年代悠久的冰尸上面才可能有，等下我陪你过去。"

我听二愣子这么说，顿时就舒了一口气。

"大家跟着我，从这边走。"

我们都跟着二愣子，顺着那个山洞向前走。前面渐渐地开阔起来，阳光照了进来，终于要到了。

但是，看到阳光的瞬间，不知道为什么，我就紧张起来，感觉有什么不好的东西，悄无声息地靠近我。

别人都很是兴奋，甚至，何强等人还抢到前面——

"天啊，这地方发生了什么事情？"突然，传来二愣子的惊呼。

"怎么了？"

我说着向外面跑去，我也呆住了……是的，这地方发生什么事情了啊？

在出口的地方，是一个偌大的水潭，潭水已经干枯了——一座巨大的石像，在水潭靠近山壁的地方。

那石像面如满月，狭长的丹凤眼，模样甚是好看，但下半身，却是拖着长长的蛇尾，盘在水潭中……

石像很高很大，大概有十多米，上面有一道道斑驳的痕迹，显示着岁月的风霜印记。

那足足有一个足球场大小的水潭，想来就是圣泉了。可是泉水已经彻底干枯——水潭的对面，就是一个青石铺砌而成的祭坛，祭坛上有几具白骨，在附近的草丛中，躺着一具白骨，从白骨上看，大概死了有五六年。

"你们跟我来。"二愣子的语音里，带着几分颤抖，然后，他首先向外面走去。

这一路走过去，我发现了十多具骷髅，周围死一般的沉寂，杳无人烟。

绕着水潭过去后，就是一棵棵的参天大树，上面缠绕着各种藤萝，盛开着美丽的花儿，下面也有一座座精美的小木屋，古色古香，无数不知名的花儿，环绕其中，可是……居然一个人都没有。

这地方确实称得上世外桃源了。

"为什么会这样？"我一把抓过二愣子，"难道世外桃源死了人，就往草丛中一丢？"

　　"怎么可能啊？他们没有大肆殉葬的制度，但是，死者身前随身之物，也会跟着入土，墓葬在这边有四五里远的一个山坡上。"

　　"那这是怎么回事？"

　　"这地方的人，似乎全部死光了？"突然，江城低声说道，"应该是在五六年前，全部死光……"

第二十七章

灭顶之灾

这时，何强和小于，还有苏倩也走了过来："真是奇怪了，这地方的人，似乎是在短短的数天内就突然全部死亡，因此尸体都没有人掩埋。"

我沉吟了片刻："难道是瘟疫？"

这绝对有可能，荒山老林，一旦爆发某些传染性的疾病，世外桃源的人又不懂得隔离和治疗，传染速度相当快，死亡的概率会很大。

"如果是瘟疫，世外桃源岂能存在数千年之久？"二愣子摇头道。

突然，江城大声说道："大家过来集中，别乱走。"

我听了，自然是走到他身边，但其他人依然在四处走动，并没有走到他身边。

二愣子又大声吼了两声，众人这才走了过来。

"做什么？"单善说道。

我看着单善有些不开心。

"城主，我们并非是你的随从！"单善接着说道。

"你们不是我的随从。"江城冲着他们点点头，"你们三个随便就是，我也不是招呼你们。我只是想要告诉大家，这地方有些不对劲，注意点，别走散了。"

听江城这么说，单善的脸色才好看了点。

我弄不明白，为什么单善对于江城有这么大的敌意。

"城主，圣泉水干枯，如今怎么办？"龚成问道。

"我又不是此地主人，我哪里知道了？"

江城说了这句话，突然抬头看着天空——

我也抬头看向天空，这儿的天空，似乎分外蓝，蓝得有些发亮。

"我们的人都在这里？"突然，江城问道。

"是的，城主，我们都在这里了。"何强说道，"单先生就是倔脾气，您别在意，我们都知道，您是好意。"

"我不会跟他计较——"江城说着就向前面走去，顺着一条林荫小道，我看到一棵棵的大树上，都有着美轮美奂的木质小阁楼，有藤萝编造的软梯可以爬上去，树木下面也都是木质的房舍，整体看起来精致唯美，加上刻意移植过来的花木等等，让我们几乎以为是进入了仙境。

没错，这地方确实就是世外桃源，可现在，草丛里面，树荫之下，却是处处白骨。

除了人的尸体外，还有动物的，应该是此地的人饲养的牲畜，只是也都死了。

"小江哥哥！"沈念儿从后面追上我，"这地方真美……可现在变成了死地。"

"这地方是真正的世外桃源。"我低声说道，"可惜可惜。"

"如果没有那么野蛮的祭祀制度,这地方才能称为世外桃源。"苏倩听我们说话，也走了过来。

"也对。"我点点头。

"就在这里！"突然，走到最前面的江城站住脚步，"二愣子，这地方是谁的居所？"

我抬头看过去，江城站在一间精致的木屋前——这个木屋，和别的木屋明显有些不同，在门口的木板上，雕刻着一个个怪异的图案。

"这是大祭司的房子。"二愣子看了一眼那些图案。

"这地方还有人居住？"小于惊呼出声。

"什么？"

"你们看，别的木屋门口都是灰尘遍布，这个木屋却还算是干净。"小于说道。

我这才想起来，小于是非常出色的痕迹专家，观察入微。

我伸手在门口的木质台阶上摸了一下，只有浅浅的一层灰土，正如小于所说，这地方最近应该有人来过。

"不用看了，这房子里面有人，但是生机快要断绝了。"江城一边说着，一边就推门走了进去。

我唯恐江城有什么意外，也跟了进去。整个木屋里面的地板是木头铺成，在靠近最里面蜷缩着一个人。江城向他走了过去——我跟着走到那人面前，吓了一跳。

这个人身上穿着古朴的长袍，裸露在外面的肌肤上有一块块黑色的尸斑，脸上竟然有一条黑色的蛇纹，上面布满黑色的鳞片。

"大祭司？"二愣子惊呼出声，他动手就要去摸大祭司。

"别动。"顾辉一把拉住他，"这人沾染了病毒，你别靠近。"

我从背包里拿出医用塑胶手套带上，走到大祭司身边，翻开他的眼皮子看了看。果然，正如江城所说，这人还活着，也就剩下微弱的气息了，随时都会断气——我摸出针囊，给他施针。

沈蔺风也过来帮我，我们忙活了足足二十分钟，大祭司终于睁开了眼睛。

"如今，他所有的生机都被激发出来，顶多只有半个时辰，之后他必死无疑。"我站起来，擦了一把头上的汗，摇摇头。

"倒是看不出来，我们家老头子真是一点也没有藏私，竟然把《回天篇》毫无保留地教了给你。"沈蔺风笑呵呵地说道。

"沈叔叔难道想藏私不成？"

"大祭司——大祭司——"二愣子已经扶起了大祭司，低声叫唤着。

大祭司咳嗽了两声，睁开眼睛，看着二愣子。

我看到他伸出一只干瘪瘪的手，去摸二愣子的脸，颤抖着说道："二娃儿，是你吗？你回来了？"

"是的，大祭司，我回来了，族中发生什么事情了？"

大祭司似乎有些神志不清，讷讷说道："死了，死了……都死了，二娃儿，走……赶紧走，走了不要回来了……外面的世界多好啊，飞机、轮船、汽车……

我好想出去看看，但是不可能了……"

江城蹲下来，扶着大祭司："到底是怎么回事？你说说？"

不料，大祭司在看到江城之后，居然呆愣片刻，随即，也不知道他哪儿来的力气，从地上翻过跪着伏在地上，不断地发抖，说着一种我从来没有听过的语言。

"他……他这是怎么了？"我问道。

二愣子摇摇头，俯身扶起大祭司，然后我看着他神色似乎有些不对劲。

我满心狐疑，当即扶着大祭司，问道："大祭司，您能够说我们的语言，对吧？"

我看到大祭司的目光，直勾勾地落在我身上，然后，他似乎是呆了一下子，嘴唇动了动，却是没有发出声音……

"大祭司，族中到底发生了什么事情？"二愣子这个时候，明显比我们都要着急。

我看着大祭司的目光在我们身上掠过，最后落在了我那位父亲——江城身上。

"死了，都死了。陛下，你答应过我，你不会杀我们的，为什么？为什么啊？"大祭司冲着江城叫道。

所有人的目光都落在江城身上。

"城主，到底是怎么回事？"北门皱眉问道。

"我……我不知道啊。"江城却一脸的糊涂。

"大祭司，你能够对我们说说清楚吗？"我在地上蹲下来，看着大祭司，问道。

可是，大祭司根本就不理会我，只是看着江城。

"城主大人，能不能请您先出去？"二愣子说道，"我问问大祭司，到底发生了什么事儿？"

"好！"江城点点头，一把拉过我向外面走去。

我们走了出来，单善和龚成等，也跟着走了出来，包括何强和沈蔺风、北门他们。

北门在台阶上坐下来，摸出香烟，撒给我们，他自己点了一根："这地方人不少，只怕也有数千人——如今，竟然全部死了？"

"小江，你刚才看那老头儿是什么情况？"沈蔺风皱眉问道。

"病毒感染。"我直截了当地说道，"但是我不知道是什么病毒，怎么这么厉害？"

"对，这是一种我们未知的病毒。"沈蔺风说道，"真是可悲，那么多人都死了。"

"那个大水潭，就是圣泉水？"单善走了过来，低声问道。

"应该是。"江城看了他一眼，"但不知道为什么，圣泉水枯竭了。我怀疑，世外桃源遭遇灭顶之灾，可能和圣泉枯竭有什么关系。"

"我觉得，可能和城主有关系吧。"单善突然冷笑道。

"你什么意思？我爸爸从来没来过这里，圣泉干枯，世外桃源遭遇灭顶之灾，和我爸爸有什么关系？"

"他如果从来没到过这里，大祭司怎么会认识他？"突然，小于淡淡地说道，"江公子，我说了你别生气，令尊身上确实有诸多疑点。他说他没来过这里，这么多年都在龙之门。可是，刚才那个大祭司，明明就是认识他的，而且还非常惧怕他。"

"你胡说！"

"我早些年确实来过这里，但那是二十年之前。"江城突然说道。

"江城，你不会是开玩笑吧？"沈蔺风愣然问道，"我怎么不知道你来过这里？你什么时候来的？"

"我母亲有记日记的习惯。二十多年前，我还年轻，对于任何事情都充满好奇。有一次我无意中翻到了我父亲珍藏在秘阁中的一本日记本，我才知道世外桃源——对这个地方，我也一样充满好奇，所以，我就找来了。"

"你来世外桃源，你居然不找我一起来？"沈蔺风说道，"你还把我当朋友吗？"

"那时，你在国外念书。"江城解释道，"我在世外桃源待了足足一年，我自然认识那个老头儿。"

第二十八章

大蟒

我满腹狐疑："那老头儿刚才为什么叫你陛下？"

江城看了我一眼，大声说道："我当年来到这里，族中之人都不欢迎我，可是，那老头儿却说——祖龙帝令在我身上。"

"祖龙帝令是什么？"我诧异地问道。

"据说，就我当年我母亲从世外桃源带走的东西，但我没有见过。"江城说到这里，摇头叹气，再次解释道，"当初那个老头儿说的时候，我怕引起族中众人反感，他们没有要求验看，我就没有解释什么，但事实上我根本就没有见过祖龙帝令。"

"江城，你这话是骗人吧？"单善冷笑道。

"我没有必要骗你们。"江城说道，"弄成这样，我也很是苦恼。"

"你那个时候来世外桃源，可有什么收获？"沈蔺风问道。

"没有！"江城摇摇头，"我就是羡慕这种与世无争的地方。"

这次，我真的感觉江城是在骗鬼了。

"城主大人，我们如今算是一根绳上的蚂蚱，求你不要隐瞒。"何强说，"照你的说法，这个小部落存在了数千年之久，但是，如今却遭遇了灭顶之灾，这其中只怕有问题吧？"

"我确实来过这个部落，也在这待过一年之久。但是，这个部落我真的不了解。"

"城主大人，这个部落事实上很是排外。"二愣子从里面走了出来，沉声说道，"如果没有什么渊源，他们不会欢迎你。"

"他们确实不欢迎我，我就是这么死皮赖脸地来了。那个老头儿对族人解释，我有祖龙帝令，你们族人也糊涂，从来没有人要求验看，然后我就留在了这里。"

"江城。"二愣子冷冷地说道，"这个部落确实野蛮落后，但是，这个部落里的人也是人。如今，这数千人因为你的缘故，全部死了，你居然还说这种话？"

"二愣子，你什么意思？"我挡在江城面前，大声喝问。

"你问问你那位父亲大人，他都做了什么好事？"二愣子气得脸色都变了，指着我，颤抖地说道，"秦聂的事情，他说——那是意外，王教授也是意外。但是，世外桃源的事情，他得给我们一个交代，给我们这世外桃源数千人一个交代。"

"这世外桃源中人死亡，和我有什么关系？秦聂和王教授那两个老头儿，我虽然不是有心，但确实被我弄死的。我也很苦恼，一个不注意，就会吞噬别人生气，可是……我这不也在寻求法子吗？"

"二十年前，你还年轻？"二愣子看着江城，"你来了世外桃源，对吧？"

"对！"江城点头道，"我遵循我母亲的日记，找到了这个地方——就是为破解诅咒而来。我出生的时候，手臂上就有一块蛇纹胎记。沈老头儿还给我看过，说可能就是胎记，没什么影响，但是我还是害怕，因此来了这里。"

"你来到这里，你还懂得一些世外桃源的语言。我说得没错吧？你花言巧语骗取了大祭司的信任之后，就偷偷地进入了女娲冢。"

"我本来就是冲着女娲冢来的，我当然要想法子进入女娲冢。"江城淡然而笑，"没错的，大祭司知道，女娲冢入口还是他亲口告诉我的。"

我听到这里，顿时就有些呆滞了，江城居然来过女娲冢？

"女娲冢的入口在什么地方？"这个时候，单善急急地冲上来，一把抓住江城的手臂，"城主既然知道女娲冢的入口，我们还在这里磨什么嘴皮子啊？赶紧啊！"

"事情不是你们想象中那样。"

我看到江城推开了单善。"二愣子，到底是怎么回事？我承认我来过世外桃源；

我也承认，我确实就是花言巧语地骗了大祭司，让他告诉我女娲冢的入口。我在这里待了大概有一年左右——但是，这和世外桃源灭绝有什么关系？"

"大祭司说，你离开之后不久，圣泉就开始渐渐地枯竭，水位慢慢地降低。"二愣子说道，"那个时候，还没有到祭祀女娲娘娘的年份，族中众人就提出来是不是要提前祭祀。事实上，这种事情以前也有发生过。"

通过二愣子的叙述，我们才知道——

原来，二十多年前，江城来了世外桃源，因为他也算是出生于世外桃源，大祭司接受了他。

从大祭司的口中，江城知道了女娲冢的入口，所以，他进入了女娲冢。而且他进出女娲冢，大祭司也知道，但只要他不招惹事端，也就睁一只眼闭一只眼，随他去了。

这么过了一年，江城提出要回去。大祭司和族中众人都同意了，但是，却提出来，让江城把属于世外桃源的东西全部留下。

江城也没反对，把属于这地方的东西全部都留了下来，然后就离开了，回到了金陵。

但是，就在江城离开不久之后，先是圣泉水枯竭，然后这个存在数千年之久的小部落频频发生意外。

族中的一些长者都说，是有人得罪了女娲娘娘，于是，提出祭祀！

后来，族中挑选出了年轻美貌的女子做祭女，择日举行了祭祀大典。

大祭司说，举行祭祀的时候，圣泉水水位只剩下一半的样子，并没有全部枯竭。

可是，在祭祀完成的第二天之后，圣泉水突然就全部枯竭了——而在祭女的胸口，出现了诡异的蛇形斑纹。

根据族中古老的记载，这个是女娲娘娘的诅咒。

众人都束手无策，大祭司也不知道应该如何应付这种诅咒。无奈之下，他只能让人依然把祭女送去山洞里面存放，自己回去翻看典籍，希望能找到解决的法子。

接下来不到一月，族中众人开始相继出现一种怪病，先是身上出现诡异的蛇纹，然后就开始一块块地腐烂……

开始的时候，死者还有人掩埋，但后来死的人越来越多。

上千人的小部落，不到三个月的时间，差不多全部死亡。

我呆呆地听完，虽然没有亲眼看见，但也能猜测到当年那场灾难对于这个小部落带来的震惊和惶恐。

不对！

我突然一惊："既然这样，族中人都没能幸免，为什么大祭司却活了下来？"

"怎么了，你还希望大祭司也死了？"

"不是！二愣子，世外桃源发生这样的事情，我们也难过。但是，你不能一口咬定这事情就和我爸爸有关，对吧？你也来过世外桃源，然后离开过，你为什么不说，这事情和你有关？"

二愣子看了我一眼说："灾难开始的时候，人心惶惶，大祭司知道不妙，就开始安排人离开世外桃源，准备到外面讨生活。我曾经对他说过，外面的世界很是繁华，有飞机、火车、汽车、高大的楼房。他并非那种野蛮没有知识的人，相反，他学识渊博，他也对于外面的世界很向往，但碍于族规，他又是大祭司，自然不便走。

"灾难发生了，圣泉枯竭，他知道不走就是死路一条。但是，作为一族领导，他不能够先走，所以，他开始安排没有病发的人离开世外桃源。但是，凡是离开世外桃源的人，全部被七彩噬天蛇吃掉了。"

"什么叫七彩噬天蛇？"我听着这个名称，像是大蟒？

"一种大蟒蛇。"江城冷冷地说道，"据说，是女娲冢的守护灵蛇。"

"原来城主大人也知道？"二愣子说道。

"我见过，我自然知道。不过一条身上有着七彩斑纹的大蟒蛇，没什么值得大惊小怪。"

"族人只要不离开，灵蛇就不会出现；一旦想离开，噬天蛇就会出现，把人吃掉。"二愣子继续说道。

"七彩噬天蛇没有守护女娲冢，所以，大祭司进入了女娲冢。

"城主，你把神庙中的七彩石带走了，是不是？"

这一次，江城没有说话。

难道说——他当初进入女娲冢，真的带走了七彩石？

"大祭司怎么知道神庙中有七彩石？"江城问道。

"古老相传而已。但是，我族中人从来不准进入女娲冢，如果不是发生这样的异变，大祭司也不会进入。进入了女娲冢之后，他发现神台上面的七彩石不见了。"

江城想了想，这才说道："我当年确实拿走了一样东西，但绝对不是什么七彩石——我对于那块石头一点兴趣都没有。"

"啊？"我听江城这么说，"爸，你从女娲冢带走了什么东西？"

"我……"江城迟疑了一下，竟然不知道从何说起。

"城主大人，事到如今，你也不要隐瞒了。"何强劝说道，"不管是七彩石，还是别的东西，你拿了就拿了，没什么大不了。世外桃源的灭绝，事实上和你没什么关系，二先生心疼族人，有些抱怨，你别在意。"

"我……"江城挥挥手，似乎不知道怎么说。

"江城，到底是怎么回事？"沈蔺风皱眉道，"你什么时候也变得如此婆婆妈妈？"

"我……"江城跺脚道，"说就说，我就是在那面发现了一颗蛋——这么大！"

江城一边说着，一边比画着，也就比鹅蛋略大一点。

"看着像是蛇蛋。"江城补充了一句，"表面有很好看的七彩斑纹，我猜——那是七彩大蟒蛇的蛋。"

"于是，你把它带走了？"二愣子皱眉问道。

我抓着江城的手臂，摇了一下子："爸爸，那蛋好看吗？你把它藏什么地方了？我怎么从来没有见过？"

"好看是好看，但是——"江城拍拍我的手背，叹气道，"小江啊，我等下进入女娲冢，给你找找，看看还有没有了。"

"城主大人，那颗蛋你怎么处置的？"一直没有说话的北门突然问道。

"老北，还是你了解我。一颗蛋而已，我看着好看，但我没有养蛇的爱好，所以，我就找了一些柴火，把它烤熟吃掉了。我偷偷和你们说，我这辈子都没有吃过这么美味的东西。那蛋上火一烤，竟然流光溢彩，好看得不得了，而且异香扑鼻，根本不像是一颗蛋。"

"这等宝贝，你居然把它吃掉了？"单善的语气不善。

"自然，就是一颗蛇蛋。如果噬天蛇因此伤人，我确实有一定的责任，唉……"

"江叔叔，换成我，估计也会把它吃掉。"顾辉突然道，"作为万物之灵的人类，我们就要有'包容万物'的决心，只要不是同类，一概吃掉。"

按二愣子的说法，应该是当初我爸他吃了七彩噬天蛇的蛋，激怒了那条大蟒蛇出来吃人。

但是诅咒和圣泉水枯竭，是什么缘故呢？

第二十九章

荒林神庙

这个时候，单善说道："难道说，城主大人能返老还童，是因为那颗蛋的功效？"

"这我可不知道。反正我们要去女娲冢，如果再次看到那种大蛇蛋，我可以做主送给你，让你可以带回去交差，嘿嘿！"

"当真？"单善问道。

"只要有，我保证给你。你也不用担心别人反对。"江城说道。

"哦……好好好。"单善连连点头，讪讪说道，"城主，我之前对你有些误会啊。"

"大祭司死了？"江城没有理会他，转身问二愣子。

二愣子点点头："大祭司是一个开明的人，可惜了！"

"我点个穴，把他身后事处理了。"江城说道。

"好！"二愣子点点头。

我看着江城向前走去，问他："爸爸，你要做什么？"

"找一个上佳穴位，把大祭司葬了。"

这种事情，江城没费什么功夫，很快找到一处穴位。大家动手，挖了一个坑，然后二愣子又把带来的一条毯子裹着大祭司的遗体，就这么草草入葬了。

我有些感慨，沈念儿走到我身边，说："小江哥哥，你在想什么？"

"没什么。这大祭司在世外桃源，就如同是土皇帝一样，没想到死后就这么葬在这里。"我有些感慨地说道。

"得了吧。"顾辉拍拍我的肩膀。

"他还有我们给他挖坑，等我死了，天知道是不是就像这些人一样，暴尸荒野？"顾辉突然插口说道。

"你别胡说八道。"我生气地对顾辉说。

晚上，众人就在一处颇为干净的地方扎营。

然后就一起围在火堆边，半晌，单善首先开口了："城主大人，你是去过女娲冢的，这——入口到底在什么地方啊？"

江城点了一根烟，看着明灭不定的火焰发呆："二愣子，大祭司就跟你说了这些？"

不知道为什么，我觉得二愣子对江城有成见，当即听他冷冷地说道："城主大人，你还希望他说什么？"

我正欲说话，突然"嘎——"的一声响，随即，小龙从我口袋里爬出来，迷糊地揉着眼睛，四处看着。

我见到小龙醒来，很是开心，抚摸着它的头："小龙，你终于醒了，要不要吃点什么啊？"

我拿出牛肉干，小龙在我手中吃了两块，爬进我的口袋里。

不知道为什么，我感觉，似乎有一双眼睛直勾勾地看着我。

我一抬头，就看到单善盯着我，眼神中充满了阴狠和贪婪。

我愣了一下，情不自禁地摸向口袋，抚摸到小龙我才放心——这单善打的什么主意？

"城主，我们明天就动手？"单善问道。

"我要告诉你们一个残酷的事实。"二愣子说道。

"什么残酷的事实？"

"怎么了？"北门和单善还有何强，几乎是一起问道。

二愣子看了我们一眼，这才慢腾腾地说道："大祭司在女娲冢的时候，把里面的断龙石放了下来，呵呵……"

"我还以为什么大事。"顾辉漫不经心地说道，"断龙石什么的，挡不住炸药，二先生，你果然是二愣子。"

"呵呵！"这一次，二愣子没有说话。

我也不以为然，这次来的时候，单善等人都做了充足的准备，开山的炸药也有——所以，听说只是断龙石挡住入口，因此，大家根本不在意。

"如果那个老头儿放下断龙石，只怕就有些麻烦了。"江城突然说道。

"怎么了？"我不解地问道，"不就是一块石头吗？开山的炸药都够。"

"理论上来说，不会有事吧？"

"我不知道！"二愣子说道，"如果你们要进去，唯一的法子就是用炸药炸开入口，但是……但是……"

"但是什么？"

"但是，弄不好就会发生大地动。"江城说道，"根据大祭司的说法，世外桃源中人口口相传——一旦断龙石被毁，就会天翻地覆。我想来想去，所谓的天翻地覆，应该就是大地动。"

地震？我呆了一下，这地方在地震带吗？

"明天动手，想这么多干什么啊？"顾辉说道。

顾辉这么说，我们都没说什么，相继睡下。第二天一早，我还有些迷糊，就听单善和何强商议，如何爆破什么的。大家起来吃了早饭，商议了一下，然后就向圣泉走去。

我虽然猜测到女娲冢的入口可能就在圣泉下面，但是，看到江城带我们走过去，我还是有一种匪夷所思的感觉——为什么这些人的墓葬，总和水有关？

在女娲神像的下面，有一块巨大的石头，上面还刻着一些古朴的文字，或者说是符咒。

我虽然很讨厌单善，但还是发扬了不耻下问的精神："单先生，您可认识这些字？"

"不认识。"

"江公子，你不会真以为这老头儿是什么考古教授？"农民拍拍我的肩膀，笑呵呵地说道。

"啊？"我一愣，这老头儿不是考古教授吗？

"王教授虽然不咋地，但好歹还有几分真才实学，至于单先生，他的目标就是龙。"黑眼镜说道。

"龙？"我听他们这么说，忙捂着口袋，向后退了一步，警戒地看着单善。

"江公子，如果我找不到我要的东西，说不定——"单善转身狠狠地盯了我一眼。

"你别打小龙的脑筋。"我说道，"你敢动我的小龙……"

"哼！"单善没说什么。

顾辉蹲在地上，正在和金刚、二愣子一起研究那块巨大的断龙石。

"从这个点爆破——"顾辉站起来，退后了几步，"我们把雷管埋在这里，只要足够，我保证一次就够了，绝对炸开断龙石。否则，顾老师给你们挖开。"

"这厮还懂得爆破？"北门皱眉问道，"我怎么不知道？"

"他当过几年兵，因为脾气太倔，唉！"我解释道。

"倒是有些个性，原本真是小瞧了他。"北门说道。

"顾哥哥可厉害了。"沈念儿俏生生地说道。

黑眼镜接过话说："既然这样，就麻烦顾老师了。"

"你们都闪开。"顾辉说道。

"好。"沈蔺风带着我们走到圣泉上面，距离远远的，只留下何强和金刚、二愣子帮忙。

"何警官也懂得爆破？"我问小于。

"懂得一些。我们这些人，需要和形形色色的人打交道，所以，什么都要懂得一些。"

我原来以为，爆破就是把炸药往那里一丢了事，今天才知道，不是那么简单的事儿……

忙活了大半天，在一声巨大的轰鸣中，尘土伴随碎石乱飞，断龙石的地方出现了一个大洞。

等尘埃落定，顾辉就招呼我们立刻走。

众人都很欣喜，向石洞里面走去——我原本以为会有什么危险，但是，怎么都没有想到，穿过那个的山洞，我就眼前一亮，一棵棵参天大树出现在眼前——一条巨大的青石铺成的大路，呈现在我们面前。

有些树上面，开着各种花朵，真是美不胜收。

我深深地吸了一口气，扑面而来的清新空气让我全身舒畅。

这地方……才是真正的世外桃源啊！

我一眼看过去，瞬间就喜欢这样的地方。如果能带着沈念儿，在这里结庐而居，人生得意啊！

想到这里，我忍不住偷偷看了一眼沈念儿。没想到，沈念儿也正好向我看了过来。

"小江哥哥，这地方好漂亮。要是能在这样的地方常住就好了。"

我连连点头道："这地方确实很漂亮。"

"这里就是女娲冢，漂亮什么？"江城骂道，"看看你们这些人，什么出息？"

我被他骂得有些不好意思，硬着头皮说道："爸爸，就算这地方是女娲冢，但也不能否定这地方的漂亮。你看看，这些花木长得多好啊！一点也不像荒芜之地。"

"走吧！"江城一边说着，一边向前面走去。

我忙跟了上去，突然我感觉地面似乎晃动了一下，整个人也晕眩起来，差点就站立不稳。

"怎么了？"走在我身边的顾辉扶着我，问道。

"我……"我看看众人都是平安无事，顾辉一脸关切地看着我，走在最前面的江城也停了下来，转身看着我。

"我没事。刚才就是有些晃神。"

"这地方是女娲冢，不是世外桃源。"江城沉声说道，"大家还是注意点。"

他这么一说，众人也不说什么，继续向前面走去。

初始的林木并非很稠密，越往里走，越是山高树茂，竟然遮天蔽日，不得已，我们打开手电筒。

"这地方这么阴暗？"我说道。

我们又往里面走了两公里的样子，已经是漆黑一片，再也没有光线能透进来。

而这时，我再次出现了昏眩的感觉。

我看了一下时间，已经是下午五点左右了，这个时候外面太阳已经下山了。

"城主，还有多久？"单善问道。

"再往前走，就是女娲神庙。"

"哦？"单善点点头。

"单先生。"我对他很好奇，"你来女娲冢的目的到底是什么？"

"寻找不死药！"单善回答得很是肯定。

"不死药？"我不解地看着他。

"江公子难道真的不知道？"北门向我身边靠了靠，"城主就从来没有跟你说过？"

我满心迷糊，说什么？

"江公子，我上次对你说过，你不会这么快就忘记了？"二愣子突然插嘴。

"神话传说中的那些人？"我想起上次在龙之门，二愣子对我说的话，"神造人说？"

"嗯。那些人，虽然未必能不死不灭、长生不老——但是，他们肯定比普通的人类要活得久一点儿，我要找的，就是他们遗留下来的基因，如果他们的基因和人类能有共通之处，以人类现在的医术，想来不用多久，就能够得到突破。"

"好吧！"我点点头，"这确实算是全民不死药。"

"呵呵，全民？"

我这句话刚出口，江城就冷冷地说道："江凌，你太天真了，你可知道——一旦人寿也成为一种资源，这个世界会变成什么样子吗？"

被江城这么一问，我想了想："如果人寿也能够用金钱买卖，那么金钱权势的冲突会更加激烈，很多人会因为竞争不过而淘汰，地球上的资源太少，容不下太多人。"

"对！"江城点头，"是的，如果真出现了不死药，那么，不死药也只是掌握在少数权贵或者是站在金钱巅峰的富豪手中，普通人嘛，呵呵，还是听天由命。"

"爸爸，现在的一些珍贵药物也是死贵死贵，普通人难以问津，但是，这总是社会的一种进步。"

江城听我这么说，摇摇头，转身，继续向前面走去。

"城主似乎很是反对我们这种做法？"沈蔺风问道。

"不，我没有反对。我已经是受益者，我反对什么？我只是陈述一个事实。"江城说道。

我们大概又向前走了半个小时，一座巨大的神庙就这么突兀地出现在我们面前，一根根粗大的石柱，一座座宫殿……

江城已经走了进去，我用手电筒照了照，发现这地方雕塑的都是蛇纹，有些地方的文字是一种更加古老的文字。

"真想不到，在十万大山中，竟有这么一座古老的庙宇！"单善对这个地方，也是赞叹不已。

江城直接带我们走进正殿，偏殿已经有些地方倒塌了。

但是正殿大体还保持完整，神台之上的女娲神像是石头雕刻的，栩栩如生——不知道为什么，我仰面看着它，手电筒的光柱落在它脸上，感觉它似乎也在看着我……那双眼睛，实在传神至极。

不知道为什么，这女娲娘娘的神像，我怎么看着都有几分眼熟，恍惚在什么地方见过……

"江公子，怎么了？"北门见我久久打量女娲神像，走过来招呼我。

"哦……大叔，你看这个女娲娘娘的神像？"

"这女娲娘娘很是漂亮！"我的身后，传来黑眼镜的声音。

"是的，可惜，人面蛇身。"农民大声说道。

我摸了一把头上的冷汗，这两人想什么啊？女娲娘娘可是我华夏族的始祖之一，他们在她的神庙中说这种话，实在是大不敬。

"这神像好像和外面的神像有些不同？"突然，顾辉说道。

"是的！"何强说道，"外面的神像，美则美矣，但不符合现在人的审美观。这个神像却是不同，很符合现在人的审美眼光，你们看，这细细的小蛮腰，瓜子脸儿，大眼睛，如果是真人，绝对漂亮啊！"

被何强这么一说，确实，这个女娲神像很是符合现代人的审美观。

第三十章

寻己

"被你们这么一说，我发现还真是的。"我笑道。

"这人类的审美观啊，也是跟随时代潮流来的，反反复复。"单善也凑过来说道，"开始的时候，人类女性大概都以丰硕健壮为美吧？那个时候生育困难，而丰满一点的女子比较好生养。不过这都不是重点，重点就是，你们有没有发现，这女娲娘娘的神像，颇像一个人？"

我听单善这么说，忍不住就笑起来："单先生，像谁啊？"我刚才也感觉这女娲娘娘的神像看着眼熟，可是就是想不起来，到底像谁。

"江公子，你不感觉有些眼熟？"单善问道。

"有一点，但我就是想不起来到底像谁。"我老老实实地说。

"小江哥哥，这女娲娘娘的神像，看着有些像你……"就在这个时候，沈念儿突然俏生生地说道。

"什么？"我目瞪口呆，忍不住抬头看着女娲神像，没人说还好，一说之下，我仔细看看，这脸型还真是像，一瞬间，我满头冷汗。

"看着还真像。"顾老师大声笑道,"小江,你不会……哈……江叔叔,你不会跟女娲娘娘有一腿吧?"

"闭嘴!"二愣子陡然怒道,"这种亵渎神灵的话,不要胡说。"

"对对对。"我忙着附和道,"巧合而已。"

我看着众人的样子,大概原本都想要拿着我和女娲神像开个玩笑,但由于二愣子发怒,因此众人也不好说什么,不管怎么说,二愣子都算是地地道道的东道主。

"大伙儿就在这正殿中休息一晚上,明天白天再做商议,你们看可好?"江城征求大家的意见。

"城主大人,既然都来了,不如一鼓作气,我们就把这女娲娘娘的老坟给摸了,然后赶紧走?"北门说道。

我心中想着也是,既然都已经到了地头,不如一鼓作气,今晚就动手,速度快,天亮就可以出去了,离开这个地方。

我看着江城走到女娲的神像前面,恭恭敬敬地行礼,然后他转身看着大家:"我要声明:第一,当年我也只到了这里,我住在世外桃源的时候,曾经多次进入女娲冢,但都只是来到这里,后面实在林深险峻,不能深入。第二,我以为,既然神庙在这里,那么,女娲娘娘的遗体就在地宫中——但是,我没有找到地宫入口。"

听江城这么说,我们都面面相觑,也不知道说什么才好。

"我去外面寻觅一些柴火来。"顾辉说道,"既然江叔叔这么说,那么明天再从长计议——反正来都来了。"

说着,这家伙就向外面走去。

"喂——"我唯恐顾辉一个人莽撞,就要跟着一起去。

"等等!"二愣子一把拉住我,"江公子,你在这里收拾一下,我跟顾老师去就是。"

二愣子说着,就大步追了出去。

我的担忧是多余的,很快,二愣子和顾辉就回来了,何强和小于、北门、金刚等人,早就把神庙正殿收拾干净了。

我们就在神庙门口生了一堆火,大家吃了干粮。

"城主,这已经到了地头了,你有什么打算?"沈蔺风问道。

"打算?已经到了这里,还说什么打算?"江城说道。

"江叔叔，你当年数次进入神庙，真的就只是到了这里？"突然，沈念儿脆生生地问道。

江城没有说话。

"江叔叔，这可不符合你一贯的作风。"苏倩冷冷地说道。

"喂——"这一路上，苏倩都没有和我说过话，

如今听苏倩这么说，我不禁一愣——

"前几次进来，我都没有做充足的准备。你们也知道，这地方漆黑。神庙后面的密林中，有一个大湖，不知道通向何方，我没有船只可以渡过，只能作罢——而且，我在这里遇到了一些意外。"

"意外？爸爸，怎么了？"

"我最后一次进来，遇到了那条大蟒蛇，差点就被它吃了。所以，我真的不知道太多的事情。"江城解释道。

"那明天怎么办？"单善有些着急。

"先在神庙寻找地宫，如果能找到，最好不过。"江城说道，"找不到的话——"

"找不到怎么办？"我问道。

"找不到，你们不都带着充气橡皮艇？过湖看看，我当初是准备扎木筏过湖的，但一来只有我一个人，二来那条大蟒也讨厌。"

"那条大蟒蛇，难道就在湖中？"我听得江城这么说问道。

"是的，就在湖中。一旦招惹了它，后果难料。"

"我们有这么多武器，害怕一条蟒蛇？"何强说道，"上次龙之门，我是没有经验，这次，我们可是准备充足。"

"我知道你们都带了精良的武器。"江城说，"既然这样，休息一晚上，明天动手。"

何强和金刚相约守上半夜，我准备去睡觉，走了两步路，突然站住——不对！

在青荷小筑的时候，江城执着要来世外桃源，害得我以为，他是不是有老情人在世外桃源？

但是，照他自己所说，他没有必要来世外桃源啊。

父亲在说谎？

想到这里，我呆了一下，转身走到他身边坐下来。

"怎么了？不去休息？"

"爸爸！你为什么要来世外桃源？你既然不喜欢不死药，也没有妄图得到，你来世外桃源做什么？"

听我这么问，原本已经准备休息的北门竟然走了回来。

紧接着，单善和众人都走了回来……

"我怎么感觉，这似乎是审问？江凌，你什么意思？"江城问我。

"爸爸，我们大家已经来了，虽然目的未必一致，但是，我还是想听你一句真话。"我说。

"真话？我不知道该怎么说。"江城沉吟道。

"那就请城主把你知道的全部说出来。"沈蔺风说道。

"好！既然这样，已经到了这里，所以，我也没什么好隐瞒的——小江，你为什么见到我，就认定我是你父亲？"

"呃？因为您是我父亲啊！"我忙着说道。

"小江，他们都怀疑我是从龙之门爬出来的千年老僵尸，你为什么不怀疑？"江城问道。

"这——"我思虑片刻，"那天晚上，你洗了头，我给你吹头发，你还记得吗？"

"嗯！如果真有你这么一个孝敬孩子，那是我的福气。"

"那天晚上，我看到你的脖子上有一块蛇鳞。但是，随即就消失了，我当时怀疑了，随即，我拉过你的手……"

"你给我把脉？如果我脉象异常，你认为，沈蔺风看不出来？"

"我给你把过脉，你的脉象很正常，和普通人没什么两样。"

"你如果要给我把脉，光明正大地来就是了。何必偷偷摸摸？"

"我——"我不知道说什么才好。

"我知道，你们都怀疑我。蔺风，你也怀疑我，对吧？"我看到江城抬头看着沈蔺风。

"是，我也怀疑你。你有太多值得人怀疑的地方了。"

"二十年前的时候，我似乎失去了一段记忆。"江城闭上眼睛，似乎是在回忆，"我忘掉了世外桃源，恍惚中只知道龙之门，所以，我带着你们去了龙之门，寻找所谓的河神，那位神话传说中的人。从龙之门回来之后，我发现，我的记忆在慢慢地恢复……恢复……"

"爸！"我有些难过，我看得出来，江城这个时候事实上很痛苦。

"我想起来关于世外桃源的一点事情。"江城说道。

"想起来你从世外桃源带走了什么了？"二愣子冷笑道，"或者说，你终于已经想起来你是谁！大祭司对我说过，蜕变苏醒，是你们最脆弱的时候，而且——一旦蜕变，就意味着你们整个身体机能发生转变，在这个过程中，你们会丧失部分记忆，这很是正常。"

我听得有些不是滋味，急急问道："什么蜕变，我怎么听不懂？"

"二先生既然知道，不妨说说？"北门也说道。

二愣子凄然笑道："我原本也不知道，就在今天，大祭司对我说了，我才明白——"

"大祭司对你说什么了？"我看到江城皱着眉头，问道。

"这事情要从世外桃源的传承和守护说起。"二愣子低着头，我看到，在火光中，他的脸上有泪滑落。

我知道，他伤心族人尽亡，尤其对于他来说，大祭司就是他的亲人。

"世外桃源可能是建于大夏王朝太康年间，大夏王族的一个大祭司，带着人来修建了这里，并且从此在此居住、守护——"二愣子说道。

"如此庞大的工程，竟然有这么悠久的历史？"单善皱眉问道。

二愣子没有理会单善，接着说道："所有的族人都不知道，我们要守护什么，都以为这里就是女娲冢。只有大祭司知道，因为这个秘密，只有大祭司代代口口相传，上一任的大祭司过世，临终才会传给下一任的大祭司。"

"守护什么？"我有些狐疑，这么多年啊，大夏王朝太康年间，那大概是公元前21世纪，距离现在大概有四千年，这么长久？这世外桃源还真是经得起折腾。

"据说，在大夏王朝太康年间，天降神人，但是，这个神人很是虚弱，他需要靠着长眠来治疗。所以，太康帝命大祭司带着一千奴隶，跑来这荒野之地，为他守护。"二愣子说到这里，轻轻地叹气。

"然后呢？"顾老师问道，"这长眠需要多久？"

"这个问题真是问得极好。"二愣子冷笑，说道，"当年的太康帝以为，神人的长眠就像普通人一样，睡上一觉就好了。所以，他命大祭司带着奴隶前来，神人一早就说过，他苏醒的时候，需要大量的人之生气。对于那个年代的奴隶主来说，奴隶和牲畜没什么区别。"

这一点，从已知的历史上已经明确得到证实，确实，对于那个时候的奴隶主来说，奴隶还不如牲畜，所以，他送一千奴隶给所谓的"神人"，完全合情合理。

二愣子看了一眼江城，继续说道："但是，当年的那位太康帝自然不知道，那位'神人'乃是异族，隶属于别的种族的高等智慧生物，他们的长眠，需要很久很久。好吧，对于人类来说，四五千年的历史，漫长之极，但也许对于他们来说，也就是弹指一挥间。

"神人一直都没有苏醒，那一千奴隶再次繁衍生息，大祭司尽忠职守，守在了这里。或者说，从一开始，那个神人就没有安什么好心——他在圣泉水中做了手脚，让凡是饮用过圣泉水的人，再也没有法子长时间离开这里。只要不死绝，就必须守在这里，等待他的苏醒。"

我听到这里，呆了一下子，问道："那个神人，不是女娲娘娘？"

"不是，应该是隶属于女娲氏族人。"二愣子一边说着，一边不怀好意地看向江城。

"你……别这样看着我爸爸。"我心里有些不好受，忙着说道。

"你让你那位爸爸自己说。"二愣子说道。

"我不知道！"江城双手捂着脑袋，语音里面充满了痛苦，"但是……我知道……我知道……"

"你知道什么？"我扶住他，"爸爸，你别急——"

"我只知道，江城已经死了，那是一个年轻清俊的小伙子，充满了旺盛的生命力。但是，他已经死了，我亲手埋了他。"江城的声音里，带着几分哽咽。

"爸爸，你胡说八道什么啊？爸爸，你这不是好端端地活着吗？"

"小江，我没有骗你，就在神庙的后面，我亲手埋了他……他应该就是你们说的江城。我不知道我是谁，我说过，我有些东西实在想不起来，我一度认为，我就是江城，但是……我不是！"

"城主，你为什么不敢告诉大家，大祭司最后对你说的一句话？"二愣子突然说道。

"呃？"我愣了一下子，确实，大祭司醒过来之后，曾经对江城说了一句话，但是江城却找借口，说他根本听不懂世外桃源的方言。

"爸爸，大祭司对您说了什么？"我忙着问道。

江城看着我，只是沉默。

"城主，要我替你翻译出来吗？"二愣子问道。

"你说吧。"江城轻轻地叹气，似乎是疲惫不堪，挥手道，"说吧。"

"说什么？"顾辉凑近二愣子，低声问道。

"'陛下，请救赎您的罪奴吧！'"二愣子说道。

我听得二愣子说这句话，只感觉匪夷所思，当即转身看着江城。

单善皱眉，问道："什么意思？为什么我听不懂？"

"城主，我可以说吗？"二愣子问道。

"说吧，都走到这里了，没什么不好说的。"江城叹气道。

二愣子说道："我们算是世世代代的守陵人，大祭司对我说，如果圣泉水枯竭，就意味着……"

"意味着什么？"我忙着问道。

"你让江城主自己说。"二愣子说道，"他既然已经恢复记忆，那么你让他自己说吧。"

我看着江城。

但是江城却是摇摇头，说道："我想不起来，你直接说吧。"

"大祭司说，如果圣泉水枯竭，就意味着女娲冢里面埋葬的人已经完成蜕变苏醒了。所以，他不再需要守陵人，而这些守陵人，理论上来说，会成为他的献祭之物。"二愣子说道。

我对于二愣子的说法，还是一脸的迷糊，所以，我抬头看着江城。

而他似乎也很是迷糊，一脸的茫然。

单善目光闪烁，说道："二先生，你的意思是那位神人已经醒了？"

"哦？"我还是糊涂着。

我发现所有的人，似乎都看着江城。

二愣子看了一眼江城，继续说道："小龙的生命形式相当怪异，它的孵化，需要一个女子用生命做代价，这才能够完成它的一次蜕变。"

我听得二愣子说到小龙，忙小心地捂着口袋，那可是我的心肝宝贝，谁也不能够动它。

小龙大概是感觉到我的紧张，当即把小脑袋伸出口袋，在我手上蹭了一下子，然后再次缩进我的口袋中。

"经过我们大祭司多年的研究，翻阅了大量的资料，女娲氏族人可能是区别于人类的另外一种智慧生物。我们人类，只有短短的百年光阴，但是，这个氏族天生就命长，可能有着千年、万年，甚至更漫长的寿命。"二愣子说道，"他们有着高于人类的文明，那么对于他们来说，人类也不算什么，就像我们对待猪牛狗羊一样，认为这些不过是食物。这没有什么公平和不公平的说法，这是自然的法则。而一个沉睡了很久的人，醒来之后饿了，自然就要吃一点东西，对吧，城主大人？"

"可能对吧？"我看到江城皱着眉头，说道，"我承认，我从龙之门醒过来的时候，吞噬了那个老头儿的生气精血，我确实很舒服——可我真不是故意的，如果我是故意的，你们一个人都别指望活着从龙之门走出来。"

听得江城说这句话，一瞬间，何强和小于，还有单善，竟然全部"嗖"的一下子就站了起来，拔出枪，对着江城的脑袋。

"你们要做什么？"我顿时就慌了，忙挡在江城面前。

我的身后传来江城无奈的叹气声，他说道："这么一点距离，你们没有开枪的机会，别徒劳了。"

我听得二愣子轻轻地叹气，说道："是的，在您眼中，我们渺小如同蝼蚁，对吧？"

"我以为我能够控制，但是那天在水下，那个姓王的老头儿，我真的不是故意的。"江城摇头道，"就算是伯夷，我都没有想要杀他，是他先咬我的。"

我看着江城，他一边说着，一边还一脸委屈地摸着自己的手臂，那模样，就像是小孩子受了委屈一般。

"你……你杀了伯夷？"这个时候，沈蔺风诧异地问道。

"我一直跟着你们到了那个小岛上。"江城想想，当即说道，"然后我就看到一只好可爱的小兔子跑了出来，我那个时候都不知道江凌已经长大了，还想着我回去的时候，总要给这孩子带点什么。夔牛太大了，又挑嘴，不合适饲养，倒是那只兔子好，所以，我就去抓兔子了。可那个兔子跑得老快，跑到一个小洞洞里面，死也不肯出来。我没法子，转身过来找你们。我听得他们叫江凌江公子，以为是老头子的养子或者是远房堂侄什么的，想着总要照应一下子，我转身过来就碰到了嬴勾。"

"你认识嬴勾？"二愣子问道。

"不认识。"江城摇头道，"我还是听你们说，我才知道他是嬴勾——我当时很害怕，那家伙可是僵尸始祖啊！结果，他不知道怎么想不开，跑去找伯夷的麻烦了，然后蔺风带着你这个二货冲了出来，江凌也跟了出来。"

"对啊，我一直弄不明白，当初江公子就跟在我们身后，怎么一转眼就不见了？"二愣子说道，"如果不是遇到玄蛇，我也不至于抛下同伴不管就跑了。"

"二愣子，谢谢你。"我心里苦涩，二愣子真不是抛下同伴不管的人，不管是在青铜殿里面还是在龙之门，他都救过我几次。

"嬴勾跑了出来，把他抓了回去，丢在伯夷那个棺材里面，但是，他却因此被伯夷偷袭，受伤了。"江城说道，"我真没有那个二货伟大，这如果是别人，我肯定掉头就走。但是，我以为江凌是我老头子的养子，因此就想着不能够见死不救，于是，我就准备跑去找伯夷商议商议，可是那个货就像疯狗一样，跑来就咬了老子一口。"

江城说到这里，顿了顿，再次说道："天知道那货多久没有洗澡了，有没有病菌什么的。蔺风，你应该给我打一个狂犬疫苗。"

沈蔺风终于恼火了，骂道："他又不是狗。"

"可我被咬了，你总要安慰安慰我啊！"江城一脸的委屈。

"爸，回去我给你打一个狂犬疫苗。"我忙着说道。

众人闻言，都是笑了出来，二愣子说道："然后，你就吞噬了伯夷的生气精血？他刚刚苏醒，看到你就莫名其妙地冲上来，真是不知道深浅。"

"是的，然后我就看到那货变成了一具干尸，不过，他的生气真是旺盛之极，让我很是舒服。"江城老老实实地说道，"嬴勾见势不妙，就跑了，我也没有准备找他麻烦，就把江凌带了出来，看到你们有一艘橡皮艇留下，就把他放在上面。我精通风水术，自然知道，出口的旋涡马上就会消失，所以，我就带着他向着旋涡口而去。可他苏醒得比我想象中快，你们又说，我是什么精怪，所以，他醒的时候，我就躲在了水下，跟着他一起出来了。"

听江城这么说，我算是明白过来，原来当初把我从石棺中救出来的人，竟然是他。

"你如果只是旁观，赢勾也会救他。"二愣子说道，"在青铜古殿的时候，他得到了一滴赢勾血，还完美地融合了。我一直百思不得其解，在水下的时候，赢勾为什么会出现帮我们。如今想来，却是明白了，如果当初赢勾血是溅在我身上，我就算不死，只怕也已经全身僵硬，成了一具尸体，或者就是我免疫力强，根本没事。但是，江公子却是不同，他的血脉异于常人，竟然能够融合赢勾血。"

我满腹狐疑，问道："在水下的时候，是赢勾救了我们？"

"是的，否则，你以为我是那条老蛇的对手？"二愣子说道，"我终究不过是一个渺小的人。"

"这些跟世外桃源有什么关系？"小于一直只是听着，这个时候插口道。

二愣子看了一眼江城，这才说道："差不多年代，进入我们人族世界长眠的人，肯定不止只有世外桃源一处的神人。龙之门以及金陵水墓应该都是差不多的性质，我们在金陵水墓开棺的时候，那个女尸不是也活着？江城主威武，一刀把她杀了罢了。"

江城叹气，说道："站在人类的立场，我必须要杀了她，否则——天知道她会不会危害人。当然，我也是欺软怕硬，她要是厉害一点，我就只有逃跑的份儿。"

"江城主，不是我怀疑你——大祭祀说，当初江城主进入女娲冢，待了足足有一年之久，他以为他已经死在里面，碍于世外桃源的祖训，他也没有进入里面查看。可是一年之后的一个晚上，江城主回来了，再次找到他。"

二愣子说道："那个时候，江城主很是糊涂，他以为，他只是在女娲冢待了一个晚上。大祭司说，当时他感觉，江城主的整个气息都变了。但是，他也没有多想，江城主要离开，他就让他走了，毕竟，他本来就不是世外桃源的人。"

对于这个问题，江城认真地想了想，这才说道："我发现，我好像精神有问题。我现在恍惚记得，当初确实有一个年轻人，死在了女娲冢，就在神庙后面不远处。我还好心埋葬了他，应该就是你们说的江城——那……我是谁？"

"你说什么？"沈蔺风指着江城，"你杀了江城？"

"我……"江城摇头道。

"等等！江叔叔，你说，你不是江城，真正的江城已经死了，你把他的遗体埋在了神庙后面？"沈念儿突然插口说道。

"对！"江城点头说道，"而且不知道为什么，我有了他的记忆……他……那个老头儿也知道。"

"所以，为隐瞒这件事情，你把整个世外桃源都灭了？"二愣子说道，"可怜他们给你守了这么多年。"

"我没有！世外桃源灭绝的时候，我肯定还在龙之门。"

"二哥哥，你等等，让我先说。"沈念儿说道。

"好！"

"江叔叔，虽然这地方做基因鉴定有些麻烦，但是，我还是可以做到的。你说你不是江叔叔，那么，只要利用你的基因和小江哥哥的基因，做一下鉴定就可以一目了然。"

"我们的基因符合，绝对是父子。我做过了——作为一个医生，我不会糊涂到乱认父亲的份儿上。"

江城来历不明，大家都怀疑他，我当然也怀疑过。

他和我住在一起，他又不防备我，我要提取他的基因还不容易？

"小江，我自然是你父亲，你是我离开世外桃源之后生的，这没有假……可照着你们的说法，我不是江城啊。"江城说道，"他……早死了，我离开世外桃源之中之后不久，我似乎就把这里忘掉了，忘得很是彻底。然后我记忆里面多出来了龙之门这个地方，正好那个时候，蔺风从国外归来，提出了古神基因融合的学说，我就邀请他来一起去了龙之门。"

我们众人听到这里，都是叹气。

二愣子说道："伯夷不知道作了什么孽，招惹了你。"

"第一次我们进入龙之门，从祭祀池中打捞了无数的珠宝、黄金，还有珍稀古玩文物。"沈蔺风说道，"不光是我们家，还有金家、苏家，包括当初的老沙，都分到了大量的东西。一些具有文化研究价值的宝贝，全部给了王教授那个研究所做研究。"

我听到这里，顿时就明白过来，正因为如此，才有了金家、苏家等如今的富裕。

而为什么江城会有他们这些公司的股份？

"但真正进入龙之门，却遇到了意外。"江城说道，"我差点死了，一直到你们这次去，我才苏醒过来。回来之后，我模糊记得我曾经来过女娲冢。余下的事情，我真的不知道，我也不明白，为什么世外桃源会全部覆灭。"

我听得目瞪口呆，我知道江城有事情瞒着我，但是，真不知道他瞒着我这些事情……

我想着种种可能性——精神分裂症？

他被困在龙之门太久，然后就有了精神分裂，产生了幻觉？对，不是没有这种可能性——反正，我绝对不相信他说的种种。

我当即就把自己的想法说了出来，江城只是摇头，别人却是有一种恍然。

沈念儿也解释，江城就是这种症状，而且，这世上没有精神病人承认自己有病。

我们还想要询问，江城却说，他什么都不记得了——无奈之下，我们也只能相继休息。

我睡到半夜，感觉小腹憋得慌，起身，外面的火堆已经快要熄灭了，只有黯淡的光——

第三十一章

七彩噬天蛇

我怕吵醒别人，因此放轻脚步，向神庙门口走去，刚刚走过门，转过柱子，恍惚听得人说话。

我站住脚步，凝神听去。

果然，就在我前面不远处，有两个人影。一个看起来高大魁梧，似乎是二愣子，另外一个人被一根柱子挡住，看不清楚。

我听二愣子低声说道："你到底要隐瞒到什么时候？"

"我没有隐瞒！"另一个人说道。

从口音中，我听出来，是江城，我那位父亲大人……

"城主，您那位好儿子，给你找了一个借口，说你是精神分裂。神经病那是骂人的，但是——对于精神病人，大家都是宽容的，对吧？但是，你不是精神病人，你自己心里很清楚。"

"我没说我是精神病人，是他们说的。我也想要解释，可我解释不清楚。你这么咄咄逼人，算是审问？"

"审问？城主，世外桃源数千条生命啊，你难道不需要负责？"

"我说过，如果是噬天蛇伤人，我确实需要负责。我当年确实吃掉了一颗蛇蛋——但是，世外桃源更多的人都是死于瘟疫，这又不是我传播的，我承担什么责任？"

"你当年到底从世外桃源带走了什么？"二愣子再次问道。

江城没说话。

"城主，繁华的大都市有很多人，很多很多人。站在人类的立场，我真不欢迎你。"

我靠在柱子上，一动也不敢动，二愣子最后的一句话，我更是丈二和尚摸不着头脑。

老半天，我才听江城说道："我不是僵尸……"

"你自然不是僵尸。你就是传说中的生物——祖龙一脉？或者说，女娲氏族？"

我扶着石柱，我怕自己站立不住——他……竟然不是人，是龙？这不可能吧？

"你为什么知道这些？"

"你知道世外桃源大祭司的使命吗？"二愣子冷冷地问道。

"我不知道。我说过，我有很多事情都想不起来……"

"那你可知道，龙之门又是什么地方？你现在推说一句什么都想不起来？"

"那地方，似乎葬了很多人？"

"是的，那地方……葬了很多人。原来城主也知道，那地方十八洞都有墓葬。"

"好吧，我知道了。"江城说道。

"如果没有你，根本没有人能够找到龙之门，伯夷还在沉睡中。"二愣子说道。

黑暗中，一片沉寂。

良久，我才听得江城的声音传了过来："二先生，你要我做什么？或者说，我还能够为着世外桃源做什么？"

"明天，带着我们去女娲冢——我需要证实。"二愣子的声音传了过来。

"证实什么？"江城问道。

"证实你从女娲冢带走了什么。"二愣子说道。

"好！"江城说道，"我说过，我没有带走任何东西。"

"你只是带走了你自己而已。"二愣子的声音，在黑暗中冰冷冰冷的。

我靠在石柱边，一动都没有动。二愣子已经向外面走去，江城却是向这边走来。

我唯恐被江城发现了,在他走到我面前的时候,偷偷地转到了柱子的另外一边。

然后,趁众人都不留意,我走到外面小解。

一晚上,就这么平淡地度过了。

第二天,单善等人在神庙中找了一圈,也没有找到地宫入口,但是神庙后面不远处,果然有一个大湖,四周都是绿树浓荫。

"这就是那个湖?"二愣子看着江城。

"是!"

"爸爸!"不知道为什么,我隐隐带着几分不安,"想来那女娲冢危险重重,要不,我们别去了?"

"呵呵!"我话刚出口,就听到有人冷笑。

我抬头看到单善等人都脸色不善地看着我。

"江公子,都到了这里了,哪里还有不去的道理?"北门说道,"哪里不危险了?"

这时,北门等人已经把橡皮艇充好气,放在了湖面上。

我们众人上了橡皮艇,向湖对面而去。

"这湖到底有多宽?"

我感觉,我们上了橡皮艇,已经足足划了一个小时左右,老远地,已经看不到岸了,可对面依然遥不可及。

"快看——"就在这个时候,单善突然惊喜地叫道,"你们看,前面有个小岛——想不到这湖中还有小岛。"

我抬头看过去,远处确实有一点陆地的样子,单善手中拿着望远镜,正在看着。

"想来就是这里了,大家加把劲。"二愣子高声说道。

江城站在橡皮艇上,从沈蔺风的手中接过望远镜,对着远方的小岛看着。

"江凌,你看我做什么?"江城问道。

"没什么,爸爸,我就是有些担忧。"

"担忧什么?"

"这……您真的把江城杀了?"

"你昨天不是说我精神分裂吗?"江城反问道,"我也不知道,但是,不管我有没有杀江城,这和你都没有关系。"

"为什么?江城是我父亲。"

"不，你的父亲只是我。你是我的孩子，你不是已经做过基因鉴定？我杀的那个江城，和你一点关系都没有。"

对！我做过基因鉴定，绝对没错。

至于江城，那只是我爷爷的儿子，或者说，他和我根本就没有关系。

但是，如此一来，我就更加糊涂了……

江城，到底是什么人？

"天……那个什么东西，霓虹？"突然，在隔壁船上的苏倩惊呼出声。

我抬头去看，只见远远的，在水面上出现一道七彩的虹桥，横过湖面……

"快……加快速度。"江城拿着望远镜一看，顿时就变了脸色，吼道，"快快快，那是噬天蛇。"

众人这时都已经回过神来，当即奋力地划着橡皮艇向小岛冲过去。

我想噬天蛇一准是饿了，突然感应到生人的气息，冲我们扑了过来。这场景，让我想起了龙之门的那条大玄蛇。

可这噬天蛇比大玄蛇还要大，身上有五色斑斓的花纹，很漂亮。

我们的小船是第一个靠近小岛的，我顾不上多想，连滚带爬地上了小岛，最后是单善等人。这个时候，七彩噬天蛇已经扑了上来，它轻轻一个摆尾，单善等人的橡皮艇已经翻在水中。随即，我就看到它大口一张，已经把一个人吞了下去。

由于速度实在太快，我根本就没有看到被吃掉的人是谁……

紧跟在我们后面上岸的是北门等人，沈念儿捂着嘴巴，差点就哭了出来。

苏倩的手中不知道什么时候已经多了一把五四手枪，她对着水面，连开数枪，同时大声喝道："你们还愣着做什么，准备做蛇大便啊？"

被她这么一吼，北门和黑眼镜也都掏出枪来，对着水面不断地开枪。

密集的子弹总算让噬天蛇有所忌惮，落水的几个人都以最快的速度向着岸边游过来，人只有在最危险的时候才能发挥自身的潜能。

"快快——"二愣子伸手把单善拉了上来，我也把龚成拉了上来。

这个时候，七彩噬天蛇已经缓过神来，再次向岸边扑过来。

"跑啊！"二愣子见状，大声吼道——说话之间，他先向小岛的石阶上跑去。我发现，这个小岛上处处都有人工雕琢的痕迹，洁白细腻的石头铺成的石阶，还有一些小型建筑，风格和龙之门出奇相似。

我一边跑，一边思忖，难道说，女娲冢就在这小岛上？

倒也不是没有可能，从二愣子的口中得知，世外桃源事实上就是守墓者，说白了，就是墓奴。

神庙是早些年的拜祭之地，不知道为什么，世外桃源的人就在外面雕刻了女娲神像，不再进入神庙拜祭，只是在外面进行祭祀之礼。

所以，神庙中的女娲神像和外面的神像才有所不同。

外面的女娲神像看起来颇有盛唐风格，而里面的却显得更加古老……

这小岛上的建筑，都是石头雕琢而成，其中，有麒麟，有貔貅，饕餮等等，奇形怪状……

"好了，噬天蛇应该不会上岸的。"二愣子跑到小岛上面，停下脚步大声说道。

众人听了，都舒了一口气。

"大家跟我来！"二愣子大声说道。

我发现，不知道什么时候，二愣子已经成了这一行人的主角，众人似乎都已经忘掉二愣子来历不明。

二愣子对于这周围的地形似乎很是熟悉，就像是自家后花园一样，带着我们直奔小岛中心。

很快，我们就来到小岛中心，这里也有一座神庙、一道牌坊。

牌坊上有字，但我不认识。

二愣子连脚步都没有停，直接越过牌坊，向神庙走去。神庙门口的柱子上，缠绕着蛇纹，还有一些文字。

我想，如果能翻译这些文字，对研究我国的文明起源有重大突破。

我出相机想要拍照，可是，众人似乎都没有看一眼，直接就向前面走去。

江城看到我落在后面，走回来，一把拉过我："你这个时候拍什么照，真当你是考古学家？"

"大家快点，我们时间不多。"二愣子匆忙催促道。

"哦？"我一知半解，为什么我们时间不多？又有什么危险了？

但是，众人都一副行色匆匆的模样，我也跟了上去。

里面的女娲神像和外面神庙里面的几乎是一样的，祭台上有一个石头做的托盘。

顾辉走过去，拿过那个托盘，上上下下地看着……

第三十二章

鲜血密钥

我也好奇，凑过去看了看，那个盘子底下雕刻着一条小蛇，下面还有文字。

"哇……好东西。"突然，农民凑了过来，在我耳畔说道。

顾辉狠狠地白了农民一眼，大声说道："谁拿到就是谁的。"说着，他竟然一把拉过我，直接就拉开我背包的拉链，把那个盘子塞了进去。

"你们做什么？"二愣子问道。

"不就是一个盘子？"顾辉有些不满，"我又没有拿你家盘子。哼，再说了，你在小江那边吃他的、住他的，他都没有跟你收房租，顺个盘子，你叫嚣什么？女娲又不是你奶奶！"

我听顾辉这么说，扑哧一声就笑了出来。

沈念儿和苏倩也都笑个不停。

"二哥哥，难道这里面的东西不能动？"沈念儿道。

"拿吧拿吧，反正也不是我家的，女娲娘娘不是我娘，也不是我奶奶。"二愣子边说，边四处看着。

"二先生，你在找什么？"单善问道。

"地宫入口。大祭司只是告诉我，地宫入口就在神庙里，但具体在什么地方我不知道。"

"那老头儿也不是什么好东西啊。"江城冷笑道。

"对于城主来说，我们都不算什么好东西。"二愣子转身看了我一眼，然后又看了看江城，"城主大人，我倒是忘掉了，有你在，我烦恼什么啊？入口在哪里？"

"不知道！我说过，我不知道。"

"城主大人，江公子也在，你可以拖延时间，我不在意，大不了大家一起死在这里。"二愣子冷哼了一声。

"城主，你知道入口在哪里？"北门忙着问道。

"城主，既然都已经来了，你何必遮遮掩掩？"沈蔺风也说道。

就连沈念儿和苏倩也都纷纷帮腔说话。

我看到江城叹了一口气，转身就向后面走去。穿过神庙，后面有一道暗门，进入暗门之后，就是一条石阶直通向下。

"地宫入口。"江城打开暗门之后，"你们进去吧。"

众人见状，都是大喜。单善昂首阔步，首先就向里面走了进去，何强和小于，还有金刚、北门等人都跟着走了进去。

我也想要进去，却被江城一把拉住。我看到他冲着我使了一个眼色，然后摇摇头。

我见状，自然也不傻，就站住脚步不动。

"城主大人，还是要麻烦你带路。"二愣子突然一把拉过我，不由分说，带着我走进地宫入口。

"二愣子，你做什么？"

"江公子，我也不想这样。我本来对你们根本没有任何敌意，但是，令尊做的事情，实在是令人发指。"

"我爸爸做什么了？你别把一切的罪名都扣在我爸爸身上——还有，你到底是什么人？"

"江凌，他就是世外桃源下一任的大祭司。"江城低声说道，"事实上，每一任世外桃源的大祭司都会出外历练历练，世外桃源也不是完全地与世隔绝，否则，怎么会被人发现？只不过——"

"只不过什么？"我怎么都没想到，二愣子这个看起来傻呵呵的人，居然会是世外桃源下一任的大祭司？

"城主，什么意思？"走在前面的北门突然说道。

"意思就是——世外桃源的所有人都受到控制，他们不可能长期地离开世外桃源，否则，他们就会全身腐烂而死。这不是所谓的诅咒，而是一种病毒而已，我怀疑和他们的圣女祭祀有关。"江城说道。

说到这里，他看了看二愣子："我怀疑世外桃源遭遇灭顶之灾，就是因为圣泉水枯竭了，这玩意儿就如同毒品啊……"

走在最前面的单善停下脚步："江城主，你的意思就是——这圣泉水只要一直喝，人就会长寿？"

"问大祭司，不要问我。"江城摇头道。

"世外桃源的人寿确实比外面的人要高得多，曾经有大祭司活到一百五十多岁，平均人寿也在九十到一百岁的样子。"二愣子说道，"但是，现在说这些还有什么用？圣泉已经枯竭了。"

"你们傻啊！"单善冷笑道，"你们不会相信，圣泉真的和什么神迹有关？那玩意儿肯定就是地下的一个泉眼，如今不过是枯竭了表面的一部分，往下挖，肯定还能挖到，再挖出来不就成了？"

"得，单先生聪明。"江城说道。

单善转身看了我们一眼，没有说话。

出乎我的意料，那条向下的石阶并非很长，也没有丝毫的杀戮机关，让我们平平安安地走了过去。

石阶的尽头，豁然开朗，一座巨大的石门，出现在我们面前。

石门上，同样有着女娲娘娘的神像，人面蛇神，但模样却是相当美观。石门的两边，一边有着圆形的纹路，另外一边也有一个圆环的凹面。

二愣子看着石门的纹路，然后把背包放下来，在里面寻找东西。

由于地宫已经深入地下，也是漆黑一片，我举着手电筒照着，感觉石门上的某个纹路好像很熟悉。对，我一准在什么地方见过……

二愣子从背包里面拿出一个锦盒，打开取出一只殷红色的玉镯，另外还有一块玉佩。

我看着锦盒中的东西，目瞪口呆，那个玉镯是我在小龙的袖珍棺里面找到的血玉镯。那个玉佩，是在龙之门时挂在老尸身上的玉佩。这东西原本都锁在我家保险箱，什么时候二愣子摸了出来？

真应了一句老话——家贼难防！

我实在气不过，抓过二愣子："你……你竟然把我家的东西给顺了？"

"我又不要你的，借用一下。"二愣子振振有词地说道。

"借用？你把我家保险箱都摸了，你还借用？不告而取，就是偷盗！"

"你那个小家伙，没有少偷。"二愣子指着我口袋里面说。

我一愣，想起小龙的"丰功伟绩"，顿时就不吭声了。沈念儿可是跟我说过，单善和那个甄老头儿有很深的瓜葛。

如今，那个死老头儿失窃，他不知道是我做的就算了，知道了，还能放过我？

二愣子把两样东西拿出来，然后把背包背好，把那圆形玉佩放在了左边的门上，玉镯放在了右边门上的凹槽中。

这两样东西放入凹槽，竟然是严丝合缝，随即，我就听里面似乎传来"轧轧"的声音，机关在开启。

这个声音维持了四五秒就不动了，二愣子伸手推了一下石门，那石门却纹丝不动。

"哈……"不知道为什么，我突然就乐了。

"二先生，怎么回事？"单善明有些着急了，"为什么打不开啊？"

"我哪儿知道了？"二愣子白了单善一眼，"大祭司告诉我——玉镯在渔女身上，这没错啊！"

"难道这玉佩不对？"北门皱眉问道。

"这玉佩确实是来自嬴勾身上，不会错的。"

"嬴勾？"我只感觉脑袋轰隆一响，那人……竟然真是嬴勾？传说中的四大僵尸之祖？

"散开，不过就是一座破石门而已。"突然，顾辉大声说道，"都让开，让老师我来看看。"

众人听了，退开几步，顾辉走了上去，先把玉镯和玉佩都收了，然后他左看看，右看看，还用手敲打了几下。"没事，虽然厚了一点，但是，挡不住老师用药！"

"用药？"我愣然问道，"什么药能够打开这石门？"

"别不把炸药当药。"二愣子说着，就四处看着，认真地研究什么地方按炸药最妥当，准备爆破。

半晌，他一脸颓废地站起来："这是谁设计的啊？"

"怎么了？"我不解地问道。

"这个石门很厚。"顾辉说，"炸药用少了，肯定炸不开，用多了……"

"会彻底塌陷下来。"沈蔺风说道，"是吧，顾老师？"

"是的！"顾辉点头道，"沈叔叔聪明，记小红花一朵。"

我们大家听了，真是哭笑不得。

"你上次说要送花给我，也没见你送。"沈念儿突然说道。

"啊？"顾辉一愣，"念儿，等回去了，我一定去山里采很多花而给你——一准有小红花。"

"现在怎么办？"单善着急地问道。

"不知道。"北门和农民一起说道。

"城主，是你来，还是让我帮你？"二愣子看着我和江城。

"你为什么不能放过我？"江城似乎很恼怒，"要不是你，我还在龙之门好端端地睡觉。你开了我的棺材，把我唤醒，现在还要挟我了？"

"城主，别说那么多，还是请开门吧。这要是门锁有用，我就不劳烦你了，可惜可惜！"

"二愣子，这门连炸药都炸不开，我爸爸怎么能打开？如果你知道开门的法子，你开就是！"

"令尊大人知道。"二愣子说道。

江城一脸的无奈，走到石门前，看着那两扇门，叫道："芝麻开门。"

我先是一愣就笑出声来，江城这也太逗了吧？

"城主，不要拖延时间，快点。"二愣子催促道。

这一次，我看到江城伸出一只手来："麻烦你个二货，我怕痛。"

我看到二愣子摸出一把小小的匕首，抓住江城的手，对着他手指就直接划了过去。

我大惊："你做什么？"

但是，他已经割破江城的手指，江城在石门上写字——鲜血映衬在白色石门上，触目惊心。

我发现江城写的就是我一路看到的那种文字，鲜血很快就干了，我们刚才听到的"轧轧"声，居然再次响起——

"这门，需要鲜血来开启？"我问道，

"具体说，需要城主大人的鲜血。"二愣子说道，"这门相当于你的保险箱，需要钥匙加上密码。"

我明白，钥匙——就是玉佩和玉环，分别在什么渔女和嬴勾身上。

密码，那是高级的基因密码，需要血液来开启，可是，为什么是江城？

我知道，这个问题，没有任何一个人能回答我，哪怕是江城自己。

很快，"轧轧"声就消失了，随即，我听得"砰——"的一声响，石门裂开了一条缝隙。

"成了！"单善很是激动，忙着用手就去推石门。石门似乎比想象中要轻盈得多，被他一推，就打开了。

单善首先走了进去。

何强和小于也走了进去，我和在江城最后进去的，但是，当我走进里面一看，顿时就傻眼了。

女娲冢——就代表着是坟墓，坟墓中有棺材这很是正常。

但是，这个墓室中，实在有些不正常的东西，中央放着一具石头雕刻而成的棺材，淡淡的青色，隐约有些透明。

可这不是重点——重点就是，在墓室的中央，竟然有一棵大树，这树枝叶都是翠绿翠绿的，特好看，就如同翡翠雕刻而成。枝枝叶叶把整个墓室顶端全都密密麻麻地占据了，树枝上，还攀附着一种我从来没有见过的爬藤，开着一种金黄色的花，花朵的模样非常像昙花，遍布在整个墓室顶端。

我无法想象，这阴暗的墓室中，怎么有这样的植物。

"这是什么花？"单善问道，"有毒吗？"

第三十三章

冰火金昙

我吸了一口气："没毒！"

"我确定，没有毒！"沈蔺风说道。

"这可真是奇怪了，没有毒，把树种在这里做什么？"单善一边说着，一边就向青石棺材走了过去。

不知道为什么，我突然就感觉不妙，还没有来得及说，地面上毫无预兆地冒出一串蓝色的火焰。

"啊——"单善发出一声嘶力竭的惨叫。

"单先生。"我扑了上去，想要救他。

我身边，江城一把拉住我——单善已经倒在了地上，顿时化作一堆焦炭。前后顶多三十秒而已，刚才还是一个大活人，已经不能看……

"天……"我身边，苏倩惊呼出声。

沈念儿站在我身边，也是脸色苍白，神色很是不好。不，不光是她，不管是谁，这时的脸色都不好。

所有的人都站在当地，一动也不敢动，我甚至连大气都不敢喘。

　　整个墓室顿时陷入死一般的沉寂。但是，只维持了三十秒，突然，小于发出一声惨叫，他的身上一道幽蓝的火焰蹿了起来，仿佛是自燃一般。

　　"退出去。"江城突然大声吼道。

　　说话的同时，他拉着我就要向外面跑，但是，突然苏倩冲着我扑过来。

　　这丫头的力气不小，一下就把我扑倒在地上，抱着我打了一个滚。我还没有回过神来，却看到一个蓝色的光点落在地上，然后在地上溅起一朵蓝色的火焰，瞬间熄灭。

　　"这——"我一呆，这就是那夺人性命的东西。

　　我猛地抬头，看到在那个金色的昙花花蕊上，分布着蓝色的斑点，星星点点，散发着幽幽的关泽。乍一看，美得让人目眩。

　　"走啊！"江城再次喊道，他本来就站在门口，这个时候他吼叫着，人已经向外面跑去。

　　我从地上爬去来，也想要跟着出去，但是紧接着我就看到江城一步步地向墓室里退回来……

　　"天——"我走到门口一看，光滑的石阶上竟然遍布一种怪异的植物，无数的藤萝密密麻麻，如同是触角一样，正在以极快的速度向墓室内蔓延过来。

　　这些藤萝上面有一些黏乎乎的分泌物，看着就让人触目惊心。

　　"这……"我看着这些藤萝，不知道说什么好。

　　"这是鬼方肉蔓？"沈蔺风惊呼着。

　　"现在怎么办？"二愣子急急问道。

　　墓室中再次有蓝色的光点落下来，一点点地坠在地上，溅起一朵蓝色的火花，而后熄灭。

　　"这是冰火金昙，我以为，世上不会有这东西，没想到竟有幸亲眼看见。"沈念儿突然说道，"冰火金昙孕养出蓝星火甲虫，人畜一旦被沾染上，瞬间就会烧成灰烬。"

　　如今我们所有的人都聚集在墓室的门口，出去不得，也不敢进入里面，刚才单善的惨状，我们都看到了……

哦，还有小于！！！

我心中伤痛悲戚，可如今我自保无能，说不准下一个就是我。

"蓝星火甲虫的克星，就是鬼方肉蔓。"沈念儿突然说道，"但是，鬼方肉蔓的分泌液体有着强烈的腐蚀性，人畜一经沾染上，就会被腐蚀而死。"

"现在怎么办？"北门急急问道，"总不能就这么困在这里？"

"进来！"二愣子说道，"我想法子把鬼方肉蔓弄进来，对付那些恐怖的蓝星火甲虫。"

鬼方肉蔓这时迅速向我们这蔓延过来，我们想不退都不成，只能慢慢地再次退进墓室中。

二愣子手中握着一把军用大砍刀，他冲了出去，挥刀就对着藤萝砍了过去。

然后他把砍下来的藤萝丢进墓室中，说来也奇怪，这藤萝被砍下来之后，碰到石头竟然又开始生长，速度奇快。

而这个时候，墓室顶端的蓝星火甲虫纷纷落下来，众人纷纷躲避，一瞬间，墓室中乱成一团。

我感觉一道蓝光冲着我扑了过来。我还没反应过来，身后有人使劲推我，我顿时就摔倒在地上。

我忙着就地一滚，想要爬去来，却感觉脚踝上一紧，似乎有什么东西扯住了我，低头一看，却是一根鬼方肉蔓，已经缠住我的脚踝。

我摸出匕首，砍了过去。

这东西的腐蚀性和生长性那是毋庸置疑，但是，并非很坚韧。

"啊？"我听得一声惨叫，看到苏倩整个人都被鬼方肉蔓缠住。

"苏倩，不要怕，我来救你。"我挥舞着匕首扑了过去，好不容易把鬼方肉蔓全部砍掉。

我拉过苏倩就要跑，但是，苏倩却一把推开我，一道蓝光落了下来——

"江凌，下辈子我对你负责。"蓝色的火焰中，苏倩声嘶力竭地叫着。

"不——"我惨叫出声，对着火焰扑了过来，"苏倩，你这辈子都要对我负责……"

何强用力地拉住我，我看到他泪流满面。

我猛地抬头，看到石门处已经被密密麻麻的鬼方肉蔓封住，根本没法子出去了。上面的蓝星火甲虫遍布，在金色的冰火金昙中，分外美丽，炫目夺命。

"怎么办？"我一边挥舞着匕首，一边问二愣子。

"出路，这里一定还有出路。"二愣子说道，"江城——江城——你在哪里？"

我四处看过去，我们大家都在，但是，江城竟然不见了。

"爸爸——"我大声喊着。

没有回答我。

"你们挡一阵，我来找出口。"黑眼镜大声说道。

"好！"二愣子和金刚等人答应着。

黑眼镜摘掉自己的墨镜，四处看着，半晌，他指着后墙壁一块石头说道："这里——这里——快！"

说话的同时，他自己已经向那边跑了过去，同时手指在墙壁上乱摸。

我发现，黑眼镜指的地方正好就是墓室后面的墙壁，石壁上雕刻着一个峨冠博带的男子雕塑。但是，这个男子背向我们，看不到容貌如何。

我心中狐疑，难道说，这意味着——从这里可以走出去？

"我来找机关。"农民扑到墙壁上，摸索了一阵，我们就听得"轧轧"的机关启动声音。

再然后，墙壁上的石像一点点地向上挪，露出拳头大小的一个缝隙，机关一下子就卡住了，再也不动。

"怎么回事？"二愣子问道。

"机关卡住了。"农民忙着说道。

"走开，看老师我的。"顾辉大声喝道。

说话的同时，他已经走到墙壁前，拖着那块巨大的石头，往上托去——

"俺来帮你。"金刚扑了上来。

合他俩之力，终于把石门托起。我也过去帮忙，二愣子等人也匆匆过去。

终于，石门被我们托得一点点地上升，能够容纳一个人进出——

"念儿和沈叔叔，出去。"顾辉大声吼道。

沈念儿匆匆从石门地上钻了出去，沈蔺风也跟着出去了，再然后农民和北门、何强……

"江凌，出去！"二愣子冲着我吼道。

我转身，四处寻找江城，但是，根本不见江城的影子。

"爸爸！"我大声叫道。

"别管他，他死不了！"二愣子再次说道。

"二傻子，把小江带出去。"顾辉大声吼道，"快点，我坚持不了几分钟了。"

"快！"外面，沈念儿的声音传了过来，说道，"小江哥哥快点，我闻到冰火金昙香味了，它快要盛开了，一旦盛开所有的蓝星火甲虫都会脱壳而出，快——"

我抬头看过去，冰火金昙上面，无数的蓝光闪烁不定，我也闻到淡淡的花香味……

这花盛开，蓝星火甲虫全部脱壳而出。这么多的蓝星火甲虫，我们没有一个人能够幸免。但是，江城在哪里？我总不能下他不管啊！

二愣子突然抱住我，就地一滚，顿时带着我爬了出来，我再次叫道："爸爸，你在哪里？"

"大块头，你也出去。"我听得里面传来顾辉的声音。

"可是——"金刚问道。

我大惊失色，如果金刚松手出来，顾辉一个人根本就托不起那石门。

二愣子忙叫道："你们都傻了，赶紧托住石门，让他们两个出来。"

"大块头，你先出去，从外面托起石门。"顾辉再次吼道。

"好咧。"说话的同时，金刚已经钻过来。

"顾老师，快。"我叫道。

"来了……"顾辉叫道。

我闪开一点，让顾辉出来，但是，随即就听到顾辉发出一声惨叫，声音中充满惊恐。在石门的下方，我看到他的身体软软地倒了下去。

"顾老师……顾辉……你怎么了？"

我说话的同时，人已经趴在地上，顾辉的模样不像是被蓝星火甲虫袭击了，但是，他到底遭遇了什么变故，我看不到。

我闻到浓郁的花香味，我趴在地上，还能看到墓室中的种种。这个时候蓝星火甲虫纷乱如同流星雨，瞬间落下来。

我看到一个黑色的影子，飘飘然地踩着鬼方肉蔓，走在蓝星火甲虫之间——不，不对……所有的蓝星火甲虫就像是在他面前点燃的一盏灯。

"把石门放下，放下！"我的耳畔传来二愣子的声音。

"不……不能放！"我爸爸还在里面啊……顾辉还没出来。

但是，谁也没有听我的，金刚和二愣子同时松手，石门"砰"的一声落下。

我向石门扑过去，却一把被二愣子抱住。

"啊！"这时，黑眼镜突然惨叫出声，随即，他的身体就顺着石壁软软地倒在地上。

第三十四章

如妖似魅

有一条小小的七彩噬天蛇从他的腹腔爬了出来。黑眼镜想要捂住腹部，但是，他的身子却软软地倒在地上，鲜血流落一地。

"走！"北门咬牙说道。

他已经向甬道跑了出去，金刚跟在后面，二愣子拉着我，一路向外面跑去。

我转身看了一眼黑眼镜，他没有瞳孔的眼睛睁得大大的——死不瞑目！

那条甬道到底有多长，我不知道。我只迷迷糊糊地跟着二愣子不断地向外跑，前面，我终于见到了天光，该死的，我们终于出来了……

但是我听到了金刚大叫，接着就看到巨大的七彩噬天蛇口中叼着一个人，是农民。

"农民……"我急忙叫道。

腥风扑鼻，七彩噬天蛇已经向我扑了过来。我以为这庞然大物速度应该不会很快，但是，它的速度比我想象中还要快得多。

我的后面是石壁，根本没有退避之地，眼看着噬天蛇就要把我吞下。

突然，一道红影破了出来，直奔七彩噬天蛇。

"小龙……小龙……"我知道那是小龙。

七彩噬天蛇腾空而起，一口就把小龙吞了下去。

"不！"我大叫，拔出匕首，就对着七彩噬天蛇扑了过去。

"江公子，别——"二愣子大声叫道，不知道什么时候，那把破烂的青铜剑再次出现在他手中。

一剑三分，剑气森森，直奔七彩噬天蛇。

我也对着七彩噬天蛇扑过去，七彩噬天蛇一个甩尾，直接就把我拍了出去。我只感觉眼前一黑，差点当场就被活生生拍死……

随即，我整个人都向着湖面坠入，就在我跌入湖水中的瞬间，突然听到有人骂道："畜生！"

我重重地坠入湖水中，随即，就什么都不知道了。

我以为，我死了——

但是，不知道过了多久，我竟然迷迷糊糊地醒了过来——西方的太阳快要落山了，红得像是血一样。

我竟然躺在一只竹筏上，小龙全身都有一种黏乎乎的液体，死气沉沉地趴在我身边。

"小龙……小龙……"我叫道。

"小龙没事！"我抬头一看就是江城。

"爸……"我支撑着坐起来，"这是什么地方？"

"我们还在噬天湖上。小龙被七彩噬天蛇吞入腹中，差点就被噬天蛇的胃酸溶化了，还好还好，现在还有救。"江城低声说道，"小龙太小了，还不到第二次蜕变的时候。如果到了那个时候，它可以在噬天蛇腹中借卵，然后借用噬天蛇的生命，完成第二次蜕变——这是寄生兽的无奈。"

对于江城的话，我似懂非懂。但我赶紧把小龙抱在怀里，一抬头就看到不远处的湖面上趴着一个庞然大物，是七彩噬天蛇。

"天，爸爸，我们快走。"

"它快要死了。没事了！"

"啊？"我这才看到，七彩噬天蛇趴在湖面上死气沉沉地一动不动。

"它这是怎么了？"

"他们用手雷炸的。哪怕是洪荒异种，也一样挡不住现代化的武器……"

我听他这么说，抱着小龙给它洗掉身上的黏液。小龙睁开眼睛看了我一眼，用脑袋在我身上蹭了一下，然后闭上眼睛，似乎全部的力气都耗尽了。

我小心地把小龙放在口袋里，突然听到了歌声。

没错，就是歌声……

唱的是什么，我完全听不懂，只觉得声音非常悦耳动听，尾音在穿林涉水，袅袅传来。

一只竹筏顺着水流而来，上面端坐着一个白衣女子，飘然若仙。

"念儿！"我一见那个女子，顿时大喜，忙着叫道，"这里——快过来。"虽然隔着还有一段距离，但我一眼就认出来，那个女子就是沈念儿。只是她这个时候穿着一件白色的长裙，长发散开，一直散到腰际……

竹筏一点点地靠近我们，渐渐地我发现不对劲了。

我看到一条青色的蛇尾，拖在竹筏上，一半漫入湖水中……

"天！"我听江城咒骂道，"到底要纠缠到什么时候？"说话的同时，他竟然不由分说，拉着我就跑。

"爸——"

"那不是念儿，那是这地方的怪物。你傻了，你看到她是念儿的模样，不过是幻觉罢了——你难道不知道，金昙盛开的时候，散发出来的香味，能让人产生幻觉？"

"啊？"我愣然，冰火金昙的香味能够让人产生幻觉吗？

江城拉着我，顺着湖畔向外面跑去，我们刚刚跑到半山腰，突然一阵地动山摇。我站立不住摔在地上，江城抱着我，两人一路从山上滚下去。

"怎么回事？"

"大地震……"江城喘了一口气，站起来拉着我就跑，"我们必须尽快离开,否则，我们都会被活埋在这里……"

穿过神庙的时候，正好遇到了金刚背着北门，和何强一起，正在向外跑——

"你们有没有人看到沈蔺风？"江城急急问道。

何强和北门都是摇头，一起说没有看到。

"念儿呢？"我忙着问道，"你们谁看到她了？"

北门和何强面面相觑，谁也没有看到沈念儿。我问了一下情况，我们被七彩噬天蛇袭击，沈蔺风和念儿退回甬道，农民惨死，北门伤了脚，幸好有金刚和二愣子搭救，才算保住这条小命。

"你们先出去，我去找念儿和蔺风。"江城说道。

"城主——"神庙的偏殿突然二愣子背着晕迷不醒的沈蔺风，说道，"沈先生在这里，但是，念儿小姐不见了……"

这时候，整个神庙都是一阵晃动，乱石纷纷落下。

"不好！"金刚大吼一声，一个箭步就蹿了出去。

二愣子也背着沈蔺风，何强拉着我，就向外面跑去。

"你们快走，我去找念儿……"江城说着，转身就走。

"爸——"我心中着急，口中干涩，有心想拉江城一起走，但实在也不放心沈念儿。

"警察叔叔，你背先生出去，我去接应城主。"二愣子把沈蔺风交给何强，"你快速出去，这地方估计要塌陷了，我去接应城主。你放心，有城主在，我们都没事……"

说着，他不由分说转身就走。

"快走！"何强招呼我。

我转身看到江城一袭黑色长袍，向后面跑去。

"不对……不对。"我顿时呆住了，来的时候，江城可没有这么一身衣服……

对，这衣服不就是石门关闭的时候，我在墓室中见到的那个黑影吗？

我以为，那是我的幻觉，但现在看来，难道那一切都是真的？

不管是鬼方肉蔓还是蓝星火甲虫，都不能伤害他分毫？

我脑子里浑浑噩噩，跟着何强和北门等人一起跑了出去。我们刚刚出来，就再次发生了地震，原本庞大的女娲神像开始龟裂……

神庙的入口也被一些碎石堵住，我扑过去，开始搬石头。我不能让碎石挡住入口，我必须要搬开。

沈念儿还在里面，江城还在里面，二愣子也在里面……

"江公子，快闪开，危险！"这个时候，北门站在远处大声叫道。

我站起来，就感觉一阵昏眩，顿时站立不稳——我本能的抬头，看到女娲神像已经彻底龟裂，向我砸了过来……

也不知道过了多久，我才渐渐地醒了，听到身边有人窃窃私语。

"好了好了，醒了……醒了就没事了。"

我睁开眼睛，看到了沈蔺风。我躺在帐篷内，不远处有鸟叫虫鸣，生机勃勃……

"我……"我挣扎着要坐起来，却感觉胸口剧痛，无奈又躺下来。

我询问了一下才知道，我被一块石头砸到，晕了过去。正好这时，江城和二愣子飞奔出来。

两人把我从乱石堆里面扒了出来。

我们刚离开不久，世外桃源再次发生了地震，圣泉的位置，包括女娲神像，彻底没有了，两边的山峰合过来，掩埋了一切痕迹。

幸好大家跑得快，二愣子腿上划了一道口子，北门的小腿骨折了，何强身上多处划伤。

幸好沈蔺风医术精湛，及时抢救，大家才幸免于难。

如今我们还在十万大山中，就在江城停拖拉机的水塘边扎营，准备休养几天再走。

我询问江城有没有找到沈念儿，他没有回答我，转身向帐篷门口走去。

"沈叔叔，念儿呢？"

"那丫头，没有出来……"沈蔺风一语未了，已经是泪如雨下。

我的脑子一片空白。"她小时候亲了我，还说，她要嫁给我……她居然也不负责……就走了……"

滚烫的液体从我脸上滑落。

一道红影飞过来，小龙用小爪子摸着我的脸，不断地用头蹭着我。

我呆呆地想着，那地方到底是世外桃源，还是人间鬼域？我们这么多人来，回去的时候，却就剩下寥寥无几的伤员。

顾辉走了，封在石门中，死得不明不白。

黑眼镜和农民也死了，一个被小蛇穿腹，一个被大蛇吞噬。单善竟然没有善终，还有那个小于……

"还有念儿……"想到念儿，我不知道为什么，突然想起坐着竹筏、唱着古怪曲子的白衣女子，上半身缥缈若仙，下半身是蛇之躯！

半个月后，我回到金陵，已经进入夏天。

在一个暴风雨的夜晚，江城离开之后，再也没有回来。二愣子说，他就是当年大夏王朝时期，跑去世外桃源长眠的神人，如今他已经完成蜕变，苏醒过来——他是一种迥异于人类的高等智慧生物，可能是隶属于人类文明起始的祖氏族之一。

我脚上的蛇鳞始终没有褪去，但也不痛不痒，没有什么影响。

沈蔺风去了国外。

北门带着金刚去了京城，不久，何强接到调令去了上海，虽然距离不远，但见面的机会少了。

二愣子找了份工作，早出晚归，这个入世锻炼的世外桃源大祭司，似乎已经彻底地融入大都市的生活中。

我的日子开始回复到原本的平静，每天研究研究药理，看看书，逗逗小龙……

那一年的冬天，我的老师沈晨君的病越来越严重，他天天坐在晨曦雅舍的门口，静静地看着一个方向。

我知道，他在等"念儿"回来，但是，一天天地过去了，他的眸子一点点地黯淡下去。

他知道，他等不到他的"念儿"了！

老师的葬礼过后，我做了一个决定：我要再去一趟世外桃源，我要找回念儿，我也想要知道江城的身世之谜，或者说，我想要知道自己到底算什么……